Endlich frei! Endlich reisen! Nun könnte dieser Traum wahr werden. Nach vierzig Jahren hängen Heather und ihr Mann Alan das Stethoskop an den Nagel und übergeben ihre Arztpraxis an einen Nachfolger. Schon lange hat Heather davon geträumt, die griechischen Inseln zu erkunden und aufregende Abenteuer zu erleben. Doch Reisen steht nicht auf Alans To-do-Liste. Er will sein eigenes Gemüse anbauen und den Haushalt neu organisieren – Pech nur, dass er von beidem so gar keine Ahnung hat ... Irgendwann reicht es Heather. Sie begibt sich allein auf ihre ganz eigene Odyssee durch Griechenland – mit vielen zauberhaften Erlebnissen und amourösen Versuchungen ...

»Nimmt die Leser mit auf eine wunderbare Reise. Eine warmherzige Lektüre von Joanna Nell, die fesselnde Geschichten erzählt.« *The Australian*

»Ein Vergnügen. Warmherzige Charaktere und Beobachtungen und ein tolles Tempo.« *Amanda Hampson*

Joanna Nell ist Ärztin und eine international erfolgreiche Autorin. Sie hat bislang fünf Romane veröffentlicht; ihre Kurzgeschichten wurden mit zahlreichen Preisen ausgezeichnet und in Magazinen, Zeitschriften und Anthologien veröffentlicht. Die gebürtige Britin lebt seit 2003 mit ihrem Mann und ihrem Labrador an den Nordstränden von Sydney, Australien. www.joannanell.com

JOANNA NELL

Mrs Winterbottom nimmt sich eine Auszeit

ROMAN

Aus dem Englischen von Sonja Hauser
und Susanne Hornfeck

INSEL VERLAG

Die englische Originalausgabe erschien 2023 unter dem Titel
Mrs Winterbottom Takes a Gap Year bei Hachette Australia.
Die Zitate aus der *Odyssee* folgen der deutschen Übersetzung
von Johann Heinrich Voß aus dem Jahr 1781.

Klimaneutral
Druckprodukt
ClimatePartner.com/14438-2110-1001

Erste Auflage 2024
Deutsche Erstausgabe
© der deutschsprachigen Ausgabe
Insel Verlag Anton Kippenberg GmbH & Co. KG, Berlin, 2024
Umschlaggestaltung: zero-media.net, München
Umschlagabbildung: FinePic®, München
Satz: Dörlemann Satz, Lemförde
Druck: GGP Media GmbH, Pößneck
Printed in Germany
ISBN 978-3-458-64476-7

www.insel-verlag.de

Für Peter

Der Sinn des Reisens besteht darin, die Vorstellungen mit der Wirklichkeit abzugleichen und die Dinge so zu sehen, wie sie sind, und nicht, wie sie sein könnten.

Samuel Johnson

Kapitel 1

Mit einem lachenden und einem weinenden Auge

Dr. Heather Winterbottom sagte oft im Scherz, sie sei an ihrem ersten Arbeitstag eine halbe Stunde in Rückstand geraten und habe es in den folgenden vierzig Jahren nicht geschafft, diese wieder aufzuholen. Ständig entschuldigte sie sich dafür, dass sie ihre Patienten warten ließ, selbst bei den wenigen Malen, an denen sie den Termin tatsächlich einhielt. Ihr Gesicht hatte einen Ausdruck dauerhafter Zerknirschung angenommen. Doch das würde sich jetzt ändern. Heute war ihr letzter Tag als Ärztin! Endlich konnte sie die kostbaren dreißig Minuten zurückbekommen und ihrem restlichen Leben zuschlagen. Eine neue Welt tat sich auf jenseits des Netherwood-Medical-Center, so viele Dinge, die sie tun und sehen wollte. Dieser Tag markierte den Beginn eines völlig neuen Kapitels, wenn nicht sogar eines gänzlich neuen Lebens. Zuvor jedoch musste sie einen Wattepfropf aus Mr Cliftons linkem Ohr entfernen.

Mrs Clifton hatte ihrem Mann noch nie zugetraut, ein effizienter Hüter seines eigenen Körpers zu sein, und begleitete ihn daher immer zu seinen Arztterminen. Gemeinsam brachten sie es auf genügend Stunden in Heathers Wartezimmer, um es als zweiten Wohnsitz beanspruchen zu können, und Mrs Clifton hatte in ihrer praktischen Art stets belegte Brote und eine Thermoskanne Tee dabei.

Die Cliftons gehörten zu jenen Paaren, die sich gegenseitig den Dreck von den Stiefeln kratzen, bevor sie ins Auto steigen. Sie trugen die gleichen Fleecejacken und beendeten ihre Sätze füreinander. Die Cliftons sah man so gut wie niemals getrennt – ganz anders als Heather und ihren Ehemann Alan, obwohl sie zusammenlebten und in derselben Praxis arbeiteten.

Heather rief Mr Cliftons Akte auf dem Bildschirm auf, während das Paar darüber diskutierte, wer auf welchem Stuhl sitzen sollte.

»Du bist der Patient, Bob«, beharrte Cynthia Clifton, wobei ihr Ton nicht zu ihrem lächelnden Gesicht passte.

»Aber du bist diejenige, die redet.« Bobs gezwungenes Lächeln spiegelte das seiner Frau.

»Wie lang sind Sie beide eigentlich verheiratet?«, fragte Heather, während sie mit gezückter Pinzette in den Ohrenspiegel spähte.

»Fünfzig Jahre«, antworteten sie unisono.

»Und nie ein böses Wort«, sagte Cynthia.

»Nur deshalb, weil wir kaum miteinander reden.« Bob lachte, und seine Frau gab ihm einen scherzhaften Klaps auf den Arm.

Heather inspizierte den Wattepfropfen am Ende der Pinzette. »Denken Sie dran, Bob, mit nichts Kleinerem im Ohr bohren als mit dem eigenen Ellbogen.«

»Ich habe es ihm schon wer weiß wie oft gesagt, Frau Doktor, aber er hört ja nicht auf mich.«

Bob schob das Kinn vor und rieb sein Ohr. »Weshalb, glaubst du, stopfe ich mir Watte in die Ohren?«

Heather lächelte. Die Muskeln um Augen und Mund fühlten sich angespannt und fremd an. Neben allgemeiner Fitness war einer ihrer Vorsätze für den Ruhestand, sich endlich die ewige Entschuldigung aus ihrem Gesichtsausdruck abzutrainieren.

»Das ist für Sie, Dr. Winterbottom«, sagte Cynthia und hielt ihr eine bunt gestreifte Geschenktüte hin.

»Wir werden Sie vermissen«, fügte Bob hinzu. »Sie sind die beste Ärztin, die wir je hatten.«

Die einzige Ärztin, die ihr je hattet, hätte Heather beinahe ergänzt, denn die Cliftons weigerten sich, zu anderen Kolleginnen oder Kollegen in der Gemeinschaftspraxis zu gehen. Bei den seltenen Urlauben, die ihr und Alan vergönnt gewesen waren, hatten Bob und Cynthia ihre kollektiven Gebrechen bis zu ihrer Rückkehr aufgespart. Trotzdem war es schön, zur Abwechslung statt einer Beschwerde auch mal ein Lob zu bekommen.

Heather öffnete die Tüte. Zunächst war sie sich nicht sicher, was sie von dem großen, gepolsterten Rechteck mit dem farbenfrohen Morris-Muster halten sollte.

»Es ist ein Kniekissen«, assistierte Cynthia, »zum Jäten der Rabatten.«

»Danke, das ist ganz reizend von Ihnen.« Heather versuchte sich zu erinnern, ob sie überhaupt Rabatten im Garten hatte.

»Wir könnten uns ein Leben ohne unseren Garten nicht vorstellen, nicht wahr, Bob?«

»Zumindest gibt er uns einen Grund, jeden Morgen aufzustehen.«

Heather hoffte, dass ihr und Alan künftig nicht das gleiche Leben aus Pflanzerde und Treppenlift beschieden sein würde.

Nach einer tränenreichen Abschiedsumarmung von Cynthia und einem stoischen Handschlag von Bob legte Heather das Kniekissen auf den wachsenden Stapel von Grußkarten und Gartenutensilien unter ihrem Schreibtisch. Eine ihrer Patientinnen hatte ihr einen Becher mit dem Cartoon eines Ehepaars neben einem blauen Wohn-

mobil und der Unterschrift »Lebe deinen Traum« geschenkt, einer ihrer einsichtigeren Stammkunden hatte
sich für eine Flasche Sherry entschieden.

Es blieb gerade Zeit genug, um einen Schluck kalten
Kaffee zu nehmen und ihn wieder auszuspucken, bevor sie den nächsten Patienten hereinrief. Noch nicht
mal neun, und sie war bereits eine Dreiviertelstunde im
Rückstand – eine persönliche Bestleistung. Morgen jedoch würde sie ihren Kaffee trinken, solange er noch heiß
war. Bei einem gemütlichen Frühstück im Freien würden
Alan und sie den Rest ihres Lebens planen. Sie freute sich
darauf, endlich ein normales Gespräch mit ihrem Mann
zu führen, anstatt sich über Patienten auszutauschen
oder Begriffe wie »Rahmenplan« oder »Anteilseigner«
im Mund zu führen, die eher in eine Vorstandsetage gehörten als in eine Arztpraxis. Eine andere Welt war zum
Greifen nah. Sie musste nur noch die heutigen Termine
abarbeiten und dreiundsiebzig Leute zurückrufen.

Um sich Mut zu machen, gestattete sie sich einen Blick
auf den Reiseprospekt, den sie unter ungelesenen Num-
mern des *British Medical Journal* verborgen hielt. Schon seit
Jahren fand sie keine Zeit mehr, das BMJ zu lesen, und sie
würde mit Sicherheit keine Sekunde ihres Ruhestandes
damit verschwenden, das nachzuholen. Nein, *Wunderbare
griechische Inselwelt* hatte sie sich vor ein paar Wochen in
dem Reisebüro gegenüber ihrem Friseur besorgt, das war
der Lesestoff, der sie jetzt interessierte. Sie blätterte den
Prospekt durch und warf einen sehnsüchtigen Blick auf
einsame Strände, Olivenhaine und weiß gekalkte Häuser,
bevor sie ihn wieder unter den Stapel schob.

Als sie den nächsten Namen auf der Liste sah, erwog sie
kurz, den Sherry zu öffnen. Im Wartezimmer rannte Jaxon
Smith zwischen den besetzten Stuhlreihen hin und her

und drosch mit seiner Plastik-AK-47 aus auf die Knie der anderen Wartenden ein. Aus jedem Nasenloch rann eine Schneckenspur aus silbrigem Rotz, der auf seiner Oberlippe zu einer grünlichen Kruste getrocknet war. Als Heather ihn aufrief, zerrte ihn Mrs Smith, in Leggings wie in eine Wursthaut gepresst, am Pferdeschwanz des ansonsten kahlgeschorenen Hinterkopfes ins Sprechzimmer.

Sieben Minuten später gingen sie wieder, und Mrs Smith rief über die Schulter zurück: »Vergessen Sie nicht, dass Sie Ihr Geld mit mir verdienen!«

Heather verkniff es sich, darauf hinzuweisen, dass die einzigen Steuern, die die Smiths jemals gezahlt hatten, die unvermeidlichen Abgaben auf Alkohol und Kippen waren. Sie war vorrangig damit beschäftigt, ihr verwüstetes Sprechzimmer wieder in Ordnung zu bringen. Jeder Schrank war durchwühlt, eine ganze Rolle Papier für die Behandlungsliege kringelte sich in Schleifen auf dem Boden, und die Vorhangschiene um die Liege, die dem Gewicht eines kräftigen Vierjährigen nicht hatte standhalten können, lag dort wie ein kollabiertes Zelt am Ende des Glastonbury-Festivals. Dennoch war Heather dem jungen Berserker und seiner abscheulichen Mutter beinahe dankbar. Falls sie künftig ein schlechtes Gewissen bekäme, weil sie die Cliftons und Hunderte anderer Patienten, die sie mittlerweile als ihre Familie betrachtete, im Stich gelassen hatte, würde sie an Jaxon Smith denken.

Um die Mitte des Vormittags zwickte Heathers Plastikhaarklammer in ihre Kopfhaut, und sie fragte sich, wie es sein konnte, dass sie dehydriert war und trotzdem so dringend aufs Klo musste. Medizinstudenten gegenüber witzelte sie oft, dass man als erfolgreiche Allgemeinmedizinerin ein weiches Herz, ein dickes Fell und eine Vierzig-Liter-Blase brauche. Leider war ihr Fassungsvermögen nicht mehr das, was es einmal gewesen war, und der nächste Patient würde wohl oder übel warten müssen. Als sie über den Flur zur Toilette hastete, stieß sie beinahe mit Alan zusammen, der gerade aus seinem Sprechzimmer kam.

»Na, wie läuft dein letzter Tag?«, fragte er.

»Der übliche Kleinkrieg«, entgegnete Heather. »Aber ausnahmsweise habe ich es geschafft, den Papierstau am Drucker selbst zu beheben, also nicht allzu schlecht.«

Alan warf einen Blick auf seine Uhr. »Vergiss nicht, dass die Mädels für halb eine Überraschungsparty geplant haben.«

Die nicht ganz so überraschende Party. Schon den ganzen Morgen schwebten zwei Heliumballons mit der Aufschrift »Alles Gute für den Ruhestand« durch den Behandlungsraum, und jedes Mal, wenn die Tür zum Wartezimmer aufging, versuchten die grellbunten Luftschiffe in die Freiheit zu entkommen. Am liebsten hätte Heather die Eingangstür geöffnet, um sie endgültig entschwinden zu sehen. Einer der Ballons, schon etwas schlaff und schrumpelig, taumelte auf Augenhöhe, während der andere noch prall und elastisch unter der Decke hing. Sie konnte nicht umhin, das als Metapher zu sehen. Angetrieben von dem, was danach kam, ging Heather schwungvoll in die Zielgerade, während Alan ermattet wirkte und aussah, als schaffe er es nur mit Mühe bis zur Mittagspause.

»Alles in Ordnung bei dir?«, fragte Heather und forschte in seinem blassen Gesicht. Es war ein denkwürdiger Tag für ihn, der mehr bedeutete als das Ende eines Jobs. Heather war dankbar, es einigermaßen unbeschadet bis hierher geschafft zu haben, sie war sich aber darüber im Klaren, dass Alan die Dinge anders nahm.

»Alles gut«, erwiderte er. »Mir geht's bestens.«

Das »gut« nahm sie ihm ab. Das »bestens« nicht. »Wirklich?«

Er nahm Haltung an, richtete sich ein paar Zentimeter auf und versteifte seine ohnehin schon steife Oberlippe. »Besser denn je. Ich bin gewappnet für die letzte Schlacht mit der Netherwood-Medical-Center-Patientenvertretung«, sagte er mit Bezug auf jene Gruppe Freiwilliger, die ihm allmonatlich erklärte, wie er die Praxis zu führen habe, die er und Heather die letzten vierzig Jahre erfolgreich geleitet hatten.

***

»Überraschung!«

Ein Partykracher knallte. Moleküle von Schwarzpulver hatten Heathers Nase kaum erreicht, die bunten Bänder kaum den Boden berührt, als Rita, die erschreckend effiziente Empfangskraft, bereits sämtliche Spuren mit Kehrbesen und Schaufel beseitigte.

»O mein Gott«, sagte Heather und schlug die Hände mit einer Geste vor die Brust, die der British Academy Film Awards in der Kategorie Melodrama würdig gewesen wäre. »All das hätte ich ja nie erwartet ...«

All das. Das Fingerfood in liliputanischen Ausmaßen – Mini-Sandwiches, Mini-Wraps, Mini-Frittatas und Mini-Muffins – war eine erfreuliche Abwechslung zu Mr Kiplings üblichem Catering. Das einzige Zugeständnis an die Tradition war eine Platte mit den von Alan heißgeliebten Würstchen im Schlafrock.

»Tolles Buffet«, sagte Alan und leckte sich voller Vorfreude die Finger.

Jemand reichte Heather einen kleinen Schluck warmen Prosecco, der leicht in ein Abstrichröhrchen gepasst hätte, und sie nahm sich ein Sandwich. Sie nippte an ihrem Glas und sah in die Runde lächelnder Gesichter. Neben den Sprechstundenhilfen, den Pflegefachkräften und der Praktikantin waren auch die »bedrohten Fünf« im Außendienst vertreten: Gemeindeschwestern, Gesundheitsbetreuer, Physiotherapeuten, mehr Hebammen, als es derzeit Schwangere im Dorf gab, und sogar eine psychiatrische Fachschwester – eine Spezies, die man in freier Wildbahn nur selten antraf. Sie arbeiteten zwar alle freiberuflich, waren aber eine große Familie.

Ihr Herz wurde weit, als sie in die bekannten Gesichter sah, alles Menschen, die immer ein wenig mehr taten, als der Dienst es vorschrieb, und das tagein, tagaus. Nicht ihren Arbeitsort würde sie vermissen, die elegante, georgianische Fassade mit ihrer modernen Glaserweiterung, sondern die Belegschaft, die das Netherwood-Medical-Center so besonders machte. Bei dem Gedanken an den Abschied lag ihr das Kresse-Ei-Sandwich plötzlich schwer im Magen. *All das* – die Ballons, der Kuchen, die Rede, die Alan vorbereitet hatte – würde so endgültig sein. Keine Möglichkeit, es sich anders zu überlegen. Kein Weg zurück von den Mini-Frittatas.

Sie war bereit gewesen aufzuhören, überzeugt, die richtige Entscheidung getroffen zu haben. Jetzt war sie sich plötzlich nicht mehr so sicher, und der Blick auf die Zukunft schien verschwommen, als hätte sie das von ihr gemalte, perfekte Aquarell draußen im Regen liegen lassen. Sie durfte Alan ihre Zweifel nicht zeigen. Also mischte sie sich unter die Leute, lächelte viel und besorgte sich ein weiteres Glas des rasch schwindenden Prosecco.

Nach zehn Minuten identischer Unterhaltung mit unterschiedlichen Leuten – alles Variationen von: ja, sie freue sich auf den Ruhestand, und, nein, keiner von ihnen würde anfangen zu golfen – sah Heather sich nach Alan um. Er textete eine Hebamme in Ausbildung zu, die etwas gequält vorgab, über seine Scherze zu lachen. Zum Glück wurde sie von Pauline, der Praxismanagerin, gerettet, die jetzt mit einer Kuchengabel an ihr Glas klopfte.

»Meine Damen und Herren«, begann sie. »Im Namen der Belegschaft und der Freunde des Netherwood-Medical-Center möchte ich Heather und Alan gern unser Abschiedsgeschenk überreichen. Zum Dank für ihre harte Arbeit und ihr Engagement. Ich bin sicher, ihr stimmt alle mit ein in die besten Wünsche für einen glücklichen, wohlverdienten Ruhestand.«

Pauline trat mit zwei identischen Paketen vor, eines für Heather und eines für Alan, beide in Papiertaschentücher verpackt. *Bitte nicht noch mehr Gartengeräte.* Heather riss das Papier auf und stieß hörbar den Atem aus. Das rechteckige Namensschild, das am Eingang zur Praxis angebracht gewesen war, lag kalt und erstaunlich schwer in ihren Händen.

Dr. Heather Winterbottom BM BCh DCH DRCOG MRCGP

Diese ganzen Buchstaben hinter ihrem Namen. Die einst glänzende Oberfläche war über die Jahre verwittert, aber jemand hatte das Messing poliert, sodass es wie neu schimmerte, die eingravierten Buchstaben waren klar und präzise wie die Inschrift auf einem frisch gesetzten Grabstein. Sie und Alan waren offiziell demontiert.

Wie sie Rita kannte, waren die Löcher in dem zweihundert Jahre alten Mauerwerk bereits ausgefugt. Heather nahm es ihr nicht übel. In Hausarztpraxen blieb keine Zeit zum Luftholen oder Innehalten, schon gar nicht zum Trauern. Es war unmöglich, mit dem stetig wachsenden Berg an Bürokratie Schritt zu halten. Und es gab grundsätzlich mehr Patienten als Termine.

»Ich habe einen Kloß im Hals«, krächzte Alan.

Beruhigend zu wissen, dass auch er nur ein Mensch war, sprachlos vor Rührung und Schmerz.

»Ich auch, Liebling«, sagte Heather und legte ihm eine Hand auf die Schulter. »Nein.« Hustend schüttelte er den Kopf und deutete auf seinen Hals. »Würstchen.«

Er versuchte, es durch übertriebenes Schlucken freizubekommen, während ein ganzer Raum voll medizinischem Fachpersonal von stiller Panik erfasst wurde. Doch am Ende nahm Alan die Sache selbst in die Hand, indem er das Würstchen mit einem Stück Kuchen verscheuchte.

Heather war erleichtert, als sich die Gesichtsfarbe ihres Mannes wieder normalisierte, doch ihr Bedauern, die Unsicherheit und die aufkeimende Reue wichen nicht. Das war das Ende einer Ära. Sie konnte es kaum erwarten, endlich von hier zu verschwinden, aber wie sollte sie das alles hinter sich lassen? Die Tragweite dieser Erkenntnis ließ sich nicht einfach mit einem Stück frischer Biskuitrolle runterschlucken.

Pauline war noch nicht zum Ende gekommen. »Wir haben ein weiteres, ganz spezielles Geschenk für euch beide«, sagte sie und überreichte einen Umschlag.

Immer noch hustend riss Alan den Umschlag auf.

»Eine gemeinsame Mitgliedschaft im National Trust! Das ist wirklich etwas Besonderes«, sagte er, als könnte er es nicht erwarten, in die Welt der Rosengärten und Orangerien, Pflanzenmärkte und Geschenkshops einzutauchen.

Heather murmelte ihren Dank. Sie spürte, wie tief innen ein kleines Stückchen von ihr erstarb. Vergiss die Olivenhaine und rustikalen Tavernen Griechenlands, von nun an waren bequeme Schuhe und Thermosflaschen mit lauwarmem Tee an düsteren Dienstagnachmittagen angesagt. Alans Vorstellung vom perfekten Ruhestand war denkmalgeschützte Architektur, in der Clotted Cream serviert wurde.

Den Umschlag ans Herz gepresst trat Alan vor. »Vielen Dank euch allen. Ich bin sprachlos«, sagte er. Doch da er einem ihm ausgelieferten Publikum nicht lange widerstehen konnte, fand er seine Sprache sogleich wieder. Und nun kam sie. *Die Rede.* Keine Fluchtmöglichkeit. Alle Ausgänge verschlossen. Heather äugte zu der leeren Prosecco-Flasche hinüber, zu spät fiel ihr der Sherry ein.

»Wie ihr vielleicht wisst, hat mein Vater, Gordon Winterbottom, diese Praxis 1948 gegründet. Im selben Jahr wurde der National Health Service ins Leben gerufen, der erste Gesundheitsdienst auf der Welt, der seine Leistungen völlig kostenfrei zur Verfügung stellte. Lasst mich ein wenig in die Details gehen.«

Nein, Alan, bitte keine Details.

»Es war das Jahr der ersten künstlichen Hüfte. Polio wütete, und Penizillin, das erste Antibiotikum, steckte noch in den Kinderschuhen. Die Lebenserwartung für Männer lag bei fünfundsechzig Jahren, die von Frauen bei siebzig.«

Manche Zuhörer bekamen einen abwesenden Blick, doch Alan war in seinem Element; so lebhaft hatte Heather ihn seit Wochen nicht gesehen.

»Seither hat sich vieles geändert. Dank der frühen Impfungen, für die mein Vater sich leidenschaftlich einsetzte, ist Kinderlähmung heute praktisch ausgerottet. Männer werden im Durchschnitt achtzig Jahre alt, Frauen dreiundachtzig.«

»Verlass dich nicht drauf«, zischte Heather leise durch lächelnde Lippen.

»Wusstet ihr, dass es heute zehnmal so viele Ärzte gibt wie 1948, aber nur ein Viertel der Krankenhausbetten?«

Offenbar wusste das niemand. Und die Anwesenden waren, wie Heather vermutete, auch nicht besonders interessiert daran, zumal an einem Freitagnachmittag. Die Rede nahm immer mehr den Ton einer Parteiveranstaltung an. Sie räusperte sich.

Alan sah in ihre Richtung.

»Hier ist noch ein weiteres Detail, das euch vielleicht nicht so bewusst ist. Untersuchungen haben gezeigt, dass Ärzte ihre Patienten erst nach neunzig Sekunden unterbrechen. Ehefrauen gestehen ihren Männern nur sechzig Sekunden zu.« Die verheirateten Männer im Raum nickten bestätigend. »Doch zurück zu meinem Vater. Er war ein großzügiger Mann, und ihr seid alle zu jung, um zu wissen, wie man ihn im Dorf verehrte, nicht nur wegen des selbstgezogenen Gemüses, sondern auch wegen seines Umgangs mit Kranken.«

Alans Stimme versagte. Heather trat solidarisch und tröstend an seine Seite, aber auch, um ihn diskret an die Zeit zu erinnern.

»Ich sehe uns gern als eine große, glückliche Familie«, sagte er. »Heather und ich haben unser Bestes getan, um diese Praxis aufzubauen und fit zu machen für ein neues Jahrhundert, aber jetzt ist die Zeit gekommen, das Staffelholz an die jüngere Generation zu übergeben. Nur das Wissen, dass wir die Netherwood-Gemeinschaft in beste Hände weiterreichen, macht es Heather und mir einfacher, das Stethoskop endgültig an den Nagel zu hängen. Wir werden jetzt das Vergnügen haben, uns endlich wieder näher kennenzulernen.« Er drehte sich zu Heather um. »Entschuldigung, sind wir uns schon mal begegnet?«

Stichwort für den obligatorischen Applaus. Heather stieß die Luft aus, die sie unbewusst angehalten hatte. Gott sei Dank, das war's dann wohl. Nur dass Alan noch längst nicht fertig war. Er entfaltete ein Blatt Papier und griff nach seiner Lesebrille. Heather deutete die Geste des Halsabschneidens an in der Hoffnung, Alan werde sie aus dem Augenwinkel wahrnehmen. Doch er schien Scheuklappen zu tragen und begann mit lauter Stimme zu lesen.

»Der griechische Staatsmann Perikles hat in seiner vielgepriesenen Gefallenenrede zum Gedenken an die Toten des Peloponnesischen Krieges gesagt: ›Nicht nur die Inschrift auf einer Steintafel zeugt von ihnen, auch die dem Gedächtnis der Lebenden eingeschriebene Erinnerung.‹«

»Ich finde, das ist ein wunderbares Schlusswort«, unterbrach ihn Heather und animierte das verwirrte Publikum zu einem hoffentlich finalen Applaus.

»Aber ich bin noch gar nicht fertig mit meiner Rede«, murmelte Alan geknickt und sah der sich auflösenden Menge nach. Seine ungesagten Worte füllten beide Seiten des zerknitterten Din-A4-Blatts in seinen Händen.

»Die Leute müssen zurück an die Arbeit, Alan. Sie haben keine Zeit, deinen Auslassungen über tote Griechen zu lauschen.«

»Aber die Gefallenenrede des Perikles ist eine der größten Reden der Geschichte.«

»Wann genau war das?«

»431 vor Christus.«

Das Bild von Alan als kleinem Jungen, der sein Wissen unbedingt mit einem stets beschäftigten Vater teilen wollte, stimmte sie milder. Sie stellte sich ihn als Siebenjährigen vor, den man in ein Internat schickte und dem man erzählte, wie glücklich er sich deshalb zu schätzen habe. Glücklich darüber, in denselben grimmigen, aber geheiligten Hallen dasselbe zu erleiden wie vor ihm sein Vater und sein Großvater. Alan sprach selten über seine

19

Schulzeit, und wenn, dann nur als triste, aber charakter-
bildende Jahre. Er erzählte lieber davon, wie er an freien
Wochenenden seinen Vater auf dessen Runden begleiten
und seine ramponierte Arzttasche tragen durfte.

»Ich bin ja sehr für eine Reise nach Griechenland, Alan,
aber wie wär's mit dem einundzwanzigsten Jahrhundert?«

Sonne, Sand und Meer, eine jahrtausendealte Geschichte,
und das nur dreieinhalb Flugstunden von Gatwick entfernt. Sie musste bloß den richtigen Moment erwischen,
um ihm den Prospekt unter die Nase zu halten.

Kapitel 2

Felicity Kendals Hintern

Heather setzte sich so unvermittelt auf, dass sie Sternchen wegblinzeln musste. Hitze schoss aus ihren Adrenalin pumpenden Nebennieren bis in die Kopfhaut, die Fingerspitzen, die Zehen.

Sie hatte den Wecker verschlafen.

Zum ersten Mal in vierzig Jahren.

Die Patienten würden warten.

Es dauerte Sekunden, bis ihr Gehirn begriff, was los war, und das galoppierende Herz zügeln konnte. Von heute an gab es keine Weckrufe mehr, keine Termine, keinen Zeitplan, keine Fristen. Von nun an würden sie und Alan Dinge auf freiwilliger Basis tun, nicht weil sie mussten, sondern weil sie mochten. Heute war der erste Tag vom Rest ihres Lebens. Die Sonne war in ihrer alten Welt unter- und in einer neuen aufgegangen. Allerdings schien sie jetzt nicht. Zwischen den geöffneten Vorhängen begrüßte Heather ein trüber, wolkenverhangener Tag. Und aus unerfindlichen Gründen roch es nach Fisch.

Der neue Morgenmantel aus Waffelpiqué – einer des zweiteiligen Sets, das sie letzte Woche online bestellt hatte – lag noch immer ordentlich gefaltet in seiner Plastikverpackung. Sie hatte ihn für diesen Moment aufgespart, die scharfen Falten zeugten davon, wie lange sie ihn herbeigesehnt hatte. Als sie schließlich hineinschlüpfte, fühlte sich der Stoff enttäuschend streif und kratzig an. Heather knotete den Gürtel und machte sich auf die Suche nach der Quelle des mysteriösen Fischgeruchs.

Jemand, der wie Alan aussah – der kaum je einen Finger in der Küche rührte und mit geradezu religiöser Überzeugung auf seinem Frühstückstoast mit seiner Lieblings-Orangenmarmelade von Tiptree beharrte –, stand über eine Bratpfanne auf dem Herd gebeugt. Zu seinen Füßen wachte Stan wie eine steinerne Sphinx, Stalaktiten aus Sabber hingen ihm aus dem Maul. Stans hingebungsvolle Konzentration und das gelegentliche Lecken der Lefzen spiegelten auf komische Weise das Verhalten des Mannes. Von hinten glich dessen morgendlicher Strubbelkopf sogar dem drahtigen Fell des Jagdhundes. Glichen Hunde im Laufe der Zeit ihren Besitzern oder umgekehrt?

»Möchtest du einen, Liebes?«, rief Alan munter.

»Nein, vielen Dank.« Heather löffelte Kaffeepulver in die French-Press-Kanne und warf den Wasserkocher an. »Ich glaube, ich bleibe bei Müsli.«

»Komm schon, die sind ganz frisch, von Craster. Die besten Bücklinge der Welt.« Sie war sich nicht sicher, wie man die Frische von konserviertem Fisch bestimmte, äußerte sich aber nicht dazu. Heather hatte geduldig auf diesen Morgen gewartet, nichts würde ihn verderben.

Alan hielt ihr die Pfanne hin, wo die braunen Fische – die Augen glasig in den aufgeschnittenen Köpfen – in Butter schwammen. Sie wich zurück, als er die glitzernden Filets auf zwei Scheiben warmen Buttertoast gleiten ließ und sich dann die Fingerspitzen küsste wie ein Sternekoch. Stan folgte Alan auf dem Weg vom Herd zur Spüle, dann an den Küchentisch, den Teller stets fest im Auge.

»Ich dachte, wir könnten draußen frühstücken«, sagte Heather. Sie hatte Tassen und Unterteller samt Milchkännchen und Kaffeekanne auf ein Tablett gestellt.

Messer und Gabel im Anschlag entgegnete Alan schwach: »Aber wir haben doch immer in der Küche gefrühstückt.« Als wären weitere zwölf Schritte bis hinaus zu den Gartenmöbeln eindeutig zu viel.

»Also wirklich, Alan. Wo bleibt deine Abenteuerlust?«

Er überlegte kurz, nahm seinen Teller und folgte ihr nach draußen, ohne seinen Widerwillen zu verbergen. Stan trottete hinterher.

Der Himmel war in eine triste graue Wolkendecke gehüllt, und die Kälte kroch durch die dünne Baumwolle von Heathers neuem Morgenmantel. Sie gab sich Mühe, nicht zu frösteln. Wann hatten sie das letzte Mal auf der Terrasse gesessen? Das Wetter war dieses Jahr nicht danach gewesen. Selbst die Glyzinie, die um diese Jahreszeit normalerweise voll leuchtender lila Kerzen stand, lehnte schütter und praktisch blütenlos an der Mauer. Der Tisch und die Stühle aus Teak waren im Winterschatten auf der Rückseite des Hauses schwarz und moosig geworden, und das Holz begann zu splittern. Alan hatte immer wieder beteuert, mit dem Dampfstrahler über die stockigen Pflastersteine gehen zu wollen, war aber bisher nicht dazu gekommen.

Es war zwar nicht die perfekte Szene aus *Homes & Gardens*, die sie im Sinn gehabt hatte, aber immerhin ein gemeinsames Frühstück. Über Jahre hatte sich ihre Ehe angefühlt wie ein Stafettenlauf, jeder Tag ein neuer Sprint, bei dem die einzige Interaktion die Übergabe von Verantwortung war – für die Kinder, die Patienten oder für die Haushaltspflichten, die es zu erledigen galt. Nun endlich hatten sie die Ziellinie passiert und konnten im eigenen Tempo weitergehen, Seite an Seite.

»Wir sollten uns wirklich neue Gartenmöbel anschaffen«, sagte Heather, während sie sich vorsichtig auf dem vom Moos glitschigen Sitz niederließ.

»Wozu denn, wenn wir kaum draußen sitzen? Ich

werde diesen hier eine gute Reinigung verpassen – eine letzte Ölung«, versprach Alan.

Er war offenbar entschlossen, in seine täglichen Rituale keine Outdooraktivitäten zu integrieren. Ihn dazu zu überreden, lebenslange Gewohnheiten zu ändern, würde immer von Neuem eine Herausforderung sein. Umso mehr hatten die Bücklinge Heather überrascht. Statt sich auf die stinkende, fettige Pfanne zu kaprizieren, die er in der Spüle zurückgelassen hatte, beschloss sie, darin ein Zeichen zu sehen; vielleicht, nur vielleicht, wäre er ja doch offen für Veränderung.

»Du weißt nicht, was du verpasst«, sagte Alan durch einen Bissen braunen Fisch. Als Gabel und Messer nicht reichten, um mit seinem Appetit mitzuhalten, schob er sich den Toast mit den Fingern in den Mund. Dabei stöhnte er so lustvoll, dass Heather befürchtete, es werde hier am Tisch zu einem Orgasmus kommen. Im Bett hatte sie schon seit Langem keine solchen Töne mehr von ihm gehört. Sie konnte sich nicht mal erinnern, wann sie das letzte Mal miteinander geschlafen hatten. Oder auch nur Händchen gehalten. In letzter Zeit gab es, abgesehen vom zufälligen Streifen von Ellbogen oder Schultern beim Umdrehen im Bett oder beim zeitgleichen Griff in den Küchenschrank, kaum Körperkontakt zwischen ihnen. Und wie beim Verblassen eines einst farbenfrohen Fotos war das so langsam vonstattengegangen, dass keiner von beiden es bemerkt hatte.

Es war leicht, dem Job die Schuld dafür zu geben.

Sie waren den ganzen Tag beschäftigt gewesen und völlig erschöpft, wenn sie abends heimkamen. Sie liebten sich noch immer, auch wenn sie es nicht zeigten. Das verstand sich doch von selbst, oder etwa nicht?

Es war Zeit, eine neue Seite aufzuschlagen, von vorn

anzufangen, nicht als Kollegen und Geschäftspartner, sondern als Mann und Frau. Allerdings waren sie länger Kollegen gewesen als verheiratet. Was, wenn ihre Beziehung nur als Dr. und Dr. Winterbottom funktionierte und nicht als Mr und Mrs?

Heather vermied es, auf Alans fettglänzendes, unrasiertes Kinn zu blicken oder auf das Revers seines schmuddeligen alten Bademantels, auf dem sich in der Nachbarschaft verschiedener undefinierter Flecken eine dunkle Lache gebildet hatte.

»Warum ziehst du nicht den neuen Morgenmantel an, den ich dir gekauft habe?«

»Ich bevorzuge diesen hier. Das war schon immer mein Lieblingsbademantel. Ich dachte, ich hätte ihn verloren, bis ich ihn am Boden von Stans Korb gefunden habe. Keine Ahnung, wie er dort hingekommen ist.« Er warf Heather einen fragenden Blick zu. Sie sah weg.

»Dann lass ihn mich zumindest waschen«, sagte Heather und meinte, einen Geruch von Hund und Fisch wahrzunehmen.

»Wir wollen doch Mrs Gee nicht verunsichern.«

»Ich bin durchaus in der Lage, selbst eine Maschine Wäsche zu waschen, vielen Dank auch.« Heather kippte die Reste ihres Kaffees, der zu ihrem Unmut bereits kalt geworden war, in das steppenhohe Gras, das die Terrasse umschloss. »Genauso wie ich davon ausgehe, dass du in der Lage bist, diesen Rasen hier zu mähen.«

»Du weißt doch, wie Mr Gee reagiert, wenn jemand den Rasenmäher anrührt«, sagte Alan abwehrend.

»Das Problem ist, dass er es mittlerweile kaum noch von einem Ende des Rasens zum anderen schafft. Man kann seine Knie dabei knacken hören. Die beiden müssen mindestens achtzig sein.«

25

Immerhin hatte Alan Anstand genug, peinlich berührt auszusehen, während er die fischige Butter von seinem leeren Teller tupfte. Sie hatten Mr und Mrs Gee mit dem Haus übernommen, und ihre Anwesenheit war genauso wenig verhandelbar gewesen wie die von Alans alter Mutter Gwen oder der riesigen Glyzinie, die wie ein hölzernes Skelett die zerbröselnde Rückmauer zusammenhielt.

Zunächst hatte die Peinlichkeit, Hausangestellte zu haben, die unbestreitbaren Vorzüge überwogen – obwohl Heather die Gees lieber als Helfer mit großzügigem Trinkgeld denn als Personal sah. Heathers proletarische Mutter hatte nicht lange genug gelebt, um mitzukriegen, wie die Tochter jeden Freitagnachmittag beschämende braune Umschläge mit Bargeld als Gegenwert für ein blitzsauberes Haus und gleichermaßen blitzsaubere Kinder überreichte. Ebenso wenig ihr Vater, der sie gelehrt hatte, niemals einem Mann zu trauen, der seinen Rasen nicht selbst mähte. Aber der Tag hatte einfach nicht genug Stunden, um Mutter zweier Töchter, Hausfrau, Gwens Vollzeitpflegerin und Netherwoods einzige Ärztin zu sein.

»Wir müssen über die Gees reden, Alan. Sie sind die Nummer eins auf unserer Agenda.«

»Agenda? Ich hatte mich auf eine Zeit ohne Konferenzen gefreut.«

»Trotzdem gibt es Dinge, über die wir reden müssen. Wichtige Dinge, über die wir uns einig sein sollten. Zum Beispiel, wann wir Mr und Mrs Gee kündigen. Jetzt, wo wir pensioniert sind, gibt es keinen Grund mehr, warum wir diese Arbeiten nicht selbst erledigen könnten. Ich halte mich nicht für komplett unfähig, Domestos in die Kloschüssel zu spritzen.« Und mit Sicherheit wäre selbst Alan in der Lage, die Hecke zu stutzen, ohne in der Notaufnahme zu landen.

»Wir können sie nach all den Jahren doch nicht einfach auf die Straße setzen«, sagte er. »Sie waren immer so gut zu uns. Ich habe Mrs Gee versprochen, dass es hier in The Elms immer Arbeit für sie gibt, so lange sie das will. Und ein Versprechen ist ...«

»... ein Versprechen, ich weiß.«

Gespräche wie dieses waren müßig. Heather brachte ein Problem zur Sprache. Alan sagte seine Meinung dazu. Heather hatte Einwände. Alan entkräftete sie. Und so langweilten sie sich gegenseitig in eine Pattsituation hinein. Der Status quo blieb, ebenso wie die Gees blieben.

»Was steht denn sonst noch auf der *Agenda*?«, fragte Alan und machte sich nicht die Mühe, seine Geringschätzung zu verbergen.

»Thema Nummer zwei sind unsere Finanzen.«

Jetzt hatte sie seine volle Aufmerksamkeit. Sie wusste genau, wie sie das anfangen musste. Brachte sie ein Argument vor, stellte er sich taub, um erst wieder aufzumerken, wenn er etwas hörte, mit dem er einverstanden war.

»Da hast du völlig recht«, sagte er. »Wir müssen vorsichtiger sein, jetzt wo wir Rentner sind.«

Heather hatte sich nie als Rentnerin gesehen, sicherlich nicht wie ihre Großmutter mit den blaustichigen Haaren, die jeden Freitag am Postschalter anstand, um ihre mageren Altersbezüge abzuholen. »Wir haben vorgesorgt, Alan. Wir haben doch nicht all die Jahre hart gearbeitet und kostbare Zeit mit den Mädchen verpasst, um am Lebensabend darben zu müssen. Die neuen Autos, die wir nie angeschafft haben, der nie verwirklichte Küchenanbau, die gestrichenen Urlaube. Ich habe alle diese Opfer mitgetragen, damit wir uns ein finanzielles Polster schaffen konnten. Was glaubst du, wieso ich mich mit der knausrigen Pauline abgefunden habe?«

Pauline, Alans finanzpolitische Seelenverwandte, hatte veranlasst, dass die Geleefrüchte auf »eins pro tapferem Kind« reduziert wurden, und E-Mails mit der Frage herumgeschickt: »Toilettenpapierverbrauch: Können wir da noch besser werden?«

»Wir haben es nicht zuletzt ihr zu verdanken, dass wir einen sorgenfreien Ruhestand genießen können.«

»Dann lass ihn uns auch genießen. Ich habe genug alte Patienten gesehen, die vor sich hin vegetierten, um ein kleines Vermögen anzuhäufen, mit dem sich die undankbaren Kinder dann ein Ferienhaus in Frankreich gekauft haben. Ich will anfangen zu leben, solange mir noch Zeit dazu bleibt.«

»Es war schließlich deine Idee, früh in den Ruhestand zu gehen, Heather.«

»Früh? Wovon redest du? Wir haben beide das offizielle Pensionsalter erreicht. Ich habe nur vorgeschlagen, die Praxis zu verkaufen, weil ich dachte, du wolltest es so, Alan.«

»Und ich habe nur zugestimmt, weil ich dachte, *du* wolltest es so.«

Das Kaufangebot für das Netherwood-Medical-Center war völlig unerwartet gekommen, aber beide hatten es für zu gut befunden, um abzulehnen. Die Praxis brauchte frisches Blut, hatte Heather argumentiert. Jemanden mit Energie und Visionen, der die Kapazitäten ausbauen konnte und die Kraft besaß, den Bedürfnissen einer wachsenden, rasch alternden Bevölkerung gerecht zu werden. Und jemanden, der das Kauderwelsch der Gesundheitsfürsorge im 21. Jahrhundert beherrschte.

»Es fühlt sich an wie eine Kapitulation«, hatte er leise gesagt. »Mein Vater hat niemals aufgegeben. Er ist bei harter Arbeit erst richtig aufgeblüht.«

Bis er im Sprechzimmer tot umfiel, hatte Heather sich verkniffen anzumerken.

Jetzt saßen sie in nichteinvernehmlichem Schweigen da. Rückblickend hätten sie das Gespräch vielleicht besser führen sollen, bevor sie übereinkamen, die Praxis zu verkaufen. Doch kaum hatten sich die Räder in Bewegung gesetzt, war der Ruhestandswahnsinn nicht mehr aufzuhalten gewesen. Der Handel war abgeschlossen, der Vertrag unterzeichnet, und da saßen sie nun auf ihren vermoosten Gartenstühlen und dachten über ihre minütlich schrumpfende Zukunft nach, während am Himmel Regen dräute.

»Jetzt ist es zu spät. Wir können nicht mehr zurück, machen wir also das Beste draus. Was wir brauchen, ist ein Aktionsplan.«

»Es geht um unseren Ruhestand, darum, nicht mehr jeden Tag zur Arbeit zu müssen«, erwiderte Alan. »Nicht um Unternehmensberatung.«

Heather geriet gefährlich nahe an den Rand ihrer Geduld. »Trotzdem kann es nicht schaden, ein paar Ziele zu haben, oder?«

»Wir sind doch hier nicht beim Leistungssport. Durchs erste Ziel sind wir schon. Ich freue mich darauf, ausnahmsweise mal keine Ziele mehr zu haben.«

Auf der anderen Seite des Dorfes schlug die Kirchturmuhr zur vollen Stunde. Es klang mehr wie Totengeläut.

»Na gut, ich lasse dir den Vortritt.« Alan lehnte sich zurück, eine der hölzernen Streben des Stuhls brach unter seinem Gewicht.

Es war verlockend, ihrem Mann den Reiseprospekt unter die Nase zu halten, aber es wäre besser, ihn nicht zu überrumpeln. Sie musste ihn langsam von ihrer Idee überzeugen, ihn mit List und Tücke dafür gewinnen. Im

Lauf ihrer Ehe hatte sich die Taktik bewährt, ihn vor eine Wahl mit genau zwei Optionen zu stellen, von denen er eine automatisch zurückweisen würde und die Alternative ihrem Wunsch entspräche.

»Wir könnten eine Diät machen und etwas für unsere Fitness tun, oder wir könnten in Urlaub fahren.«

Misstrauisch kniff er die Augen zusammen.

»Ich nehme an, die Sache mit der Fitness ist an mich gerichtet.«

»An uns beide. Und an Stan. Sieh ihn dir doch an. Er wurde dafür gezüchtet, Hirsche übers schottische Hochland zu jagen.«

Durch die Küchentür sahen sie, wie der Hund den Boden vor dem Herd sauber leckte. Trotz Mrs Gees Beteuerungen, ihm niemals Leckerli zu geben, war er vermutlich der einzige fettleibige Deerhound, der im Kennel Club, dem britischen Züchterverband, registriert war.

Alan sah sie triumphierend an. »Nun, Dr. Winterbottom, da bin ich dir um eine Nasenlänge voraus. Wie du sicher weißt, ist der bescheidene Bückling reich an Omega-3-Fettsäuren, Vitamin A und D sowie Kalzium und Proteinen. Definitiv Superfood.«

»Würdest du nicht gern ... na ja, besser in Form sein?«

»Was soll das heißen? Für einen Mann meines Alters bin ich gut in Form.« Alan streichelte seinen Bauch, als enthielte er ungeborenes Leben.

»Das kommt, weil die meisten Männer deines Alters zu viel sitzen und zu viel Früchtekuchen essen.«

»Ich durfte doch den Fanclub nicht enttäuschen.«

Er musste lächeln bei dem Gedanken an das Kränzchen treuer Verehrerinnen, die in ihm den Tom Jones des Dorfes sahen. Sie waren alle in einem gewissen Alter und konsultierten Heather in sogenannten »Frauenfragen«, ließen sie allerdings wissen, dass Alan zuständig war, sobald es sich um »etwas Ernstes« handelte. Vor einigen Jahren hatte er angedeutet, er habe eine Schwäche für Früchtekuchen. Was folgte, hatte Heather als den »Netherwood-Mega-Back-Event« bezeichnet. Und während Alans Verehrerinnen um seine Aufmerksamkeit buhlten, hatte sich seine Taille beträchtlich erweitert. Als sie ihn daraufhin an die Richtlinien der britischen Herzstiftung für den optimalen Taillenumfang erinnert hatte, behauptete er, durchaus noch in seine 36-Inches-Jeans zu passen. Natürlich tat er das. Solange man die 36 Inches auf Höhe des Schambeins ansetzte.

»Selber schuld, Alan. Du hast sie ermutigt.«

Alan stieß mit einem *pffft* die Luft aus, aber er lächelte. Sie gewann an Boden.

»Ist es nicht ein bisschen zu spät im Leben, um sich darüber Sorgen zu machen? In meinem jetzigen Alter war mein Vater bereits seit acht Jahren tot.«

»Genau mein Punkt. Wenn du auf dich aufpasst, kannst du locker noch zwanzig oder dreißig Jahre leben.«

Nach einigen Augenblicken verblüfften Schweigens sagte Alan: »Mag sein, aber bitte erspare mir schweißtreibende Aktivitäten vor den Augen von Fremden.«

»Dann wäre Pilates das Richtige.«

»Wieso Pilates?«

»Damit du allein wieder hochkommst, wenn du mal hinfällst«, murmelte Heather und versuchte, das Bild ihres Mannes mit neunzig zu vertreiben. Alan mit siebenundsechzig war schon schlimm genug.

Er stieß einen Seufzer aus, dessen Bedeutung klarer nicht hätte sein können, selbst wenn sie in Neon auf seiner Stirn gestanden hätte. Auch Heather seufzte. Sie waren vertraut mit dem Seufzen des jeweils anderen. Im Gegensatz zu Paaren, die sich anschrien und mit Gegenständen warfen, waren Alan und sie in der Lage, lediglich mit den Tönen ausgestoßener Atemluft zu kommunizieren.

»Schau, Heather, ich bin erschöpft. Der Stress der letzten Wochen hat mich fertiggemacht. Ich möchte es langsam angehen – entspannen und abschalten.«

»In dem Fall brauchst du einen Ortswechsel«, erwiderte Heather und versuchte, ihre Begeisterung im Zaum zu halten.

Alan räusperte sich. Er hatte jetzt Beine und Arme verschränkt und sah aus wie ein Entfesselungskünstler, der aus einer Frottee-Zwangsjacke zu entkommen sucht. Seine Körpersprache war ohrenbetäubend. »Wir fahren dieses Jahr schon weg, wie du dich wohl erinnerst. Zu Weihnachten besuchen wir Tilly in Neuseeland.«

»Aber das ist noch Monate hin. Wie wär's mit etwas Näherem? Griechenland zum Beispiel. Stell dir vor: Sonne, See und Segeln. Wir könnten historische Stätten besichtigen und anschließend in einer dieser hübschen Tavernen zu Abend essen.«

Seiner schmerzlichen Miene nach zu urteilen hätte sie auch vorschlagen können, zwei Wochen lang ununterbrochen Filmklamotten aus den Fünfzigern anzusehen.

»Ich habe Griechenland abgehakt, Heather.«

»Du hast Griechenland *abgehakt*? Was heißt das?«

»Ich hatte Altgriechisch in der Schule, und in meinem freien Jahr vor der Uni bin ich mit einem Interrail-Ticket quer durch Europa und mit der Fähre von Brindisi nach Korfu gefahren, und von dort habe ich noch andere Inseln bereist.«

»Welche?«, fragte Heather interessehalber.

Alan tippte sich an die Stirn. »So genau kann ich das nicht mehr sagen. Ich erinnere mich nur, an verschiedenen Stränden mit einem Kater aufgewacht zu sein. Frag mich bitte nicht, wo das war.«

»Also wirklich, Alan. Du musst auf diesen Inseln doch mehr gesehen haben als das Innere der Bars.«

Er legte den Finger auf sein Kinngrübchen und schüttelte den Kopf. »Nicht viel. Damals war ich nur an Bier interessiert. Und an Mädchen.«

Alan bemerkte nicht, wie ihre Kiefermuskeln sich verhärteten. Während sie zu Hause ihre Mutter gepflegt hatte, die an der langwierigsten neurologischen Degeneration dahinsiechte, der die Medizin je einen unaussprechlichen Namen gegeben hat, hatte sich ihr künftiger Mann durch den griechischen Archipel gevögelt und dabei bestens amüsiert.

Heather versuchte nicht, den Sarkasmus in ihrer Erwiderung zu unterdrücken. »Tja, dann verstehe ich, warum du da nie wieder hinwillst.«

»Das habe ich nicht gesagt. Aber wieso die Eile? Du musst dir den Ruhestand wie einen Marathon vorstellen, nicht wie einen Sprint. Wir haben alle Zeit der Welt. Fahren wir doch nächstes Jahr. Oder übernächstes.«

»Und in der Zwischenzeit?« In ihrer Vorstellung dehnten sich formlose Tage, strukturiert nur durch das Nachmittagsprogramm *Häuser unter dem Hammer* und das Sieden und Abkühlen des Wasserkochers.

Alan entwirrte seine Gliedmaßen.

»Wo du schon fragst. Es gibt da durchaus ein Vorhaben. Ein Projekt, in das ich mich richtig verbeißen kann. Etwas, das ich immer schon tun wollte und wozu ich nie gekommen bin. Jetzt hindert mich nichts mehr daran, meine Träume zu verwirklichen.«

Sie nickte. »Okay, spuck's aus. Wie gestaltet sich dein idealer Lebensabend?« Fallschirmspringen lernen? Eine verlassene Villa in der Toskana renovieren? Einen Roman schreiben? Was würde jetzt kommen? Sie hatte so sehr den Kontakt zu Alans Fantasien verloren, dass alles möglich war. Heather hoffte nur, dass es etwas sein würde, für das sie sich auch begeistern konnte.

Eine weitere Leiste splitterte unter Alans Gewicht, als er sich vorbeugte und verschwörerisch die Hände rieb. »Ich werde einen Gemüsegarten anlegen.«

Alle Achtung, Alan. Sie hatte ihn immer für total berechenbar gehalten. Das war nun wirklich eine Überraschung. Die sprühenden Synapsen ihrer linken Gehirnhälfte weigerten sich, ihr eine passende Erwiderung zu liefern.

Alans triumphierendes Lächeln welkte. »Und?«

»Ich weise nur ungern auf die offensichtliche Schwachstelle dieses Plans hin, Alan, aber du hasst Gartenarbeit.«

»Ich hasse Rasenmähen und Unkrautjäten.« Sie wollte ihn gerade darauf hinweisen, dass Mr Gee diese Arbeiten erledigte, aber er hob seinen Hör-mich-an-Finger. »Stell dir doch mal vor, Heather – eigenes Gemüse ziehen. Kartoffeln, Stangenbohnen, Karotten, Salat. Das ganze Programm!«

Er konnte sich das nicht erst gestern ausgedacht haben. Dahinter stand ein genauestens vorbereiteter Plan.

»Du willst also Netherwoods Äquivalent von Tom und Barbara aus *Das gute Leben* werden?«

»Jetzt, wo du's sagst ... ich hatte schon immer eine Schwäche für Felicity Kendals Hintern«, entgegnete er träumerisch.

Heather verdrehte die Augen.

»Das muss ich erst mal verarbeiten.«

»Und ich habe schon ziemlich genaue Vorstellungen.«

Alan zog den Gürtel seines Bademantels fest und begann, mit wedelnden Armen auf dem Rasen hin und her zu gehen. Seit Monaten hatte sie ihn nicht mehr so energiegeladen gesehen. Vielleicht würde er Pilates gar nicht brauchen. Atemlos stützte er sich auf den schmierigen Holztisch, um Heather in die Augen sehen zu können. »Und das Beste daran ist, dass wir unsere Tesco-Rechnung um drei Viertel reduzieren können. Ich habe es durchgerechnet«, verkündete er mit einem breiten Grinsen, das sein müdes Gesicht um ein Jahrzehnt verjüngte.

Jetzt war nicht der Moment, ihn daran zu erinnern, dass der nächstgelegene Tesco vor fünf Jahren dichtgemacht hatte.

Kapitel 3

Unheimliche Begegnung
im dritten Gang

Glücklicherweise war Alan am Ende der ersten Woche vom Rest seines Lebens zu Toast und Orangenmarmelade als Frühstück zurückgekehrt. Er bekannte, die Bücklinge hätten ihre Faszination eingebüßt, doch Heather vermutete als Grund eher die Fischpfanne, die er jeden Morgen selber schrubben musste, nachdem sogar die stoische Mrs Gee diese Zumutung von sich gewiesen hatte. Unglücklicherweise gingen am Ende dieser Woche sowohl die Orangenmarmelade als auch die sonstigen Vorräte zur Neige. Kühlschrank und Speisekammer waren leer, denn Heathers üblicher Wocheneinkauf reichte nicht für zwei Erwachsene, die täglich drei Mahlzeiten zu Hause aßen. Es war Zeit, Nachschub zu besorgen.

Den regelmäßigen Einkauf im Supermarkt hatte sie nie an Mrs Gee delegiert, denn sie genoss die Zeit für sich, wenn sie allwöchentlich ungestört in den Regalen nach den immer gleichen Produkten stöberte.

Heather frischte im Garderobenspiegel ihr Make-up auf und sammelte im Schrank unter der Treppe wiederverwendbare Plastiktüten ein. Zu ihrer Überraschung erwartete Alan sie mit einer Liste.

»Aufgrund einer umfänglichen Inventarisierung des Lagerbestands habe ich eine spezifizierte Einkaufsliste erstellt«, verkündete er und verkomplizierte damit augenblicklich die Aufgabe, die Heather ihr gesamtes Eheleben lang klaglos und ohne viel Aufhebens erledigt hatte.

Als sie erklärte, ein gleichermaßen detailliertes Inventarium im Kopf zu haben und keine Liste zu brauchen, hielt er ihr zwei identische Senfgläser hin.

»Zwei französische«, sagte er, als präsentierte er Geschworenen ein Beweisstück, »aber kein englischer.«

»Du magst keinen englischen Senf, Alan.«

»Man nennt das Patriotismus, Heather. Außerdem haben wir ja vielleicht auch mal Gäste.«

Heather versuchte, sich an das letzte Mal zu erinnern, als sie Gäste bewirtet hatten. Ein Echo der Einsamkeit, die sie nach dem Tod ihrer Eltern empfunden hatte, überkam sie.

»Dann schreib auch Freunde und ein geselliges Leben auf die Liste, wo du gerade dabei bist«, entgegnete sie nur halb im Scherz.

»Von nun an kaufen wir nur noch Sachen, die wir wirklich brauchen«, verkündete er. »Generische Medikamente helfen genauso gut wie Markenprodukte, weil sie dieselben Wirkstoffe, dieselben Moleküle enthalten. Daraus lässt sich ableiten, dass die Eigenmarken der Supermärkte unsere Ernährungsbedürfnisse ebenso befriedigen wie Artikel mit bekannten Namen oder aufwändigen Verpackungen.«

»Heißt das, du würdest auch Orangenmarmelade auf deinen generischen Toast schmieren, die nicht das Siegel eines Hoflieferanten hat?«

Er ignorierte sie.

Sie griff nach dem Zettel in Alans Hand, doch er rückte ihn nicht heraus.

»Das ist *meine* Liste«, sagte er.

»Und *ich* bin diejenige, die einkauft.«

»Von jetzt an kaufen wir zusammen ein«, sagte er.

»Aber du trägst doch bereits die Gartenklamotten.«

Oder sollte sie besser sagen *die Spuren des Gartens?* Sie deutete auf die von Grasschnitt verklebte Hose, die kaum bis zu den Knöcheln reichte, das dünne Hemd mit dem Kragen und den ausgefransten Manschetten, dazu die ramponierten Deckschuhe, die sie ihres Wissens schon vor Ewigkeiten entsorgt hatte.

Alan inspizierte seinerseits Heathers Outfit und sagte: »Wir gehen in den Supermarkt, nicht in den Buckingham Palace.«

Sie überprüfte im Spiegel ihren Lippenstift. Wie viel Plum Passion war zu viel für Sainsbury's? Bei der Arbeit hatte sie nie viel Make-up getragen, dies jedoch war der erste offizielle Ausgang der Woche – ihres Ruhestandes –, und sie hatte beschlossen, sich Mühe zu geben. Nun befürchtete sie allerdings, Alan könnte recht haben, und ihr einziges besseres Sommerkleid wäre zu förmlich für den Supermarkt, ihre Handtasche zu sehr »Fußballergattin«. Mit einer begrenzten Anzahl von Kleidungsstücken, in konsequentem Wechsel getragen, hatte sie sich bei der Wahl ihres beruflichen Outfits immer sicher gefühlt. Noch einmal begutachtete sie sich im Spiegel. Es blieb keine Zeit, sich umzuziehen. Alan klimperte bereits ungeduldig mit den Autoschlüsseln.

»Wir können meinen Wagen nehmen«, sagte sie.

»Mit meinem kann man besser ausparken.«

»Aber meiner ist vollgetankt.«

Kurz davor, mit zwei Autos zum Einkaufen zu fahren, einigten sie sich schließlich auf einen Kompromiss: Sie würden Heathers Wagen nehmen, und Alan würde fahren. Heather fühlte sich an die Streitereien zwischen ihren Töchtern Sarah und Tilly erinnert, wer vorn sitzen durfte. Alan besänftigte sie mit dem Angebot, sie könne auf dem Rückweg fahren.

Nach einem kurzen Stück verkündete Alan – er hatte inzwischen im Autoradio ihren Lieblingssender weggedreht –, dass sie jetzt als Rentner keine zwei Autos mehr bräuchten.

»Ein Auto? Aber das ist doch total unpraktisch, wenn man in einem Dorf wie Netherwood lebt. Bis Darlingford sind es fünfzehn Kilometer.«

»Wo ist das Problem? Von nun an gehen wir überall zu zweit hin.«

»Und wenn ich irgendwo allein hingehen will?«

»Ich dachte, die Idee einer gleichzeitigen Pensionierung sei, dass man Dinge gemeinsam unternimmt.«

»Nur dass wir bisher noch nichts gefunden haben, was wir gemeinsam machen wollen, Alan.«

Seine Unterlippe schob sich vor wie neulich, als sie Perikles' Gefallenenrede unterbrochen hatte, und er fuhr merklich langsamer, selbst für seine Verhältnisse.

Zehn Minuten später wollte Alan einfach nicht glauben, dass es ihren Tesco nicht mehr gab. Erst nach zwei vollen Runden auf der Darlingforder Umgehungsstraße gab er schließlich nach und bog in den Parkplatz von Sainsbury's ein. Er ignorierte Heathers sachdienliche Hinweise auf leere Parkplätze und quetschte sich in die winzige Lücke zwischen zwei SUV. Mit mühsam unterdrückter Erheiterung sah sie zu, wie er sich aus der Fahrertür in einen Zwischenraum zu drängen suchte, der halb so breit war wie er.

»Die Einkaufswagen sind alle aneinandergekettet«, bemerkte er nach dem Versuch, einen zu befreien. Verblüfft beobachtete er eine andere Kundin, wie sie durch Einwurf einer Münze einen Wagen aus der Schlange löste. »Ein Pfund?«, platzte er heraus. »Für einen Einkaufswagen?«

»Das ist nur Pfand, Alan. Du bekommst es nach dem Einkauf zurück.«

Die Frau, die hinter ihnen wartete, wurde langsam nervös. »Hier, nehmen Sie«, sagte sie ungeduldig und steckte ihnen eine Münze aus ihrem Geldbeutel zu. »Können Sie behalten.« Als sie Alan sah, rief sie: »Oh, Dr. Winterbottom! Ich habe Sie gar nicht erkannt!« Zu Heather sagte sie: »Und Dr. Winterbottom. Oder ist es jetzt das gute, alte Mr und Mrs? Genießen Sie den Ruhestand?«

»So weit, so gut, Sandra.« Heather gab ihr die Münze zurück. »Vielen Dank auch.« Die letzte Person, der Heather Geld schulden wollte, war Sandra Miller, die das als Anzahlung auf Unmengen künftige Gehwegdiagnosen betrachten würde.

Sandra wich zurück. »Aber nein, keinesfalls. Nach allem, was Sie über die Jahre für meine Familie getan haben. Bitte behalten Sie es.«

Ein Pfund.

Die Ironie an der Sache war, dass Heather von keinem ihrer Patienten jemals für ihre Fähigkeiten und Erfahrung bezahlt worden war. In vierzig Jahren nicht einen Penny. Wie sollte man die Fürsorge für Familien auch in Zahlen ausdrücken? Doch hier war sie: die Endabrechnung dafür, dass sie drei Generationen Millers durch die Höhen und Tiefen des Lebens manövriert hatte, und sie betrug genau ein Pfund. Sandra Miller allein hatte in Heathers Sprechzimmer locker für diesen Betrag Papiertaschentücher verbraucht, während sie darüber klagte, ihre Mutter zu früh und ihren Vater nicht früh genug verloren zu haben. Außerdem hatte Heather ihrer Teenager-Tochter heimlich geholfen, eine ungewollte Schwangerschaft abzuwenden, weshalb Sandra Miller auch niemals erfahren würde, dass sie beinahe Netherwoods jüngste Großmutter geworden wäre, ganz zu schweigen vom Mehrwert dieses Pfunds für ihren Ehemann, den sie von einem üblen kleinen Nebeneffekt seiner Geschäftsreise nach Thailand befreit hatte. Alles streng vertraulich, versteht sich.

Alan kämpfte einen Einkaufswagen frei und stapfte voraus. Müßig zu erwähnen, dass er den mit dem kaputten Rad erwischt hatte. Heather konnte sich ein Lächeln nicht verkneifen, als drei der vier Räder brav funktionierten, während das vierte am verschrammten Supermarktboden klebte wie ein Kleinkind mit Krise. Da er sich weigerte, den Wagen auszutauschen, zog er unweigerlich die Aufmerksamkeit anderer Kunden auf sich, während er das Ding tapfer auf Kurs zu halten suchte. Beim ersten unvermeidlichen Zusammenstoß krachte er ausgerechnet in den vollgeladenen Wagen von Victoria Dankworth, der Zeremonienmeisterin des Alan-Fanclubs.

»Dr. Winterbottom«, hauchte sie und griff nach Alans Arm. »Sie sehen prächtig aus.« Als sie Heather bemerkte, nickte sie ihr respektvoll zu. »Und da ist ja auch die andere Dr. Winterbottom.«

Die andere Dr. Winterbottom. Vierzig Jahre nachdem sie ihren Namen aufgegeben hatte, um Alans Frau zu werden, war sie an diese Bezeichnung gewöhnt.

»Und wie geht es Ihnen im Ruhestand?«

»Wunderbar«, sagte Alan.

»Wunderbar«, wiederholte Heather tonlos. Sie überließ ihn Victoria und schob den sich sträubenden Wagen Richtung Salat. Ein Beutel gemischter Blattsalat hatte kaum den Boden des Metallkorbes erreicht, als Alan, der Victoria Dankworth' gierigen Klauen entkommen war, zuschlug.

»Selbst angebauter ist viel gesünder«, sagte er und versuchte, den Beutel ins Kühlregal zurückzulegen.

»Alan, sofern du nicht ein Päckchen Zaubersamen im

Ärmel hast, müssen wir leider noch ein Weilchen auf fertig gezogene Produkte zurückgreifen.«

»Aber ...«

Nach einigem Hin und Her landete der Salat schließlich im Einkaufswagen.

»Ist doch nur Salat, Alan. Man kann nicht immer gewinnen.«

Er trottete hinter ihr her zur nächsten Produktinsel und betastete eine Avocado mit solcher Konzentration, dass Heather annahm, er würde ihr gleich eine Mammographie verordnen. Um ihn abzulenken, lieferte sie zwei Schälchen mit Tomaten seinem Urteilsspruch aus.

»Kirsch- oder Strauchtomaten?«

Alan kam herangeschlurft. »Ich erinnere mich an Zeiten, als es Tomaten in Papiertüten gab«, sagte er seufzend. »Der Gemüsemann suchte die reifsten aus und zwirbelte die Tüte dann herum, bis die Enden verschlossen waren. Und sie schmeckten tatsächlich nach Tomaten.«

Das hier war schlimmer als Einkaufen mit zwei Kleinkindern. Heather hatte Sarah und Tilly damals Suchaufgaben gegeben: drei rote Äpfel, eine grüne Gurke, vier gelbe Bananen. Die Mädchen versicherten ihr, dass sie gern »helfen« spielten. Während Sarah, die ältere, meist tatsächlich hilfreich war, ließ sich Tilly immer wieder ablenken; einmal kam sie mit einem Sechserpack Jungenunterwäsche zurück, weil sie beschlossen hatte, dass sie kein Mädchen mehr sein wollte. Sie löste so viele Vermisstendurchsagen aus, dass Heather nach einer Weile dazu überging, Tillys zweckdienliches Verschwinden für einen ruhigen Einkauf zu nutzen und erst dann den Alarm auszulösen, konnte sie doch sicher sein, dass ein Kindesentführer ihre jüngste Tochter schnellstmöglich zurückbringen würde. Leider ließen sich Männer über sechzig nur schwer verlieren, wie sehr man sich auch bemühte.

Sie beobachtete Alan dabei, wie er einen Butternut-Kürbis begutachtete, als hätte er noch nie einen gesehen. Ein Wachmann trieb sich in der Nähe herum; er schien zu befürchten, dass Alan das arglose Gemüse entwenden könnte. Als sie das nächste Mal hinsah, gab sich Alan bei den Zitrusfrüchten seinen Erinnerungen hin.

»Früher konnte man sich Mandarinen nur zu Weihnachten leisten, weißt du noch? Eine im Strumpf, zusammen mit einem polierten Penny und einer Handvoll Walnüssen.« Er sprach zu der kleinen orangenen Frucht auf seiner Handfläche. Für diesen Einkauf würden sie ewig brauchen.

»Wenn wir vor Ladenschluss durch sein wollen, trittst du jetzt besser den Rückweg aus der Vergangenheit an.«

Mit großen Augen wanderte er zur nächsten Produktinsel. »Es gibt so viel mehr Auswahl, als ich in Erinnerung habe. Was meinst du, Heather? Sollen wir die spanischen Navels nehmen oder die, die man gut schälen kann?«

Würde das jetzt die nächsten zwanzig, dreißig Jahre so weitergehen? Woche für Woche Diskussionen über die jeweiligen Vorzüge importierter Früchte, und das war's dann?

»Mir doch egal. Nimm einfach irgendwelche, Himmel noch mal«, sagte Heather ungehalten. Ihr scharfer Ton brachte ein kreischendes Kleinkind in einem benachbarten Einkaufswagen zum Schweigen.

Als sie endlich bei den Milchprodukten anlangten, kommunizierten sie in gepresstem Ton, die Lippen geschlossen wie Bauchredner und immer gewärtig, jeden Moment erkannt zu werden. Sichtlich gereizt schob Alan den Wagen, während Heather ihn mit ihrem üblichen Wocheneinkauf belud. Ihr hatten die grauhaarigen Paare immer leidgetan, die stumm und mit abwesendem Blick in den trüben Augen durch die Gänge trotteten. Jetzt verstand sie. Sie fragten sich, was in aller Welt sie früher aneinander gefunden hatten.

Vor langer Zeit war Alan Winterbottom ein echter Fang gewesen. Ein groß gewachsener, schlanker, gutaussehender junger Mann mit einem Prädikatsexamen in Medizin. Während der Schulzeit hatte er für die Grafschaft Cricket gespielt und war später für die Uni gerudert. Heute Morgen hatte sie ihn dabei ertappt, wie er seine Ohren rasierte. Wenn sie doch nur zurück könnten in die Zeit ihrer ersten Begegnung. Manchmal meinte sie, einen Blick auf diese beiden jungen Leute zu erhaschen: Alan geistreich und interessant, mit strammen Oberschenkeln; sie verspielt, leidenschaftlich und immer bereit, über alles zu lachen, was er sagte. Sich zu verlieben fiel leicht. Aber ein Versprechen ewiger Liebe – war das realistisch?

Da nur eine Kasse besetzt war, hatte sich eine Schlange gebildet. Alan ließ sich sofort von Mrs Robichaux in Beschlag nehmen, die ihn entdeckt und in ein Gespräch über den Nutzen von Chiropraktikern verwickelt hatte. Heather dachte schon, glücklich davongekommen zu sein, als sie ein leichtes Tippen auf der Schulter spürte. Es war Bridget, eine Patientin, die sie eigentlich gemocht hatte. Sie war immer pünktlich zu den vereinbarten Terminen erschienen und hatte Heathers medizinische Ratschläge bis aufs Komma befolgt.

»Entschuldigen Sie, Dr. Winterbottom«, sagte Bridget und holte Stift und Notizbuch aus der Handtasche. »Ich will ja nicht aufdringlich sein, aber ich habe gehört, dass man Osteoporose vorbeugen kann, indem man pro Tag zweihundert Mal auf der Stelle hüpft. Meinen Sie, ich sollte das versuchen?«

»Ich glaube nicht, dass es schaden kann«, entgegnete Heather mit freundlichem Lächeln. Sie suchte Alans Blick, damit er sie rettete, doch er unterhielt sich inzwischen intensiv mit einem Mann, der wissen wollte, ob frische Granatäpfel seine Prostata schneller schrumpfen lassen würden als abgepackter Saft.

Bridget fasste Heather am Arm. »Spielt es eine Rolle, was für Schuhe ich dabei anhabe?«

»Hauptsache bequem.« Ihr Lächeln wurde zusehends gequält.

»Und wie ist es mit dem Untergrund? Empfehlen Sie Beton, Gras oder Teppich?«

»Tut mir leid, Bridget, aber Sie müssen verstehen, ich bin etwas in Eile.« Da das augenscheinlich gelogen war, denn die Schlange hatte sich seit Minuten nicht vorwärtsbewegt, fügte Heather milder hinzu: »Kann ich mir dazu noch Gedanken machen und mich dann bei Ihnen melden?«

Zehn quälende Minuten später wurde eine zweite Kasse geöffnet. Heather wollte gerade, von Alans Unterstützungsversuchen behindert, den Einkauf aufs Kassenband legen, als sie den Blick einer weiteren ehemaligen Patientin auffing, die über den Ständer mit den Süßigkeiten hinweg den Wocheneinkauf der Winterbottoms begutachtete. Die erregbare Frau, deren Schilddrüse eindeutig wieder hyperaktiv war, lieferte dazu einen ununterbrochenen Kommentar, ähnlich dem Gewinner bei der Sendung *Am laufenden Band*, der möglichst viele Gegenstände auf einem Förderband benennen musste.

»Flüssigwaschmittel. Brot. Dosentomaten. Shampoo. Toilettenpapier.«

Sie lachte nervös und verkündete der Welt im Allgemeinen: »Komisch, ich habe mir nie vorgestellt, dass auch Ärzte Toilettenpapier benützen, Sie etwa?«

Heather konnte gar nicht schnell genug die Kreditkarte über den Scanner ziehen. Sie wartete die Quittung nicht ab, sondern schob den vollen Einkaufswagen zum Ausgang, als stünde ein olympischer Sieg im Bobfahren auf dem Spiel.

Als Alan dann auf dem Parkplatz einen ihm bekannten, verstört blickenden Mann traf, brachte Heather ihre Beute allein zum Wagen. Nachdem sie alles eingeladen hatte und die Männer noch immer in ihr Gespräch vertieft waren, brachte sie den Einkaufswagen weg und eroberte sich sowohl das Pfund als auch den Fahrersitz zurück. Während sie wartete, stellte sie die Spiegel und den Sender wieder richtig ein. Auf ihre Wellenlänge.

»Das war Jim Fiedler«, sagte Alan, nachdem er sich endlich losgerissen und auf dem Beifahrersitz niedergelassen hatte. »Ich hätte ihn fast nicht erkannt. Für ihn ging's nur bergab, seit seine Frau ihn verlassen hat. Schrecklich traurig.«

Heather ließ den Wagen an. »Was ist denn passiert?«

»Als er eines Tages vom Golfen heimkam, hatte sie ihre Sachen gepackt. Auf dem Küchentisch lag ein Zettel. Offenbar ist sie mit einem Kellner nach Spanien durchgebrannt, den sie auf einem Mädelsausflug nach Benidorm kennengelernt hatte. Völlig überraschend. Der arme Kerl hatte keine Ahnung. Und das Schlimmste ist, dass ihr weiterhin die Hälfte seiner Pension zusteht. Stell dir das mal vor.«

Beim Wegfahren kamen sie an der traurigen Gestalt von Jim Fiedler vorbei, der gerade seine Hosenbeine mit Fahrradklammern befestigte. Alan tätschelte Heathers Knie.

»Was mir bewusst macht, welches Glück ich mit einer Frau wie dir habe«, sagte er.

Eine Frau wie sie. Was für eine Frau war Heather Winterbottom? Und was war aus Heather Wilson geworden, dieser jungen Frau voller Träume und Pläne? Heather fragte sich, ob sie sie überhaupt erkennen würde, wenn sie jetzt auf der Straße an ihr vorbeiliefe.

Kapitel 4

Horror Homunculi

Cambridge, 1975

Als das fleckige Tuch von der Leiche weggezogen wurde, drohte Heather ein Wiedersehen mit ihrem Frühstück. Ein Paar trüber, glasiger Augen starrte zwischen schrumpeligen Lidern hervor. Ihre eigenen Augen brannten bereits von den Formalindämpfen, und sie fragte sich, ob sie die Einzige im Anatomiesaal war, die die Kante des Metalltischs als Stütze brauchte. Die eingefallene gelbe Haut ließ die Leiche wie ein Wachsmodell erscheinen, und doch konnte sie das Wissen nicht verscheuchen, dass es sich um ein menschliches Wesen handelte.

Heather hatte noch keine Leiche gesehen, außer der ihrer Mutter – ein Anblick, den sie nicht in eine dauerhafte Erinnerung überführen wollte –, und sie hatte noch keinen nackten Mann gesehen. Sie war ohne Brüder aufgewachsen, und ihr Vater war diskret gewesen. Als angehende Ärztin würde sie sich mit allen Arten von Körpern vertraut machen müssen. Sie unterdrückte den Impuls, das Tuch bis zur Taille des Mannes hochzuziehen, aus Gründen der Schicklichkeit.

»Wusstet ihr, dass Toten weiterhin Haare und Bart wachsen?«

Heather war dankbar, dass jemand das Eis brach. Es war ein Junge mit sandfarbenen Haaren, der in seinen makellosen Laborkittel erst noch hineinwachsen musste.

Eine unerträglich gut informierte junge Frau namens

Wendy Wallace widersprach und schleuderte ihren glänzenden Pferdeschwanz herausfordernd nach hinten.

»Das ist ein Mythos. Die Haut an Kopf und Gesicht dehydriert und schrumpft, was die Illusion von Haarwachstum hervorruft.«

Um sie herum hallte nervöses Geplapper von den sterilen Wänden, als eine Gruppe pickliger Halbwüchsiger, die meisten gerade erst von der Schulbank weg, sich plötzlich in einem Raum mit lauter Toten wiederfand. Sie heuchelten Lässigkeit, indem sie miteinander quatschten und Witze rissen. Heather wurde klar, dass dies der erste Schritt war, die künftigen Ärzte gegen den Horror abzustumpfen, mit dem sie konfrontiert werden würden; eine frühe Lektion in der Kunst, persönliche Anteilnahme und professionelle Distanz in Einklang zu bringen.

»Ich finde, er braucht einen Namen«, sagte Heather und klammerte sich an ihre Menschlichkeit wie an ein Rettungsfloß.

Der vierte Student am Tisch hatte, außer dass er sich als Alan vorstellte, bisher nichts gesagt.

»Ich nehme mal an, er hat schon einen«, sagte er jetzt. »Ich meine, als Baby wird er ja wohl getauft worden sein.«

Heather stellte sich einen rosigen Säugling vor, die Stirn noch nass von der Taufe, aus dem eines Tages diese sterblichen Überreste werden sollten. Sie fragte sich, welche Geschichten hinter dem Rosen-Tattoo am linken Arm und dem fehlenden Finger an der rechten Hand steckten. Was war in seinem Leben geschehen, dass es auf diesem Seziertisch endete?

»Er sieht aus wie ein Fred, findest du nicht?« Sie hielt Alans blaugrünem Blick stand, nicht ahnend, dass sie diese Nordseeaugen eines Tages bei ihren Töchtern wiederfinden würde. Zum Glück war das Cary-Grant-Grübchen an seinem Kinn, das bei ihm so charmant wirkte, nicht Teil von deren zarten Gesichtszügen geworden.

Fred.

Der Name schien zu passen, die Gruppe war einverstanden, und so wurde Fred ihr allererster Patient, ihr stummer Lehrer. Alan beobachtete, wie sie ihr Sezierbesteck auspackte und das Gewicht des glänzenden, neuen Skalpells testete. Als plötzlich das Bild ihrer Mutter vor ihrem geistigen Auge auftauchte, wie sie die Fettschicht des Sonntagsbratens einschnitt, bevor sie ihn in den Backofen schob, musste Heather kurz die Luft anhalten. Nur Alan, der fragend die Augenbrauen hob, bemerkte diesen kurzen Moment des Innehaltens, bevor sie sich der wächsernen Haut an Freds Oberarm zuwandte. Mit unsicherer Hand machte sie ihren ersten Schnitt.

Ein Prosektor zeigte ihnen, worauf sie achten mussten. Es gab kaum Überraschungen, kaum Abweichungen von der anatomischen Norm. Die Anatomiebücher waren vor langer Zeit geschrieben worden. Was Heather suchte, konnten sie ihr nicht beantworten. Sie wollte herausfinden, wer Fred gewesen war. Welche Lieben und Leiden hatten ihre unsichtbaren Spuren an ihm hinterlassen?

Im Lauf der folgenden Wochen trugen die Studenten Freds Körper Schicht für Schicht ab: Haut, Faszien, Muskeln, Knochen. Archäologen, die die Wunder der zweihunderttausendjährigen menschlichen Evolution freilegten. Manche erledigten diese Aufgabe mit Sorgfalt, Ehrfurcht und ernstem Gesichtsausdruck, andere alberten in dem kahlen, kalten Anatomiesaal herum und überspielten ihre Verlegenheit und Unreife mit Scherzen. Einer rannte in der ersten Stunde hinaus und ward nicht mehr gesehen. Alan Winterbottom war einer von den Gewissenhaften. Heather erinnerte sich an seine ruhige

Hand und die Art, wie seine Zungenspitze an der Oberlippe entlangfuhr, wenn er sich konzentrierte. Einmal bemerkte sie ein Klümpchen blassen Fetts, das in seinem dichten Pony hängengeblieben war, als er sich die Haare aus der Stirn strich. Ohne lange zu überlegen, streckte sie die Hand aus und entfernte es. Er blickte erschrocken auf.

»Entschuldigung«, sagte sie, »du hattest ein Stück von Fred in den Haaren.«

Danach bemerkte sie, wie er sie öfter aufmerksam musterte. Nachdem sie einige Wochen gemeinsam an Freds rechtem Arm gearbeitet hatten, begannen sie, einander anzulächeln. Als der linke Arm dran war, lud Alan sie auf einen Drink ein.

Heather, die praktisch keine Erfahrung mit Männern hatte, war überzeugt, man müsse die Unnahbare spielen, wenn man sich einen Mann angeln wollte, den man attraktiv fand. Sie lehnte ab, hoffte jedoch insgeheim, er werde dranbleiben. Was er nicht tat.

Und dann platzte Alan Winterbottom einfach in eine Abschlussfeier an ihrem College und marschierte mit zwei Gläsern Pimm's auf sie zu. Er ignorierte den ziemlich umwerfenden Rugbyspieler, dem sie im Laufe des Abends schon ein ganzes Stück nähergekommen war, und führte sie zu einem leeren Sofa. Nach dem dritten Glas lag sein Arm auf ihrer Schulter, ihre Brust sehnte sich nach seiner Hand, während ihr rechter Zeigefinger die Muskeln seines linken Oberschenkels nachzeichnete.

Rectus femoris, vastus medialis, vastus intermedius, vastus lateralis.

Das waren nicht die gelben, faserigen Muskeln von Fred, die sie gemeinsam seziert hatten. Es waren eindrucksvolle Exemplare, hart und warm. Die Beine eines Ruderers. Als sie sich unter ihrem Druck anspannten, spürte sie, wie das Blut durch die Muskelfasern strömte. Und als Alan sich herüberbeugte, um sie zu küssen, erkundete sie als Nächstes seine Lippen. Bald schoss das Blut auch durch ihre eigenen Muskeln und sensibilisierte jedes Nervenende für die Berührung seiner Hände. Lust vernebelte ihren Blick, sie hätte nicht aufstehen können, selbst wenn sie gewollt hätte. Während der sensorische Teil ihres Gehirns total übersteuert war, erging sich die motorische Rinde in trunkenem Verlangen.

Plötzlich tauchte das Diagramm des menschlichen Gehirns in ihrem Kopf auf. Sie versuchte es zu ignorieren und sich auf Alans gierige Küsse zu konzentrieren. Sie erinnerte sich, dass es in den Lippen mehr Nervenenden gibt als in jedem anderen Teil des Körpers. Dachte auch er jetzt an das Dia des Dozenten, das eine Abbildung des Gehirns neben einer grotesk verzerrten Person mit aufgeblasenen Lippen und Händen zeigte, um die Zuordnung motorischer und somatosensorischer Areale zu den einzelnen Körperteilen zu verdeutlichen? Wie hieß das noch gleich? Dieses Bild hatte einen Namen.

»*Homunkulus!*«, murmelte sie. Gott sei Dank. Endlich konnte sie sich entspannen.

Die präsynaptischen Enden von Heathers Trigeminus verbanden sich auf angenehmste Weise mit den Lippen eines wunderbaren, warmen Körpers. Die wichtigtuerischen Lehrbücher und die wächsernen Leichen lösten sich auf in die köstlichste Anatomiestunde, die sie je hatte.

Kapitel 5

Man kommt sich näher

»Sehe gerade, dass Bill Woodford gestorben ist«, sagte Alan. Er saß am Küchentisch, verborgen hinter der Zeitung. »Ein Jammer. Die Robotik-OP, die er privat hat machen lassen, dürfte ihn ein Vermögen gekostet haben.«

»Das wusstest du doch. Schließlich hast du den Totenschein unterschrieben.«

»Ja schon, aber gedruckt wird es einem erst richtig bewusst.«

Und wenn man Bills leblosen Körper nach einem Puls absucht etwa nicht?

Nachdem er jahrelang beim Frühstück lediglich die Überschriften geschafft hatte, verkündete Alan, sein nächstes großes Vorhaben für den Ruhestand sei, die Nachrichten der vergangenen zwei Jahre nachzuholen und sich von nun an stetig durch die brandgefährlichen Stöße alter Zeitungen in der Abstellkammer zu arbeiten. Sein Hauptargument war, dass er bislang für sein Geld allenfalls drei Prozent des Informationswerts bekommen habe und nun jede Ausgabe von vorn bis hinten durchlesen wolle.

Bald hatte sich eine Routine etabliert. Nach dem Frühstück um acht waren zwei Stunden Zeitungslektüre angesagt, dann verschwand Alan nach draußen, um ein bisschen mit Holz und Werkzeug zu spielen. Pünktlich um 12:01 Uhr kehrte er in die Küche zurück, um den Seewetterbericht zu hören, der seine weiteren Aktivitäten bestimmte – entweder mehr Gartenarbeit oder mehr

Zeitungslektüre, je nach der Wahrscheinlichkeit heftiger Winde und starken Wellengangs in Viking oder North Utsire. Heather hörte ihn während seiner Verrichtungen oft vor sich hin summen, als bemerkte er ihre Anwesenheit gar nicht. Zunächst hatte sie das als Erleichterung empfunden. Wenigstens drangsalierte er sie nicht damit, unzählige Tassen Kaffee oder Tee mit ihm zu trinken. Nach einer Weile begann sie sich jedoch unsichtbar zu fühlen. Als Frau in einem gewissen Alter war sie es gewohnt, in der Öffentlichkeit ignoriert zu werden. Doch wenn es der eigene Mann war, der einen ignorierte, hatte das etwas Verunsicherndes.

»Ich habe eine Affäre mit Colin Firth«, verkündete sie eines Tages in Richtung von Alans Kopfkrone und erhielt nur ein zustimmendes Murmeln, gefolgt vom Rascheln der umgeblätterten Seite. Heather verschränkte die Arme. »Und ich bekomme ein uneheliches Kind von ihm.«

»Unglaublich«, sagte Alan und ließ die Zeitung sinken. »Schau dir das an! England führt beim zweiten Cricket-Testmatch gegen Australien mit neunundsechzig Runs.«

Sie hätte locker seinen Tag ruinieren können, indem sie ihm das Endergebnis mitteilte. Stattdessen beschloss sie, Stans Tag zu ruinieren, indem sie darauf bestand, dass er die Komfortzone seines Korbs verließ und mit ihr Gassi ging. Störrisch stand er da, die Pfoten fest in den Boden gestemmt, und starrte seine Leine an, als sähe er sie zum ersten Mal.

Als sich ein Schlüssel im Schloss drehte, beeilte sich Heather, die Tür zu öffnen. Mrs Gee fiel ihr praktisch entgegen, eine Hand aufs Herz gepresst.

»Dr. Winterbottom. Sie haben mich zu Tode erschreckt!«

»Tut mir leid, Mrs Gee.« *Ich wohne hier*, wollte sie noch

hinzufügen. Es würde eine Zeit brauchen, bis alle sich an die neuen Gegebenheiten gewöhnt hätten: Mrs Gee würde ihre Arbeitgeber künftig um sich haben, und Alan und Heather würden tagsüber zu Hause sein.

»Ich habe die Buntwäsche gewaschen und aufgehängt, Mrs Gee«, rief Heather über die Schulter zurück, während sie Stan nach draußen zerrte. »Und die Weißwäsche füllt noch keine Trommel, die brauchen Sie also auch nicht zu machen.«

Mrs Gees Gesicht nach zu urteilen, war sie keineswegs erfreut über diese Einmischung. Sie fühlte sich bemüßigt darauf hinzuweisen, dass »jemand« beim Wischen der Fliesen im Flur Streifen hinterlassen habe. Heather beschloss, schwierige Gespräche die Zukunft betreffend lieber Alan zu überlassen.

Der Tag hätte aus einem Constable-Gemälde stammen können, und Heather machte auf der Steinbrücke halt, um die Spiegelung des Himmels im langsam fließenden Wasser zu bewundern. Sie schloss die Augen und atmete den Duft von frisch gemähtem Gras, warmem Asphalt und etwas weniger Angenehmem ein. Als sie die Augen wieder öffnete, sah sie Stan an etwas schnuppern, das ein anderer Hundebesitzer in einer Plastiktüte hätte entsorgen sollen. Die dreihundert Jahre alte Steinbrücke, das Postkartenmotiv von Netherwood, war mit Graffiti besprüht, und unten im Flüsschen bemerkte sie einen rostigen Einkaufswagen aus dem Supermarkt, der sich mit ausreichend Müll gefüllt hatte, um die Strömung umzulenken. Bisher war sie immer nur mit dem Auto hier vorbeigefahren, war in ewiger Eile über diese winzige Brücke gebraust und hatte nicht bemerkt, dass im Epizentrum des bukolischen, eines Filmsets würdigen Dorfidylls voller Reetdächer und Rosengärten ein ekelhafter, vermüllter

Schrottplatz lag. Selbst Stan tat seinen Abscheu kund, indem er das Bein gegen ein Besenkraut hob, das aus einer Ritze im Pflaster spross.

Laternenmast für Laternenmast umrundeten sie die Dorfwiese, immer Stans Nase nach. Im Gegensatz zum Rest des verschlafenen Orts herrschte im Dorfladen reger Betrieb. Im Angebot waren Zeitungen, Süßigkeiten, Eis und alles, was die Kunden nicht bis zu ihrer nächsten Einkaufsfahrt nach Darlingford entbehren konnten. Wie Ameisen beim Überfall auf ein Picknick stürmten die Dorfbewohner den Laden, und Heather konnte geradezu hören, wie die Besitzerin, eine geschwätzige Frau mit nicht insulinbedürftigem Diabetes und ungeklärt niedrigem Thrombozytenwert, sich an der Kasse die Hände rieb. Es war immerhin tröstlich, dass das Leben, das für sie und Alan abrupt zum Stillstand gekommen war, für den Rest der Welt weiterging.

Heather band Stan vor dem Laden fest, wo er zu einem dankbaren Häufchen zusammensank. Halb auf dem Gehweg parkte ein Lieferwagen mit laufendem Motor. Zum Glück hatte die Besitzerin den gehetzt wirkenden Fahrer mit Beschlag belegt, sodass Heather ungestörten Zugriff auf das Regal mit den Keksen hatte, sich noch die nächstbeste Illustrierte vom Ständer schnappen und beides bei einer unbedarften jugendlichen Aushilfskraft bezahlen konnte. So schaffte sie es hinein und wieder hinaus, ohne dass die Besitzerin sie zu einer Spontandiagnose nötigen konnte.

Als sie dann aber Stans Leine losband, wäre sie fast kopfüber mit Deidre Banks zusammengestoßen, die sich gerade nach einer weggeworfenen Eisverpackung bückte. Deidre war die klassische Problempatientin mit chronischem Allround-Syndrom, die auf der Suche nach einem

56

Wunder sämtliche Ärzte der Praxis durchprobiert hatte. Der Blick, den sie Heather zuwarf, schien zu sagen: »Woher kenne ich Sie?« Offenbar sah Deidre nur eine x-beliebige ältere Frau mit einem x-beliebigen älteren Hund und schaffte es nicht, eins und eins zusammenzuzählen. Heather fühlte sich seltsam erleichtert.

Sie folgten Stans Nase die Bridgestone Lane hinauf, eine Route, die Heather gut kannte, zumindest vom Fahrersitz ihres Wagens aus. Jeden Montagmittag besuchte sie Patienten in The Willows. Das Schild hatte Heather immer amüsiert; in Gold auf jägergrünem Grund stand dort »Exklusive Wohnresidenz für anspruchsvolle Senioren«, so als gäbe es auch Heime für weniger Anspruchsvolle. Die meisten Bewohner konnten sich ihren Platz nur dank der gestiegenen Immobilienpreise leisten, die passenderweise mit ihrem Wunsch nach Verkleinerung zusammengefallen waren. Einst ein verschlafenes Dorf, hatte sich Netherwood zu einer »höchst begehrenswerten« Wohngegend gemausert, nicht zuletzt wegen des hervorragenden Abschneidens der Netherwood-Grundschule beim offiziellen Schulranking. Weshalb auch kaum jemand seinen Platz in The Willows so sehr verdient hatte wie Esme Clark, die pensionierte Rektorin der Schule. Außerdem war sie der einzige Grund, warum Heather sich auf die Montage freute.

Miss Clark war Miss Clark geblieben, auch nachdem sie zur allgemeinen Überraschung Aubrey, den Bankdirektor von Darlingford, geheiratet hatte. Sie waren damals beide schon in den Fünfzigern, und für beide war es die erste Ehe. Es schien einfach ein bisschen gedauert zu haben, bis sie einander gefunden hatten.

Heather war Miss Clark vor fast dreißig Jahren bei einem Elternabend begegnet, als Sarah in die dritte Klasse ging und Tilly gerade in den Kindergarten kam. Trotz ihrer nüchternen Art – unterstrichen noch durch die strenge Frisur und eine riesige Brille, die ihre Augen eulenhaft erscheinen ließ – war sie die liebenswerteste Person, die Heather kannte. Geholfen hatte auch, dass Miss Clark Heathers Töchter besonders mochte und durch regelmäßige Besuche in ihrem Büro schätzen gelernt hatte.

Sarah holte sich Goldsterne ab für gute Leistungen, Hilfsbereitschaft, Freundlichkeit, Sauberkeit oder eine der vielen Tugenden, in denen sie sich hervortat. Tilly hingegen durfte sich nie Goldsterne abholen. Sie war weder ordentlich noch besonders hilfreich ihren Lehrern gegenüber. Ihre Besuche dienten in der Regel dazu, ihr Fehlverhalten im Unterricht zu erklären, meist Tagträume oder Fragen, die eine Aussage der Lehrkraft in Frage stellten. Das Problem war, dass Tilly ihr Stören nicht erklären konnte, weil sie es nicht als solches empfand. Und zum Glück tat das auch Miss Clark nicht.

»Tilly denkt anders als die meisten Kinder«, erklärte sie Heather. »Das heißt aber nicht, dass etwas verkehrt ist mit ihr. Ich mag ihre Art zu denken. Sie hat ihren eigenen Kopf. Glauben Sie mir, Mrs Winterbottom, Tilly wird es noch weit bringen.«

Und sie sollte recht behalten. Tilly hatte es so weit gebracht, wie man kommen konnte, ohne die Erdatmosphäre zu verlassen. Gelangweilt von der nördlichen Hemisphäre hatte die Geologin Dr. Matilda Winterbottom auf der Suche nach interessanterem Gestein eine Postdoktorandenstelle an der Universität von Otago angenommen.

Nachdem Stan das grün-goldene Schild vor The Willows ausgiebig beschnüffelt hatte, fielen Heather die Schoko-Hobnobs wieder ein, die sie im Dorfladen gekauft hatte. Es waren Esmes Lieblingskekse. Außerdem war Montag, und obwohl sie Esme erst vor zwei Wochen gesehen hatte, vermisste sie ihre Lieblingspatientin bereits. Sobald die Mädchen die Grundschule verlassen hatten, war Miss Clark zu Heather in die Praxis gekommen. Nicht dass sie jemals wirklich eine Ärztin gebraucht hätte. In ihrem neunzigsten Lebensjahr war sie die einzige Bewohnerin von The Willows, die kein Konto bei der örtlichen Apotheke hatte, und konnte sich rühmen, niemals im Krankenhaus gewesen zu sein. Ihre Beratungen mit Esme waren eher seelsorgerischer denn medizinischer Natur.

The Willows war umgeben von einem knappen Hektar gepflegter Gartenanlage. Eine Allee aus Trauerweiden führte auf eine hübsche Fassade aus dem frühen 19. Jahrhundert zu, die die moderne Wohnanlage des Altenheims kaschierte. Der Zierteich zur Rechten war Heather bisher nie aufgefallen; er lag ganz unter Seerosenblättern und hängenden Weidenzweigen verborgen, die seine Oberfläche küssten.

Die Empfangsdame verzog keine Miene, als sie die ehemalige Hausärztin des Heims mit einem großen Hund statt mit ihrer Arzttasche hereinkommen sah. Sie war gerade am Telefon und lächelte Heather freundlich zu, die geradewegs auf den Innenhof zusteuerte. Zum Glück für Stan verstand sich The Willows als haustierfreundliche Einrichtung, wobei ein lachhaft zweideutiges Schild darauf hinwies, dass Hundebesitzer ihre Hinterlassenschaften unverzüglich zu entsorgen hätten. Diese Art von Einrichtung war The Willows. Esme saß am üblichen Platz auf einer Bank vor ihrem Erdgeschoss-Apartment und strickte. Als sie den struppigen Hund bemerkte, legte sie ihr Strickzeug weg und klatschte erfreut in die Hände.

»Stan, wie schön, dass ich dich endlich kennenlerne!

Ich habe schon so viel von dir gehört.« Die meisten Leute hatten Vorbehalte gegenüber einem Hund seiner Größe, zumal wenn er schnaufte wie eine Dampflok, doch Esme gestattete ihm, ihre Finger zu erkunden auf der Suche nach etwas Essbarem.

»Jetzt wirst du ihn nie mehr los«, prophezeite Heather und ließ sich wie immer auf der Bank neben Esme nieder. Es schien stets schönes Wetter zu sein, wenn Heather zur Visite kam, und die meisten Gespräche fanden auf dieser Bank statt. Es war, als hätte der ummauerte Garten sein eigenes Mikroklima. Irgendwo hatte sie mal gelesen, dass Dienstage statistisch gesehen die regenreichsten Wochentage waren. Also galt, dass an den Montagen in The Willows immer die Sonne schien.

Heute war Esmes schlohweißes Haar im Brigitte-Bardot-Stil zu einem losen Knoten aufgetürmt, eine entspanntere Version des strengen Dutts, den sie als Schulleiterin bevorzugt hatte. Sie trug eine frisch gebügelte Leinenbluse, dazu Lippenstift von Estée Lauder in ihrer Lieblingsfarbe, vorwiegend auf den Lippen. Trotz ihres Alters war Esme Clark noch immer eine elegante Frau.

»Was strickst du?«, fragte Heather, obgleich sie die Antwort bereits kannte.

»Eine Babydecke.«

»Und wer ist diesmal an der Reihe?«

»Dein Enkel oder deine Enkelin.«

Heather war verblüfft. »An deiner Stelle würde ich es langsam angehen. Ich bin noch weit davon entfernt, Großmutter zu werden.«

»Aber du hast mir doch letztes Mal erzählt, dass Sarah und Ravi es mit künstlicher Befruchtung versuchen.«

»Sie probieren es noch einmal«, sagte Heather. »Ausgang ungewiss.«

Ebenso ungewiss wie beim letzten Mal oder beim vor-
letzten oder bei den Malen davor, die so zahlreich waren,
dass man unmöglich den Überblick behalten konnte. Als
Mutter und als Ärztin versuchte Heather pragmatisch zu
bleiben. Nach der letzten Fehlgeburt, von der sie Esme
erzählt haben musste, war sie fest entschlossen gewesen,
sich keinen Hoffnungen mehr hinzugeben. Sarah war
immer alles in den Schoß gefallen: Schule, Preise, eine
Karriere im Finanzwesen und dazu der perfekte Mann in
Gestalt des hinreißenden Ravi. Alles außer der Mutter-
schaft.

Die weißen Maschen, die über die extra langen Nadeln
glitten, zeugten davon, wie fest Esme an das künftige
Enkelkind glaubte. Da sie nie eigene Kinder gehabt hatte,
nahm sie lebhaften Anteil an der Eltern- und Großeltern-
schaft anderer. Zeitweilig gab es kaum ein Neugeborenes
in Netherwood, das nicht in eine von Esmes gestrickten
Kreationen gehüllt war.

Esme bedauerte es nicht, kinderlos geblieben zu sein.
»Ich liebe Kinder, aber erstaunlicherweise müssen es
nicht unbedingt die eigenen sein. Leute mit Kindern
glauben immer, kinderlose Paare seien einsam und verloren. Wenn überhaupt, so ist das Gegenteil der Fall. Aubrey und ich hatten einander. Das war mehr als genug
für uns beide. Außerdem durfte ich jährlich zweihundert
der kleinen Schätzchen genießen, tagein tagaus, sie dann
aber um Punkt drei an ihre Eltern zurückgeben.«

Der Altersunterschied, der eher ein Mutter-Tochter-
Verhältnis nahelegte, hatte die Freundschaft zwischen ihnen nie beeinträchtigt. Heather war es allemal lieber, eine
Rolle Schokokekse mit Esme zu teilen, als sich in Schale
zu werfen und bei einem schicken Abendessen einer be-
schwipsten Freundin zu lauschen, die ihr das Herz aus-

schüttete. Esme war fürsorglich und hörte zu. Leider gab es nicht genügend Leute, die Esme zuhörten.

Einmal hatte sie Heather gestanden: »Es tut so gut, mal ein vernünftiges Gespräch zu führen, in dem es nicht ums Wetter oder um die Mitbewohner geht.«

Heather öffnete die Packung mit den Hobnobs und hielt sie Esme hin.

»Also, dann erzähl mal«, setzte Esme an, »wie ...«

»Wenn du mich jetzt fragst, wie ich den Ruhestand genieße, dann reiße ich dir den Keks aus der Hand und stopfe ihn in die Packung zurück.«

»Ich wollte eigentlich fragen, wie es Alan geht.«

»Oh, Entschuldigung, ich bin heute leicht reizbar.« Heather rollte mit den Schultern, um die Muskeln zu entspannen. »Danke, Alan geht's gut.«

Esme leckte sich die Finger und nahm einen weiteren Keks. Stan ging in Habachtstellung.

»Ich hätte dich nicht so bald zurückerwartet«, sagte sie. »Hätte eher vermutet, du wärst längst zu einem großen Abenteuer aufgebrochen.«

»Weiter als bis zu Sainsbury's bin ich noch nicht gekommen.« Ein unwillkürlicher Seufzer folgte.

»Zu meiner Zeit sind die Leute nach ihrer Pensionierung zu einer Kreuzfahrt um die Welt aufgebrochen.«

»Das ist nicht so unser Ding«, entgegnete Heather. »Und ich bezweifle, dass Alan noch in seinen Abendanzug passt.« Der jetzige Alan schien eher aus einer Grünguttonne gekippt worden zu sein. »Aber ich würde schrecklich gern wegfahren, irgendwohin, wo es warm und sonnig ist, zum Beispiel nach Griechenland, aber ihn interessiert das nicht im Geringsten.«

»Er wird sich schon noch für die Idee erwärmen«, versicherte Esme, doch sie tauschten zweifelvolle Blicke.

Heather schürzte die Lippen und inspizierte ihre Fingernägel. »Ich weiß nicht, was in ihn gefahren ist. Da lebt ein Mann in meinem Haus, der gelegentlich auf den Namen Alan reagiert, es könnte aber ebenso gut ein Fremder sein. Er sieht aus wie Alan und klingt wie Alan, aber es fehlt etwas. Es ist, als wollte ich die Rentnerversion meines Mannes zusammensetzen, aber ein entscheidendes Teil des Bausatzes fehlt, und ich weiß nicht welches.«

Esme tätschelte ihr das Knie.

»Mehr brauchst du nicht zu sagen. Ihr beide macht eine Phase der Neuorientierung durch, das ist alles. So wie die Ehe mehr ist als der Hochzeitstag, ist auch die Pensionierung nicht nur ein Tag, sondern etwas, woran ihr arbeiten müsst.«

»Ich dachte, der Witz daran wäre, nicht mehr arbeiten zu müssen.«

»Man muss sich erst wieder näherkommen und daran gewöhnen, dass der andere ständig da ist, dass man sein Leben Seite an Seite in Symbiose verbringt.«

»Symbiose? Du meine Güte, dieses Wort habe ich zuletzt an der Uni gehört.«

»Dann solltest du ja wissen, dass es aus der Vorsilbe *sym*, gemeinsam, und dem Wort *biosis*, Lebensform, besteht.« Heather erinnerte sich noch an die Definition, die sie für die Prüfung auswendig gelernt hatte: Eine ökologische Interaktion zwischen zwei Organismen, die in enger körperlicher Nähe leben, was – normalerweise, aber nicht immer – für beide von Vorteil ist.

Was war bloß mit ihnen passiert? Heather hatte gehofft, dass sie und Alan ohne den Arbeitsstress enger denn je verbunden sein würden. Doch das Gegenteil war der Fall. Sie entfernten sich immer mehr voneinander. Zwischen ihnen schien es einen Altersunterschied zu geben, den sie vorher nicht bemerkt hatte. Alan war nur ein Jahr älter, wirkte jedoch seit der Pensionierung um zehn Jahre gealtert, während Heather sich um zehn Jahre verjüngt fühlte. Er benahm sich wie ein alter Mann, schleppte die angesammelten Jahre wie Beton mit sich herum. Und ihre Gespräche fühlten sich an, als würden sie über Satellit geführt, immer mit einem halben Satz Verzögerung. Alans bloße Anwesenheit war ermüdend.

Esme nahm sich ihren dritten Hobnob und knabberte nachdenklich daran.

»Darf ich dich was fragen, Heather? *Was hast du vor mit deinem wilden, kostbaren Leben?*« Sie tippte auf ein Buch, das neben ihr auf der Bank lag. »Mary Oliver. Ich habe mal wieder mein Lyrikregal durchgeschaut.«

Heather musste nachdenken. Normalerweise war sie es, die die eindringlichen Fragen stellte. Sie hatte so viele Leben vergehen sehen, dass ihr die Kostbarkeit des eigenen durchaus bewusst war. Aber wild? Das Wildeste, was Heather in letzter Zeit getan hatte, war, an jenem Morgen, als ihre letzte 15-den-Strumpfhose eine Laufmasche bekam, mit nackten Beinen in die Praxis zu gehen.

»Na ja«, sagte Heather verlegen. »Ich habe alle Bedenken über Bord geworfen und mir das hier gekauft.« Sie hielt Esme das Hochglanzmagazin hin, das sie sich im Dorfladen geholt hatte. Das letzte Mal hatte sie in einer Illustrierten geblättert, als sie in der Praxis auf einen Patienten wartete, der abends nach der Sprechstunde noch eine dringende Behandlung brauchte. Auf dem Cover war die vierseitige Sonderbeilage »Häkle dir Noahs Arche« angekündigt. Mit Schrecken hatte Heather festgestellt, dass die Illustrierte mindestens zehn Jahre alt war und längst keine Sonderbeilage mehr enthielt. Zum Glück hatten in den Wartezimmern mittlerweile Smartphones und

Tablets die veralteten Zeitschriften ersetzt; heutzutage erledigten die wartenden Patienten Geschäftstermine, zahlten ihre Rechnungen oder streamten einen Film.

»Immerhin ein Anfang«, bemerkte Esme und hob die Augenbrauen. »Aber ich kenne dich. Da ist noch Luft nach oben.«

Während Esme ihren Hobnob aufaß, blätterte Heather die Illustrierte durch wie ein ungeduldiges Kind, das durch die bunten Seiten eines Bilderbuchs hastet; die Hochglanzfotos nahm sie kaum wahr.

»Lass dir Zeit, meine Liebe.«

Heather lachte. »Da siehst du's. Ich bin es so gewohnt, mit hängender Zunge meinen Terminen hinterherzuhecheln, dass ich vergessen habe, wie man eine Illustrierte anschaut.«

Sie legte das Heft beiseite und blickte über den Garten. »Ich dachte, ich sei bereit, alles hinter mir zu lassen«, sagte sie. »Ich habe das richtige Alter – nicht so jung, dass ich mich wie eine Drückebergerin fühlen müsste, und nicht so alt, dass ich nicht noch Spaß haben könnte. Aber ganz gleich, in welchem Alter ich aufhöre, es fühlt sich trotzdem so an, als würde ich das sinkende Schiff verlassen.

Rückblickend gesehen durften Alan und ich in den besten Jahren des Gesundheitssystems arbeiten; wir konnten unsere Patienten richtig kennenlernen und etwas bewirken. Inzwischen wird unser gesamter Berufsstand von Callcentern und Dr. Google übernommen. Dieses ewig lange Medizinstudium, und dann meint die Regierung, wir könnten durch KI ersetzt werden. Meine Hauptsorge ist, dass sich meine Identität völlig über den Arztberuf definiert. Wer bin ich ohne meinen Job?«

»Dasselbe habe ich von meiner Lehrtätigkeit gedacht«,

sagte Esme. Sie nahm ihr Strickzeug wieder zur Hand, verteilte die Maschen auf den langen grünen Nadeln und rollte weiße Wolle vom Knäuel ab. »Mit dem Eintritt in die Rente fühlte ich mich nicht mehr nützlich. Die Angst vor dem Altwerden ist völlig normal. Aber glaub mir, es ist kein Hexenwerk. Hat man sich erst mal dran gewöhnt, ist es eigentlich ganz einfach. Mein Rat ist, mach eine Pause und atme erst mal durch. Finde deinen Rhythmus.«

»Das ist ja das Problem. Alle überschütten einen mit guten Ratschlägen. Hobbys sind wichtig. Du musst dich beschäftigen. Gib deinem Tag Struktur. Blablabla. Ich weiß, dass man sich erst daran gewöhnen muss, aber offen gestanden ist das Ganze bislang eine Enttäuschung auf der ganzen Linie. Wie heißt es doch gleich – setz dich in Eile zur Ruhe und bereue in Muße.«

»Das war wohl eher: Heirate in Eile und bereue in Muße.«

»Wie auch immer. Ich dachte, es sei ein Anfang, aber es fühlt sich eher an wie ein Ende, wie das Gegenteil einer Hochzeitsreise. Jede Ehe hat ihre trüben Tage, aber bei uns scheinen sie alle auf eine endlos lange Kette gefädelt zu sein.«

»Das braucht seine Zeit. Du machst gerade eine Trauererfahrung durch. Bevor du den Verlust deines alten Lebens nicht verwunden hast, kannst du kein neues starten.«

Vielleicht hatte Alan ja doch nicht so falschgelegen mit seiner Gefallenenrede.

Kapitel 6

Nenn mich Al

Als Heather nach Hause kam, füllte Alan gerade einen leeren Eiswürfelbehälter in der Spüle. Außerdem war da ein Mann, den sie nie gesehen hatte und der den Inhalt eines Cocktailshakers in ein Glas goss.

»Du musst Heather sein. Lust auf einen Mojito?«

Zu verblüfft für eine Antwort, nahm Heather den angebotenen Drink.

»Übrigens haben wir den weißen Rum aufgebraucht«, bemerkte Alan und inspizierte die leere Flasche.

Heather hatte überhaupt nicht gewusst, dass sie weißen Rum im Haus hatten. Wie kam ihr Mann dazu, um diese Tageszeit zu trinken? Sie war gewarnt worden, dass sich der Ruhestand in eine ewig währende Happy Hour verwandeln konnte, aber der Seewetterbericht hatte ja noch nicht mal begonnen. Entscheidender schien allerdings die Frage, wer dieser Fremde war, der in ihrer Küche Cocktails mixte.

»Entschuldigung, aber wer sind Sie?«, fragte Heather.

»Das ist Kevin«, sagte Alan, als erklärte das alles.

Heather schätzte den Mann auf etwa vierzig. Er war mittelgroß, mittelschwer und auch ansonsten ziemlich unscheinbar bis auf den eindrucksvollen Schnauzbart, der ihn wie einen Zeitreisenden aus dem 19. Jahrhundert erscheinen ließ.

»Die Mojitos waren meine Idee«, sagte Kevin. »Ich habe einen riesigen Busch Pfefferminze hinter der Garage entdeckt und zu Alan gesagt, es wäre jammerschade, sie nicht zu benutzen. Außerdem hatten wir einen ziemlichen Durst entwickelt, stimmt's Al?«

Al? Niemand hatte ihren Mann je Al genannt. Heather fragte sich, ob sie in einem dieser Träume feststeckte, in dem man glaubte, wach zu sein. Nur schlimmer. Einer, in dem man zu einer Prüfung antrat, auf die man sich nicht vorbereitet hat. Nackt.

Stan durchsuchte Kevin auf Leckerli, fand aber nichts von Interesse und begab sich zu seinem Korb, wo er in sich zusammensackte.

»Prost!« Alan stieß mit Kevin an, dann mit Heather.

»Würde einer von euch mir erklären, was hier vorgeht?«

»Ich habe Kevin auf Facebook Marketplace gefunden«, begann Alan.

»Ich welcher Abteilung?«, fragte Heather amüsiert nach.

»Gewächshäuser. Er will sich verbessern und verkauft sein altes.«

»Und weil ich im Dorf wohne, habe ich angeboten, es vorbeizubringen«, erklärte Kevin. »Als ich dann hier war, habe ich festgestellt, dass ich meinem Hausarzt gegenüberstehe.«

»Und deshalb trinkt ihr jetzt mittags Mojitos zusammen.« Heather lächelte. Vermutlich war das keineswegs weniger verwerflich, als eine Rolle Hobnobs mit Esme zu teilen.

»Kevin ist ein NOGGIN«, sagte Alan. »Genau genommen ist er der Ober-NOGGIN.«

Kevin zog das Vorderteil seines T-Shirts glatt und enthüllte die Aufschrift *NOGGINS machen sich gern die Hände schmutzig*.

»Tut mir leid, aber da brauche ich mehr Info.«

»Netherwood Organic Gardening Group«, sagte Alan so stolz, als hätte er diese Organisation selbst gegründet. »Sie suchen noch Gleichgesinnte. Kevin hat mich zu ihrem nächsten Treffen eingeladen.«

Sein Gesichtsausdruck erinnerte Heather an den der Mädchen, wenn sie eine neue Freundin mit nach Hause brachten. *Und ihr mögt tatsächlich beide My Little Pony! Ach, wie schön!*

»Und ich habe angeboten, beim Aufbau des Gewächshauses zu helfen. Wir brauchten bloß einen kleinen Muntermacher, bevor wir loslegen.«

Und der schien zu funktionieren. So lebhaft hatte Heather Alan seit Wochen nicht gesehen. Ihre Bedenken, dass die beiden schweres Gerät bedienen würden, nachdem sie eine Flasche weißen Rum geleert hatten, behielt sie für sich.

»Dann will ich euch nicht länger aufhalten«, sagte Heather.

Sie stellte ihren unberührten Mojito demonstrativ neben der Spüle ab und füllte, selbstgerecht und ein wenig säuerlich, den Wasserkocher.

»Sind Sie sicher, dass Sie uns nicht Gesellschaft leisten wollen?«, fragte Kevin fast beleidigt.

»Vielleicht ein andermal«, entgegnete Heather. *Und dann eher gegen sechs Uhr abends.* »Entschuldigt mich, ich habe noch was zu erledigen.«

Aber was genau hatte sie zu erledigen? Dank Mrs Gee war das Haus makellos sauber und die frischgewaschene Wäsche ordentlich zusammengefaltet. Stan war bereits Gassi gegangen, und *Flucht aufs Land* begann erst in einer Stunde. Die einzige anstehende Aufgabe war das Aufräumen des Esszimmers, das einen langen Holztisch und acht passende Stühle beherbergte. Die Art von Einrichtung, die zivilisiertere Familien zum Einnehmen der Mahlzeiten benötigen. Leider war der antike Mahagonitisch, der Alans Eltern gehört hatte, mit Papieren, Zeitschriften und anderen Gegenständen übersät, während die Anrichte aus derselben Epoche als Mausoleum für ausgediente Laptops, Mobiltelefone und anderen Elektronikschrott diente. Außerdem hatte das Esszimmer als Zwischenlager für all die Dinge herhalten müssen, die sie am letzten Tag aus der Praxis heimgebracht hatten. Die Messingschilder, noch in ihre Trauerflore aus Papiertaschentüchern gehüllt, lagen aufgebahrt auf einem Schwarzweißfoto des Dorfes um die vorige Jahrhundertwende, dazu Spielsachen aus dem Wartezimmer, die zweifellos gegen sämtliche Sicherheits- und Hygienestandards verstießen.

Mit dem Argument, man könne die Sachen eines Tages vielleicht noch gebrauchen, hatte Alan sich geweigert, etwas davon wegzuwerfen. Was genau er mit der staubigen Plastikpalme vorhatte, die so manchem Krückstock ein Bein gestellt hatte, blieb ein Rätsel. Mit den ausgedienten medizinischen Gerätschaften, die Alan bereits angesammelt hatte – die alte lederne Untersuchungsliege mit den geschwungenen Beinen, das antike Spirometer, das einer Wasserpfeife glich, und die Saugnäpfe des primitiven EKG-Geräts, die zwölf kleine Knutschflecken auf der Brust der Patienten hinterließen –, könnte er bald ein eigenes Museum eröffnen.

Und dann war da noch der Totenkopf auf dem Bücherregal, der zu dem Skelett aus seiner alten Studentenbude gehört hatte. Aber was einst Lernhilfe und witziges Dekorationsobjekt gewesen war, wirkte jetzt eindeutig makaber. Mrs Gee weigerte sich, den Raum zu betreten, und zwar nicht, weil sich dort menschliche Überreste befanden. Sie beklagte sich, mit dem Staubsauger nicht durch die Kartons manövrieren zu können.

Heather und Alan hatten sich gegenseitig versichert, das Esszimmer demnächst in Angriff zu nehmen, doch je mehr Zeit zur Verfügung stand, desto weniger packten sie die Dinge an, für die sie früher zu beschäftigt gewesen waren. Heather hatte das Gefühl, am Tag der Pensionierung ihre Multitasking-Superpower schlagartig eingebüßt zu haben. Der Luxus, nur eine Sache zu tun, hatte sich in die Abneigung verwandelt, überhaupt etwas zu tun. Vielleicht sollte sie ja zurückgehen und einfach ihren Cocktail genießen. Sie hatte sich nie viel aus Alkohol gemacht, vor allem nicht mitten am Tag. Aber sollte man im Ruhestand nicht Neues ausprobieren?

Heather, die noch an der Küchentür zögerte, hörte Kevin sagen: »Cyril hat da ein Hühnerhaus, das er verkaufen möchte, Al. Es ist leicht und luftig, mit vier großzügigen Nistplätzen. Klare Linien, abgebeizte Dielenbretter, tadelloses Erscheinungsbild. Warum gutes Geld für ein neues ausgeben?«

»Meinst du, er würde es mir verkaufen? Klingt ideal.«

»Na klar. Ein NOGGIN hilft dem anderen. Es geht um die Gemeinschaft, verstehst du? Wir sind eine große, glückliche Familie.«

Etwas, das man von den Winterbottoms nicht behaupten konnte.

Heather nahm ihren Tee mit ins Wohnzimmer, von wo aus sie Alan und Kevin zusehen konnte, bis sie die nötige Entschlossenheit fürs Esszimmer zusammengekratzt hatte. Schwer zu sagen, worüber die beiden sprachen und wer von ihnen der Capo war. Doch nach vielem Kopfkratzen, Hin-und-her-Gehen, Messen und nochmaligem Nachmessen wuchs das Gewächshaus zusehends, und beide wirkten höchst zufrieden mit sich. Mit weiterem Kopfkratzen, Hin-und-her-Gehen, Messen und Nachmessen widmeten sie sich dann, wie Heather feststellte, den Plänen, die Alan auf Millimeterpapier gezeichnet hatte. Seit Jahren hatte er in der Garage Holz gehortet, Dutzende von Brettern, aus denen er angeblich ein Gemüsebeet zimmern wollte, und ihr armes Auto in der Einfahrt den Elementen preisgegeben. Jetzt fragte sie sich, ob die Trojaner wohl misstrauisch geworden wären, falls sie Lastwagen mit Bauholz und alten Eisenbahnschwellen ins griechische Lager hätten fahren sehen.

Immer wieder hatte er von einem Projekt gesprochen, das er für den Ruhestand plante und mit dem sein Vater begonnen habe. Heather war allerdings skeptisch gewesen. Schließlich redete Alan ständig über Pläne, die er dann nie in die Tat umsetzte. Seit Wochen führte Heather eine Liste mit Dingen, die ums Haus herum zu erledigen waren, kleine Reparaturen, die Alan in Angriff nehmen wollte, sobald er die Zeit erübrigen konnte: lose in den Angeln hängende Schranktüren, ein tropfender Wasserhahn im Bad, der Spiegel, den sie vor zwei Jahren gekauft hatten und der noch immer nicht aufgehängt war, und natürlich die Gartenmöbel, die abgeschliffen und geölt gehörten. Und sie hatte sich dem Trugbild eines Alan hingegeben, der in den ersten Tagen des Ruhestands mit dem Werkzeugkasten unterwegs wäre und das alles erledigte.

Wahrscheinlicher jedoch war, dass er den Kopf schütteln und sagen würde: »Das ist in fünf Minuten nicht geschehen, Heather«, selbst wenn die fragliche Aufgabe tatsächlich nur fünf Minuten in Anspruch nahm. Zum Beispiel das Umstellen einer Kübelpflanze. Offenbar wollte er nie wieder eingeschränkt sein, nachdem sein gesamtes Arbeitsleben in Fünf- oder Zehn-Minuten-Termine eingeteilt gewesen war. Jetzt gab es Dringlicheres zu tun, etwa in den Tiefen seines Schranks nach den ältesten, schäbigsten Klamotten zu wühlen oder über Tory-Minister zu schimpfen, die, wie er sehr wohl wusste, längst keine Kabinettsmitglieder mehr waren. Oder eben ein gebrauchtes Gewächshaus aufzubauen.

Letzteres schien gute Forstschritte zu machen. Heather hatte sich immer schon eine Orangerie gewünscht, von der aus man den Garten überblicken konnte. Dank Kevin, dem Ober-NOGGIN, waren sie nun die stolzen Besitzer eines Glashauses, das alles in den Schatten stellte, was Kew Gardens zu bieten hatte. Doch anstatt für den Genuss einer Tasse Tee schien die Neuerwerbung tatsächlich für den Anbau von Orangen vorgesehen zu sein. Es war das schiere Ausmaß von Alans Plänen, das sie beunruhigte. Der Länge der gelben Schnur nach zu urteilen, die sie durch den restlichen Garten gespannt hatten, würde Alan wesentlich mehr anpflanzen als eine Reihe Salatköpfe. Ihr Garten würde bald nicht mehr wiederzuerkennen sein. Andere Frauen wären vielleicht eingeschritten, wenn sie den Ausblick vom Wohnzimmerfenster bedroht sahen. Für Heather hingegen war ein fröhlicher, beschäftigter Ehemann, der ihr nicht Trübsal blasend im Weg stand, wichtiger als eine makellos grüne Rasenfläche. Außerdem hatten sie keine Enkelkinder, die dort barfuß herumrennen konnten.

Obwohl The Elms seit vierzig Jahren ihr Zuhause war, betrachtete Heather es weiterhin als Alans Haus. Es war so viel beeindruckender als der Ort ihrer Kindheit: eine bescheidene Doppelhaushälfte aus roten Backsteinen in einer Reihe identischer roter Doppelhäuser. Im ersten romantischen Schauer des Verliebtseins hatte sie übersehen, dass das Haus mit einer Zugabe kam: ihrer künftigen

Schwiegermutter. Und selbst nach Gwens Tod hatte Heather sich dort nie so richtig entspannt gefühlt. Es war, als wäre die Schwiegermutter noch immer anwesend. Immer wieder tauchte sie auf, sei es in Form eines Möbelstücks, von dem Alan sich nicht trennen wollte, oder eines Baums oder Buschs, den sie gepflanzt hatte und der nun den Garten zu überwuchern drohte. Als in den Achtzigern der letzte der majestätischen Bäume, die dem Haus seinen Namen gegeben hatten, dem Ulmensterben zum Opfer gefallen war, hatte Heather halb im Scherz vorgeschlagen, es künftig Wisteria House zu nennen, nach der unverwüstlichen Glyzinie, die ebenfalls von Gwen stammte. Aber davon wollte Alan nichts hören. Es war schlimm genug, dass ihr der Geist von Alans Vater bei der Arbeit in der Praxis stets über die Schulter sah, ein ungebetener und wenig hilfreicher Aufpasser. Und so gern sie die Gees mochte und die Familie ihnen zugegebenermaßen viel verdankte, hatte sie doch das Gefühl, dass auch der Geist von Gwen sie nicht in Ruhe lassen würde, solange die beiden wie die Fliegen in The Elms herumsurrten.

Heather schlug den Reiseprospekt auf, den sie hinter einem Kissen in ihrem Lieblingssessel versteckt hatte. Obwohl es offiziell nichts zu tun gab, war das die erste sich bietende Gelegenheit, die Broschüre in Ruhe durchzusehen. Auf dem Cover prangte das ikonische Foto der weiß gekalkten Windmühle von Santorini. Während sie weiter durch die Seiten mit den fast schmerzhaft intensiven Farben blätterte, meinte sie zu spüren, wie ihre Fingerspitzen sich durch die Berührung der Hochglanzfotos mit Erregung aufluden. Ihr Gehirn kam gar nicht mehr nach mit der Verzückung, die die Augen ihm einspeisten. Sie kannte nicht genügend Blautöne, um die Farben des Meeres, des Himmels, der kleinen Fischerboote und der

Türen und Fensterläden an den von Bougainvillea über-
rankten Tavernen zu beschreiben. Die Akropolis funkelte
wie ein Goldbarren in der Nachmittagssonne. In Felsvor-
sprünge gemeißelte Kirchen riefen Erinnerungen an ihre
Lieblingsfilme wach. Und das Essen! Die Speicheldrü-
sen unter ihrer Zunge begannen zu arbeiten, als sie sich
vorstellte, wie Platten voll frischer Meeresfrüchte vor sie
hingestellt wurden, dazu knackige Salate und von Honig
triefende Süßigkeiten – und das in einer am Wasser gelegenen Taverne, aus der leise Bouzoukimusik nach draußen drang.

Vor dem Wohnzimmerfenster hatte Regen dem Spiel
der Männer ein Ende bereitet. Heather hörte Stiefel auf
den Fliesen des Küchenbodens, die den Zorn von Mrs Gee
heraufbeschwören würden. Der Langzeitwetterbericht
verhieß, dass ein langer Sommer mit matschigen Stiefeln
vor ihnen lag. Heather sehnte sich verzweifelt nach Sonne,
doch der am Horizont dräuende Dauerregen erinnerte sie
an ein Rezept, das sie in ihrer Illustrierten entdeckt hatte.
Und mit ihm eine Möglichkeit. Morgen Abend würde sie
Garnelen mit Knoblauch grillen und ein Stück Feta in den
Salat krümeln. Nach dem Essen konnten sie *Mamma Mia!*
streamen, und die Szenen würden Alan auf den Reiseprospekt vorbereiten. Ein letzter verzweifelter Versuch,
ihn umzustimmen.

Kapitel 7

Wie man eine Jungfer verführt

Am folgenden Abend ließ Alan sich die Garnelen und den Salat schmecken, ja er war so begeistert, dass er sich erbot, die Geschirrspülmaschine einzuräumen. Leider fiel Heathers griechische Offensive in sich zusammen, als sich das Internet aufhängte und sie *Mamma Mia!* nicht herunterladen konnten. Also musste *Wunderbare griechische Inselwelt* den Abend hinter dem Sofakissen verbringen, während sie eine Doku über den Zweiten Weltkrieg im Fernsehen schauten, eine Empfehlung von Kevin. Es kostete Heather übermenschliche Kräfte, dabei nicht einzuschlafen, und Alan überprüfte alle paar Minuten, ob ihre Augen noch offen waren. Obwohl die Müdigkeit überwältigend gewesen war, verschwand sie, kaum dass Heather sich ins Bett gelegt hatte. Plötzlich war sie wieder hellwach.

Nachdem das katastrophale Endergebnis Englands bei den Testmatches im vergangenen Sommer endlich auch bei ihm angekommen war, hatte Alan den ganzen Tag schlechte Laune gehabt. Heather hatte gehofft, er werde daraufhin seine Zeitungsobsession aufgeben, doch schien ihn das auf der verzweifelten Suche nach positiven Meldungen eher noch anzuspornen. Leider hatte auch die Doku über den Sieg in der Schlacht um England seine Stimmung nicht gebessert, und ein Tropfen seines bevorzugten Rotweins – sonst ein zuverlässiger Stimmungsaufheller – hatte ihn nur noch reizbarer gemacht. Jetzt lag sie im Bett, hörte zu, wie seine widerwillige Prostata eine halbe Flasche Cabernet Sauvignon in wiederholtem Stop-and-go von sich gab, und fühlte sich an die schlecht getakteten Ampeln auf der Umgehungsstraße von Darlingford erinnert. Es hatte Zeiten gegeben, da fanden sie die Körperfunktionen des anderen entschuldbar, ja sogar liebenswert, doch die waren längst vorbei.

Allerdings kannte sie eine verlässliche Methode, ihn aufzuheitern oder in eine empfänglichere Gemütslage zu versetzen. Wenn es etwas gab, das ihr Mann mehr genoss als Rotwein, Kriegsdokus oder sogar Cricket, dann war es Sex. Zumindest war das früher so gewesen. In letzter Zeit schien er jedoch auch daran die Lust verloren zu haben. Sie hatte das zunächst auf den Stress beim Verkauf der Praxis geschoben. Beide waren so beschäftigt und abgelenkt gewesen, dass der Sex von der Speisekarte verschwand. Wie Hähnchenbrust Kiewer Art oder Schwarzwälder Kirschtorte, einst ihre Lieblinge und nun der Nostalgie überantwortet.

Doch drastische Zeiten verlangen nach drastischen Maßnahmen. Diesmal würde ausnahmsweise sie diejenige sein, die die Initiative ergriff und das Eis brach. Nicht weil sie besondere Lust darauf hatte, sondern um ihre Ehe zu retten. Alan seinerseits würde das nicht als strategisches Manöver erkennen. Sex war Sex, und einem geschenkten Gaul schaute Mann nicht ins Maul.

Heather knipste die Nachttischlampe aus, sodass das Zimmer nur noch von dem schwachen Leuchten auf Alans Seite erhellt war. Verführerisch ans Kopfkissen gelehnt schwelgte sie in lustvollen Gedanken, stellte sich vor, sie warte auf Kevin McCloud oder Monty Don, und als sie sich zwischen den beiden nicht entscheiden konnte, freute sie sich darauf, Sam Neill aus dem Badezimmer treten zu sehen. Sie wartete. Und wartete. Die Toilettenspülung ging, Wasser lief ins Waschbecken. Dann Stille. Was tat er bloß dadrin? Seit wann hatte er sich diese komplizierten Rituale vor dem Schlafengehen angewöhnt?

Die lustvollen Gedanken wurden von Gähnen abgelöst. Als Alan schließlich auftauchte, beschlichen Heather bereits Zweifel, zumal sie von dem Lichtstrahl aus der geöffneten Tür so geblendet wurde, als hätte Alan sie als feindliches Kampfflugzeug ausgemacht. Vielleicht weil er dachte, sie schliefe schon, stakste er zu seiner Seite des Betts und trat dabei auf ein Quietschtier, das Stan im Schlafzimmer vergessen hatte, dann krachte er mit lautem »Ufff!« gegen die offene Schranktür.

»Entschuldige. Hab ich dich aufgeweckt?«

»Nicht wirklich«, entgegnete sie und verkniff sich den Vorschlag, er könne ebenso gut den gesamten Notting-Hill-Karneval mitbringen. »Ich kann nicht schlafen.«

Er schlüpfte neben ihr unters Plumeau. »Ich weiß, wovon du sprichst. In letzter Zeit habe ich auch kaum geschlafen.«

Warum behaupteten ausgerechnet immer die Leute, die die ganze Nacht tief und fest schlummerten, dass sie Schlafprobleme hätten? Dieselben, die nicht wahrhaben wollten, dass sie schnarchten.

Alan streckte die Hand nach der Nachttischlampe aus.

»Moment«, sagte Heather und wandte sich ihm zu. »Bist du sicher, dass du gleich schlafen willst?«

Er war zwar ein bisschen schwer von Begriff, aber im Dämmerlicht konnte sie sehen, wie sich ein Lächeln in sein Gesicht stahl. Das erste seit langem. Er drehte sich zu ihr um, und ihre Augen begannen von einer arktischen Brise Colgate und Listerine zu tränen. Das war es also, was er im Badezimmer trieb.

In letzter Zeit war Alan ziemlich fixiert auf Zahnpflege

und verbrachte Stunden mit Zahnseide und der Inspektion seines Zahnfleischs im Spiegel. Nachdem er fast alles Haupthaar verloren hatte, war er verzweifelt darum bemüht, dass ihm nicht das Gleiche mit seinen Zähnen passierte. Angesichts der vielen Termine, die Alan bei seinem Zahnarzt machte, hoffte Heather, dass die Praxis eine Art Vielfliegerprogramm aufgelegt hatte. Unglücklicherweise konnten weder Zahnpasta noch Mundspülung darüber hinwegtäuschen, dass sie zu viel Knoblauch an die Garnelen gegeben hatte, und auf die roten Zwiebeln im Salat hätte sie wohl besser verzichtet. Sie dachte gerade darüber nach, ob griechische Paare ihren Atem auch abstoßend fanden, als Alan ihre Lippen suchte, und zwar überall da, wo sie nicht waren. Nach einigen Momenten vergeblicher Suche fand er ihren Mund, und sie küssten sich.

Es war diese Art Kuss, die mit »Fahr vorsichtig« oder »Soll ich Milch besorgen, oder machst du das?« einhergeht. Er hätte auch zu einer ältlichen Tante gepasst. Heather presste ihre Lippen so lange auf Alans, bis ihre erschrockenen Zungen sich schließlich trafen. Sie wartete auf ein Kribbeln am Beckenboden und versuchte nachzuhelfen, indem sie die Schenkel zusammenpresste. Nichts. Alan hingegen war bereits gut dabei, wie die zeltartige Ausbuchung in seiner Schlafanzughose erkennen ließ.

Heather war nie zimperlich gewesen, was den männlichen Körper betraf. Trotz einer begrenzten Zahl von Sexualpartnern – die jämmerliche Gesamtsumme von eins, Alan inbegriffen – hatte sie im Lauf ihres Berufslebens genügend nackte Männer gesehen. Sie und Alan hatten sich ja sozusagen über einem nackten Mann kennengelernt, auch wenn der schon tot gewesen war. Dennoch kamen ihr heute Abend die langen grauen Haare etwas abstoßend vor, die sich durch die Knopflöcher von Alans Schlafanzugoberteil ringelten. Sie erinnerten Heather daran, dass die Glyzinie geschnitten werden musste, denn sie drohte schon wieder ins Holz der Fensterrahmen einzuwachsen.

»Das Fenster im hinteren Schlafzimmer lässt sich nicht öffnen. Soll ich es auf die Liste schreiben?«

»Hmm?« Alan hörte nicht zu.

Er streichelte ihren Rücken in langsamen Kreisen.

Round and round the garden, like a teddy bear.

Ein eingerissener Fingernagel, vielleicht auch ein Stückchen Nagelhaut, das sich im dünnen Stoff ihres Schlafanzugoberteils verfangen hatte, stellte ihr die Haare auf. Zentimeterweise rutschte er zu ihr herüber, ihre Haare verfingen sich schmerzhaft unter seinem Ellbogen. Sie stöhnte auf. Alan, der das als Schlachtruf interpretierte, legte einen Zahn zu und sog schlürfend ihr Ohrläppchen in den Mund, was Gänsehaut auf ihren Armen auslöste. Sie machte einen Versuch, sich zu entspannen. Normalerweise brachte Heather diese Bettgeschichten so rasch wie möglich hinter sich, doch diesmal wäre es ihr lieber, er würde es langsam angehen lassen, sie ein bisschen erregen. Vermutlich sollte sie dankbar sein, dass er sie nach all den Jahren und zwei Babys überhaupt noch attraktiv fand.

»Liebe mich, Alan«, flüsterte sie.

Abrupt hielt Alan inne.

Reden beim Sex war nie Teil ihrer Routine gewesen. Sie hatten es vorgezogen, ihre Vorlieben durch einen Kode nonverbaler Hinweise kenntlich zu machen, die mit der Zeit verlorengingen. Sie war nie gut darin gewesen zu verbalisieren, was sie wünschte oder brauchte. Vielleicht wäre es jetzt angesagt, die Sache etwas aufzupeppen und im Bett etwas Neues zu probieren. Einen Versuch war es wert.

»Sag Schweinereien zu mir«, murmelte sie.

»Was zum Beispiel?«, fragte Alan hilflos.

»Keine Ahnung. Verlass dich auf deine Fantasie.« Sie selbst musste das schließlich auch tun.

»Deine Lippen sind so ... drall«, sagte er schnaufend, als ihre Nasen zusammenstießen, »wie zwei saftige Ochsenherzen.«

Seine Gedanken waren offenbar noch beim Tomatensalat, aber es war immerhin ein Anfang.

»Und weiter?«, drängte Heather.

Alan beschnupperte ihren Nacken und sog die Luft ein. »Deine Haut riecht nach Erbsen.« Er schnüffelte noch einmal. »Nein, eher Rhododendron ... oder Hängeklematis.«

Seine Hand glitt zu ihren Pobacken und drückte sie, als prüfe er ihren Reifegrad. »Magst du das, Heather?«

»Nicht zu fest.« Sie zuckte zurück.

»Und wie ist es damit?«, fragte er. »Törnt dich das an?«

Das gefragt zu werden, hatte genau den gegenteiligen Effekt. Sie klangen wie zwei schlecht bezahlte Darsteller in einem schmierigen Pornostreifen, bei dem der Regisseur am Fußende des Bettes Anweisungen für ein Close-up gab und dann erklärte, die Szene sei im Kasten. Andererseits schien Alan allmählich in Schwung zu kommen.

Er hatte es offenbar aufgegeben, sie in weitere Höhen der Ekstase zu treiben, und die Art, wie er das Geschehen wie ein besonders mühsames Cricket-Match kommentierte, begann ihr auf den Geist zu gehen.

Den guten Alan haben wir schon geraume Zeit nicht mehr in Aktion gesehen. Sie erinnern sich vielleicht, dass er verletzungsbedingt ausgefallen ist, weil er den Hund in den Kofferraum ge-

hievt hat. Nun sind wir gespannt, ob er neue Tricks im Ärmel hat. Wegen seiner momentan etwas eingeschränkten Beweglichkeit dürfte er sich eher auf Taktik verlegen. Und schon geht's los. Dieser Ball ist wirklich treffsicher platziert. Man kann die Konzentration an seinem Gesicht ablesen. Heather hält sich an der Linie bereit. Sie schaut nach Hinweisen, wohin die Sache läuft.

Alan hastete durch das erste Over. Er zerrte ihr das Pyjamaoberteil über den Kopf und schleuderte es an den Spielfeldrand, um die Easy Four Runs zu erleichtern. Nach kurzem Kampf mit dem Knoten in der Taillenkordel folgte die Hose, die in einem enttäuschenden Single am Fußende des Betts landete. Aus Mitleid half Heather Alans Glied aus seiner Umhüllung, und am Ende des Over waren sie immerhin beide nackt und unter der Decke. Der Schiedsrichter ordnete einen Seitenwechsel an.

Unglücklicherweise erinnerte Alans lautes Schnaufen Heather daran, dass sie die Garnelenköpfe im Mülleimer gelassen hatte. Morgen früh würde es in der Küche erbärmlich stinken.

»Hast du den Müll rausgetragen, worum ich dich gebeten hatte, Alan?«

»Was?«

»Vergiss es.«

Fairerweise war anzuerkennen, dass Alan sich durch Heathers schlecht getimte Nachfrage nicht aus dem Konzept bringen ließ. Er war ein Mann mit Mission. Zu einer kleinen Verzögerung kam es, als er sich trotz professioneller Vertrautheit mit der weiblichen Anatomie in der realen Anordnung nicht gleich zurechtfand. Sein hektisches Fummeln ließ an einen Amateur-Tresorknacker denken, der jeden Augenblick mit dem Eintreffen der Polizei rechnet. Damit die Sache endlich in Schwung kam, zog sie ihn auf sich.

»Bist du sicher?« Alan zögerte, die Stimme rau vor körperlichem Begehren und mangelnder Fitness.

»Ja.« Heathers Krächzen war eher ein Effekt seines Gewichts als der Lust.

»Na, dann mal los!« Sie sah Alan im Geist vor sich, wie er sich in freudiger Erwartung die Hände rieb, als gelte es, einen verstopften Gehörgang zu spülen.

»Ein bisschen nach links, Alan.«

»Von mir aus oder von dir aus?«

Sie leitete ihn stumm an, schließlich wollte sie nicht wie eine nuttige Navistimme klingen.

Er nahm ihr schmerzliches Aufstöhnen als Zeichen einer befriedigenden Performance. Als es vorbei war, ließ sich Alan wie ein Toter auf seine Seite des Betts zurückfallen. Eine Weile lagen sie noch aneinandergekuschelt, bevor sich jeder überhitzt in die Kuhlen der jeweiligen Matratze verzog. Jetzt wäre der perfekte Moment, die Urlaubsreise wieder zur Sprache zu bringen. Alan wäre entspannt und leicht zu beeinflussen. Doch es kam ihr manipulativ vor, ihn in diesem Zustand mit ihrer Frage zu überfallen. Sie wollte, dass er gern mit ihr verreiste, und nicht, weil er in postkoitaler Euphorie zugestimmt hatte.

Doch es war ohnehin zu spät. Alan befand sich bereits in stabiler Seitenlage und im Tiefschlaf, sein Umriss im Licht des Digitalweckers so vertraut und unveränderlich wie ein Bergmassiv. Heather dachte an all die Gründe, weshalb sie ihn liebte. Er war freundlich, klug und urkomisch. Manchmal mit Absicht. Allen wichtigen Kriterien gemäß konnte er als guter Ehemann und Vater gelten. Sein moralischer Kompass war verlässlich. Weder Heather noch die Mädchen hatten je an seiner Liebe für sie gezweifelt.

Es war unrealistisch zu glauben, die Schwärmerei, die tiefe Leidenschaft und unstillbare Begierde der ersten

Verliebtheit würden ewig anhalten. Der Liebeswahn war vorüber, und sie hatten ihren gemeinsamen Weg zeitweilig aus dem Auge verloren, das war alles. Sie liebten einander noch immer, nichts anderes zählte.

Heather vermutete, dass viele Frauen im Dorf ihren Mann anhimmelten. Jedes Mitglied des Fanclubs hätte ihre Unterkieferprothese dafür geben, an ihrer Position zu sein. Auch wenn es nur die Missionarsstellung war. Sie hatte sich nie Fantasien über andere Männer hingegeben, sich nie gefragt, wie es wäre, einen Mann zu küssen, der nicht ihr Ehemann war. Viele Eheleute hatten Affären. Manche kamen ungestraft davon, die meisten nicht. Das war der Grund, warum die Hälfte ihrer Freunde aus dem Studium mittlerweile geschieden war, einige mehrfach.

Heather wollte sich das nicht antun. Selbst wenn Alan es nie herausfände, bezweifelte sie, dass sie den Mut aufbrächte, sich jemals wieder vor einem Mann nackt auszuziehen. Sie konnte sich ohnehin nicht vorstellen, dass jemand sie in ihrem Alter körperlich attraktiv fände. Jetzt, wo sie beide näher den Siebzig als den Sechzig waren, schien ihre Beziehung aus der Gefahrenzone heraus zu sein. Sie waren sicher auf der anderen Seite angekommen und konnten sich entspannen. Es gab nichts mehr zu erkunden, nichts mehr zu beweisen.

Alan schnarchte jetzt, ein polterndes Röcheln, wenn die Luft aus seinen Lungen am schlappen Gewebe seines Gaumensegels vorbeistrich. Sie hatte ihr schmales Zeitfenster zum Einschlafen verpasst. Wie viele gemeinsame Nächte blieben ihnen noch? Wie lange, bis einer von ihnen, untröstlich, die erste kummervolle Nacht allein verbringen würde? Der Gedanke versetzte sie in Panik. Sie wollte Alan nicht verlieren, und doch war ihr momentan nicht klar, wie sie beide weitermachen sollten.

Zu Heathers Überraschung rann ihr eine Träne über die Wange und verschwand im Kopfkissen. Da sie ohnehin nicht schlafen konnte, stand sie auf und ging in die Küche, wo sie die Garnelenköpfe in eine Plastiktüte packte und im Mondschein zur Mülltonne brachte.

Kapitel 8

Er starb mit einer Pfeffernuss in der Hand
Netherwood, 1982

»Dr. Wilson?« Seine Augen weiteten sich, als er im Wartezimmer auf sie zukam. »Dr. *Heather* Wilson?«

»Die bin ich«, sagte Heather und hoffte, selbstsicher und professionell zu klingen.

Innerlich war sie das keineswegs, jetzt, wo sie *ihn* nach all den Jahren wiedersah. Der Groschen war auch dann noch nicht gefallen, als sie sich an der Rezeption gemeldet und gesagt hatte, sie wolle zu Dr. Winterbottom. Trotz des ungewöhnlichen Nachnamens hatte sie die Verbindung nicht hergestellt. Die Einladung zum Vorstellungsgespräch war auf dem Briefpapier eines Dr. Gordon Winterbottom gekommen, und dieser Name stand auch auf dem Messingschild draußen am Gebäude. Der einzige andere Dr. Winterbottom, den sie kannte, hatte den Ehrgeiz gehabt, Neurologe zu werden, und als sie das letzte Mal von ihm hörte, war er zur Ausbildung in Edinburgh gewesen. Mit Sicherheit nicht in einer kleinen, dörflichen Hausarztpraxis in Südengland.

»Ich hatte dich nicht erwartet«, sagte der Mann, der ihr die Hand hinstreckte. Der Mann, der nicht Gordon Winterbottom war.

»In dem Brief hieß es eindeutig um halb zwei am Freitag, den Zwölften. Habe ich den falschen Zwölften erwischt?«

»Nein, der Tag stimmt, aber ich hatte nicht *dich* erwartet.«

»Haben Sie denn meinen Lebenslauf nicht gelesen, Dr. Winterbottom?« Sollte sie ihn Alan nennen?

Er schüttelte verlegen den Kopf, lockerte seinen Hemdkragen, der ihn zu strangulieren drohte, und murmelte etwas von totaler Überlastung. Später gestand er, dass es nur eine Bewerberin für die Stelle gegeben und er keinen Anlass gesehen hatte, deren Unterlagen genauer durchzusehen.

»Netherwood ist ein ganzes Stück weg vom Schuss. Der nächste Supermarkt ist zehn Meilen entfernt. Schreckt Sie das nicht ab ... Dr. Wilson?«

»Nicht im Geringsten.«

Wollte er sie vergraulen oder sanft abwimmeln, um ihnen beiden die unausweichliche Peinlichkeit zu ersparen? Die Abgelegenheit war genau der Grund gewesen, warum Heather diese unter all den verfügbaren Stellen gewählt hatte. Sie wollte einen Platz finden, an dem sie ihre Patienten richtig kennenlernen und das Wesen einer Hausarztpraxis erfassen konnte. Nach all den Ausbildungsjahren in großen Kreiskrankenhäusern bot eine kleine Landarztpraxis im New Forest genau den Hauch von Abenteuer, den sie sich wünschte. Nicht gerade das hungergeplagte Äthiopien oder Somalia, aber immerhin wäre sie bei der Herfahrt fast mit einem herumstreunenden Pony zusammengestoßen. Als ihre Reifen über den ersten Weiderost ratterten, wusste sie, dass sie hierhergehörte.

Alan führte sie in ein Sprechzimmer, das von einem schweren Schreibtisch dominiert wurde. Der düstere Raum hätte eher zu einem Bankdirektor oder Anwalt als zu einem Hausarzt gepasst, aber der Anblick von Regalen voller staubiger Fachbücher und ehrwürdiger medizinischer Gerätschaften war ermutigend. Er ließ sich auf der einen Seite des Schreibtischs in einem lederbezogenen Captain's Chair nieder und wies ihr einen unbequem aussehenden Holzstuhl auf der anderen Seite an, der offenbar von ausufernden Gesprächen abschrecken sollte. Heather durchschaute ihn bereits – seine lässigen Gesten und die phlegmatische Art waren genauso einstudiert wie ihre vorgetäuschte Nonchalance. Als er seine langen Beine unter dem Tisch ausstreckte und dabei aus Versehen ihren Fuß berührte, zuckte sie zurück. Auch er zuckte, als hätte sie ihn gestochen.

»Was möchtest du denn noch von mir wissen?«, fragte Heather, als ihm die Worte auszugehen schienen. Wer interviewte hier eigentlich wen? »Was du noch nicht weißt«, fügte sie hinzu.

Seine Wangen wurden knallrot. Er brauchte nicht auf das Exemplar des ordentlich getippten Lebenslaufs zu schauen, das sie ihm hinschob. Er war bereits bestens informiert. Er hatte sie nackt gesehen.

Eigentlich hätte das Bewerbungsgespräch hier enden sollen. Auf keinen Fall würde – oder sollte – er ihr diese Stelle anbieten. Auf keinen Fall könnten sie zusammenarbeiten. Dennoch tat er so, als informierte er sich über ihre Qualifikationen und Arbeitsplätze in den Jahren seit ihrer letzten Begegnung. Sie sah ihm beim Lesen zu. Die sandfarbenen Brauen hatte er konzentriert zusammengezogen, die Augen waren unter üppigen Wimpern verborgen.

Er war immer schon durchtrainiert gewesen, mit kräftigen Armen und Beinen, aber er war fülliger geworden. Die Befangenheit, die er unter dem weißen Laborkittel zu verbergen gesucht hatte, war verschwunden, sie saß einem gereiften jungen Mann gegenüber. Sein Kiefer war kantiger geworden, und die dunkelrandige Brille war durch ein kleines, rundes John-Lennon-Gestell ersetzt worden. Die Haare trug er im Nacken modisch lang, sodass sie sich am Hemdkragen kräuselten. Die glatte Spalte in seinem Kinn, die Heather immer an einen Babypopo erinnert hatte, schien alles zu sein, was von dem jungen Alan Winterbottom übriggeblieben war.

»Alles bestens«, sagte er und reichte ihr den Lebenslauf zurück. »Irgendwelche Fragen?«

Was sollte das jetzt? Bot er ihr etwa die Stelle an?

»Darf ich fragen, wer Dr. *Gordon* Winterbottom ist? Arbeitet er auch hier?« Heather deutete auf die gerahmte Urkunde, die etwas schief an der Wand hinter dem Schreibtisch hing.

»Das muss ich erklären.« Alan senkte den Blick, sein Adamsapfel bebte. »Gordon war mein Vater. Er ist gestorben. Erst kürzlich. Herzinfarkt, nehmen wir an. Hier am Tisch. In diesem Stuhl.« Er streichelte zärtlich die Armlehnen. »Die Arzthelferin fand ihn zusammengesunken über einem Stoß Wiederholungsrezepte, neben einer Tasse kaltem Tee. Nicht mal seine Pfeffernüsse hatte er angerührt.«

»Das tut mir sehr leid.« Ihre Hand hob sich zur Brust, eine unwillkürliche Spiegelung der vermutlich letzten Geste seines Vaters. »Muss ein Schock gewesen sein.«

»Ja. Pfeffernüsse waren sein Lieblingsgebäck.«

Alan lächelte wehmütig. Er hatte schon immer einen trockenen Humor gehabt, etwas, das sie von Anfang an für ihn einnahm. Doch Heather stellte fest, dass seine Augen feucht wurden. Am liebsten hätte sie ihn in den Arm genommen. Wäre das unter diesen Umständen angemessen? Unentschlossen verharrte sie auf ihrer Seite des Tischs.

»Mein Vater war ein Hausarzt alter Schule«, fuhr Alan fort. »Der einzige Arzt in Netherwood. Er wurde ausgezeichnet für seinen Kriegsdienst im Royal Army Medical Corps und war einer jener Allgemeinmediziner, die vor nichts zurückschrecken. Dinge, die wir heute nicht im Traum tun würden. Nie habe ich an ihm Furcht, Zweifel oder auch nur einen Moment des Zögerns bemerkt. Ich wette, dass er die Hälfte der Babys hier in der Gegend zur Welt gebracht hat. Er war mit Leib und Seele Arzt und kannte keine freien Tage.« Alans Stimme brach. Er zog ein Taschentuch aus der Hosentasche und schnäuzte sich. »Schon als kleiner Junge durfte ich ihn auf seinen Visiten begleiten. Er war so freundlich zu den Patienten, immer einen Schritt über das Notwendige hinaus. Alle liebten ihn.«

Er hielt inne, unschlüssig, ob er noch mehr sagen sollte. »Meine Mutter würde dir erzählen, dass der Umgang mit ihm nicht immer einfach war, vor allem nach dem Tod meines Bruders.«

Augenblicklich zeigte sich Unbehagen in seinem Gesicht, es schien, als wäre er zu weit gegangen und müsste sich zurücknehmen. An der Uni hatte er dergleichen nie erwähnt, hatte nie von seinem Vater oder Bruder gesprochen. Allerdings war kaum Platz für Persönliches gewesen, während sie gemeinsam das Innerste von Fred freilegten.

Und dann jene Nacht. Zu viel Pimm's. Zu wenige Kleidungsstücke. Die spontane Entscheidung, sich davonzuschleichen, anstatt in der warmen Umarmung des schlafenden Alan liegenzubleiben. Sie hatte eventuelle Karrierehindernisse vermeiden wollen. Es war besser so gewesen, für beide. Nachdem sie die Teenagerjahre der Pflege ihrer Mutter geopfert hatte, war Heather begierig, die verlorene Zeit nachzuholen. Keine weiteren Ablenkungen mehr. Keine Komplikationen durch eine feste Bindung in dieser Lebensphase. Die verschwindende Wahrscheinlichkeit, dass sie sich je wiedersehen würden, hatte das Schuldgefühl ein wenig abgeschwächt. Es war die einzige verwegene Tat ihres gesamten Lebens gewesen, das einzige Mal, dass sie persönliches Vergnügen über die Pflicht gestellt hatte. Sie hatte beiden einen Gefallen getan, indem sie sich zum Gehen entschloss. Und nun saßen sie hier. Es war alles so schrecklich peinlich. Verwirrend und peinlich.

Heather Wilson war immer gut darin gewesen, Professionalität an den Tag zu legen, als nun jedoch diese Nacht, Kuss für Kuss und Berührung für Berührung, vor ihrem inneren Auge vorbeizog, fiel es ihr schwer, die Röte auf ihren Wangen zu verhindern.

»Die Stelle ist als Assistenz ausgeschrieben, mit Aussicht auf spätere Partnerschaft. Nur zur Klärung: Du suchst jemanden, der deinen Vater ersetzt.«

»Nicht ersetzt. Er ist unersetzlich.« Wieder fiel sein Blick in seinen Schoß. »Das Schlimme ist, dass meine Mutter ihn bekniet hat, einen Partner in die Praxis zu nehmen. Sie hat ihn gedrängt, endlich in den Ruhestand zu gehen, seine Nachfolge zu klären.«

»Und du hast nie erwogen, sein Nachfolger zu werden?«

»Nein. Zumindest anfangs nicht. Ich war für Höheres bestimmt, weißt du noch?« Alan schüttelte den Kopf und blickte dann auf, als suchte er etwas in ihrem Gesicht. Sie erinnerte sich, dass er sich auf Epilepsie spezialisieren wollte. Er hatte ihr zwar nie erzählt, warum, aber sie hatte das Gefühl, dass es dafür sehr persönliche Gründe gab. »Mein Vater war immer davon ausgegangen, dass ich ihm nachfolgen würde. Ich weiß noch, wie er mich ansah, als ich ihm erklärte, ich fände Allgemeinmedizin langweilig. Es hat ihm das Herz gebrochen. Wortwörtlich.«

»Na, na, Dr. Winterbottom. Selbst ein Neurologe weiß, dass ein Myokardinfarkt durch Arteriosklerose hervorgerufen wird und nicht durch Enttäuschung.« Sie versuchte, den Gesichtsausdruck ihres alten Medizinprofessors zu imitieren. Zum Glück erkannte Alan ihre Absicht, sein Lächeln kehrte zurück.

»Ich kam aus Edinburgh, um die Praxis am Laufen zu halten. Nenn es, wie du willst: Pflicht, Loyalität, Buße.« Alan warf die Hände in die Luft. »Was soll ich sagen. Dieser Ort ist mir ans Herz gewachsen. Sieht ganz so aus, als ob ich bleibe.« Dann fügte er hinzu: »Und ich hoffe, er wird auch dir ans Herz wachsen. Komm, ich führ dich herum.«

Er erhob sich so unvermittelt, dass Heather ihre Handtasche fallen ließ und diese ihren Inhalt auf dem Boden verstreute: Make-up, Puder, Notizbuch und Bleistift, gefaltetes Taschentuch, Schlüssel. Sie tauchte unter dem Tisch ab, um die Sachen einzusammeln, und fand sich Auge in Auge mit Alan wieder, auf allen vieren, umgeben von Teppichflusen und Staubmäusen.

»Wie unangenehm«, sagte sie.

»Muss es aber nicht sein«, flüsterte Alan.

Er sah ihr direkt in die Augen. *Diese Wimpern.* Beim ersten Kuss hatte sie die Augen einen Moment länger offengehalten und fasziniert seine Wimpern betrachtet.

»Es ist lange her. Ich habe Panik gekriegt. Aber ich hätte nicht einfach so verschwinden sollen, ohne Erklärung oder Abschied.« Was konnte sie zu dem Mann sagen, der ihr die Jungfräulichkeit genommen und sie damit von einer Bürde befreit hatte in einer Lebensphase, in der es noch so viele andere gab. Vielen Dank auch? »Jedenfalls tut es mir leid«, sagte sie.

»Wir könnten ja so tun, als wäre es nie geschehen, Heather. Einfach neu anfangen.«

»Gut. Es ist nie geschehen.«

»Was ist nie geschehen?«

Sie lächelten.

»Nun, Dr. Winterbottom«, sagte Heather. »Bieten Sie mir die Stelle an?«

»Das kommt darauf an, Dr. Wilson, ob Sie sie immer noch haben möchten.«

Kapitel 9

Heimkehr der verlorenen Tochter

Mrs Gee erreichte das klingelnde Telefon als Erste. Die affektierte Stimme, mit der sie den Anrufer informierte, dass er die »Residenz der Winterbottoms« erreicht habe, brachte Heather jedes Mal zum Schmunzeln. Mrs Gee war eine gute Haut, und sollte Alan sich jemals dazu durchringen, das unangenehme, aber überfällige Gespräch mit ihr zu führen, würde Heather sie vermissen.

Heather musste nicht erst fragen, wer dran gewesen war. Mrs Gee kam in die Küche geeilt, in einer Hand eine Zahnbürste, in der anderen ein Stück Papier. Sie konnte ihre Erregung kaum verbergen.

»Das war Tilly. Sie ist auf dem Weg.«

Jetzt war Heather doch verblüfft. Über ihre Tochter und die Zahnbürste. »Auf dem Weg wohin?«

»Nach Hause! Sie wartet in Singapur auf ihren Anschlussflug.« Mrs Gee reichte ihr die hingekritzelte Notiz. »Hier sind Flugnummer und Ankunftszeit. Aber sie sagt, sie muss nicht abgeholt werden. Sie nimmt ein Taxi nach Netherwood.«

»Hat sie sonst noch was gesagt?« Zum Beispiel, warum sie jetzt heimkam. Schließlich hatten Alan und Heather doch schon Flüge gebucht, um Weihnachten mit ihr in Neuseeland zu verbringen. Oder warum sie sich erst meldete, nachdem zwei Drittel der Strecke bereits hinter ihr lagen?

Mrs Gee schüttelte den Kopf. »Eigentlich nicht. Tilly war schwer zu verstehen bei all den Durchsagen im Hintergrund.« Sie lächelte Heather an, der jetzt erst auffiel, dass sie selbst die Hände rang. »Man hört nie auf, sich um seine Kinder zu sorgen, nicht wahr?«

»Ja, so ist das wohl.« Heather sorgte sich um ihre Töchter in einer für Mütter angemessenen Weise. Zum Beispiel, wenn ihnen übel war oder sie nicht aßen. Wenn in der Schule ein Referat anstand oder sie am Tag der Bandprobe ihr Instrument vergessen hatten. Aber wie oft hatte sie sich größere Sorgen um ihre Patienten und deren Kinder gemacht, und wie oft war ihr das Wohl und Weh von Fremden wichtiger gewesen als das des eigenen Nachwuchses. Bedauern überkam sie, als ihr wieder einmal bewusst wurde, dass Sarah und Tilly häufig zu kurz gekommen waren. Sarah schien davon einigermaßen unbeschadet zu sein, bei Tilly war das anders.

Heather fand Alan mit Kevin im Gewächshaus, das in den vergangenen Tagen mit zwei Klappstühlen, einem Minikühlschrank und einem Transistorradio ausgestattet worden war und sich in eine gärtnerische Männerhöhle verwandelt hatte. Auch Alan wusste nichts Genaueres und konnte sich Tillys Überraschungsanruf nicht erklären. »Das kommt für mich ebenso unerwartet wie für dich, Heather.«

»Meinst du, es ist alles in Ordnung bei ihr?«, überlegte Heather laut. Tilly war schon immer unberechenbar gewesen, doch Überraschungsbesuche vom anderen Ende der Welt hatte es bisher keine gegeben.

»Wahrscheinlich hat sie deshalb vorher nichts gesagt«, meinte Alan. »Sie wusste genau, dass du dich aufregen und alles Mögliche hineininterpretieren würdest.«

»Es ist ja wohl nicht verkehrt, sich Sorgen um sein jüngstes Kind zu machen.«

»Sie ist fünfunddreißig«, erinnerte Alan sie.

Eine solche Erinnerung hätte Heather nicht gebraucht. War sie wirklich schon so alt, dass sie ein jüngstes Kind in diesem Alter hatte?

Im Gewächshaus war es unangenehm feuchtwarm, weswegen sie sich zum Gehen wandte. Vorher erkundigte sie sich noch, ob Alan wisse, was Mrs Gee mit seiner alten Zahnbürste vorhabe. »Sie schrubbt die Mörtelfugen im Familienbad«, erwiderte er prompt.

»Was macht sie?«

»Die Fugen zwischen den Kacheln.«

»Ich weiß, was Mörtelfugen sind, Alan. Ich frage mich nur, ob eine Achtzigjährige mit Arthrose auf allen vieren mit einer Zahnbürste schrubben sollte. Kannst du nichts dagegen tun?«

»Ich könnte ihr das Kniekissen leihen, das die Cliftons dir geschenkt haben.« Alan zwinkerte Kevin zu, der mit einem Pflanzholz in der einen und einer Tüte Karottensamen in der anderen Hand etwas betreten in der Ecke stand.

»Ich meine es ernst, Alan.«

»Ich auch. Mit Mrs Gee ist nicht zu spaßen. Besonders dann nicht, wenn sie die Hälfte der Fugen bereits gesäubert hat.«

»Feigling.« Wieder einmal hatte er sich einem schwierigen Gespräch entzogen und versteckte sein Unbehagen hinter zynischem Humor. Wenn er es nicht tat, würde sie es tun. Einer von ihnen musste das Unausweichliche ansprechen.

Heather klopfte und schob dann den Kopf behutsam durch die Badezimmertür. Alles, was sie sah, war die Rückseite der geblümten Kittelschürze, das Markenzeichen von Mrs Gee, seit sie im Hause Winterbottom arbeitete.

»Wie wär's mit einer Tasse Tee, Mrs Gee?«

Mrs Gee richtete sich in die Hocke auf und wischte sich die Stirn mit ihren Ringelblumen-Handschuhen. »Nein danke, Dr. Winterbottom.«

»Sind Sie sicher? Ich würde mich gern ein bisschen mit Ihnen unterhalten.«

»Worüber?«

»Ach, dies und das.«

»Was genau?« Ihre Augen verengten sich misstrauisch.

»Ich dachte, das Haus würde vielleicht langsam ein bisschen zu viel für Sie, in Ihrem ...«

Mrs Gee verharrte mitten im Schrubben. »Wollen Sie damit sagen, dass Sie mit meiner Arbeit nicht zufrieden sind, Dr. Winterbottom? Die verstorbene Mrs Winterbottom hatte nie irgendwelche Klagen.«

Die Hälfte des Badezimmerbodens war strahlend weiß, die andere Hälfte grau und schmuddelig. Alan hatte recht. Das war wohl nicht der richtige Zeitpunkt für ein solches Gespräch.

»Nein, nein, keineswegs. Ganz im Gegenteil. Ich wüsste nicht, was wir ohne Sie täten. Ich meine nur, wir hätten volles Verständnis, wenn Sie uns mitteilten, es sei Zeit für Sie und Mr Gee, sich in einem hübschen Cottage in Devon zur Ruhe zu setzen. Dann könnten Sie mehr Zeit mit Ihren Enkeln verbringen. Wie viele sind es jetzt? Sieben?«

Mrs Gee lachte. »Acht mittlerweile. Und vier Urenkel. Um ehrlich zu sein, komme ich hierher, weil ich manchmal eine Pause brauche. Genauso geht es Mr Gee. Das hält uns jung. Nein, nein, ich bin eine eiserne Verfechterin von ehrlicher, harter Arbeit. Das Leben muss einen Sinn haben, besonders in unserem Alter, finden Sie nicht?«

»Doch, ganz wichtig«, stimmte Heather zu. *Ganz wichtig.* Ihre Schultern sackten ab.

»Ich mach jetzt besser weiter, Dr. Winterbottom.« Ihre Knie klickten wie ein Revolver beim Spannen des Hahns, als sie die nächste Kachelreihe in Angriff nahm. »Es gibt noch so viel zu tun, bis Tilly kommt.«

***

Nach zwei Jahren der Trennung war Heathers erster Eindruck, dass Tilly abgenommen hatte, das konnten auch das weite Sweatshirt und die weitgeschnittenen Jeans, die sie trug, nicht kaschieren. Sie verkniff sich einen Kommentar. Mütter waren auf das Gewicht ihrer Töchter fixiert, sei es die Zu- oder Abnahme, als enthielte die Waage einen Geheimcode für Glück oder Liebeskummer. Tillys müdes Gesicht war abweisend, als das Taxi mit knirschenden Reifen aus der Einfahrt bog.

Mrs Gee, die an diesem Morgen besonders früh gekommen war, um den Türklopfer aus Messing anderthalb Stunden auf Hochglanz zu polieren, stand als Erste in der Begrüßungsschlange. Mit einer festen Umarmung presste sie Tilly die Arme an den Körper und brach dann prompt in Tränen aus.

Heather setzte das entspannte, einladende Lächeln auf, das sie im Spiegel geübt hatte. Sie breitete die Arme aus, doch statt hineinzusinken, reichte Tilly ihr einen kleinen Rucksack.

»Danke, Mum«, sagte sie und legte ihre Wange an Heathers, bevor sie zur Seite trat, um sich Stans stürmischer Begrüßung zu stellen.

»Ich hab dich ja sooo vermisst«, verkündete sie dem Hund.

»Hattest du einen guten Flug?«, erkundigte sich Heather.

Er war alles andere gewesen als das – lang, eingezwängt, mit schrecklichem Essen. Beruhigend zu wissen, dass Tilly noch immer in der Lage war, jedes Haar in der Suppe zu finden.

»Ich werf gleich mal den Wasserkocher an«, sagte Mrs Gee.

»Danke, eine Tasse Tee ist genau das, was ich brauche.« Tilly ließ sich auf einen der Küchenstühle fallen.

»Soll ich dir deinen Lieblingstoast mit Marmite machen?«, erbot sich Heather strahlend. Sie wollte sich nicht ausstechen lassen.

»Hast du Vegemite?«

»Äh, leider nein.«

»Macht nichts. Ich bin eigentlich nicht hungrig«, sagte Tilly gleichgültig. »Ehrlich gesagt hat mein Körper keine Ahnung, ob es Zeit fürs Frühstück oder fürs Abendessen ist.« Sie ließ die Halswirbel knacken, etwas, das ihre Mutter verlässlich auf die Palme brachte.

»Okay, dann fühl dich ganz wie zu Hause.« Wie blöd, dachte Heather. Schließlich hatte Tilly, die zwar unentwegt aus- und eingezogen war, immer noch hier ihr Zuhause.

Heather wollte nicht sofort das Verhör starten und suchte nach unverfänglichen Themen, während sie sich mit den Bechern zu schaffen machte. Dabei stieß sie mit Mrs Gee zusammen, die gerade die Milch aus dem Kühlschrank holte.

Alan kam herein. »Dein Koffer ist oben, Tilly. In deinem alten Zimmer.«

»Oh, Dad, das sollst du doch nicht«, rief Tilly ihm nach, als er zurück in den Garten schlurfte. »Nicht in deinem Alter.«

Heather unterdrückte ein Kichern. Es war nicht zu

übersehen, dass Alan müde und erschöpft wirkte. Mit einem Wort – alt. Heather selbst schaute nur selten in den Spiegel. Da sie und Alan nur ein Jahr auseinander waren, traf das zweifellos auch auf sie zu. Was sie allerdings mehr schockierte, war die Tatsache, dass sich sogar bei Tilly schon die ersten Krähenfüße um die Augen zeigten und weiße Haare an den Schläfen, die dort hingen wie die Reste eingetrockneter Farbe an den Borsten eines Pinsels. Ihr Kind näherte sich den mittleren Jahren und wirkte – zumindest in Heathers Augen – noch immer viel zu jung, um allein in der großen, weiten Welt unterwegs zu sein.

Mrs Gee brachte die schwere Teekanne an den Tisch, weigerte sich aber, eine Tasse mitzutrinken. Sie müsse, sagte sie, das Wetter ausnützen und draußen noch eine weitere Maschinenladung voll Wäsche aufhängen.

»Wie ich sehe, haben wir ein Gewächshaus«, bemerkte Tilly mit einem Blick aus dem Küchenfenster. »Hübsch.«

»Dein Vater hat beschlossen, den Planeten zu retten«, sagte Heather und versuchte, nicht zu grinsen.

»Ich finde das super. Es wird langsam Zeit, dass ihr beide euren CO_2-Fußabdruck verringert.« Sie sah zu dem mit Gas betriebenen Küchenherd hinüber, dessen einzige Funktion offenbar darin bestand, im Winter Stans Schlafplatz warm zu halten. Heather sparte sich den Hinweis, dass Tilly soeben aus einer Laune heraus um die halbe Welt geflogen war. »Wer ist das da mit Dad?«

Heather trat neben sie ans Fenster. »Das ist Kevin.« Er musste früh gekommen und gleich in den Garten gegangen sein. »Der neue *Freund* deines Vaters.«

Sie hatte das Wort eigentlich nicht extra betonen wollen, aber es war ihr so herausgerutscht. Tilly warf ihr einen Seitenblick zu.

»Du meinst ein Freund wie in *Brokeback Mountain*?«

Sie sahen zu, wie Alan Kevins Hand nahm und sie an die Lippen führte.

»Ich bin mir nicht sicher, jedenfalls sind sie unzertrennlich.«

»Hätte nicht gedacht, dass er Dads Typ ist.«

»Ich weiß nicht, ob dein Vater noch einen Typ hat.« Es klang trauriger, als sie beabsichtigt hatte.

Tilly sagte: »Es ist nicht ungewöhnlich für Männer seines Alters, endlich ihr Coming-out zu haben.«

Heather wusste das. Aus ihrem zugegeben begrenzten Freundeskreis waren zwei der Ehemänner ein Paar geworden, was die Dinnerpartys spannend und die Weihnachtskarten kompliziert gestaltete.

»Seltsam«, sagte Tilly, »normalerweise tut Dad doch alles, um nicht in den Garten zu müssen.«

»Kevin hat deinen Vater in den heiligen Gral der Bio-Gärtner von Netherwood eingeführt.«

Tilly nickte. »Ist das so was wie die Tempelritter?«

»Ähnlich.«

Sie lächelten sich an. Wenn Scherze auf Alans Kosten die Brücke zu ihrer Tochter waren, würde sie die beschreiten. Alan machte sich selbst bereitwillig zur Zielscheibe. Zum Beispiel, indem er Minuten später mit Kevin an der Hand zur Hintertür hereinkam und die Küchenschublade nach einer Pinzette durchwühlte.

»Spreißel«, erklärte Kevin, während er den Finger hochhielt und Alan ihn aus nächster Nähe untersuchte.

Heather und Tilly tauschten Blicke.

»Ich dachte, ich mache einen Lachs zum Abendessen«, sagte Heather, während Alan an Kevin herumstocherte. »Wie findet ihr das?«

Tilly verzog das Gesicht. »Stammt er aus einer Farm?«

»Der Lachs? Ich weiß nicht. Jedenfalls aus Schottland.«

»Haben Sie eine Ahnung, unter welchen Bedingungen diese armen Kreaturen leben müssen?«, mischte Kevin sich ein. »In Käfige gesperrt und bei lebendigem Leib von Fischläusen gefressen. Dabei sind Lachse so empfindsame Wesen.«

Tilly starrte ihn an, als hätte er ihr erzählt, er spräche fließend Lachsisch.

»Hab ihn!« Alan inspizierte den Holzspreißel an der Spitze der Pinzette.

Er brauchte mehrere Anläufe, um Kevins blutenden Finger zu verbinden, und nachdem Alan ein halbes Dutzend Pflaster auf sich selbst geklebt hatte, musste Heather eingreifen. Man stelle sich vor, dass der Mann noch vor wenigen Wochen auf echte Patienten losgelassen worden war.

Kevin und Tilly musterten einander, bis Alan sie endlich vorstellte.

»Kevin hilft mir bei meinen Nachhaltigkeitszielen«, sagte er.

»Dieser Planet ist schon jetzt nicht mehr in der Lage, alle seine Bewohner zu ernähren, ganz zu schweigen von den wachsenden Bevölkerungszahlen«, bemerkte Kevin. »Intensive Anbaumethoden und der Einsatz von Pestiziden haben die Natur kaputt gemacht, und wenn die Staaten sich nicht mal darauf einigen können, wann der Planet zerstört sein wird, welche Hoffnung gibt es da noch?«

Tillys Mund klappte auf. Sie war ein notorischer Widerspruchsgeist, und Heather freute sich schon, wie sie dieses Argument kontern würde.

»Morgen kommt das Hühnerhaus«, verkündete Alan, bevor sie etwas sagen konnte. »In ein paar Wochen können wir unseren Eigenbedarf an Eiern decken.«

»Wo du doch gar keine Eier magst«, warf Heather ein. Alan tat so, als hätte er sie nicht gehört.

»Ihr solltet eine Ziege anschaffen!«, sagte Tilly.

Alle wandten sich verwundert nach ihr um.

»Großartige Idee«, sagte Alan.

»Warum nicht auch noch eine Kuh und ein paar Schweine?«, murmelte Heather, während sie die Becher abräumte.

»Ich geh mal rauf und packe aus.« Tilly reckte die Arme über den Kopf und gähnte.

»Tja, und die Butterköpfe pflanzen sich auch nicht von allein«, sagte Kevin und verließ mit einem kleinen Lachen die Küche.

Alan und Heather blieben allein zurück. Mrs Gee, die zum Geburtstag ein Paar Kopfhörer bekommen hatte, sang tonlos mit, was vermutlich Elton Johns *Rocket Man* sein sollte.

»Wie lange, meinst du, wird Tilly bleiben?«, fragte Heather.

»Hat sie dir nichts gesagt? Du bist schließlich ihre Mutter.«

»Ich wollte nicht fragen. Du weißt ja, wie sie sein kann. Eine einfache Frage, aber sie würde sie womöglich missverstehen.«

»Jetzt ist sie erst mal müde«, sagte Alan. »Es war ein langer Flug. Wir werden mehr erfahren, wenn sie ausgeschlafen hat. Dem Gewicht ihres Koffers nach zu urteilen, plant sie einen längeren Aufenthalt.«

Kapitel 10

Hüte dich vor den Sirenen

Stan zerrte an seiner Leine und schlitterte mit den Krallen über den Steinboden des Eingangsbereichs; er versuchte, in den Garten zu gelangen, wo Esme auf ihrer Bank wartete.

»Guten Morgen, Dr. Winterbottom.«

»Morgen, Miss Clark.« Heather setzte sich neben die Freundin. »Dieses Doktor-Getue fühlt sich so komisch an. Manche nennen mich jetzt Mrs Winterbottom, aber das erinnert mich an meine Schwiegermutter.«

»Einmal Doktor, immer Doktor, so ist das nun mal.«

Bis zu dem Moment, wenn sie der Ärztekammer den Bankeinzug kündigte. Eine E-Mail, und ihre Karriere wäre unwiederbringlich vorbei; die jahrelange Erfahrung zählte nicht mehr. Wehmütig starrte Heather in die Ferne.

»Hast du Zweifel?«, fragte Esme.

»Wie kommst du darauf?«

»Ich weiß, was diese Arbeit für dich bedeutet hat.«

»Nein«, sagte Heather. »Ich war bereit, aus dem täglichen Hamsterrad auszusteigen. Den Stress und die langen Arbeitstage werde ich nicht vermissen.«

»Und warum glaube ich dir das nicht?«

Heather lächelte Esme an. »Weil du mich zu gut kennst?« Sie atmete tief ein. »Es wird schon, wenn ich mich erst wieder an das normale Leben gewöhnt habe.«

»Und Alan?«

»Oh, der hat alles bestens im Griff. Hat sich ein neues Hobby zugelegt und einen neuen Freund mit dazu. Und ich hatte schon befürchtet, er würde mir den ganzen Tag im Weg herumlaufen! Dabei sehe ich ihn kaum noch.«

Hoch über Esmes Bank segelten zwei vereinzelte Wolkenfetzen mit einem Jetstream über den Himmel. Sie waren in dieselbe Richtung unterwegs, aber dazu bestimmt, sich niemals zu begegnen. Heather sah ihnen fasziniert zu.

»Dann bist du also einsam?«

War sie das? War es möglich, mit jemandem zu leben, zu schlafen und dennoch einsam zu sein?

»Ich vermisse unsere Arbeitsbeziehung. Erst jetzt merke ich, wie wichtig es mir war, über Medizin zu reden, Fälle zu diskutieren, neue Ideen für die Praxis zu entwickeln oder diese kleinen Perlen ärztlicher Erkenntnis miteinander zu teilen. Inzwischen reden wir kaum noch miteinander, außer um zu fragen, ob der Hund schon sein Futter hat oder was es zu essen gibt.« Hatte sie seine Socken gesehen? Wo war sein Ladegerät? Von der Meinungsverschiedenheit am ersten Morgen einmal abgesehen, beschränkten sich ihre Gespräche auf häusliche Dinge. Sie waren jetzt die gemeinsamen Verwalter ihrer Ehe und nicht länger deren begeisterte Mitwirkende; Hausgenossen, die im selben Bett schliefen.

»Ihr wart ein gutes Team.«

»Stimmt. Wir konnten immer gut zusammenarbeiten und haben die ärztlichen Stärken und Interessen des anderen respektiert. Zugegeben, ich war nicht immer glücklich, dass sämtliche Unterleibsgeschichten und psychischen Probleme an mir als ›Lady Doktor‹ hängen blieben. Andererseits war ich gut mit so was. Und mehr als glücklich, Alan dafür die Prostatas überlassen zu können. Wir haben einander ergänzt.«

»Symbiose.« *Normalerweise, aber nicht immer, für beide von Vorteil.*

Es hatte Zeiten gegeben, in denen Heather es weniger gelassen nahm. Einmal, nach einem besonders anstrengenden Vormittag, an dem sie einer Fünfzigjährigen eine Brustkrebsdiagnose mitgeteilt, für eine Alkoholikerin ein Bett in einer Entzugsklinik besorgt und eine Mutter von fünf Kindern darin unterstützt hatte, ihren gewalttätigen Ehemann zu verlassen, fand sie Alan in eine Cricket-Debatte mit einem Sechzigjährigen vertieft, dem er gerade eine absolut harmlose Fettdrüse am Rücken entfernte.

»Ich hätte auch nichts dagegen, zwischendurch mal ein paar kleinere OPs durchzuführen«, ätzte sie.

»Kein Problem«, sagte er gönnerhaft, in der einen Hand das Teströhrchen mit dem blassen Gewebeklumpen, in der anderen einen Becher mit dampfendem Tee. »Und ich übernehme dafür die Sprechstunde zur Familienplanung.«

Einen Monat später waren sie stillschweigend zu ihrer alten Arbeitsteilung zurückgekehrt, und das Thema war nie wieder zur Sprache gekommen.

Heather packte ein Papptablett mit glänzenden Törtchen aus. Esmes Augen leuchteten auf. Und wäre Stan wach gewesen, so hätten auch seine Augen geleuchtet. Doch er lag zu Esmes Füßen und durchlebte offensichtlich Höhepunkte seiner Welpenzeit; seine Beine zuckten, während er über die elysischen Felder seiner Träume tollte.

»Du wärst überrascht, was für exotische Produkte der Dorfladen dieser Tage anbietet. Die werden noch richtig kontinental.«

»Sagen Sie, Doktor, ist Baklava Teil der mediterranen Diät, die Sie mir so dringend angeraten haben?«

»Aber selbstverständlich.«

Sie bissen gleichzeitig in ein Stück Baklava, und Heather beobachtete, wie sich Esmes Augen bei dem süßen, nussigen Geschmack weiteten. Die alte Dame wischte sich mit einer Serviette ein paar Krümel vom Kinn.

Als sie das Gebäck gegessen hatten, nahm Esme ihr Strickzeug von der Bank. Seit Heathers letztem Besuch war die Babydecke um mehrere Zentimeter gewachsen. Oder waren Esmes Hände geschrumpft?

»Möchtest du mal probieren?« Sie reichte Heather die riesigen Nadeln, die ihre Hände so zierlich und verletzlich erscheinen ließen.

Heather schüttelte den Kopf. »Ich kann das nicht.«

»Zum Lernen ist es nie zu spät. Jemand muss diese Decke schließlich weiterstricken, falls ich den Löffel abgebe, bevor sie fertig ist.«

»Red keinen Unsinn, Esme! Als deine Ärztin verbiete ich dir, jemals den Löffel abzugeben.«

Sie lachten, und die Stimmung hob sich wieder, als Heather die Nadeln nahm und gleich in der ersten Reihe vier Maschen fallen ließ, womit bewiesen war, dass es doch zu spät sein konnte, mit dem Stricken anzufangen.

»Ich habe eine aufregende Neuigkeit«, sagte Heather.

»Sarah ist schwanger?«

Heather schüttelte den Kopf. »Aber ein fast ebensolches Wunder: Tilly ist zu Hause.«

»Erzähl mir alles über Tilly«, sagte Esme und rieb sich die Hände. »Wie geht es ihr?«

Ihre Tochter hatte sich kaum verändert. Die Gespräche mit ihr waren schon immer unkalkulierbar gewesen; Tänzer, die zu einer jeweils anderen Version desselben Musikstücks tanzten. Sie konnte dich in eine Diskussion über die Vor- und Nachteile der Kolonisierung anderer Planeten verwickeln oder dich fragen, ob du einen Briefumschlag öffnen würdest, in dem Tag und Stunde deines Todes niedergelegt wären. Einmal hatte sie die gesamten Sommerferien versucht, ein Stück Papier mehr als sieben Mal in der Mitte zu falten, nachdem sie gelesen hatte, dass das unmöglich sei.

»Tilly ist immer noch Tilly«, sagte Heather. »Ein Rätsel sogar für sich selbst.«

Da drang plötzlich Gesang in den Innenhof, eine Kakophonie aus weiblichen Stimmen, die Heather in den Zähnen wehtat, mehr noch als die Süße des vor Honig triefenden Baklava.

»Was ist das für ein Lärm?« Heather konnte nicht feststellen, was sie sangen, aber wie üblich übertönte ein Sopran alle anderen.

»Das ist der neue Frauenchor«, erklärte Esme. »Brenda Bishop meint, sie sei Netherwoods Antwort auf Sarah Brightman. Für das Jahresabschlusskonzert hat sie sich Händels *Messias* vorgenommen. Sie wollten, dass ich mitmache, aber ich habe gesagt, ich müsste erst noch das Leichentuch von Laertes fertigstricken. Sie halten mich sowieso für einen schrägen Vogel, deshalb hat niemand nachgefragt.«

»Wenn du mir die Nachfrage erlaubst, wer ist Laertes?«

»Penelopes Schwiegervater«, erklärte Esme.

»Eine Penelope hast du meines Wissens bisher noch nicht erwähnt. Ist sie eine neue Mitbewohnerin?«

Esme lachte, als hätte sie nie etwas Lustigeres gehört. Sie griff nach einem kleinen, braunen Taschenbuch, das neben ihr auf der Bank lag und das Heather bisher nicht bemerkt hatte. Der Buchrücken war gebrochen, die Schrift von Alter und Sonne verblichen, doch der Titel auf dem gefleckten Papier noch lesbar.

»Penelope ist die leidgeprüfte Ehefrau des griechi-

108

schen Helden Odysseus. Mit Mary Oliver bin ich durch, der nächste Titel in meinem Regal war Homers *Odyssee*. Und nachdem du mir von deinem Wunsch erzählt hattest, Griechenland zu besuchen, beschloss ich, dasselbe zu tun.« Als sie Heathers Verwirrung bemerkte, meinte sie: »Sag bloß, du hast in der Schule nie Homer gelesen.«

Heather schüttelte den Kopf. »So war es leider. Schuld daran ist das moderne Sekundarschulwesen. Keine große Nachfrage nach Epikern, als ich aufgewachsen bin.«

Esme blätterte mit zusammengekniffenen Augen durch die vergilbten Seiten.

»Ich glaube, das ist eine der besseren Übersetzungen. Schon erstaunlich, dass ein Text aus dem achten vorchristlichen Jahrhundert über etwas, das vor dreitausend Jahren passiert ist, uns Heutigen noch etwas sagen kann. Woran wir sehen, dass es nichts Neues gibt unter der Sonne. Glaub mir, man braucht nicht Altphilologie studiert zu haben, um Homer zu schätzen. Die alten Griechen schreiben nichts über die menschliche Natur, das dir als Ärztin nicht auch vertraut wäre. Sie haben bloß noch ein paar Monster und Fantasiewesen, die obligatorischen Helden und Bösewichter hinzugefügt, nicht zu vergessen die sexbesessenen Götter und Göttinnen, die Chaos unter den unglücklichen Sterblichen stiften.«

»Du hast recht. Das klingt mir verdächtig nach Netherwood.«

Wieder ertönten Stimmen von nebenan. Brendas Dominanz im Chor war nicht zu überhören.

Halleluja! Halleluja! Hal-le-lu-ja!

Ein Lächeln huschte über Esmes Lippen. Als sich ihre Blicke trafen, brachen beide Frauen in Gelächter aus.

»Ironischerweise bin ich bald neunzig und höre immer noch ausgezeichnet.«

»Wie hältst du das bloß aus?«

Esme wedelte mit dem Buch. »Hab ich dir doch gesagt. Die Antwort steht bei Homer.«

»Und was hat Homer über Brenda Bishop zu sagen?«

Wieder blätterte Esme in der *Odyssee*, bis sie bei einer der vielen Seiten innehielt, deren Ecke umgeknickt war. »Das hier ist eine meiner Lieblingsstellen«, sagte sie und folgte den Zeilen mit dem Finger.

»›Aber ich schnitt mit dem Schwert aus der großen Scheibe des Wachses

Kleine Kugeln, knetete sie mit nervichten Händen,

Und bald weichte das Wachs, vom starken Drucke bezwungen

Und dem Strahle des hochhinwandelnden Sonnenherrschers.

Hierauf ging ich umher und verklebte die Ohren der Freunde.‹«

Als sie Heathers blankes Unverständnis bemerkte, fügte sie hinzu: »Er warnt seine Besatzung vor den Sirenen.« Dann schloss sie das Buch und wandte sich der Freundin zu. So geduldig, als führte sie eine Klasse von Fünfjährigen in den Gebrauch der Schere ein, erklärte sie die Handlung.

»Odysseus, König von Ithaka, segelt zurück in die Heimat, nachdem er zehn Jahre lang im Trojanischen Krieg gekämpft hat. Seine Frau Penelope wartet dort auf ihn, ohne zu wissen, ob er noch am Leben ist. Dummerweise wird der Königshof von einer Horde junger Männer, respektive Verehrer, belagert, die sich Hoffnungen machen, sie zu ehelichen.«

Heather lauschte in verblüfftem Schweigen, während Esme die Geschichte von Odysseus' Begegnung mit den Sirenen erzählte, Mischwesen, halb Vogel, halb Mensch, die Seeleute durch ihre wunderschönen Stimmen ins Verderben stürzten.

»Und ich dachte, in meinen vierzig Jahren als Landärztin hätte ich schon alles gehört.«

»Das ist nur der Anfang.« Esme legte gleich noch mit der Geschichte von Calypso nach, jener libidinösen Nymphe, die sich Odysseus sieben Jahre lang als Sexsklaven hielt. Es folgte die von Kirke, der aufreizenden Zauberin, die Männer in Schweine verwandelte. Danach fasste Esme den Plot grob als eine Serie wenig plausibler Ausreden zusammen, warum Odysseus erst so spät zu seiner Gattin zurückkehrte.

»Nächstes Mal werde ich an Ohropax denken.«

Esme legte ihre kühle Hand auf Heathers Arm. »Danke«, sagte sie eindringlich, und als sie deren volle Aufmerksamkeit hatte, fuhr sie fort: »Ich meine es ernst.«

»Danke wofür?«

»Dafür.« Sie deutete auf die Bank, auf Stan, auf das leere Papptablett. »Weil du mich nicht vergessen hast.«

»Sei nicht albern. Ich liebe unsere Gespräche. Ich komme gern hierher.« Das stimmte.

Esmes eingefallenes Gesicht hellte sich auf, als wollte sie sagen: Wirklich?

»Mein Leben ist so geschrumpft in letzter Zeit«, sagte sie. »Ich fühle mich hier wie eingeschweißt. Es ist schön, am Leben draußen teilzuhaben, wenn auch nur stellvertretend. Wo wir gerade davon reden. Wie kommen deine Urlaubspläne voran?«

»Welche Urlaubspläne?«

»Die Griechenlandreise.«

»Aufgeschoben, fürchte ich. Ein strittiger Punkt in unserem Haushalt. Es ist, als hätte Alan sich die Ohren mit Bienenwachs verstopft und sich an die Eisenbahnschwellen für seine neuen Gemüsebeete gebunden, damit er nicht hören muss, was ich sage. Er behauptet, er sei zu müde für einen Urlaub. Also ehrlich. Wer ist zu müde für Erholung? Er würde ja fahren, meint er, allerdings erst, wenn die Samen gekeimt haben. Aber dann muss er wieder warten, bis er die Setzlinge auspflanzen kann oder bis sie angewachsen sind. Und als ich dachte, ich hätte ihn endlich so weit, hat er sich ein Hühnerhaus angeschafft. Gestern sind die Hennen angekommen, und er hat ihnen bereits Namen gegeben.«

»Wie viele?«

»Vier bislang. Alice, Belinda, Chantal und Dee. Ich vermute, er hat sie nach seinen Ex-Freundinnen benannt. Wer weiß, wie weit wir noch kommen im Alphabet.«

»Und Tilly? Würde die mit dir fahren?«

»Habe ich dir je von dem Vorfall am Strand von Bournemouth erzählt, als sie sechs war?«

Esme kicherte. »Nein, aber ich habe in der Zeitung davon gelesen.« Dann wurde ihr Gesicht ernst. »Du musst Alan Zeit lassen. Irgendwann wird er schon einlenken.«

Heather bezweifelte das. Sie konnte jetzt nachvollziehen, wie es war, wenn man einen seiner Lieben an einen religiösen Kult verliert. Die Netherwood Organic Gardening Group und ihr charismatischer Führer Kevin hatten Alan eine Gehirnwäsche verpasst.

Ein älteres Paar schlurfte vorbei, das sich fest umarmt hielt und den Eindruck erweckte, wenn einer losließe, würden beide fallen.

»Darf ich dich was fragen, Esme? Bereust du etwas, wenn du auf dein Leben zurückblickst?«

Esme überlegte einen Moment. »Natürlich. Aber ich bereue nur die Dinge, die ich nicht getan habe, nicht die, die ich getan habe.«

»Zum Beispiel?«

»Ich habe nie gekifft.«

»Miss Clark! So ein Wort hätte ich aus Ihrem Mund niemals erwartet.«

Esme lächelte schelmisch. »Ich hätte es einfach gern mal ausprobiert. Um zu sehen, warum sie einen solchen Wirbel darum machen.«

»Noch was auf deiner Wunschliste des Bedauerns?«, fragte Heather noch immer verblüfft.

»Ich wünschte, ich wäre mehr gereist, hätte mehr Sonnenaufgänge gesehen und eine Fremdsprache gelernt.«

»Dasselbe steht auf meiner Liste.«

Esme fügt hinzu: »Und ich hätte gern mehr Liebhaber gehabt.«

Heather schnaubte.

»War Aubrey dein erster?«

»Und der letzte, ja.«

»Tut mir leid«, sagte Heather. »Und da jammere ich über meinen Mann ...« Der Satz endete in einem entschuldigenden Schulterzucken.

Wie konnte ich so unsensibel sein, dachte Heather und erinnerte sich an den Tag, als Aubreys Aneurysma platzte. Alan war über die Dorfwiese gerannt und hatte versucht, Aubrey dort wiederzubeleben, wo er gefallen war, die Gartenschere und die abgeschnittenen Rosen noch in Reichweite. Man hatte nichts mehr für ihn tun können, wie der Gerichtsmediziner später bestätigte, doch als sein langjähriger Hausarzt hatte es Alan schwer getroffen.

Heather und Esme fassten sich an den Händen und hielten sich fest, während der friedvolle Morgen von Turbulenzen des Erinnerns und Bedauerns aufgewühlt wurde. Die Rückseite von Esmes Hand ließ Heather an ein gesprenkeltes Ei denken.

Schließlich sagte Heather: »Wahrscheinlich ist es ganz normal, wenn man sich fragt, wie grün das Gras auf der anderen Seite des Zauns ist.«

»Das Gras auf der anderen Seite mag grüner sein, aber wenn du das auf deiner Seite gut wässerst, kann es genauso grün werden. Leider habe ich zu spät damit begonnen, jemandes Gras zu wässern.«

Ganz gleich, wie Heather es betrachtete, sie war wieder beim Rasen angelangt. Ohnehin schon enttäuscht, reichte die Luft nicht mal mehr für einen Seufzer.

»Warum fährst du nicht allein?« Esme zog die Hand weg und setzte sich auf. »Wenn Alan nicht mitkommen will, dann reist du eben ohne ihn.«

»Du meinst wie in *Auf Wiedersehen mein lieber Mann*?« Nur um eine weitere von diesen peinlichen älteren Damen zu sein, die sich mit jungen spanischen Kellnern einlassen? Wie die Frau von Jim Fielder? »Dafür ist es jetzt zu spät. Das hätte ich tun sollen, als ich jünger war. Aber als es an der Zeit war, mit dem Rucksack über die griechischen Inseln zu trampen, Retsina zu trinken und mit Kellnern zu schlafen, habe ich mit meinen Eltern Bootsurlaub auf den Kanälen der Norfolk Broads gemacht. Fünf Jahre hintereinander, weil wir immer dachten, es wäre Mums letzter.«

»Ich sage ja nicht, du sollst deine Brüste für einen lokalen Weiberhelden entblößen wie Pauline Collins, aber ein bisschen Spaß kann nicht schaden. Und warte nicht zu lange wie ich.«

Kapitel 11

Vorspeise

Der Platzregen legte los, kaum dass Heather The Willows verlassen hatte. Eine dicke graue Wolkendecke hatte die beiden Wolkenfetzen verschluckt, die sie von Esmes Bank aus beobachtet hatten. Irgendwo da oben, hoch in der Stratosphäre, mussten sie noch sein, unsichtbar hinter dem aufkommenden Sturm.

Sie sehnte sich zurück in den ewig sonnigen Innenhof und auf Esmes Bank, wo sie sich gesehen und wahrgenommen fühlte. Wenn sie und Alan sich doch nur so unterhalten könnten, dass ihre Herzen einander zuhörten. Aber dazu waren beide viel zu starrköpfig. So konnte es nicht weitergehen, dieses ewige umeinander Herumschleichen und Heucheln, alles wäre bestens. Einer von ihnen musste eine Entscheidung herbeiführen.

Heather stemmte sich gegen die Böen, die ihr den Regen wie Nadeln ins Gesicht trieben, und zerrte Stan hinter sich her, dessen nasses Fell ihn wie eine Röntgenschürze niederdrückte. In den Schlaglöchern hatte sich bereits das Wasser gesammelt. Sollte sie rennen oder lieber gehen? Ihr mathematisches Hirn kämpfte mit der Kalkulation und entschied, dass es keinen Unterschied machte. Beim Gehen würde sie von einer gewissen Anzahl Tropfen über einen gewissen Zeitraum getroffen werden. Beim Rennen wären es mehr Tropfen über einen kürzeren Zeitraum. Es war jene Art von Gleichung, über der Tilly die ganze Nacht brüten konnte.

Über diesen Gedanken erreichte sie die berüchtigt unübersichtliche Kurve in der Bridgestone Lane, eine Abkürzung zur Schule, durch die sich zweimal am Tag mit Kindern befüllte SUVs kämpften. Gelegentlich beschloss auch ein New-Forest-Pony, den Weg zu versperren, und nicht einmal Darlingfords versierte Kfz-Werkstatt konnte rückstandsfrei die Dellen ausbeulen, die so ein Pony zu verursachen im Stande war. Ebenso wenig konnte die Veterinärklinik den Schaden beheben, den große Fahrzeuge einem solchen Tier zufügten.

Stan, der sich nicht gern die Pfoten nassmachte, tänzelte wie ein übermütiges Zirkuspferd um die sich vertiefenden Pfützen. Dort, wo die Straße zu eng war für einen Gehweg, wich Heather auf den matschigen Grünstreifen aus. Nasse Erde klebte an ihren Segeltuchschuhen. Die Leinenhose und das bretonische Ringel-Shirt waren ebenfalls durchnässt, und die Haare fielen ihr als Medusa-Locken ins Gesicht. Sie war so konzentriert auf ihr körperliches Unbehagen, dass sie beinahe gegen das Heck eines Fahrzeugs geprallt wäre, das mit blinkenden Warnlichtern mitten auf der Straße stand. Sie schaltete sofort in den Nothelfer-Modus. Schon öfter war sie als Erste an einer Unfallstelle gewesen, und ihr Körper wusste genau, wie er sich darauf vorzubereiten hatte. Herzrasen: vorhanden. Trockener Mund: vorhanden. Verschwitzte Handflächen: schwer zu sagen bei diesem Regen. Impuls loszurennen: vorhanden.

Sie brauchte einen Moment, um zu begreifen, dass es Alans silberfarbener Honda war. Sie vermutete das Schlimmste und rannte los. Als sie sich an dem Auto vorbeiquetschte, verhakte sie sich in einer Brombeerranke und erreichte endlich eine keuchende, gebeugte Gestalt, die die Hände auf die Knie stützte.

Alan.

Sie rief. Er reagierte nicht. War das der Herzinfarkt, den sie beide insgeheim hatten kommen sehen? In den vergangenen Wochen hatte es Augenblicke gegeben, in denen sie ihn am liebsten im Schlaf ermordet hätte. Es wäre einfach genug, dem Ganzen den Anschein eines natürlichen Todes zu geben – eine Überdosis Insulin, ein hochdosiertes Opiumpflaster, das sie ihm im Schlaf auf den Rücken klebte, ein Dutzend Nitroglyzerintabletten in den Tee gemischt. Nun jedoch war ihr der Gedanke, ihn zu verlieren, unerträglich. Er war ein alter Trottel, aber er war ihr alter Trottel. Und sie liebte ihn.

»Alan, ist alles in Ordnung?«

Diesmal drehte er sich beim Klang ihrer Stimme um.

»Natürlich ist alles in Ordnung.«

»Oh, Alan, deine beste Hose!« Er trug den alten Aquascutum-Regenmantel seines Vaters; die Hose, die sie erst kürzlich von der Reinigung geholt hatte, war in ein Paar Gummistiefel gestopft. »Was um Himmels willen machst du da?«

»Wonach sieht es denn aus?« Er lehnte sich auf den Griff einer Schaufel. Neben ihm lag ein Jutesack, zur Hälfte gefüllt mit Pferdeäpfeln.

»Aber wieso?« So viele Wiesos. Wieso Pferdemist? Wieso in einer uneinsehbaren Kurve? Wieso im Regen?

»Das ist für den Rhabarber«, erläuterte er, als wäre sie schwer von Begriff.

Reifenquietschen unterbrach das Gespräch. Ein blauer Lieferwagen kam knapp vor der rückwärtigen Stoßstange von Alans Wagen zum Stehen. Der Fahrer stieß einen Schwall von Verwünschungen aus und drückte auf die Hupe.

»Schnell, Alan, fahr die Kiste weg, bevor du einen Unfall verursachst.«

»Und du steigst besser ein, bevor du noch nässer wirst«, sagte er mit einem Blick auf ihre triefenden Sachen.

Alan zerrte den Sack mit dem Mist zum Heck des Wagens, wo bereits einige weitere standen, gefolgt von einem höchst interessierten Stan, der wie eine Gazelle in den Kofferraum sprang. Der Gestank im Wagen nahm Heather den Atem; sie ließ das Fenster herunter, schloss es aber wieder, als ein Windstoß den Regen hereinwehte.

»Was hast du dir dabei gedacht?«

Alan lancierte eine wohlüberlegte Verteidigung. »Du glaubst ja gar nicht, wie teuer fertig verrotteter Dünger ist. Während du weg warst, bin ich wegen ein paar Kleinigkeiten ins Gartencenter gefahren und war völlig geschockt. Kevin nennt es Beutelschneiderei. Aber er hat mich darauf aufmerksam gemacht, dass wir dank dieser freilaufenden, Mist produzierenden Ponys gar nicht darauf angewiesen sind. Das Geld liegt praktisch auf der Straße.«

Wieder mal Kevin.

Hinter ihnen wurde der Fahrer des blauen Lieferwagens langsam ungeduldig. Zum Glück fand Alan den ersten Gang, bevor er zu Netherwoods erstem Verkehrswutopfer werden konnte.

»Ich glaube, hier draußen in der Wildnis brauchen wir ein Allrad-Modell.«

»Wir sind doch vierzig Jahre wunderbar ohne Allrad zurechtgekommen, abgesehen davon wohnen wir nur einen knappen Kilometer von der Umgehungsstraße, und von da gibt's bis Darlingford eine zweispurige Schnellstraße.«

Alan hob seinen Hör-mich-an-Finger; sein Ton ließ erkennen, dass sie es nach der Sache mit Perikles nicht noch einmal wagen durfte, ihn zu unterbrechen.

»Ich mache mir Sorgen wegen der globalen Erwärmung. Vor allem wegen Überschwemmungen.«

»Nun mal langsam, Noah. Das war ein durchziehender Schauer. Du brauchst die Arche noch nicht flottzumachen.«

Schweigend fuhren sie weiter, wobei Alan sein Argument dadurch unterstrich, dass er absichtlich jede Pfütze ansteuerte.

»Du hattest dein Telefon nicht an. Ich war beunruhigt«, sagte er schließlich. »Ich dachte, du seist entführt worden.«

Sie schaute auf ihr Handy. Zwei entgangene Anrufe. Aus alter Gewohnheit hatte sie es auf stumm geschaltet, damit die Patientengespräche nicht gestört wurden. Und auch weil sie nicht mehr wusste, wie man den Klingelton wieder anstellte. Ihre Haut prickelte vor Gereiztheit. Es war nicht abwegig, wenn ihr Mann sich fragte, wo sie war. Das war kein Stalken. Andererseits hatte Heather keine Lust, über jeden ihrer Schritte Rechenschaft abzulegen.

»Alan, ich bin sechsundsechzig Jahre alt und habe Cellulitis. Wohl kaum interessantes Material für den Sexhandel. Außerdem befinden wir uns in Netherwood. In Netherwood passiert nie etwas.«

Stimmte das etwa nicht?

»Mal im Ernst, wo warst du den ganzen Vormittag?« Alan sah zu Heather hinüber, die auf dem Beifahrersitz in einer Wasserlache saß.

»Ich habe eine Freundin besucht. Wir haben uns unterhalten und darüber die Zeit vergessen.«

Er beäugte sie misstrauisch. Dachte er etwa, sie hätte eine Affäre?

»Jemand, den ich kenne?«

»Ja, um genau zu sein. Esme Clark in The Willows.«

»Miss Clark lebt noch?«

»Und wie.«

Seine nächsten Worte schien er sorgfältig abzuwägen und morste sie auf dem Lenkrad, bevor er sie seinem Mund anvertraute.

»Was ist los mit dir, Heather?«

»Was mit *mir* los ist?«

Alans Knöchel wurden weiß, während er das abgegriffene Lenkrad umklammerte. »Siehst du? Genau davon rede ich. Nichts kann ich dir recht machen. Ich dachte, es würde eine besondere Zeit für uns werden, eine Möglichkeit, zu entspannen und wieder zusammenzufinden. Genüsslich zusammen alt zu werden.«

»Ich will aber nicht alt werden!« Ihr Schrei hallte durch die Stille, die seinem Satz folgte. Stan duckte den Kopf schützend zwischen die Pfoten. »Noch nicht. Nicht, bevor ich die Chance hatte, jung zu sein.«

»Ich verstehe nicht. Das musst du mir erklären.«

Sie waren zu Hause angelangt. Alan parkte und stellte den Motor ab. Stan lugte über den Rücksitz, sein Blick glitt nervös von einem zum anderen. Warum nicht jetzt?, dachte Heather. In Tillys Fenster waren die Gardinen noch zugezogen. Mrs Gee kam heute nur für einen halben Tag. Heather atmete tief durch und versuchte, so gelassen und vorurteilsfrei wie möglich ihrem Kummer Luft zu machen.

»Mein gesamtes Erwachsenenleben habe ich der Fürsorge anderer gewidmet. Und ich bereue nicht, Tränen abgewischt, Hände gehalten oder Windeln gewechselt zu haben. Es war befriedigend und erfüllend. Das war ich, und das bin ich. Zugegeben, es gab Phasen der Erschöpfung, der Unzufriedenheit und des Selbstmitleids, aber ich habe mich sehr bemüht, das nicht zu zeigen.«

Alan sah sie aufmerksam an. Man musste ihm hoch anrechnen, dass er ihr nicht sagte, was sie zu denken oder zu fühlen hatte. Er hörte einfach nur zu.

»Andere nehmen mich nur als die Summe meiner Pflichten wahr. Aber jetzt möchte ich endlich einmal was für mich tun. Ich will der jungen Frau etwas von dem zurückgeben, was sie versäumt hat.«

»Geht es hier um diese Griechenland-Sache?«, fragte Alan und stellte die Scheibenwischer ab. Es hatte aufgehört zu regnen. »Ich verstehe nicht, warum wir das nicht auch im nächsten Jahr machen können. Oder im übernächsten ...«

Genau, wollte Heather sagen. Und schon wird an den Spielregeln gedreht. Sie dachte an Esme und Aubrey. Sie wollte nicht neunzig werden mit einer Liste unerfüllter Wünsche.

»So lange kann ich nicht warten.« Nicht *riskieren*, so lange zu warten, hätte sie beinahe gesagt. »Der Vorteil am Ruhestand ist doch, spontan loszufahren und nicht Monate im Voraus planen zu müssen. Ich finde, es ist ein Unterschied, ob man sich beim Verreisen nach den Juniorpartnern richten muss oder nach dem verdammten Rhabarber.« *Oder den nach Verflossenen benannten Hennen.* »Ich habe genug von Sicherheit, Langeweile und Berechenbarkeit. Von nun an will ich Spaß, Abenteuer und Spontaneität.«

Er starrte sie an, als spräche sie in Zungen. Was brachte das? Sie drehten sich ja doch nur im Kreis, wie immer. Heather machte Anstalten, die Tür zu öffnen und vom Karussell zu springen. Doch die Tür klemmte. Festgefahren wie das Schlafzimmerfenster, wie der Küchenschrank, der noch immer nicht repariert war, der Spiegel, der noch an der Wand lehnte. Festgefahren wie ihre Ehe.

Heather warf sich mit ihrem ganzen Gewicht gegen die Tür, sie gab nach und entließ sie in den nassen Kies. Im Vorraum warf sie ihre matschigen Schuhe auf einen Haufen mit anderem Schuhwerk. Um nicht auf das von Mrs Gee frisch gewachste Parkett zu tropfen, wickelte sie sich in das braune Handtuch, das an der Tür bereitlag, um damit Stans Pfoten abzuwischen. Mittlerweile gab es doppelt so viele Hundehandtücher wie Menschenhandtücher. Sie roch nach Stan, aber das war ein kleines Manko, verglichen mit Mrs Gees Zorn.

Heather rubbelte sich die klatschnassen Haare und wischte sich die Wangen, die nicht nur feucht waren vom Regen, sondern auch von Tränen. Sie vergrub das Gesicht in dem zerschlissenen Stoff. Und dann fiel ihr wieder ein, warum sie dieses schäbige Handtuch all die Jahre aufgehoben hatte.

Kapitel 12

Neues Leben, neues Glück

Netherwood 1983

Als das Telefon klingelte, war Heather noch mit ihrem letzten Patienten beschäftigt, einem von Alans Stammkunden, den die Arzthelferin am Empfang ihr rübergeschoben hatte, weil er angeblich nur ein Rezept brauchte. Eine Stunde später ließ der Patient – er hatte ihr inzwischen ein Geheimnis verraten, das er bislang keiner Menschenseele, einschließlich Alan, anvertrauen konnte – sie traumatisiert zurück. Sie versuchte, den dicken Packen beschriebener Karteikarten in die Patientenmappe zu stopfen. Keine Ahnung, wieso Alan sich mit Notizen aufhielt, wo er doch selbst zugab, die eigene Handschrift nicht lesen zu können. Zu seiner Verteidigung brachte er vor, wenn ihm das nicht möglich sei, wäre auch ein Richter dazu nicht imstande.

Die Arzthelferin in der Abendschicht hatte bereits ihren Mantel an, als Heather mit dem turmhohen Stapel, den Patientenakten des gesamten Tages, aus dem Sprechzimmer kam. »Die brauchen Sie heute nicht mehr einzusortieren«, erklärte sie ihr. »Schauen Sie lieber, dass Sie heimkommen, bevor wir eingeschneit sind.« Draußen hatte silbrig glitzerndes Schneetreiben die Düsternis des Winterabends abgelöst. »Hab ich da vorhin das Telefon gehört?«

Die Arzthelferin sah besorgt drein. »Das war Mr Lawson. Bei Rosemary ist die Fruchtblase geplatzt. Und die Hebamme hat in Darlingford mit Zwillingen zu tun.«

»Ich fahre auf dem Heimweg vorbei.«

»Nicht nötig. Dr. Winterbottom ist schon unterwegs. Vor weniger als fünf Minuten ist er aufgebrochen.«

»Aber ich habe heute Bereitschaftsdienst.«

»Er lässt ausrichten, dass Sie direkt heimfahren sollen. Er macht sich Sorgen, wenn Sie bei diesen Straßenverhältnissen nach Bournemouth zurückfahren müssen.«

So weit südlich wie Netherwood schneite es fast nie, doch ausgerechnet an diesem Abend hatten die schwangeren Wolken, die schon den ganzen Tag dräuten, über dem Dorf entbunden. Die ersten fetten Flocken waren noch an den Scheiben der großen Schiebefenster geschmolzen, aber schon Minuten später lag eine drei Zentimeter dicke Schneeschicht auf der Fensterbank. Und die Dorfwiese, wo Sommerfeste und Cricket-Matches veranstaltet wurden, lag unter einem dicken weißen Teppich verborgen. Schnee bedeckte die Reetdächer, die Buchsbaumhecken und die winterlich kahlen Zweige sämtlicher Bäume. Mit den Lichtern, die durch die bunten Glasfenster von St. Lukas schienen, gab das Dorf ein perfektes Motiv für eine Weihnachtskarte ab.

Die Heizung in Heathers Triumph hatte noch nie richtig funktioniert, und ihre Füße auf den Pedalen waren bereits taub vor Kälte. Sie kroch die vertraute Straße entlang, wobei sie sich an den rasch verschwindenden Spuren vorausfahrender Autos orientierte. Es war gut gewesen, dass Alan sie direkt nach Hause geschickt hatte. Er wohnte nur knapp zweihundert Meter von der Praxis entfernt, und obwohl sie von der Assistentin zur Associate befördert worden war, handelte es sich weiterhin um seine Praxis.

Am Eingang des Dorfes gabelte sich die Straße. Normalerweise hielt Heather sich links und folgte dann der

Hauptstraße Richtung Bournemouth. Mehrere Fahrzeuge vor ihr hatten diese Route relativ schneefrei gehalten. Nach rechts führte nur eine einzige Spur, zur Farm der Lawsons.

»Nenn es den siebten Sinn«, sagte sie später, als sie erklärte, warum sie dieser Spur gefolgt und nicht heimgefahren war. Dieser Sinn meldete ihr auch, welche Patienten sie abends noch mal anrufen musste, wann ein weiteres Röntgenbild oder ein Bluttest angesagt war und wann sie nachhaken musste: »Ist *wirklich* alles in Ordnung mit Ihnen?«

Gestalt. Ein deutsches Wort, das Muster oder Form bedeutete und mit dem man etwas beschrieb, das mehr war als die Summe seiner Teile. Man hätte es einfach Bauchgefühl nennen können, denn genau dort war es verortet. Und doch war diese Art von Intuition viel mehr als das und zeigte sich erst nach jahrelanger Ausbildung und Erfahrung. Es war die Fähigkeit zu erkennen, wenn etwas aus dem Raster fiel, dem üblichen Muster nicht entsprach. Ein Symptom, ein Zeichen, abweichende Körpersprache. Etwas, das der Patient beiläufig erwähnt hatte. Oder warum diese Reifenspuren nach rechts abgebogen waren und sich dann plötzlich verloren. Erhellt von den Scheinwerfern des Triumph sah Heather das Hinterteil von Alans Wagen aus einer Hecke ragen.

Heather ließ den Motor laufen und schlitterte hinüber zu dem Autowrack am Straßenrand. Sie hatte genügend Unfallopfer gesehen – die Gesichter zerschnitten und mit Glassplittern gespickt –, um auf das Schlimmste vorbereitet zu sein. Aber der Wagen war leer. Fußstapfen führten von dem zerknautschten Auto die Straße entlang zur Farm der Lawsons. Sie hastete zurück in ihren Wagen und folgte ihnen. Hundert Meter weiter traf sie Alan, den

Mantelkragen gegen Wind und Schnee hochgeschlagen, die Arzttasche in der Hand.

»Steig ein!«, rief Heather und beugte sich hinüber, um die Beifahrertür zu öffnen.

Offenbar mehr um Rosemary Lawson besorgt als um seine Begegnung mit dem Tod, stieg er in den Triumph und drängte Heather zur Eile. Sein von Schnee triefender Wollmantel roch nach Schaf. Heather war erleichtert, ihn unverletzt zu finden, und sie war verwundert über ihre Erleichterung.

Mr Lawson begrüßte sie an der Haustür, sein Gesichtsausdruck wechselte zwischen Beruhigung und Besorgnis.

»Diesmal ist es nicht wie bei den anderen. Normalerweise hustet sie, und sie purzeln heraus.«

Kein Wunder. Sechs stramme Burschen, die bereits Talent auf dem Rugby-Feld zeigten, hatten sich geschickt aus ihrer Gebärmutter manövriert. Nummer sieben – irgendwie wussten alle, dass es wieder ein Junge war – hätte es ihnen nachtun sollen. Der Schnee an ihren Schuhen schmolz auf der Treppe, als sie Mr Lawson ins überheizte Schlafzimmer folgten, wo ein Feuer im Kamin brannte. Alan schickte Mr Lawson nach heißem Wasser und Handtüchern und wandte sich Rosemary zu. Dampf stieg von seinem dicken Wintermantel auf, den er über die Lehne eines Stuhls in der Ecke gelegt hatte.

Hypnotisiert verfolgte Heather, wie Alan das Stück Karbolseife zwischen den Handflächen massierte, dann den cremigen Schaum über die Handrücken und zwischen den eleganten Fingern verteilte. Langsam und sinnlich. Haut, die sich an schlüpfriger Haut reibt. Als Alan sich die Hände an einem braunen Handtuch abtrocknete, war jeglicher Speichel aus Heathers Mund gewichen.

»Dann schauen wir mal«, sagte Alan, schob Rosemarys

Nachthemd zurück und legte den blassen Unterleib frei, straff gespannt und von roten Bändern durchzogen, die ausstrahlten wie Fahrradspeichen. Heather wandte sich ab, als Alan die Vagina untersuchte.

Alans Blick suchte ihren. »Steißlage«, sagte er leise.

»Bist du sicher?«, flüsterte Heather.

»Ziemlich. War grade mit dem Finger in seinem Hintern.«

Rosemary war erfahren genug, um besorgt zu sein. Der Wind rüttelte an den lockeren Fensterscheiben. Bei diesem Wetter konnten sie sie unmöglich in ein Krankenhaus bringen.

»Du hast doch schon eine Steißgeburt gemacht«, flüsterte Heather, während Alan in seiner Tasche nach dem Pinard-Stethoskop kramte. Sie versuchte, es vor den Lawsons nicht wie eine Frage klingen zu lassen.

»Ich habe meinem Vater bei einer zugeschaut.«

»Immerhin«, sagte Heather ermutigend.

»Damals war ich acht«, fügte er hinzu.

»Ich habe einen Kurs in Geburtshilfe belegt, ich kann dich anleiten«, sagte Heather. »Oder ...«

Die Erleichterung war ihm ins Gesicht geschrieben. Wenn man ein Zittern in der rechten Hand hatte oder ein Zucken im Gesicht, dann war Alan Winterbottom der richtige Mann. Hätte sein Vater nicht das Zeitliche gesegnet, wäre er längst examinierter Neurologe. Er war nicht dafür bestimmt, mitten im Nirgendwo Babys zur Welt zu bringen. Für Heather hingegen war genau das der Grund gewesen, warum sie von einer Landarztpraxis geträumt hatte.

Alan reichte ihr das Hörrohr, und durch die Minitrompete drang der Herzschlag des Kindes ermutigend rasch an ihr Ohr.

»Versuchen Sie, locker zu bleiben, Mrs Lawson«, sagte Alan vom Fußende des Betts. »Sie sind in besten Händen.«

Eine Wehe folterte Rosemary Lawsons Körper, und ein entsetzlicher Kehllaut explodierte von ihren Lippen, während sie versuchte, ihren Sohn aus dem engen Kokon aus Muskeln zu pressen. Ein Fuß erschien.

»Er hat's eilig, an den Ball zu kommen«, scherzte Alan, während Heather die beiden glitschigen Beine des Kindes befreite.

Gemach, gemach. Heather spürte, wie ihr Schweiß die Wirbelsäule hinunterlief. *Lass die Natur die Hauptarbeit verrichten.* Eine Schulter, dann ein Arm. Der andere Arm. Es folgte ein riesiger Kopf, und in Sekunden war das Zimmer erfüllt von Billy Lawsons Fünf-Kilo-Schrei, genau wie in künftigen Jahren die Bar in den Four Candles an Samstagnachmittagen widerhallen würde von rüden Rugby-Songs.

Als Zeichen seiner Wertschätzung bestand Mr Lawson darauf, dass sie das braune Handtuch mitnahmen. Sie reichten es einander, um sich den Schweiß von der Stirn zu wischen. Alans Schuhe waren durchgeweicht, und da die erbärmliche Heizung des Triumph lediglich die unter dem Gefrierpunkt liegende Luft im Wagen verteilte, bestand Heather darauf, dass er sich auch die Füße damit abtrocknete, damit er keine Frostbeulen bekam. Ihr eigener Körper war noch erhitzt vom Adrenalin.

Später, über Bechern mit dampfender Ovomaltine in der Küche von The Elms, sagte Alan: »Sie waren wirklich beeindruckend, Dr. Wilson.«

»Ohne Sie hätte ich es nicht geschafft. Wir sind ein gutes Team, Dr. Winterbottom.« Sie stieß mit ihm an, und ein Lächeln kehrte in sein Gesicht zurück.

»Du hast recht. Wir sind gut zusammen. Übrigens ist

da etwas, das ich dich fragen wollte.« Er sah sie direkt an. »Und dieser Moment ist so gut wie jeder andere, um es zu tun.«

Jetzt kommt's, dachte sie. Das Angebot, als Partnerin in die Praxis einzusteigen. Endlich. Ihre Zukunft in einer Umgebung, die sie schätzen und lieben gelernt hatte, wäre gesichert, und bei einer Gehaltserhöhung könnte sie vielleicht endlich aus der zugigen alten Wohnung in Bournemouth ausziehen.

»Schieß los«, sagte Heather strahlend. »Frag mich.«

Zu ihrer Überraschung nahm er ihr den Becher aus der Hand und stellte ihn auf den Küchentisch. Dann ließ er sich mit einem Knie auf die Steinplatten des Küchenbodens nieder. Ganz in der Nähe trockneten ihre nassen Mäntel und das braune Handtuch am Herd.

Er sah sie unter seinen langen, dichten Wimpern hervor an, schien ein paar Tränen wegzublinzeln und sagte dann: »Heather Wilson, willst du mich heiraten?«

Kapitel 13

Wo das wilde Ding wohnt

»Wie geht's Attila?«

»Hör auf, sie so zu nennen, Sarah«, sagte Heather und war insgeheim froh, dass man ihr Lächeln durchs Telefon nicht sehen konnte. Sie fand immer noch, dass Sarahs kindliche Verballhornung von Mathilda auf komische Weise zutraf. Inzwischen wurde sie von der bewundernden großen Schwester längst als ironischer Kosename gebraucht. »Es geht ihr gut. Zumindest wird es das, sobald sie ihren Jetlag ausgeschlafen hat.«

Alan tauchte an der Haustür auf und gab Heather ein Zeichen, nach draußen zu kommen.

Bin ... am ... Telefon, buchstabierte sie stumm und deutete auf den Hörer. Er konnte sich denken, dass es Sarah war, denn nur Familienmitglieder und Telefonbetrüger kannten ihre Festnetznummer. Die Mädchen fanden den Apparat mit der vergilbten Spiralschnur so wunderbar »retro«, dass sie den Eltern verboten hatten, ihn jemals durch ein neueres Modell zu ersetzen.

»Ist das Dad?«

»Jaaa«, hauchte Heather.

»Oh-oh, gibt's Zoff in The Elms?«

»Sag Ravi nichts davon, aber er macht mich wahnsinnig. Er rüstet sich für den Ruhestand, als wäre es der Beginn einer Zombie-Apokalypse. Stell dir vor, er möchte, dass wir Selbstversorger werden, unser gesamtes Gemüse selber ziehen. Dagegen hätte ich ja nichts, aber er arbeitet mehr am Gewächs- und am Hühnerhaus als an dem Haus, das wir bewohnen und das allmählich über uns zusammenbröselt.«

Am anderen Ende der Leitung hörte sie Sarah lachen. »Ihr zwei seid wirklich köstlich.«

»Nicht ganz so köstlich von meinem Standpunkt aus.«

Sarah wechselte den Tonfall. »Mum, hast du mal überlegt, ob diese plötzliche Obsession vielleicht mit dem zu tun haben könnte, was Onkel Ambrose zugestoßen ist? Dad hat mir erzählt, dass Ambrose und er Opa im Garten geholfen haben und jeder ein kleines Beet hatte, für das er verantwortlich war. Er sagte, das war die einzige Zeit, in der sie die volle Aufmerksamkeit ihres Vaters hatten, weil der sonst immer so beschäftigt war.«

»Ich weiß nicht. Er spricht nicht über Ambrose oder den Unfall. Ich weiß nur, dass dein Großvater während der Rationierung im Krieg frisches Gemüse an seine Patienten verteilt hat. Die Leute sind gekommen und haben sich selbst bedient, wenn sie etwas brauchten.«

»Wie bei der Tafel?«

»Ja. Er war überzeugt, dass gute Ernährung der Schlüssel zur Gesundheit ist. Ich erinnere mich, als ich das erste Mal in die Praxis kam, hing ein gerahmter Spruch im Wartezimmer: *Eure Nahrungsmittel sollen eure Heilmittel sein.*«

»Könnte es sein, dass er die Vergangenheit auferstehen lassen will, indem er wieder einen Garten anlegt?«

Das klang einleuchtend. Sarah war schon immer ein kluges Kind gewesen. Gut darin, zwischen den Zeilen zu lesen. Das Problem war, dass sie auch die Gefühle anderer absorbierte. Heather bedauerte, sich bei Sarah ausgeweint zu haben. Zumal jetzt, wo ihre Tochter schwanger werden wollte. Stress war nicht gut für die Fruchtbarkeit. Heather war so bemüht, Sarah nicht zu stressen, dass sie sich nicht mal traute, nach dem letzten Embryotransfer zu fragen. Wie immer hatte Alan ihn im Kalender vermerkt. Es war bereits der fünfte Kalender.

Beide wünschten sie sich Enkelkinder, natürlich, aber für Alan bedeutete es noch viel mehr. Obwohl er seine Enttäuschung zu verbergen suchte, wurde er mit jedem erfolglosen Zyklus verdrießlicher. Heather hatte ihn gebeten, nicht mehr nachzufragen, und es war eine Erleichterung, dass Sarah, die tapfere Sarah, inzwischen selbst keine Auskunft mehr gab.

Gestikulierend und winkend stand Alan in der Tür wie ein ungeduldiger Rausschmeißer.

»Ich muss Schluss machen«, sagte Heather genervt. »Dein Vater möchte mir irgendwas zeigen. Wie wär's, wenn du mit Ravi am Sonntag zum Mittagessen kommst? Eine gute Gelegenheit, sich mit Tilly zu unterhalten.«

»Großartig«, sagte Sarah. »Ich kann es kaum erwarten, alles über ihr Sabbatjahr zu erfahren.«

»Ihr was?«

Bevor sie richtig begriffen hatte, was sie da hörte, kam Alan herein und schnappte sich grinsend den Hörer.

»Sarah, hier ist Dad. Mum ruft dich gleich zurück, okay, Liebes?«

Er hielt Heather mit den Händen die Augen zu und führte sie nach draußen.

»Wohin gehen wir?«

»Warte, bis du siehst, was ich gefunden habe«, sagte Alan.

Es dauerte ein Weilchen, bis ihre Augen sich den neuen Lichtverhältnissen angepasst hatten.

»Was sagst du?« Mit strahlendem Leuchtturmlächeln und triumphierend ausgestreckten Händen wies Alan auf seinen »Fund«.

»Ich bin sprachlos.«

Das stimmte. Heather hatte es die Sprache verschlagen, als sie den kastenförmigen grünen Land Rover vor sich sah. Er hatte vier breite Reifen und ein Dach aus Segeltuch. Allem Anschein nach hatte er die Welt mehrmals umrundet.

»Ich wusste, du würdest sie lieben.«

»Wem gehört dieses Ding?«

»Mir. Uns.«

»Moment mal«, sagte Heather, ihr Kopf fuhr herum. »Wo ist dein Honda?«

»Hab ich in Zahlung gegeben und noch ein bisschen was draufgelegt.«

Draufgelegt? Sah sie das richtig, dass dieser alte Karren mehr gekostet hatte als Alans Wagen? »Für das da?«

»Ich hatte Glück, ein Exemplar in so gutem Zustand zu finden. Sie ist ein Prachtstück, findest du nicht?«

Sie. Die alte Rostlaube hatte bereits ein Geschlecht. Demnächst würde sie auch einen Namen und eine Identität bekommen.

Dann dämmerte es ihr. »Ist das nicht das Modell, das dein Dad immer gefahren hat?«

»Genau dasselbe. Sogar das Baujahr stimmt.«

Sein jungenhaftes Grinsen stimmte sie milde. Heather hatte Gordon nie kennengelernt, aber Fotos gesehen und Geschichten gehört. Damals waren viele Straßen in der Gegend noch nicht asphaltiert gewesen und Patienten auf entlegeneren Höfen ließen sich nur mit einem Allradfahrzeug erreichen. *Sentimentaler alter Trottel.*

»Solltest du nicht eher deine Haare färben und mit einem gelben Sportwagen jüngeren Frauen nachstellen?«

»Für eine Midlife-Crisis ist es ein bisschen spät, es sei denn, ich werde hundertsechsunddreißig. Aber bei meinen Genen muss ich dankbar sein, es bis hierher geschafft zu haben.«

Und da begriff sie, geradezu mit Erleichterung, dass auch er ein bisschen Spaß haben wollte. »Na dann los. Freu dich an ihr.«

»Ich wusste, dass du mich verstehen würdest. Bestimmt wirst du sie auch gern fahren.«

»Ich? O nein, das ist *dein* Baby, Alan. Vielen Dank, aber ich bin in meinem wasserdichten, klimatisierten Golf bestens aufgehoben.« Suchend blickte sie sich um. »Wo wir gerade davon reden. Wo ist mein Auto?«

Alan sah sie entsetzt an. »Wie gesagt, es war großes Glück, dass ich ein Modell in diesem Erhaltungszustand gefunden habe. Sammlerstücke wie dieses steigen ständig im Wert. Es ist eine Investition.«

»Was hast du mit meinem Wagen gemacht, Alan?« Heather mochte das nervöse kleine Auto, das ihre Sicherheit so ernst nahm und sogar selbstständig einparkte.

»Denk daran, um wie viel wir unsere CO_2-Bilanz verbessern, wenn wir nur ein Auto haben.«

»Erklär du mir lieber, wie der Austausch zweier abgasarmer, energieeffizienter moderner Fahrzeuge gegen eine Benzin fressende Dreckschleuder von der Größe eines Minitraktors die Gletscher retten soll?« Heather stürmte ins Haus zurück; auf der Schwelle hielt sie kurz inne und schrie: »Du hättest mich wenigstens fragen können, bevor du mein Auto verkaufst, Alan!«

Er wirkte verwirrt. »Es sollte eine Überraschung sein. Du warst doch diejenige, die nicht länger langweilig und berechenbar sein wollte. Was ist verkehrt an ein bisschen Spaß und Spontaneität?«

Ihre Erwiderung bestand aus einem unverständlichen Mischmasch aus harten Konsonanten.

»Wo bleibt deine Abenteuerlust, Heather?«, rief Alan ihr nach.

Tränen der Wut brannten in ihren Augen. *Ihre* Abenteuerlust? Er war derjenige, der bei allen ihren Vorschlägen die Nase rümpfte. Er war derjenige, der zu Hause bleiben und Kartoffeln anbauen wollte, statt mit ihr Griechenland zu erkunden. Sie waren weit davon entfernt, auf derselben Wellenlänge zu sein. Sie zweifelte, ob sie sich überhaupt im selben Universum aufhielten.

Heather schloss sich mit *Wunderbare griechische Inselwelt* im Schlafzimmer ein. Esmes Vorschlag, allein zu verreisen, kam ihr wieder in den Sinn. Es war die naheliegende Lösung. Viele Frauen reisten heutzutage solo. Das hatte unbestreitbare Vorteile: die Freiheit, sich nach niemandem richten zu müssen, neue, interessante Menschen kennenzulernen, keine Kompromisse zu machen und genau das zu tun, was man wollte und wann man wollte.

Natürlich gab es auch Nachteile, mal abgesehen von der Sorge um die eigene Sicherheit. Man konnte mit niemandem über die neuen Eindrücke reden. Man musste allein zu Abend essen. In ihrem Alter zu einer solchen Reise aufzubrechen, war eine große Sache. Für sie stand viel mehr auf dem Spiel als für die Neunzehnjährige, die jung, frei und ungebunden war. Sie war verheiratet, auch wenn ihre Ehe ganz offensichtlich in einer Krise steckte. In ein anderes Land abzudüsen, ohne die Dinge mit Alan geklärt zu haben, konnte das Ende bedeuten. Die Botschaft wäre nur zu deutlich. Sie würde vor mehr davonlaufen als vor einem zeitweiligen Durchhänger. Sie würde vor Alan davonlaufen.

Durch das Schlafzimmerfenster sah sie, wie ihr Mann den Land Rover tätschelte und streichelte; er umhegte ihn mit der Fürsorge und Aufmerksamkeit, die man einer neuen Geliebten widmet. Eine dunkle Motte des Argwohns flatterte in ihre Gedanken und verharrte dort lange genug, dass sie das Insekt in all seiner Hässlichkeit studieren konnte. Hatte Alan eine Affäre? Täuschte er sie doppelt, indem er sich weigerte abzunehmen und fit zu werden? Indem er seine ältesten, schäbigsten Klamotten trug und sich ein Fahrzeug aussuchte, das so wenig sexy war wie irgend möglich? Hatte jemand aus dem Fanclub schließlich doch mehr ins Rennen geworfen als ein Stück Früchtekuchen?

Die Motte flatterte mit den Flügeln und war verschwunden. Alan und eine Affäre? Ihr vielgerühmter siebter Sinn lag völlig daneben.

***

Jetzt, da sie nur noch ein Auto hatten, musste Heather, wenn sie irgendwo hinwollte, jedes Mal von Neuem ihren Unmut überwinden und wohl oder übel mit diesem Ding fahren. Es war höchste Zeit für einen Besuch bei Mandy, ihrer melancholischen Friseurin, bei der sie dank einer Absage tatsächlich einen Termin bekommen hatte. Und es gab noch einen weiteren Grund, warum sie Mandy treffen musste. Falls sie den Mut aufbrächte zu fragen.

Sie fand Alan in der Küche beim Sezieren einer winzigen Roten Rübe.

»Magst du ein Sandwich?«

»Nein danke«, erwiderte Heather und versuchte, den glühend roten Fleck auf der Arbeitsplatte zu ignorieren. »Ich bin den Nachmittag über in Darlingford.«

»Schau dir das an.« Alan hielt ihr das Glas mit den Baby-Rote-Rüben zur Inspektion hin. »Neunundneunzig

Pence! Das ist Wucher. Beutelschneiderei, wenn du mich fragst.«

»Im größeren Zusammenhang betrachtet, finde ich es gar nicht so teuer, Alan.« Verglichen mit einer neuen Arbeitsplatte zum Beispiel. Sie reichte ihm ein Schneidbrett. »Wenn wir unsere eigenen ziehen, sind sie umsonst.«

Sie blickte auf und sah Alan an der Arbeitsplatte stehen, in der Hand das in Auflösung befindliche Sandwich. Rote-Bete-Scheiben purzelten über sein sauberes Hemd, bevor sie zu seinen Füßen auf den Fliesen landeten. Fliesen, die neu zu versiegeln er seit Monaten versprochen hatte. Heather biss sich so fest auf die Lippen, dass sie Blut schmeckte.

»Ich brauche die Schlüssel. Für das ... Auto.«

Er richtete sich auf. »Soll ich dir zeigen, wie ...«

»Nicht nötig«, entgegnete sie. »Bloß die Schlüssel, danke.«

Heather fand bald heraus, dass das alte Mädchen sich nicht hetzen ließ. Der bronchitische Motor hustete ein paarmal, bevor er ansprang. Nach einer Neunzig-Grad-Wende um die Säcke mit dem verrottenden Pferdemist herum, die immer noch nicht ihren Weg von der Einfahrt in Alans Gemüsegarten gefunden hatten, schmerzten ihre Arme, weil sie das antike Lenkrad erst im Uhrzeigersinn, dann in Gegenrichtung drehen musste. Heather rief den Waffenstillstand aus.

»Jetzt hör mir mal gut zu«, sagte sie. »Mag sein, dass ich dir keinen besonders warmherzigen Empfang bereitet habe, aber weil wir beide schon reifere Damen sind, müssen wir zusammenhalten. Verstanden?«

Der Motor rülpste, erstarb aber nicht, und als sie die Umgehungsstraße erreichten, waren sie bereits mit flotten neunzig unterwegs. Wenn Heather in einen anderen

Gang schaltete, erinnerte der Sound nicht an eine schnurrende Katze, sondern an eine, die einen Haarklumpen hochwürgt. Heather machte das Radio an und stellte ihren Lieblingssender mit den Klassik-Hits ein. Lolly – irgendwie passte der Name perfekt zu dem Land Rover – reagierte mit einer unerwarteten Geste der Ermutigung.

Wild Thing!

»Sehr witzig«, sagte Heather. Sie drehte die Lautstärke hoch und sang aus vollem Herzen mit. Alles war so groovy. Der Wind, der durchs offene Fenster blies, verknotete ihre Haare. Heather versuchte, sich die Strähnen aus den Augen zu wischen. *Verdammte Haare.* Sie waren viel zu lang, und die nahezu weißen Ansätze hatten Farbe dringend nötig. Mandy würde heute ihre liebe Mühe mit ihr haben.

Heather betrachtete sich im Rückspiegel. Sie war das Gegenteil von wild. Zahm. Unansehnlich. Bieder. Konservativ mit kleinem k. *Vernünftig.*

Der Stil, den sie ein Erwachsenenleben lang gepflegt hatte, ließ sich am besten als pseudoländlich-professionell beschreiben, mit einem Touch Hundebesitzerin. Sie hatte immer das Praktische bevorzugt, gut geschnittene Zweiteiler und pflegeleichte Kleider bei der Arbeit und Baumwollhosen und Tops an Wochenenden. Was niemals in Mode war, konnte auch nicht unmodern werden, lautete ihre Parole. Selbst ihr Job gehörte in die vernünftige Kategorie. Kaum ein Berufsstand war respektabler, nüchterner und verantwortungsvoller als der des Allgemeinmediziners. Weit entfernt von der Exzentrizität des Spezialistentums. Hausärzte waren die Labradore unter den Medizinern: freundlich und treu, allzeit bereit zu kurzfristiger Erregung und Aktivität, insgesamt aber damit zufrieden, unterm Tisch auf die Krümel zu warten. Seit jenem Tag auf der Bank mit Esme ging ihr Mary Olivers Gedicht nicht mehr aus dem Sinn. Und vor allem die Frage, was sie mit ihrem wilden, kostbaren Leben zu tun gedachte. Es war Zeit, sich um die wilde Seite zu kümmern.

Mandy, die Heather seit Ewigkeiten die Haare schnitt, war nicht für ihre Risikobereitschaft bekannt. In ihren Augen gehörte Heather unverrückbar in die Kategorie Färben, Schneiden, Föhnen. Im Spiegel zu beobachten, wie Mandy ihre Kopfhaut malträtierte, gab Heather die Gelegenheit, sich so zu sehen, wie andere sie sahen. Heute studierte sie die Frau im Spiegel besonders genau. Das Gesicht verriet ihr Alter, die gefärbten Haare verbargen es. Die Diskrepanz zwischen beidem zu ignorieren, wurde immer schwieriger. Und gemeinerweise wirkte sie umso älter, je mehr sie die fortschreitenden Jahre zu kaschieren versuchte. Und um welchen Preis? Es war weniger das Geld als vielmehr die verlorene Zeit, die sie reute. Alle fünf Wochen etwa zweieinhalb Stunden. Das machte fünfundzwanzig Stunden pro Jahr oder zwei ganze Tage, die sie in einem schwitzigen Plastikstuhl verbrachte, während sie in Klatschblättern las, abscheulichen Kaffee trank und Mandys Bericht über den jüngsten Liebeskummer lauschte. Heather rechnete aus, dass die Zeit, in der sie Interesse für Mandys romantische Verirrung heuchelte, bei zwanzig weiteren Lebensjahren auf drei volle Wochen ihres wilden, kostbaren Lebens angewachsen wäre. Drei Wochen, die sie ebenso gut Retsina trinkend in einer weiß getünchten Taverne unter einer knallpinken Bougainvillea verbringen konnte.

Verdammte Haare.

Sie kämpften schon seit Jahren miteinander. Für Mandy, die sich mit dem spitzen Haaransatz und den Wirbeln herumschlagen musste, stellten Heathers Haare etwas dar, das aus einem Roman von Thomas Hardy stammen könnte. Nachdem Heather ein kleines Vermögen für Chemikalien ausgegeben hatte, um Farbe, Textur und Stil ihrer Haare zu verändern, die ohnehin stets zu der in den Follikeln programmierten Genstruktur zurückkehrten, war es nun an der Zeit, der Natur ihren Lauf zu lassen. Als Mandy fünf Minuten später mit der vorherigen Kundin fertig war und sich hinter Heather stellte, runzelte sie wie immer beim Anblick der weißen Ansätze und der verzwirbelten Enden die Stirn Richtung Spiegel.

»Das Übliche?«

»Nein«, sagte Heather. »Abschneiden.«

Heathers vernünftige Seite versuchte es mit einer Warnung und forderte Zweifel und reifliche Überlegung. Was würden die Leute denken? Was würde Alan denken?

»Wegtreten!«, befahl Heather dem ›vernünftigen Ding‹. »Jetzt ist das ›wilde Ding‹ am Zug.«

Mandy klemmte ein paar Zentimeter zwischen Schere und Finger. »Wie viel soll ich wegnehmen?«

»Alles.«

»Sind Sie sicher?«

»Nie war ich mir einer Sache so sicher.«

Kapitel 14

Breaking Bad

Heathers Sicherheit schwand, kaum dass sie mit Lolly in die Straße einbog. Es war zu einfach gewesen. Mandy war zwar geschockt und zögerlich dem Wunsch ihrer Kundin nach einem drastischen Haarschnitt gefolgt, hatte aber nicht mit der Wimper gezuckt, als diese sich beiläufig erkundigte, wo es Cannabis zu kaufen gab. Dank einer Serie wechselnder, aber gleichermaßen ungeeigneter Partner – bei jedem von Heathers sechswöchigen Terminen schien es ein anderer zu sein – hatte Mandy eine Liste von Kontakten zusammengetragen, die einer Ein-Frau-Suchmaschine gleichkam. Heather musste nur ihre Postleitzahl nennen und hatte daraufhin nicht nur einen, sondern gleich ein halbes Dutzend lokale Dealer an der Hand, einschließlich Mandys persönlicher Bewertung.

»Netherwood, sagen Sie?« Mandy tippte sich ans Kinn, telefonierte und schrieb dann Name und Uhrzeit auf die Rückseite einer Terminkarte.

Dan. 17.30 Uhr. St Luke, Parkplatz.

Heather heuchelte Lässigkeit und verkniff sich die Frage, wie sie ›Dan‹ erkennen würde, wonach sie fragen sollte und was der korrekte Jargon war, um illegale Drogen zu kaufen. Gab es Auswahl? Verschiedene Sorten und Mengen oder eher ein Angebot in Einheitsgröße? Aber das waren ihre geringsten Sorgen angesichts der Tatsache, dass man in einem Land Rover Baujahr 1959 wohl kaum irgendwo ungesehen aufkreuzen konnte, noch dazu auf dem Parkplatz jener Kirche, in der sie getraut worden war und in der Sarah und Tilly die heilige Taufe empfangen hatten. Und natürlich war sie in dieser engmaschigen Gemeinde bekannt wie ein bunter Hund. Warum um Himmels willen hatte sie sich nicht einen sozial weniger intakten Vorort von Darlingford für ihr Rendezvous ausgesucht, wo man sie keines weiteren Blickes gewürdigt hätte? Außerdem hätte sie sich, da sie ja ihre Praxiszulassung noch nicht gekündigt hatte, einfach ein medizinisches Cannabispräparat verschreiben können. Doch keines von beiden war mittlerweile eine Option.

Um Punkt halb sechs fuhr Heather auf den leeren Parkplatz. Zum Glück war sonst niemand da. Schade eigentlich, denn mittlerweile zog Netherwoods hübsche normannische Kirche mehr Touristen als Gemeindemitglieder an.

Sie versuchte sich zu erinnern, an welchem Abend die Probe für das Wechselläuten war und wann sich die Blumenschmuckgruppe traf. Das alles stand am Schwarzen Brett der Gemeinde zusammen mit dem Aufruf, verdächtiges Verhalten auf dem Kirchengelände umgehend der Polizei zu melden. Geschützt durch eine dunkle Sonnenbrille, glaubte sie, hinter jedem Grabstein Leute zu entdecken, die sie mit Ferngläsern und Teleobjektiven observierten. Sie sah die Überschriften schon vor sich: *Ansässige Ärztin in Drogenrazzia verwickelt. Ehemann gibt an, seine Frau habe in letzter Zeit untypisches Verhalten gezeigt.* Das war das Aberwitzigste, was sie jemals getan hatte. Dennoch fühlte sie bereits den Adrenalinschub, die schiere Gefährlichkeit der Unternehmung war berauschend.

Um sieben Minuten nach halb sechs hörte Heather einen Wagen. Eine unauffällige blaue Limousine parkte ein paar Plätze entfernt von ihr. Mit Sicherheit kein Modell, in dem man einen Drogendealer vermuten würde. Sie wartete mit angehaltenem Atem. Vielleicht hatte sie die Anschläge falsch gelesen und heute Abend war Bibelstunde oder eine außerplanmäßige Kirchenvorstandssitzung. Doch der Fahrer, den sie nicht genau erkennen konnte, blieb im Wagen. Schließlich wurde das Fenster auf der Fahrerseite heruntergelassen, ein junger Mann streckte den Kopf heraus.

»Sind Sie Heather?«, rief er ihr zu.

Sie kurbelte ihr Fenster herunter. »Dan?«

Plötzlich erhellte ein Wiedererkennen das Gesicht des jungen Mannes. »Dr. Winterbottom? Beinahe hätte ich Sie nicht erkannt. Schicker Haarschnitt.«

Heather spähte über den Rand ihrer Sonnenbrille. *Dan Dixon.* Sie kannte ihn schon sein gesamtes Leben. Seine Eltern und Großeltern waren Patienten in der Praxis gewesen. Er hatte Schulprobleme, war ein wilder Teenager gewesen und früh mit dem Gesetz in Konflikt gekommen.

»Schöner Abend heute«, bemerkte Heather. Woher sollte sie wissen, ob das der richtige Dan war? Und wenn ja, wie begann man ein solches Gespräch?

»Soll angeblich später noch regnen«, erwiderte Dan und blickte zum rosigen Himmel auf.

Und wie weit hatte Dan Dixon sein Leben jetzt im Griff? So weit, dass er zur Bibelstunde ging oder Blumen steckte? Oder spielte er nur mit ihr?

»Mandy schickt mich«, sagte Heather, um eine feste Stimme bemüht.

»Okay«, sagte Dan. Er nickte grinsend.

»Ist für eine Freundin«, versicherte ihm Heather.

»Das ist es immer.«

Nicht weit von ihnen entfernt landete eine Amsel auf einem Zaun. Heather erschrak ob der plötzlichen Bewe-

143

gung. Ihre Lungen fühlten sich an, als wären sie voller Helium, sie hatte Mühe, die Worte herauszubringen.

»Sie schläft so schlecht.«

»Hat Ihre Freundin noch nie was von Schlafhygiene gehört? Kein Fernsehen und keine Computerarbeit vor dem Schlafengehen, kein Koffein am Nachmittag, aufstehen, falls man nach einer Viertelstunde nicht eingeschlafen ist?«

Jetzt erinnerte sich Heather. Vor ein paar Jahren hatte Dans Mutter seinen Drogenvorrat entdeckt und ihn zu Heather gezerrt, die mit ihm reden sollte. Er hatte behauptet, nur wegen seiner Schlafprobleme Marihuana zu rauchen, und Heather ihrerseits hatte ihn über Schlafhygiene aufgeklärt.

»Hör mal, Dan, können wir vielleicht zur Sache kommen? Ich hab's eilig.« Eilig, von hier wegzukommen, bevor die Drogenfahndung eintraf oder, schlimmer noch, Pastor Samuels. Trotz seines fortgeschrittenen Alters war er ein unermüdlicher Seelenhirte seiner schwindenden Gemeinde, auch wenn ihn immer wieder lästige Anfälle von Divertikulitis heimsuchten. Er war ein Mann Gottes durch und durch, seine Frau hingegen ein stadtbekanntes Klatschmaul.

»Na klar, Dr. Winterbottom.«

»So werde ich jetzt nicht mehr angesprochen.«

»Gebongt, *Mrs* Winterbottom. Was darf's denn sein?«

Pot, Gras, Marihuana, Cannabis? Wonach sollte sie fragen? Welches war der Gattungsbegriff?

Heather wand sich wie bei ihrer letzten Prüfung in Pharmakologie, ihr Hirn war plötzlich ganz leer. »Marihuana.«

Dan hielt sich die Handfläche ans Ohr. »Entschuldigung, noch mal bitte.«

»Marihuana«, brüllte Heather durchs offene Fenster.

Inzwischen hatte Dan Mühe, ernst zu bleiben. »Welche Sorte?«

Gab es mehr als eine Sorte? Das war ja schlimmer als im Abschlussexamen. »Was empfiehlst du denn? Für eine Anfängerin.«

Zu ihrer Erleichterung hielt er ein Ziplock-Beutelchen hoch. »Das hier ist Top-Qualität. Möchten Sie probieren, bevor Sie kaufen?«

»Nein danke«, erwiderte Heather entschieden.

»Gut. Wie viel möchten Sie?«

Sie kam sich vor wie an der Delikatessentheke mit einer langen Schlange hinter sich, während sie sich vorzustellen versuchte, wie viele Scheiben Beinschinken sie für 200 Gramm bekommen würde. Oder wurden illegale Drogen in den Maßeinheiten des British Empire gewogen, in Unzen? Sie hatte das vage Gefühl, dass es so sein könnte. Sie hätte besser aufpassen sollen bei den Fernsehserien, die Alan immer schaute.

»Ungefähr so viel.« Sie deutete auf das Beutelchen. »Was macht das?«

»Weil Sie meine Ärztin waren, gebe ich Ihnen Rabatt.« Er nannte den Preis, und sie kramte in ihrem Geldbeutel.

»Kann ich auch mit Karte zahlen?«, fragte sie, als sie merkte, dass sie nicht genug Bares hatte.

Er lachte schallend. »Geben Sie mir, was Sie haben. Betrachten Sie es als Einführungsangebot. Aber nächstes Mal wird dann der reguläre Preis fällig, okay?«

»Es wird kein nächstes Mal geben, Dan, das versichere ich dir. Eine einmalige Sache. Das Geburtstagsgeschenk für eine Freundin, verstehst du?«

Wie viel einfacher wäre es gewesen, wenn sie Esme zum Neunzigsten einen Blumenstrauß gekauft oder einen Kuchen gebacken hätte. Sie hätte im Kaufhaus einen dieser Samtturbane besorgen solle, die sie so gern trug, oder ein Seidentuch.

»Hat sie schon mal geraucht?«, erkundigte sich Dan.

»Nein. Einsteigerin.«

»In dem Fall sollten Sie Ihre Freundin warnen, es anfangs nicht zu übertreiben.«

»Mit einer niederen Dosis beginnen, dann langsam einschleichen, bis der klinische Effekt eintritt?«, fragte Heather und begriff, dass sie vermutlich mehr wusste, als sie meinte.

»Genau. Ich nehme mal an, Ihre *Freundin* weiß um die möglichen Gefahren des Cannabiskonsums? Lungenerkrankungen, Angstzustände, Verfolgungswahn, Schizophrenie, Abhängigkeit?«

Jetzt bitte keinen Vortrag. Nicht von der Art, wie sie ihn Dutzenden von Patienten über die Jahre gehalten hatte.

»Halb so schlimm«, sagte sie abwehrend. »Cannabis ist ziemlich harmlos.«

Dan zog die Augenbrauen hoch. »Was sagen Sie da?«

Jetzt war sie voll ins Messer gelaufen. »Wie auch immer. Können wir zum Ende kommen?«

Ware und Geld wechselten die Besitzer, und Heather versuchte, den Fehlbetrag mit Kleingeld aus den Tiefen ihrer Handtasche auszugleichen. Sie hoffte nur, dass Drogendealer ihren Kunden gegenüber zur Verschwiegenheit verpflichtet waren, dass es auch für sie eine Art hippokratischen Eid gab, sodass ihre Tändelei mit Netherwoods Unterwelt niemals ans Licht kommen würde. Mit einem kurzen Dankesnicken drehte sie Lollys Zündschlüssel im Anlasser.

Der Motor röchelte und erstarb. Sie versuchte es erneut. Nichts.

Den Ellbogen aus dem offenen Fenster gelehnt, sah Dan ihr zu, einen vagen Ausdruck von Heiterkeit auf dem jungen Gesicht.

Erneut ließ Heather vergeblich den Motor an. *Mist.*

»Alles in Ordnung?«, fragte Dan.

»Bestens.«

»Ich habe ein Starterkabel im Kofferraum. Kann Sie flottmachen, wenn Sie möchten.«

»Danke, das wird nicht nötig sein, Daniel.«

Nach einem Dutzend weiterer Versuche blieben Heather zwei Möglichkeiten – drei, wenn man einen Anruf und eine Beichte bei Alan einrechnete. Sie konnte entweder den Automobilclub anrufen und endlos auf einen Helfer warten oder Dans Angebot annehmen.

In dem Moment fuhr ein Auto auf den Parkplatz, gefolgt von mehreren anderen. Bald war sie umringt von Leuten, die aus ihren Fahrzeugen stiegen und sich auf dem Weg zur Kirchentür zusammenfanden. Die Teilnehmer am Wechselläuten. Es war bereits zehn vor sechs. Jemand erkannte sie und winkte.

»Wollen Sie bei uns mitmachen, Dr. Winterbottom?«

Wie sonst sollte sie ihre Anwesenheit auf dem Kirchenparkplatz um diese Tageszeit erklären?

Dan nahm das als Stichwort und setzte zurück, Rapmusik schallte aus dem entwaffnend harmlos wirkenden Wagen, und der Kies spritzte, als er vom Parkplatz fuhr. Heather vergrub das Plastiktütchen mit dem Pot am Grund ihrer Handtasche und stieg aus.

»Ja, ich dachte, ich probier's mal«, rief sie der Gruppe zu. »Vorausgesetzt, ihr nehmt noch neue Mitglieder auf.«

***

Es war dunkel, als sie schließlich heimkam. Gemeinsam war es den Hobbyglöcknern gelungen, Lolly nach der Probe anzuschieben. Sie waren ein munterer Haufen, und Heather hatte fasziniert zugesehen, während sie ihre erstaunlich komplexe Kunst des Glockenläutens vorführten. Unterdessen durfte sie sich aus dem Vorrat an Sherry und Keksen bedienen, den sie im Glockenstuhl bereithielten. Wer hätte gedacht, dass das so spannend war? Sie stand zwar noch ganz am Anfang und konnte einen Plain Bob kaum von einem Bob Doubles unterscheiden, hatte jedoch schon lange nicht mehr so viel Spaß gehabt. Von nun an wollte sie neuen Erfahrungen gegenüber offen sein. Als Heather die Haustür erreichte, die Ohren noch voll Glockengeläut, erwartete Alan sie bereits, und seine Reaktion war nicht die, die Heather erwartet hatte. Er äußerte sich mit keinem Wort zu der dramatischen Veränderung ihres Äußeren und fragte auch nicht, wo sie gesteckt hatte, obwohl es bereits acht Uhr war.

»Komm besser rein, Heather«, sagte er feierlich.

Heather fuhr sich mit den Fingern durch die raspelkurzen Haare. Dass Alan nichts merkte, konnte ihr egal sein. Sie hatte jedenfalls beschlossen, ihre neue Frisur zu mögen. Das Verwegene daran. Das Wilde. Sogar Dan, dem Drogendealer, war sie aufgefallen. Sie mochte die ungewohnte Leichtigkeit ihres Kopfes. Es war, als hätte Mandy, wenn auch widerwillig, die Spuren der alten Heather getilgt und sie von sich selbst befreit. Durch die Kopfhaut konnte sie ihre wachsende Kraft spüren.

In der Küche rückte Alan ihr einen Stuhl zurecht und drückte sie sanft darauf. Dann ließ er sich neben ihr auf die Knie nieder wie damals bei seinem Heiratsantrag. Sie lächelte nervös, als er nichts sagte. Seine Wimpern waren überschattet von Augenbrauen, die aussahen wie

Raupen in einem Cartoon. Oder wie Seetang, ja, das war's. Wer brauchte den Seewetterbericht, wenn Alans Augenbrauen das Wetter vorhersagen konnten?

»Was ist los? Findest du es wirklich so scheußlich?« Trotz ihrer Kühnheit war es ihr wichtig zu erfahren, was ihr Mann von dem neuen Haarschnitt hielt. Sie wollte, dass er ihn gut fand, ihr sagte, dass sie großartig aussah. *Scharf.* Könnte er sie nicht, ein einziges Mal nur, scharf nennen?

Er schüttelte den Kopf. »Ich finde es nicht scheußlich«, sagte Alan, Tränen sammelten sich in seinen Augen.

»Was ist es dann? Du benimmst dich, als wäre jemand gestorben.«

Er drückte ihre Hand. Sie riss sich los und bedeckte ihren Mund. *Oh, Gott.*

»Der Heimleiter von The Willows hat versucht, dich zu erreichen.«

Heather schnappte sich ihr Telefon, klappte es auf. Sechs entgangene Anrufe. Während sie sich über außereheliche Babys und den Krach im Königshaus informierte, Interesse für die neue Freundin des Ex von Mandys Schwester heuchelte, während sie Marihuana bei einem Drogendealer kaufte und sich Sherry im Glockenstuhl reinzog, hatte sie die Chance verpasst, sich von ihrer liebsten Freundin zu verabschieden.

Kapitel 15

Mut zur Lücke

In den Tagen nach Esmes Beerdigung ging Heather kaum aus dem Haus. Sie verbrachte Stunden damit, vom Küchenfenster aus Alans Fortschritte im Garten zu verfolgen. So auch an jenem Morgen, als vier NOGGINs erschienen, um Alan beim Bau der Hochbeete zu helfen und sie mit Erde zu befüllen. Endlich war der Pferdemist untergebracht, der Stan so unwiderstehlich angezogen hatte.

Heather freute sich aufrichtig für Alan und war glücklich, dass er seine Leidenschaft gefunden hatte, dazu noch eine Gruppe neuer Freunde. Wenn sie ehrlich war, empfand sie sogar ein bisschen Neid. Alan setzte in die Tat um, wozu sie ihm schon die ganze Zeit geraten hatte. Er erweiterte seine Fähigkeiten und sozialen Kontakte. Er hatte sich entwickelt, und zwar von ihr weg.

»Ich dachte, morgen zum Mittagessen mache ich uns ein schönes Steak vom Weiderind«, sagte Heather am Samstagmorgen, während sie ihre Einkaufsliste schrieb. »Ich könnte das Fleisch in dem neuen Hofladen in Darlingford besorgen.«

»Kevin isst kein rotes Fleisch.«

»Kevin kommt ja nicht.«

»Könnten wir ihn nicht einladen?«

»Es ist ein Familienessen, Alan.«

»Für mich ist er wie ein Familienmitglied.«

Sie stritten noch ein paar Minuten herum, bis Heather, die keine weitere kostbare Lebenszeit mehr vergeuden wollte, zustimmte, dass Alan seinen Freund einlud. Wenn die Trauer in Wellen kommt, wie die Leute immer sagen, dann war das ihre siebte Welle in Folge. Es war die heftigste seit Esmes Tod, ausgelöst von dem Gedanken, wie schön es wäre, wenn auch sie eine gute Freundin zum Essen einladen könnte. Warum war ihr das nicht eingefallen, solange Esme noch lebte?

»Na gut, dann eben Brathuhn. Welche von deinen Ex-Freundinnen sollen wir opfern?«

Alan hob seinen Überlass-das-mir-Finger.

Drei Stunden bevor Sarah und Ravi kommen sollten, nahm Heather das Huhn aus dem Kühlschrank. Der gerupfte Vogel schien unters Auto gekommen zu sein und nicht, wie Alan behauptete, ein glückliches Leben als freilaufendes Geflügel geführt zu haben. Sie ignorierte das unangenehme Gefühl der kalten, pickligen Haut und fuhr mit der Hand in die Bauchhöhle, um das Gekröse zu bergen und Stan zu servieren. Mit einem Plopp fielen die überflüssigen Organe in seine Metallschüssel.

Aus dem Augenwinkel sah sie Alan dabei zu, wie er zwei harte Brotscheiben in den Toaster schob. Sie war sich sicher, die Reste des eine Woche alten Supermarkt-Laibs längst weggeworfen zu haben.

»Warum nimmst du nicht das frische Brot?«

»Ich sehe nicht ein, wieso man total gute Lebensmittel verkommen lässt.«

»Das ist Billigbrot, Alan. Nicht mehr als ein paar Cent wert. Bis du das aufgegessen hast, wird auch das schöne frische Sauerteigbrot alt sein, das ich gekauft habe.«

Sarah und Ravi erschienen wie immer pünktlich. Das Knirschen der Audi-Reifen auf dem Kies fiel exakt mit dem zwölften Schlag der Großvateruhr in der Diele zusammen. Heather öffnete ihrem Schwiegersohn die Tür, seine strahlend weißen Turnschuhe korrespondierten mit seinen teuren Zähnen. Er ließ den elektronischen Wagenschlüssel nicht nur einmal, sondern sicherheitshalber gleich dreimal piepsen.

»Das ist Netherwood, Ravi, nicht Cricklewood«, sagte Heather.

»Man kann nicht vorsichtig genug sein hier draußen in der Wildnis«, erwiderte er und küsste sie auf beide Wangen, bevor er ihr ein Dutzend noch fest geschlossene rosa Rosen hinhielt. Sein Blick wanderte kurz von ihrem Gesicht zu ihren Haaren und wieder zurück. Wie immer machte er ihr ein Kompliment wegen ihres guten Aussehens, aber diesmal so aufrichtig, als wunderte er sich, sie im Ruhestand *und* noch lebend anzutreffen.

Die nächste in der Begrüßungsschlange war Sarah. Heather betrachtete sie eingehend auf der Suche nach Hinweisen. Ihr letzter Embryotransfer lag erst achtzehn Tage zurück, zu früh für Neuigkeiten. Heather brachte es noch nicht über sich zu fragen. Sie wollte nicht schon wieder umsonst hoffen.

Ravi, der für einen hochpreisigen Londoner Weinimporteur arbeitete, hatte Alans Lieblingsrotwein mitgebracht und, wie Heather mit Interesse registrierte, eine Flasche Champagner. Gab es etwas zu feiern? Er hielt die Flaschen im Arm wie Baby-Zwillinge. Die Etiketten sagten ihr nichts, aber wie sie Ravi kannte, würde er sie beim Mittagessen ausführlich über die Herkunft des Schaumweins aufklären.

Alan wäre auch gern so fachkundig gewesen wie sein Schwiegersohn, der sich in seiner Küche einen Weinkühlschrank der Spitzenklasse hatte einbauen lassen, in dessen exorbitantem Preis der Sommelier eigentlich gleich mit enthalten sein sollte. Doch in der Familie gab es nur Platz für einen Weinfreak, weshalb Heather sich, sobald

Alan und Ravi über Weine sprachen, stets an zwei Platzhirsche erinnert fühlte, die röhrend und mit krachendem Geweih um die Vorherrschaft kämpften.

Alan kam gerade die Treppe herunter. »Ich meinte Stimmen zu hören.«

Er trug sein neues *Man(n) ist nie zu alt, um im Dreck zu spielen*-T-Shirt, eine Shorts, die ihm zuletzt in den 1980ern gepasst hatte, und graue Socken in den rückeroberten Deckschuhen. Er sah absolut lächerlich aus, aber sie würde nichts sagen. Nein, das würde sie nicht.

Ravi schüttelte seinem Schwiegervater kraftvoll die Hand. »Du siehst blendend aus, Alan.«

»Charmanter neuer Look, Dad«, sagte Sarah und zupfte am T-Shirt.

Bislang hatte niemand Heathers Frisur erwähnt.

»Wo ist Attila?«, erkundigte sich Sarah.

»Die geht mit dem Hund.« Heather warf einen Blick auf die Großvateruhr. »Sollte eigentlich schon zurück sein.«

Vielleicht war Tilly im Dorf jemandem begegnet, den sie kannte. Oder sie hatte einen Abstecher zu der Farm gemacht, wo man Beeren selbst pflücken konnte. Oder war in einen Bus Richtung Darlingford gesprungen, oder Richtung London, um ein Museum zu besuchen. Dabei hätte sie völlig vergessen, dass Sonntag war, dass Schwester und Schwager, die sie zwei Jahre nicht gesehen hatte, zum Mittagessen kamen und dass sie einen großen Hund dabeihatte. Wie viel einfacher war es für Heather gewesen, als sich ihre Tochter am anderen Ende der Welt befand und sie sich nicht um sie sorgen musste.

Als Tilly schließlich mit einem schwer atmenden Stan eintrudelte, lagen Alan und Ravi bereits im Streit über den Médoc. Alan war fürs Dekantieren, Ravi behauptete, das würde die Aromen ruinieren. Sarah unterbrach ihren komplizierten Bericht über den Umbau ihrer Firma, dem Heather ohnehin nicht hatte folgen können, und warf die Arme um Tilly.

»Komm her, du verrücktes Huhn«, sagte sie, als Tilly sich aus der Umarmung befreien wollte.

Mit fünf Erwachsenen in der Küche glich die Suche nach jedem Topf oder Küchengerät einem Hindernislauf. Heathers Versuch, die anderen wegzuscheuchen, blieb vergeblich, denn sie kehrten hartnäckig zurück wie die Tauben zur Parkbank. Im denkbar ungünstigsten Moment, als Töpfe überkochten, die Herduhr klingelte und Stan allen zwischen den Beinen umging, traf Kevin ein.

»Ich habe euch ein paar Äpfel mitgebracht«, sagte er und überreichte eine Schachtel missgestalteter, angeschlagener, wenig appetitlicher Früchte. »Ich dachte, du könntest rasch einen Applepie zaubern.«

Sie war nicht die Art von Köchin, die auf die Schnelle etwas »zauberte«, bedankte sich aber trotzdem. »Wie aufmerksam von dir, Kevin.«

»Hab ich selbst geklaut«, berichtete er stolz. »Ich sehe nicht ein, wieso man total gute Lebensmittel verkommen lässt oder Unsummen dafür bezahlt, wenn man sie genauso gut umsonst pflücken kann.«

Tilly tauchte neben ihnen auf. »Ganz meine Meinung. Mum lässt viel zu viel verkommen. Stimmt doch, oder, Mum?«

Sie wichen ihr einfach nicht von der Seite und beobachteten jeden ihrer Handgriffe. Wie sie schon befürchtet hatte, war das Huhn auf die Größe einer Wachtel geschrumpft, als sie das Blech aus dem Herd nahm.

»War das ein freilaufendes?« Tilly runzelte die Stirn.

Heather seufzte. »Frag deinen Vater, er ist derjenige, der es am Wegrand aufgelesen hat.«

»Es war so freilaufend, wie man nur sein kann. Ich habe es höchstpersönlich befreit«, warf Kevin ein.

»Sie haben es gestohlen?« Tillys Augen weiteten sich.

»Sagen wir mal, ich habe es, samt ein paar Genossinnen, dazu ermuntert, sich außerhalb der unnatürlichen Einfriedung zu bewegen.«

»Legebatterien sind verachtenswert.« Die beiden entfernten sich, um über Tierwohl zu diskutieren und darüber, dass die Lebensmittelproduktion in kapitalistischen Gesellschaften zu Umweltzerstörung, Ausbeutung von Menschen und Grausamkeit an Tieren führte. Bislang hatte niemand sich erboten, Heather bei der Zubereitung des Mittagessens zu helfen.

Alan und Ravi unterhielten sich mittlerweile über Kryptowährungen. Heather schenkte sich einen Schluck von Ravis Rotem ein, der praktischerweise zum Lüften geöffnet worden war. Weil alle Weingläser bereits auf dem Tisch standen, trank Heather ihn aus ihrem Ruhestandsbecher. *Lebe deinen Traum*, ja genau.

Kein schlechter Tropfen. Heather schenkte sich gleich nach und gab dann noch einen guten Schuss an die Soße. Ausnahmsweise war sie froh, dass Stan zur Stelle war, um die Spritzer aufzulecken, die beim Umfüllen in die Sauciere am Boden landeten.

Dank einer Runde »Reise nach Jerusalem« hatte schließlich jeder seinen Platz am Küchentisch gefunden.

»Sieht köstlich aus, Alan«, bemerkte Ravi, als Alan das Huhn tranchiert hatte. Heather erinnerte sich an die Sorgfalt und Präzision, mit der er im ersten Jahr Anatomie Freds Brachialplexus seziert hatte. Diese ruhigen Hände. Wunderbare, weiche, saubere Hände. Jetzt waren sie vom Alter getüpfelt, die Nägel verdickt und schwarz gerändert von Gartenerde.

Alan arrangierte das Brustfleisch und die Schenkel auf der riesigen weißen Servierschale, was die Armseligkeit des Geflügels noch hervorhob.

Heather griff nach dem Wein.

»Er atmet noch«, sagte Ravi und schnappte sich die Flasche.

Atmet noch. Heather musste an Esme denken und wie allein sie gewesen war, als sie ihren letzten Atemzug tat, auf der Bank zusammengesackt wie schlafend, das Strickzeug noch in der Hand, als der Gärtner sie fand. Doch bevor die Welle diesmal anbrandete, hatte Heather sich mit zwei Bechern Rotwein vor ihrem Sog geschützt. Sie war in diesem herrlichen Stadium beginnender Berauschtheit angekommen, in dem der Geist leicht und locker, der Körper warm und geschmeidig ist. Sie fragte sich, warum sie nicht öfter trank, jetzt, wo es keine Esme mehr gab, die man besuchen konnte. Und wenn sie einen Kater hatte, konnte sie den ganzen Tag im Bett bleiben. Tada! Zufällig war sie auf das Geheimnis des glücklichen Ruhestands gestoßen und hatte gleich noch ein neues Trinkspiel entdeckt. Warum war sie nicht früher draufgekommen? Jedes Mal, wenn jemand das »R« Wort erwähnte, würde sie sich ein Glas genehmigen. Ein verdammt großes.

»Ich glaube, der Rote hat jetzt genug Luft bekommen, meinst du nicht, Ravi? Der muss ja langsam hyperventilieren.«

Sie stand auf, um die Flasche zu holen, die leichter war, als sie in Erinnerung hatte. Während das Gespräch am Tisch weiterging, hielt sie sie gegen das Licht. Halb voll. Dieser Becher war wohl größer als gedacht.

Sarah fragte: »Und wie kommt ihr beide mit dem Ruhestand zurecht?«

Ruhestand! Heather schenkte sich nach und nahm einen großen Schluck.

»Euer Vater spielt *Das gute Leben* nach.« Ihre Aussprache war undeutlich, sie merkte es selbst. *Muss mich bemühen, normal zu sprechen.*

»Das was?«, fragte Sarah nach.

»Eine Schitkom aus den Schibzigern über ein Paar, Tom und Barbara Good, die aus dem Hamsterrad auschteigen und in Shurbiton Schelbstverschorger werden. Euer Vater isch ganz begeischtert von Felischity Kendals Hintern.«

Schon viel besser.

Am Tisch blieb es ein paar Takte still.

Ravi räusperte sich. »Das ist ja interessant. Meine Firma bemüht sich auch um Nachhaltigkeit. Ich würde gern mehr über deine Pläne erfahren, Alan.«

Während Sarah Heather beim Abräumen half, breitete Alan seinen Gartenplan auf dem Küchentisch aus. Ravi hätte nicht interessierter sein können, wenn Baron Rothschild ihm Aufnahmen seines geheimen Weinkellers gezeigt hätte.

»Mag jemand Applepie?« Heather hielt die heiße Kasserolle mit zwei karierten Ofenhandschuhen über den Tisch. Kevins Augen weiteten sich, aber Heather würde ihm nicht verraten, dass dieser hier von Sainsbury's zubereitet worden war.

»Wo wir gerade bei Äpfeln sind«, warf Tilly ein. »Warum legst du hier keinen Obstgarten an?« Sie deutete auf ein ungenutztes Stück Rasen.

»Das wollte ich eigentlich so lassen.«

»Wozu?«

»Für ... ach, egal.«

Für eine Schaukel und ein Klettergerüst, vermutete Heather, als sie Alans schmerzlichen Ausdruck sah. Er zwang sich zu einem Lächeln und schrieb mit Bleistift OBSTGARTEN auf den Plan.

Die Kasserolle wurde schwer in Heathers Händen. »Entschuldigt«, sagte sie zu fünf Hinterköpfen. Als niemand antwortete, stellte sie den dampfenden Pie in die Mitte des Obstgartens, gefolgt von einem Krug Vanillesoße, der in einem mit ZIEGENSTALL beschrifteten Bereich zu stehen kam.

Alan verstand den Hinweis und rollte den Plan zusammen, während Sarah Teller und Löffel holte.

»Wie wär's mit einem Weinberg? Wir könnten unseren eigenen *Champagner* machen.« Heather erinnerte sich an die unberührte Flasche, die sie im Kühlschrank gesichtet hatte.

»Gar keine schlechte Idee, Heather«, sagte Ravi. Der Wink mit dem Zaunpfahl ging völlig an ihm vorbei.

»Was? Ein paar Weinstöcke pflanzen?« Plötzlich war Alan ganz Ohr.

»Warum nicht«, fuhr Ravi fort. »Es ist ein Südhang, und so weit von der Küste entfernt sind die Böden kalkhaltig. Meines Erachtens das perfekte Terroir, um eine Cool-Climate-Traube anzubauen. Die großen Champagner-Häuser springen gerade alle auf den Trend zu englischem Schaumwein auf.«

»Apropos Champagner«, sagte Heather, »soll ich die Flasche im Kühlschrank aufmachen?«

Ravi sprang auf, als hätte er einen Stromschlag erhalten. Er würde das Entkorken seines Château Schickimicki mit Sicherheit nicht einem Amateur überlassen.

»Die Trauben wurden von Hand gelesen, Alan«, erklärte Ravi und entfernte Draht und Folie vom Flaschenhals. Dann ließ er den Korken knallen und goss mit geübter Hand in perfekt geneigte Champagnerflöten.

»Das ist ein 2013er *Lelarge-Pugeot les Meuniers de Clémence*, wenn ich mich nicht sehr täusche«, bemerkte Alan und lobte die Dichte der im Glas aufsteigenden Bläschen. Heather hatte gesehen, wie er das Etikett inspiziert hatte, während Ravi einschenkte, und die Augenbrauen gehoben, damit er wusste, dass sie ihn durchschaute.

»Genau. Sehr gut, Alan. Ich glaube, derzeit werde ich von der siebten Generation Lelarge betreut«, sagte Ravi.

Tilly verdrehte die Augen zu Kevin hin, der ein Kichern unterdrückte.

»Was feiern wir?«, fragte Heather, der nicht entgangen war, dass Ravi jedem ein Glas gegeben hatte, nur Sarah nicht. Sie kreuzte die Finger unterm Tisch. Würden sie und Alan schließlich doch noch Großeltern werden?

Doch als Erstes wandte sich Ravi an Tilly. »Zunächst einmal bin ich hocherfreut, meine Lieblingsschwägerin in ihrem Sabbatjahr zu Hause begrüßen zu dürfen.«

»Einzige Schwägerin«, verbesserte Tilly.

Sarah knuffte sie in den Arm. »Ja, willkommen zu Hause, Attila!«

»Ist ein solches Brückenjahr nicht dazu da, sein Heim zu verlassen und in der Welt herumzureisen, nicht umgekehrt?«, dachte sich Heather im Stillen, aber offenbar hatte sie es auch laut ausgesprochen.

»Ein Sabbatjahr ist das, was man daraus macht«, sagte Tilly abwehrend. »Ich brauche eine Pause vom Unibetrieb. Muss mir überlegen, ob ich das in zwanzig Jahren auch noch machen will.«

»Ich dachte, es sei eine Art Initiation für den Eintritt in die Erwachsenenwelt, nicht, um sich herauszuwinden.«

Zu Heathers Überraschung nahm Alan Tilly in Schutz. »Jedenfalls besser als eine überstürzte Entscheidung, die sie später bereut. Sie tritt in eine völlig neue Lebensphase

ein. Das Leben zu vieler Menschen basiert auf willkür-
lichen Entscheidungen, an die sie kaum einen Gedanken
verschwendet haben.«

Wie zum Beispiel das Ja zu einem Heiratsantrag?

Ravi räusperte sich und blickte Sarah hilfesuchend an.

»Entschuldige, Ravi«, sagte Heather rasch. »Auf Tillys
Sabbatjahr. Möge es ihr bringen, was sie sucht.« *Nachdem
sie bei dieser Suche bis zum Ende der Welt gereist ist und wieder
zurück.*

»Danke, Heather. Und nun komme ich, wie gesagt,
zum zweiten Punkt. Ich möchte dich und Alan zu eurem
Ruhestand beglückwünschen.«

Das R-Wort! Alle nippten, Heather leerte ihr Glas. Heather wartete auf Punkt drei. Doch Ravi setzte sich. Es
gab kein Drittes. Keine Baby-Ankündigung. Sollte Alan
dieselbe Vermutung gehabt haben und nun ebenso enttäuscht sein wie sie, ließ er es sich nicht anmerken.

»Gut, dich beschäftigt und tatkräftig zu sehen«, sagte
Ravi. »Ich finde es großartig, dass du den Garten deines
Vaters wieder auferstehen lässt.«

»Ich auch«, sagte Tilly. »Ich bin richtig stolz auf dich,
Dad.« Sie beugte sich vor und tätschelte seinen Arm. »Es
ist so wichtig, etwas zu hinterlassen, etwas, das im Gedächtnis bleibt.«

»Wenn seine Kürbisse halten, was sie versprechen«,
sagte Kevin, »werden wir seinen Namen in der Zeitung
sehen.«

Alan errötete.

»Hast du auch neue Hobbys, Mum?«, fragte Sarah.
»Machst du in irgendwelchen Gruppen mit?«

Esme hatte versucht, ihr das Stricken beizubringen,
aber die Koordinationsleistung, Wolle nach festen Mus-
tern über zwei lange Nadeln zu ziehen, war ihr nicht ge-

glückt. Kaum zu glauben, dass sie einst in der Lage gewesen war, einhändig chirurgische Knoten zu schürzen. Und was war mit dem Wechselläuten? Sollte sie erzählen, dass sie mit Kampanologie angefangen hatte? Aber dazu wären zu viele Erklärungen nötig.

»Meine Mutter ist seit ihrer Pensionierung beschäftigter denn je«, erzählte Ravi, um die missliche Pause zu überbrücken, die durch Heathers Schweigen entstanden war. »Montags Französisch-Gesprächskreis, dienstags Ahnenforschung und am Donnerstag Chor.«

Natürlich. Ravis verdammte Mutter. Sie war belesen, vielgereist und eine hervorragende Köchin. Eine pensionierte Richterin am Obersten Gericht. Sie hatte drei perfekte Söhne in einem makellosen Haus aufgezogen und bereits vier perfekte Enkelkinder. »Ich mache alles allein«, hatte sie einmal in einer sehr subtilen Anspielung auf Mrs Gee geäußert.

»Sie behauptet, die Seniorenuni habe ihr das Leben gerettet, nachdem mein Vater in Ruhestand war.«

»Ach, machen die jetzt auch Wiederbelebungskurse?«

Heather stand auf und überließ die anderen dem Nachtisch und den Zukunftsplanungen. In gedämpften Stimmen wurde über sie gesprochen.

Sie sollte dem Verein für Frauenrechte beitreten. Sie sollte mit Bridge anfangen oder Klavier lernen. Sie sollte. Sie sollte. Sie sollte.

Heather schnappte sich ihre Handtasche von der Arbeitsplatte und ging in den Garten. Sie zerrte einen der vermoosten Terrassenstühle außer Sichtweite. Dann nahm sie das Plastiktütchen, das sie für Esme gekauft, und die Rizlas, die sie anonym an einer Tankstelle zwanzig Kilometer entfernt erstanden hatte, und rollte sich den ersten Joint ihres Lebens.

Die Enden des fertigen Produkts erinnerten sie an schlecht rasierte Schamhaare, die unter dem Beingummi eines Slips hervorlugten. Als sie den Joint mit dem Gasfeuerzeug aus der Küche anzündete und inhalierte, gab es ein klitzekleines Feuerwerk, bevor der heiße Rauch ihre Luftröhre verbrannte.

»Alles Gute zum Geburtstag, liebe Freundin.« Sie hustete, dann nahm sie einen weiteren Zug. Sie hoffte, dass Esme ihr von irgendwo zusah, wie sie heimlich den ersten Punkt auf der Liste unerfüllter Wünsche abhakte, die Heather mittlerweile zu ihrer eigenen gemacht hatte.

»Mum, wo bist du?«, rief Sarah aus der Küche.

Heather versuchte, einen Hustenanfall zu unterdrücken und gleichzeitig den verräterischen Rauch wegzuwedeln.

»Bin gleich da.« Heather drückte den schwelenden Joint aus und verbarg den Rest in einem von Unkraut überwucherten, gesprungenen Pflanzkübel. Sie zupfte ihre Kleidung zurecht, richtete mit den Fingern das Stoppelhaar auf und schlenderte dann so lässig wie möglich nach drinnen. Alle starrten sie an. Man hatte sie vor Paranoia nach dem Genuss von Marihuana gewarnt, hier war sie nun; es wurde bereits über sie geredet.

»Also, Mum«, verkündete Tilly und kratzte mit dem Löffel auf ihrem leeren Teller. »Wir warten immer noch auf eine Antwort. Was wirst du mit deiner Zeit anfangen?«

Heather dachte an die Schachtel, die vorgestern gebracht worden war, zusammen mit einem Brief von Esmes Rechtsanwalt. Eine Nichte in Irland hatte den Besitz der Verstorbenen geerbt. In Esmes Wohnung war aber ein handschriftlicher, unterzeichneter Testamentszusatz gefunden und von der Nichte nicht angefochten worden.

Darin waren gewisse Gegenstände benannt, die Esme ihrer lieben Freundin Dr. Heather Winterbottom vermachen wollte. Die würde schon wissen, was damit zu tun sei.

In der Schachtel hatte Heather, eingeschlagen in Seidenpapier, die fertiggestellte Babydecke gefunden. Sie hatte die weiche Wolle mit der Wange liebkost und über Esmes unverbrüchlichen Optimismus geweint. Außerdem hatte Esmes geliebte Ausgabe der *Odyssee* darin gelegen, das Lesezeichen ordentlich auf der letzten Seite eingemerkt. Sie hatte das Buch zu Ende gelesen. Nun war Heather an der Reihe, das Abenteuer nachzuleben.

»Ich habe beschlossen, auch eine Auszeit zu nehmen«, eröffnete sie der Familie.

»Ach, wirklich?« Alans Seetangbrauen standen auf Sturm.

»Meine Reiseplanung ist noch nicht abgeschlossen, aber ich fange mit Griechenland an.«

»Das ist mutig«, sagte Sarah.

Nein, mutig wäre es, den Rest meines Lebens hierzubleiben, dachte Heather.

Alans Augenbrauen wussten nicht, wohin mit sich. »Griechenland? Ganz allein?«

Der dritte Gegenstand in der Schachtel des Rechtsanwalts war eine solche Überraschung für Heather gewesen, dass sie sie immer noch nicht ganz verdaut hatte. Neben der Babydecke, die womöglich nie zum Einsatz kam, und einem dreißig Jahre alten Taschenbuch war sie nun Hüterin einer umweltfreundlichen, zu hundert Prozent ökologisch abbaubaren Pappurne, die Esmes Asche enthielt.

»Nein, ich reise nicht allein«, sagte Heather und betrachtete die Gesichter um den Tisch, jedes mit den untrüglichen Zeichen individueller Besorgnis. »Ich nehme eine Freundin mit.«

Kapitel 16

Rind oder Huhn?

Dreieinhalb Stunden waren eine lange Zeit, wenn man eingeklemmt saß zwischen einem stiernackigen Geschäftsmann und einem tätowierten Hipster mit Rauschebart. So kurzfristig war nur noch ein Mittelsitz verfügbar gewesen. Selbst Esme, sicher im Gepäckfach verstaut, hatte mehr Platz. Doch Heather war gefeit gegen die Unbequemlichkeiten des Billigtourismus – sie hätte auch eine Mitfahrgelegenheit auf einem Eselskarren in Kauf genommen, um nach Griechenland zu kommen.

Sie erinnerte sich an all die Geschichten, die Freunde von ihrem Gap Year erzählt hatten, dem Übernachten auf Bahnhöfen, unter Sitzbänken und auf Gepäckablagen; Geschichten von verlorenen Pässen und gestohlenen Reiseschecks; von übergriffigen Zugschaffnern und der Verfolgung durch liebestolle Einheimische. All das war offenbar fester Bestandteil dieser Auszeiten. Doch mit ihrem brandneuen Rollkoffer und den Wanderstiefeln, die so hochentwickelt waren, dass sie vermutlich allein ins Basislager zurückfanden, war Heather Winterbottom, geb. Wilson, für alles gerüstet.

Der Geschäftsmann auf dem Gangplatz war gleich nach dem Start eingeschlafen, nun blockierten er und sein rasselndes Schnarchen Heathers Weg zur Toilette. Auf der anderen Seite vereitelten die überdimensionierten Kopfhörer des stark behaarten Hipsters die erhofften Ausblicke auf das funkelnde Ionische Meer. Erst jetzt, da Heather das gnadenlose *Tsch-tsch-tsch* aus den Kopfhörern erdulden musste, konnte sie ihren Patienten die Qual eines Tinnitus nachfühlen.

Sie versuchte es mit einem Film in der Hoffnung, Chris Hemsworth könnte sie von der expansiven Männlichkeit ihrer Sitznachbarn ablenken, die beide Armlehnen okkupiert hatten.

Als die ersten Essensgerüche aus der Bordküche herüberwehten, schlüpfte Heather aus ihren neuen Stiefeln und klappte den Serviertisch herunter. Sie war bereit. Nach dem frühen Aufbruch hatte sie inzwischen einen Bärenhunger und war entschlossen, Alans Pfennigfuchserei hinter sich zu lassen. Sie würde von dem Angebot Gebrauch machen, das die Airline zu exorbitanten Preisen offerierte. Und tatsächlich, nach einer Bloody Mary ging es ihr gleich viel besser. Sie versuchte, nicht an zu Hause zu denken, und daran, was Alan jetzt wohl tat. Und Tilly. Und Stan. Es war eindeutig zu früh, um sie zu vermissen. Die entscheidende Frage war vielmehr, würden sie sie vermissen?

Kein Familienmitglied hatte mit seiner Missbilligung über ihren Plan, allein zu reisen, hinterm Berg gehalten. Heather hatte sie untereinander reden gehört, während sie nach dem Sonntagsessen den Tisch abräumten. Sie war ins Wohnzimmer geschickt worden, damit sie die Beine hochlegen konnte. Nur zu gern hätte sie dies als Geste der Anerkennung für ihr liebevoll bereitetes Mahl interpretiert, doch vermutlich ging es eher darum, sie außer Hörweite zu schaffen.

Dennoch schnappte sie den einen oder anderen Gesprächsfetzen auf. Alan war völlig überrumpelt. Sarah war zwar mitfühlender, aber zugleich besorgt, weil das Verhalten ihrer Mutter so untypisch war. Tilly erkundigte sich, ob Hirntumore zu Persönlichkeitsveränderungen führen könnten, was Alan bejahte. Vor allem dann, wenn der Frontallappen betroffen sei. Nur Ravi brachte ein gewisses Verständnis auf und meinte, auch seine Mutter sei aus der Spur geraten, nachdem die »den Wechsel« durchgemacht hatte. Einig waren sie sich allerdings, dass Heather »es seelisch verarbeiten musste«. Was immer *es* war.

Während sie wartete, bis der Trolley seinen Weg durch den engen Gang bis zu ihrer Reihe fand, blätterte sie den Duty-free-Katalog durch. Sie war noch nicht weiter als bis zu den Miniparfüm-Sets gekommen, als der Flugkapitän eine Durchsage machte. Falls sich ein Arzt an Bord befände, möge er sich der Kabinencrew zu erkennen geben. Sie erstarrte. Einen Augenblick lang war sie hin- und hergerissen zwischen Pflichtbewusstsein und ihrem mediterranen Chicken-Panini, das nur noch zwei Sitzreihen entfernt war. Seufzend drückte sie den Rufknopf.

Eine Stewardess, die ihre Irritation über die Störung nicht verbarg, kam zu ihr. »Ja?«

»Ich wollte Sie wissen lassen, dass ich Ärztin bin.«

»Sie sind *Ärztin*?«

»Technisch gesehen immer noch, ja.«

»*Sie sind* Ärztin?« Diesmal tat die Betonung weh. Sie hatte ihre Ausbildung zu einer Zeit gemacht, als Patienten von Medizinern ein bestimmtes Erscheinungsbild erwarteten, und einen Großteil ihrer Berufstätigkeit war sie zu jung und zu weiblich gewesen, als dass man sie ernst genommen hätte. Außer von Alan, der sie genau deshalb eingestellt hatte, weil sie jung und weiblich war, denn das hatte ihm das Leben erleichtert. Und jetzt? War sie mit ihrem raspelkurzen Silberhaar zu alt, um als Ärztin zu gelten?

Der Kapitän wiederholte die Durchsage mit unüberhörbarer Dringlichkeit in der Stimme. Die gezupften Au-

genbrauen der Stewardess steigerten sich zu einem Stirnrunzeln. »Folgen Sie mir bitte.«

Das war leichter gesagt als getan. Nachdem es weder
Heather noch der Stewardess gelang, den Geschäftsmann
zu wecken, musste Heather über ihn steigen, wobei sich
ihr Fuß im Sicherheitsgurt verfing und sie in den Gang
taumelte wie eine Betrunkene, die aus einer Bar verbannt
wird. Sie strich ihre Kleidung glatt und versuchte, so professionell wie möglich auszusehen. Als sie der Stewardess folgte, ließen Zweifel ihre Knie weich werden. Was
glaubte sie eigentlich? Einst hatte sie bei Tesco in dem
Gang mit der Tiefkühlkost ein Baby zur Welt gebracht
und durch einen Briefschlitz die geistige Zurechnungs-
fähigkeit eines Patienten bestätigt, aber es war Jahre her,
dass sie allein mit einem echten medizinischen Notfall
konfrontiert war, ganz zu schweigen von Samariterdiens-
ten in zehntausend Kilometern Höhe.

Entspann dich, sagte sie zu sich selbst, jemand hat
sich Handseife in die Augen gespritzt oder den Zeh am
Getränkewagen gestoßen. Und mit dem richtigen Timing
wäre ein Team von Notärzten, die alle im selben Flieger
zu einer Konferenz flogen, ohnehin vor ihr am Einsatzort.

Im hinteren Teil des Flugzeugs hatte sich auf dem Gang
eine kleine Menschenmenge gebildet. Als Heather eintraf,
teilte sie sich wie ein furchtsamer Fischschwarm und gab
den Blick auf zwei Füße frei, die über die Schwelle der Toilettenkabine ragten. Doch anstatt des sprichwörtlichen
ausgeraubten und geprügelten Reisenden an der Straße
von Jericho handelte es sich um einen jungen Mann, einen typischen Rucksacktouristen, der wenig biblisch
über die Schüssel der Economy-Class-Toilette gebeugt
war. Sein verschwollenes Gesicht – zumindest das, was
sie davon über der weißen Toilettenschüssel erkennen

konnte – hatte die Farbe von Roten Rüben, und sein gastrointestinales System bemühte sich, die Bordverpflegung an beiden Enden gleichzeitig von sich zu geben.

»Er hatte das Rindfleisch«, bemerkte die Stewardess.

»Und das Rindfleisch versucht jetzt, ihn umzubringen«, murmelte Heather.

»Was? Ich sterbe?«, keuchte der Rucksackreisende. Panik trieb seine ödematosen Augenlider auseinander.

»Natürlich nicht.« Nicht, wenn Heather sich jetzt am Riemen riss.

Anaphylaxis.

Ein einzelner, versprengter Sesamkern oder Erdnussbutter-Fingerabdruck auf einer Türklinke würde kaum eine so heftige Reaktion hervorrufen, doch nach vierzig Jahren Erfahrung war Heather sich ihrer Diagnose sicher. Jetzt hieß es, sich auf das Wesentliche zu besinnen: Luftweg, Atmung, Kreislauf. Ja, alle drei funktionierten noch – ein guter Anfang. Es war einfach, wenn man wusste, wie es ging. Wie beim Fahrradfahren. Dann fiel ihr ein, dass Tilly einmal versucht hatte, mit dem Dreirad eine steile Treppe hinunterzufahren. Es hatte ein paar Tage gedauert, bis ihr der krumme Arm ihrer Tochter aufgefallen war.

Heather ignorierte die besorgten Blicke der Kabinencrew, die mit Trolleys den improvisierten Schockraum abschirmte. Der Körper des jungen Mannes schwoll immer mehr an, und seine kratzenden Fingernägel hinterließen hochrote, blutige Striemen auf seinen Unterarmen. Heather versuchte, seinen Puls zu fühlen, doch alles, was sie spürte, war das Klopfen ihres eigenen Herzens.

Zum Glück war der Erste-Hilfe-Koffer des Flugzeugs erstaunlich gut bestückt. Kostbare Minuten verstrichen. Heather holte tief Luft und fand die Adrenalin-Ampulle, brach sie auf und zog die klare Flüssigkeit in eine Spritze.

Wie viele Milliliter waren 0,3 Milligramm?

Ihre Nerven gemahnten sie an das Worst-Case-Szenario, das eintreten würde, falls ihr die simple Umrechnung misslang. Ein Dezimalpunkt konnte den Unterschied bedeuten zwischen einem geretteten Menschenleben und einem einsam auf dem Gepäckkarussell kreisenden Rucksack.

Primum non nocere. Erstens nicht schaden.

Ein Arzt hatte mal einem Flugpassagier mit einem Kleiderbügel und einem Kugelschreiber das Leben gerettet, und sie kämpfte hier mit simpler Arithmetik. Wo war Alan? Er war der Mann für die Zahlen. Er dachte in Spalten, sie in Reihen. Deshalb waren sie ein so gutes Team gewesen; das Ganze so viel größer als die Summe seiner Teile. Aber Heather war allein. Sie musste die Entscheidung treffen. Das war es doch, was sie gewollt hatte, oder?

Jener Teil ihres Gehirns, der nicht zu viel überlegte, sagte ihr, sie brauche 0,3 Milliliter.

Sie stach die Nadel in den Oberschenkel des Backpackers. Fast augenblicklich ließ das Keuchen nach, der Ausschlag ging zurück. Ein Lächeln schlich sich auf die geschwollenen Lippen des jungen Mannes.

»Danke, Frau Doktor«, stieß er hervor.

Heather ließ sich gegen die Tür der Toilettenkabine sinken. Andere Fluggäste spendeten verhaltenen Applaus, erleichtert, eine weitere freie Toilette zur Verfügung zu haben. Nach einer halben Stunde fühlte sich der Patient kräftig genug, um seinen Sitzplatz wieder einzunehmen. Heather kehrte zu ihrem zurück. Sie würde den jungen Mann nie wiedersehen. Wenn er mit einem Kopf voll Abenteuer und einem Koffer voll schmutziger Wäsche heimkehrte, wäre die Episode im Flugzeug nicht mehr als eine amüsante Reiseanekdote.

Sie dachte an all die vielen Leben, mit denen sie während ihrer Arbeit in Berührung gekommen war, wenn auch nur kurz. Diese Geschichten waren Teil ihres eigenen Lebens. Niemand konnte ihr nehmen, was sie gewesen war und getan hatte. Einmal Doktor, immer Doktor, hatte Esme gesagt. Nun war es an der Zeit, sich anders zu definieren, herauszufinden, wer sie sonst noch sein konnte. Als Heather auf dem Platz zwischen dem bärtigen Hipster und dem schnarchenden Geschäftsmann angekommen war, schubste sie deren Ellbogen von den Armlehnen und spreizte herausfordernd die Knie. Höchste Zeit, ihren persönlichen Raum zurückzuerobern. Und jenen Teil von sich, den sie als gute Tochter, Ehefrau, Mutter und Ärztin geopfert hatte. In den kommenden zwölf Monaten würde sie sich selbst an die erste Stelle setzen. Wenn man sie deswegen für selbstsüchtig hielt, sollte ihr das egal sein. Sie hatte lange genug gewartet.

Als der Hipster seine Kopfhörer abnahm, erhaschte Heather einen Blick auf die kobaltblaue See, gesprenkelt mit winzigen Inselchen, die aussahen, als hätten die Götter persönlich sie dort verteilt. Sie schlug Esmes Taschenbuch auf und las die ersten Zeilen der *Odyssee*.

»Sage mir, Muse, die Taten des vielgewanderten Mannes,
Welcher so weit geirrt nach der heiligen Troja Zerstörung,
Vieler Menschen Städte gesehn und Sitten gelernt hat …«

In dem Moment wollte sie nichts lieber als weit herumirren. Viel zu lange waren Männer diejenigen gewesen, die die Abenteuer erlebten, während die Frauen zu Hause blieben. Jetzt war es an Heather und Esme, sich als weltgewandt zu erweisen, auch wenn dabei ein Königreich zu Bruch ging.

Kapitel 17

Zimmer mit Aussicht

Im schläfrigen Übergang zwischen Träumen und Wachen streckte Heather die Hand nach Alan aus. Die Laken, in denen ihr Mann hätte liegen sollen, waren kühl und leer. Als sie die Augen öffnete, war das Licht irritierend hell, die Luft warm und ungewohnt. Sie starrte zu dem trudelnden Deckenventilator hinauf, der bei jeder Umdrehung knackte. Unter ihren Rippen pumpte das Herz pure Erregung in jede Zelle ihres Körpers. Beim Einschlafen war sie in einen Traum gefallen, nun erwachte sie in einem anderen.

Sie hob den Kopf vom Kissen und betrachtete ihre Umgebung. Die weißen Wände ließen das Zimmer größer erscheinen, als es war; einfache Musselin-Vorhänge verhüllten die Balkontüren. Ihr neuer Koffer ruhte auf einer niedrigen Ablage. Ihre makellosen Wanderstiefel in Pink und Blau bildeten einen starken Kontrast zur beruhigenden Neutralität des Dekors. Gestern Abend war sie zu müde gewesen zum Auspacken. Verkatert vom ausgeschütteten Adrenalin hatte sie sich nur Schlafanzug, Waschbeutel und Esmes Buch aus dem Gepäck geholt.

Selbst nach der Landung war ihr Körper noch in höchster Alarmbereitschaft gewesen. Dem jungen Mann, den sie gerettet hatte, begegnete sie beim Warten am Gepäckkarussell, doch er hatte nur Augen für sein Handy und bemerkte sie nicht. Es war eine Erleichterung, ihn wohlauf zu sehen; von der medizinischen Notlage, die sein Leben hätte beenden können, waren keine sichtbaren Narben zurückgeblieben. Loslassen war immer schwierig, doch sie musste sich daran erinnern, dass er nicht ihr Patient war. Sie war nicht verantwortlich für ihn. Oder für irgendjemand anderen. Von nun an war sie nur noch für sich selbst verantwortlich. Und für Esme.

Sie hatte ewig auf ein Taxi warten müssen, das dann prompt mit einer Reifenpanne am Straßenrand liegenblieb. Zu Fuß hätte sie die acht Kilometer vom Flughafen bis in den Hauptort von Kefalonia schneller geschafft. Sie hatte Alan eine kurze SMS geschickt, nachdem sie im Hotel angekommen war, und er hatte mit dem Emoji eines gereckten Daumens geantwortet. Ein bisschen Abstand würde ihnen beiden guttun. Genau das, was der Hausarzt ihnen verordnet hätte. Oder wären sie eher ein Fall von ›aus den Augen, aus dem Sinn‹?

Der gefliese Boden des Zimmers war kühl unter Heathers Füßen. Sie schob die durchscheinenden Vorhänge zur Seite und öffnete die Balkontüren. Wie im Prospekt versprochen, war das Zimmer sauber, gemütlich, geräumig und am wichtigsten – es hatte Meerblick. Was sie beim Buchen nicht bemerkt hatte, war die Straße, die zwischen ihr und dem Ionischen Meer lag. Das Moskitobrummen der Motorräder ging ihr auf die Nerven. So hatte sie sich das nicht vorgestellt, aber es sollte ja nur für ein paar Tage sein. Nachdem sie diese Insel erkundet hatte, würde sie eine Fähre besteigen und zu weiteren aufbrechen. Heather, die den Großteil ihres Lebens an einen festen Terminplan gebunden gewesen war, wurde ganz schwindelig vor Glück bei dem Gedanken, nun endlich Zeit für sich zu haben. Wenn sie von der Bildfläche verschwinden wollte, brauchte sie nur in das menschliche Äquivalent des Flugmodus zu schalten.

Das Poseidon erwies sich als Glücksgriff – nicht zu

teuer, nicht zu billig – und bestens gelegen, um zum Flughafen, in die Stadt, zu den Fähren und einer Reihe hübscher Strände zu kommen. Ausnahmsweise hatte sie mal nicht alles generalstabsmäßig geplant, wie etwa für die Reise nach Neuseeland. Wochen voll gründlicher Recherche und mit forensischer Genauigkeit gelesener Tripadvisor-Besprechungen hatten zu einer Reiseplanung geführt, die die Landung am D-Day als Spontanausflug erscheinen ließ. Aber mit Tilly zurück in Netherwood gab es für sie und Alan keinen Grund mehr, eine tiefe Venenthrombose zu riskieren oder darüber zu streiten, wer dran war, die chemische Toilette im Wohnmobil zu leeren. Also hatte Heather alles gecancelt und mit der Rückerstattung ihre Flucht nach Griechenland finanziert. Sie musste Alan zugutehalten, dass er in einem seltenen Moment von Verständnis darauf verzichtet hatte, sie daran zu erinnern, wie viele Gläser Baby-Rote-Rüben man dafür hätte kaufen können.

»Wie wär's mit einer schönen Tasse Tee auf dem Balkon?«

Heather holte Esme aus dem Handgepäck, wo sie die Nacht verbracht hatte. Sie trug die recyclingfähige Pappurne mit dem wunderbaren Lebensbaummotiv auf den kleinen Balkon und stellte sie so, dass Esme Aussicht auf das Ionische Meer hatte. Dann bereitete sie mit dem Mini-Wasserkocher und der Gratis-H-Milch Tee zu.

Zunächst genoss Heather die stärkenden Strahlen der Sonne und mindestens ebenso den Gedanken, dies nun täglich tun zu können. Bald jedoch bildete sich Schweiß auf ihrer Stirn. Sie rückte ein Stückchen in den Schatten. Wie gut, dass Sarah sich bereiterklärt hatte, sie bei ihren Reiseeinkäufen zu begleiten. Ihre neue, knitterfreie Garderobe aus leichten Geweben war ideal für dieses Klima.

Nach einer ersten Enttäuschung in Darlingfords aus der Zeit gefallenem Kaufhaus bekamen sie schließlich alles Nötige in einem Camping- und Outdoor-Geschäft. Es war eine rührende Geste von Sarah, zumal niemand in der Familie ihre Pläne wirklich unterstützte. Vielleicht gab es ja in der sonst so vernünftigen Sarah eine Seite, die sich wünschte, sie hätte Ähnliches getan, bevor sie Ravi heiratete. Sie hatte sogar den Haarschnitt ihrer Mutter kommentiert und ihn »frech« genannt. Heather mochte dieses Wort. Von nun an sollte es ihre Referenzgröße sein.

Ein Müllwagen hielt an der Straße unter dem Balkon. Bevor ihr vom Gestank der Industrieabfälle übel werden konnte, konzentrierte sie sich auf das Schimmern zwischen den wuscheligen Palmen an der Promenade. Die Palmen erinnerten sie an eine Reihe Karottengrün und somit an Alan. Es würde nicht einfach werden, die Gedanken an ihn zu verdrängen, wenn sie dafür auf jegliches Gemüse verzichten musste.

Geduscht und angezogen, begab sich Heather zum Frühstück hinunter ins Hotelrestaurant. Draußen unter einer Markise waren einige Tische aufgestellt, vom Gehweg durch eine Reihe niederer Pflanzkübel getrennt. Der Kellner führte sie zu einem kleinen Zweiertisch und räumte demonstrativ das andere Gedeck ab. Er nahm ihre Bestellung einer Kanne englischen Frühstückstees entgegen und forderte sie auf, sich am Buffet zu bedienen. Kurz darauf kehrte sie mit einer Schale frischen Früchten und sämigem Joghurt, gesprenkelt mit köstlichem, einheimischem Honig, an ihren Platz zurück.

Schon bevor sie den Akzent gehört hatte, war Heather sich sicher, dass es Engländer waren. Und sie selbst war offenbar ähnlich leicht einzuordnen.

Sie hatte den ersten Bissen ihres Frühstücks noch nicht im Mund, als der Mann sich zu ihr umdrehte und sagte: »Du bist aus England.« Es klang eher anschuldigend als fragend. Er lehnte sich so weit in seinem Stuhl zurück, dass er fast auf Heathers Schoß landete. Er trug ein *I-love-Ibiza*-T-Shirt, seine Frau ein ärmelloses Top, das den Blick auf einen Sonnenbrand ersten Grades auf den Schultern freigab.

»Ja, das stimmt«, entgegnete Heather und lächelte höflich.

»Das erkennt man sofort«, sagte er in breitem, südenglischem Akzent.

»Oh, absolut.«

Heather löffelte ihren Joghurt mit Früchten und versuchte, nicht daran zu denken, was Alan zum Frühstück aß. In ihrer Abwesenheit konnte er ungestraft altbackenes Brot toasten oder Bücklinge braten. Vielleicht hatte er sich ja genauso auf ihre Abreise gefreut wie sie selbst. Heather hoffte, er würde seine Auszeit von ihren sanften Ermahnungen, die er Nörgeln nannte, und den wohlgemeinten Ratschlägen, die er als Korinthenkackerei bezeichnete, wenigstens genießen.

Der Engländer kehrte mit einem todsicheren Herzinfarkt auf dem Teller vom Buffet zurück. Der Berg aus Eiern, Speck und anderen cholesterinhaltigen Lebensmitteln war so hoch, dass er Steigeisen brauchen würde, um ihn zu erklimmen. Nun war es an seiner Frau, die Heathers Gesichtsausdruck bemerkt hatte, sich herüberzulehnen und sie zu stören.

»Man muss sehen, dass man was bekommt für sein Geld«, sagte sie. »Hier im Hotel weiß man immerhin, was man isst. Wenn man draußen in ein Restaurant geht, gibt es meistens bloß griechische Speisekarten! Und selbst

auf Englisch sind die Namen der Gerichte unaussprech-
lich.«

»Und für Pommes muss man extra zahlen«, ergänzte
ihr Mann.

»Ich meine, niemand, der bei klarem Verstand ist, würde
wegen des Essens nach Griechenland fahren, oder?«

»Oh, warum nicht?«, sagte Heather, die sich plötzlich
in die Defensive gedrängt sah. »Die Griechen haben eine
der besten Küchen Europas. Frische Meeresfrüchte, Tomaten, Oliven. Das griechische Olivenöl gilt als das beste
der Welt.«

»Gift für meine Gallenblase«, sagte die Frau und deutete auf die ungefähre anatomische Lage des reizbaren
Organs. Während sie sich in weiteren Details erging,
schaltete Heather auf Durchzug und sah stattdessen auf
einem Ultraschallbildschirm Bilder von strahlend weißen
Steinen in einem glänzenden Säckchen, das wie der glänzende Schädel des Mannes geformt war.

»Und als der Kellner eine Schale Hummus brachte,
dachte ich, er hätte gesagt, es sei Hair-Mousse.« Als Heather mit zu wenig Heiterkeit reagierte, wiederholte die
Frau die Pointe. »Hair-Mousse statt Hummus, verstehst
du?«

Heather kicherte pflichtschuldig.

Zum Glück brachte der Kellner ihren Tee und nahm die
leere Schale mit. Der Mann am Nebentisch nahm das als
Einladung, seinen Stuhl so zu drehen, dass er ihr frontal
gegenübersaß.

»Kommt dein Mann noch?« Er starrte auf ihren Ringfinger.

Heather drehte an ihrem Ehering. Seit sie ihren Baby-
speck verloren hatte, war er so locker geworden, dass er
leicht über den Knöchel glitt. Das hatte den Vorteil, dass

sie ihn bei der Arbeit rasch abstreifen und in die Tasche stecken konnte. Jetzt, wo sie sich nicht mehr alle zehn Minuten die Hände waschen musste, sollte sie ihn vielleicht enger machen lassen. Oder ihn ganz abnehmen, damit er nicht verlorenging.

»Nein.« Sie hatte keine Lust, einem völlig Fremden Erläuterungen zu geben. Sie verstand die Situation ja selbst kaum.

»Dann bist'e also allein hier?« Die Frau rückte zur Seite, um Platz an ihrem Tisch zu schaffen, und stellte sich als Pat vor. »Setz dich doch zu uns. Du störst nicht, oder, Jeffrey?«

»Nein, überhaupt nicht. Wir möchten nicht, dass du so allein bist.«

Er erhob sich und machte Anstalten, Heathers Stuhl – auf dem sie noch immer saß – an den anderen Tisch zu transferieren, als sie sagte: »Ich reise mit einer Freundin. Sie ist oben im Zimmer.«

Immerhin keine komplette Lüge.

»Dann seid ihr beide willkommen, hier heute mit uns zu Abend zu essen«, sagte die Frau.

»Das ist sehr nett, aber ...«

»Und morgen zu frühstücken.«

Heather tupfte sich den Mund mit der Serviette ab und stand auf. Den Tee ließ sie zurück. »Danke für das Angebot. Entschuldigung. Ich möchte ein bisschen die Umgebung erkunden.«

»Das kannst'e dir sparen«, entgegnete der Mann. Seine Beine blockierten ihren Fluchtweg. »Wir können dir alle lohnenswerten Orte nennen.«

»Gehst du gern an den Strand?«, erkundigte sich die Frau. »Ich liebe es. Leider hat Jeffrey was gegen Kiesel.«

»Gift für meine Plantarsehnenentzündung«, bestätigte Jeffrey. »Wenn du auf Abenteuer aus bist, ganz in der Nähe soll es ein Wassersportzentrum geben, wo man Jetski mieten kann. Sie haben auch Kajaks, falls das mehr dein Ding ist.«

»Ich wollte mir eher ein hübsches, ruhiges Plätzchen suchen, wo ich mein Buch lesen kann.«

»Was liest du denn?« Pat deutete auf das Taschenbuch in Heathers Hand. Das Taschenbuch, das sie in ihrem Optimismus mit an den Tisch gebracht hatte, um wohlmeinende, aber nervige Paare wie Jeffrey und Pat abzuwehren.

»Die *Odyssee*. Von Homer.«

»Was, Homer Simpson hat ein Buch geschrieben?«

»Sei nicht albern, Pat. Homer, der auch die *Ilias* geschrieben hat.«

Warum waren Männer offenbar immer vertrauter mit der *Ilias* als mit der *Odyssee*? Lag es daran, dass sie von der Rettung einer Frau handelte und darin lauter heldenhafte Typen wie Achilles und Hektor vorkamen, dazu jede Menge grausame Schilderungen vom Sterben auf dem Schlachtfeld, während die *Odyssee* davon erzählte, wie ein Ehemann zu seiner Frau zurückkehrt?

Pat kicherte. »Ist die *Illias* der Film mit Brad Pitt? Ich wusste nicht, dass sie auch ein Buch daraus gemacht haben.«

Oben im Hotelzimmer würde Esme sich in der Urne umdrehen.

»Taugt es was? Ich suche noch nach einer guten Ferienlektüre«, fragte Pat. »Jilly Cooper ist allerdings mehr meine Richtung.«

Bislang hatte Heather nur ein paar Seiten im Flugzeug und während der Reifenpanne mit dem Taxi gelesen. Immerhin hatte sie mitgekriegt, dass die Geschichte in

vierundzwanzig Gesänge unterteilt und die Sprache bisweilen etwas blumig und langatmig war, wahrscheinlich,
damit es sich mit dem Versmaß ausging. Odysseus war
noch nicht aufgetaucht, aber sein Sohn Telemachos hatte
sich auf die Suche nach dem Vater begeben. Ohne seiner
Mutter etwas davon zu sagen, der unartige Junge.

»Es läuft ein bisschen anders, als ich erwartet hatte. Bis
jetzt scheinen alle Hauptfiguren Ithaka zu verlassen, anstatt dorthin zurückzukehren.«

»Waren wir da nicht neulich bei dem Bootsausflug, Jeffrey?«

»Ich würde gern selber mal hinfahren«, sagte Heather.
»Wie fanden Sie es?«

Jeffrey zog die Nase kraus, als läge ein unangenehmer
Geruch in der Luft. »Wenig berauschend, ehrlich gesagt.
Kaum was Interessantes.«

*Abgesehen von dreitausend Jahren Geschichte, Mythos und
Legende.*

»Ein paar Hotels und Bars. Strände, das Übliche. Die
Geschäfte nicht der Rede wert«, ergänzte Pat. »In Ibiza
konnte man viel besser shoppen.«

Jeffrey brach in die Ausläufer seines Speck-und-Eier-
Bergs auf, während Pat unlustig in ihrem Frühstück sto-
cherte. Endlich ergriff Heather die Flucht und schwor
sich, was sie heute Abend essen würde, müsste einen
unaussprechlichen Namen haben und von einer griechischen Speisekarte stammen.

Kapitel 18

Wellenreiten und Weinseligkeit

Begierig darauf, mit der Selbsterkundung zu beginnen, buchte Heather drei Unternehmungen. Da sie sich nicht zwischen Reiten, Wasserskifahren und einer Weinprobe entscheiden konnte, meldete sie sich für alle drei an, worauf die Frau in der Agentur gleich neben dem Hotel mit unverhohlenem Entzücken reagierte. Sie riet Heather, flache Schuhe zu tragen und eine Flasche Wasser mitzunehmen. Diesen Ratschlag fand Heather für einen Wassersportkurs ziemlich merkwürdig, bis ihr klar wurde, dass die Frau den Reitausflug meinte.

Am folgenden Morgen holte ein voll klimatisierter Minibus sie vom Hotel ab. Die Plätze in dem Fahrzeug teilte Heather sich mit amerikanischen Flitterwöchnern und einer eifrig und dynamisch wirkenden vierköpfigen Familie aus Deutschland. Ob es daran lag, dass das Innere des Busses so angenehm kühl war, oder eher daran, dass der Reitstall nicht in Reichweite der frischen Brise vom Meer lag, wusste Heather nicht, aber jedenfalls spürte sie beim Aussteigen, wie ihr von dem ausgetrockneten Boden Wärme entgegendampfte und die erste Hitzewallung seit mehr als zehn Jahren in ihr aufkommen ließ. Der Brautmutterhut, den sie spontan vor der Abfahrt erworben hatte, erwies sich als sehr praktischer Fächerersatz. Auch über ihre kurzgeschorenen Haare war sie froh, bis der Inhaber des Reitstalls die Gruppe begrüßte und ihr etwas auf den Kopf drückte, das aussah – und sich anfühlte – wie eine wattierte Kanonenkugel.

Fillipos war ihrer Schätzung nach über siebzig und seinen *Genua vara* nach zu urteilen mit einem Pferd zwischen
den Oberschenkeln zur Welt gekommen. Heather gratu-
lierte ihrem Ruheständlerinnengehirn, dass es sich an die
lateinische Bezeichnung für O-Beine erinnerte. Leider fiel
es besagtem Hirn deutlich schwerer, *sinistra* von *dextra* zu
unterscheiden, als sie einen Fuß in den Steigbügel setzen
sollte, um auf ihr Ross zu klettern. Wenn Fillipos nicht
rechtzeitig eingegriffen hätte, wäre sie mit dem Gesicht
in Richtung Schweif im Sattel gelandet.

»Komm, ich helfe dir«, sagte er, legte ihr die Zügel in
die linke Hand, hielt den Steigbügel für ihren linken Fuß
fest und schob ihre rechte Pobacke sanft mit der freien
Hand nach oben. Diese helfende Hand sorgte, obwohl un-
gebeten, am Ende dafür, dass sie sich nach Kosakenart auf
den Rücken des Gauls schwang.

Fillipos zwinkerte Heather zu. Als er der Gruppe seine
Tiere vorstellte, die samt und sonders nach griechischen
Göttern und Göttinnen benannt waren, überraschte es
Heather nicht, dass er selbst einen lüstern wirkenden
Hengst namens Zeus ritt. Heathers Pferd, eine grau ge-
scheckte Stute, der die Leute im Reitstall den Spitznamen
»Hippo« gegeben hatten, hieß eigentlich Persephone.
Vermutlich bezog sich dieser Spitzname auf ihre Farbe
und ihren Körperbau. Die Stute war ungefähr so breit wie
hoch, weswegen Heather sich vorkam, als würde sie mit
gespreizten Beinen auf einem Tisch sitzen.

Sobald sämtliche Teilnehmer hoch zu Ross waren, erklärte Fillipos ihnen die Grundregeln: die Zügel kurz,
die Fersen nach unten und den Blick geradeaus. All das
wusste Heather bereits, weil sie als Kind auf dem winzigen Shetland-Pony ihrer Cousine geritten war, doch diese
frühe Erfahrung hatte sie nicht darauf vorbereitet, eine

nervös tänzelnde, mindestens eins sechzig hohe und ebenso breite Stute im Zaum zu halten. Die Deutschen hingegen sahen so aus, als wollten sie ihr Land bei den nächsten Olympischen Spielen vertreten.

Der Ausflug begann ganz manierlich, da die Pferde offensichtlich daran gewöhnt waren, unerfahrene Reiter hintereinander den ausgetretenen Pfad entlangzutragen, der von der Rückseite des Stalls über stoppelige Felder zu einem bewaldeten Gebiet führte. Heather empfand Persephones rhythmisches Hufgeklapper als durchaus angenehm und wiegte sich im Takt mit ihr. Schon bald fühlte sie sich sicher genug, die dunkelgraue Mähne des Pferdes loszulassen und sich darauf zu konzentrieren, wie die Trense im Maul des Tieres auf ihre Zügelbewegungen reagierte.

Schon seit dem Stall verfolgte eine große Fliege Persephone, die diese durch Schweifschlagen und Kopfschütteln loswerden wollte, mit dem einzigen Effekt, dass das lästige Insekt sie bereits Sekunden später wieder umschwirrte. Die Stute tat ihren Unwillen zudem kund, als Fillipos Zeus zu Heather zurückfallen ließ, um sie zu fragen, woher sie komme und ob sie verheiratet sei. Persephone legte die Ohren nach hinten und schickte sich an, Zeus nach wie vor schweifschlagend und kopfschüttelnd in den Hals zu beißen.

»Versuch, dich nicht zu verkrampfen«, riet Fillipos Heather.

»Mein Pferd scheint deines nicht zu mögen«, meinte Heather und verkrallte sich erneut in Persephones Mähne.

»Die beiden lieben sich!«, erwiderte Fillipos mit dröhnendem Lachen, das rasch in raues Husten überging. »Sie sind wie ein altes Ehepaar. Manchmal macht sie ihm – wie sagt man? – Stress.«

Zeus ließ sich durch Persephones lauter werdendes Schnauben und zorniges Wiehern nicht aus der Ruhe bringen. Und Fillipos hatte es nicht eilig, den Hengst wieder ans Kopfende der Gruppe zu lenken, die gerade durch einen schattigen Olivenhain mäanderte. Eigentlich wäre das die schönste und idyllischste Art und Weise gewesen, die Insel zu erkunden, aber je ungebärdiger Persephone wurde, desto krampfhafter hielt Heather sich an ihr fest.

»Entspann dich«, ermahnte Fillipos sie, nicht mehr lächelnd.

Je mehr Heather das allerdings versuchte, desto fester klammerte sie sich mit Fersen, Knien, Händen an das Pferd. Die Stute entpuppte sich als geballte Energie. Ein wenig erinnerte sie Heather an eine heftig geschüttelte Flasche mit einem kohlensäurehaltigen Getränk, die niemand zu öffnen wagte.

Fillipos rief den anderen in der Gruppe zu, es sei Zeit, in den Trab überzugehen, jedoch bitte die Reihenfolge beizubehalten. Er versicherte ihnen, die Pferde wüssten, was zu tun sei, allerdings dürfe niemand das Leittier überholen.

»Fasst die Zügel kürzer und drückt ihnen die Fersen in die Seite.«

Da bockte Persephone und riss an der Kandare, als hätte jemand einen Startschuss abgefeuert. Heather hielt sich, stetig höher werdende »Oh-oh-oh-oh!«-Laute ausstoßend, fest. Persephone fasste das als Ermutigung auf und wechselte in den Galopp. Schneller und schneller, vorbei an sämtlichen anderen Pferden in der Reihe, bis sie sich schließlich, Staub in Zeus' glänzend schwarzes Gesicht aufwirbelnd, absetzte.

Ihr letztes Stündlein hatte geschlagen, da war Heather

sich sicher. Sie nahm es ungewöhnlich gelassen hin, dass ihr Leben auf so dramatische Weise enden würde. Immerhin war das aufregender, als in einem Pflegeheim dem Tod entgegenzuvegetieren. Ihr unvermitteltes Ableben würde dem Lokalblatt daheim vermutlich einen Artikel wert sein. Den Alan irgendwann lesen würde. Die Mädchen wären natürlich außer sich vor Kummer. Alan hoffentlich auch. Heather bedauerte lediglich, ihnen die Dinge, die sie ihnen allen noch gern gesagt hätte, zum Beispiel wie viel sie ihr bedeuteten, nun nicht mehr mitteilen zu können.

Anders als erwartet zog ihr Leben nicht in Sekundenbruchteilen vor ihrem geistigen Auge vorbei. Olivenbäume, eine verlassene Schäferhütte und ein verrostetes altes Vehikel, ja. Nicht jedoch die Höhepunkte ihrer Kindheit, die zärtlichen Momente als Mutter und auch nicht die glücklicheren Zeiten mit Alan. Sie hörte auf, sich zu wehren, und ergab sich ihrem Schicksal. Als sie sich entspannte, merkte sie, dass es ihr, wenn sie sich ein wenig aufrichtete und das Gewicht nach vorn verlagerte, gelingen könnte, diesen Teufelsritt zu überstehen. Heather hatte keine Ahnung, wie sie die durchgehende Stute stoppen sollte, wusste aber, dass dem Tier irgendwann die Luft ausgehen würde. Bis dahin musste sie sich nur festhalten. An dem Ort, zu dem Persephone unterwegs war, würde auch Heather landen.

Allmählich dünnte der Wald aus, und vor sich sah Heather das tiefe Blau des Meeres. Persephone atmete schwer, schaumiger Schweiß machte ihren Nacken unter Heathers Händen glitschig. Sobald Persephones Hufe Sand berührten, wurde aus dem gestreckten Galopp ein Kanter, dann unregelmäßiger Trab, und schließlich stapfte sie wieder langsam dahin wie anfangs. Sämtliche Muskeln in

Heathers Körper bebten. Persephones glänzende Flanken hoben und senkten sich, während sie um Atem rang. Heather fehlte die Energie zum Absteigen. Völlig erschöpft klammerte sie sich an das Tier, das Gesicht flach an seinen Nacken gepresst.

Da trabte Fillipos von hinten heran und gurrte Persephone beruhigende griechische Worte zu, die mittlerweile begonnen hatte, mit den Hufen im Sand zu scharren.

»Lenk sie vom Meer weg«, rief er Heather zu. Unglücklicherweise befand Persephone sich, als Heather ihre Finger wieder spürte, bereits bis zu den Fesseln im Wasser. Heather zerrte ohne nennenswerten Effekt an den Zügeln, während die Stute immer tiefer und tiefer planschte. Die anderen aus der Gruppe tauchten gerade rechtzeitig zwischen den Dünen auf, um zu sehen, wie Persephones Hufe sich vom Boden lösten und Heather ihre erste Begegnung mit dem Ionischen Meer erlebte.

Später, wieder zurück im Stall, erfuhr Heather, weshalb Persephone den Spitznamen »Hippo« trug.

»Hippopotamos ist Griechisch und heißt ›Flusspferd‹«, erklärte Fillipos, als Heather sich mit einem Handtuch trocken rubbelte. Er bestand darauf, ihr das Geld für die Reitstunde zu erstatten, sie hingegen wiegelte ab, es sei ja »nur Wasser« gewesen. Abgesehen von der Demütigung und der kleinen Unannehmlichkeit, den Rest des Weges in einer nassen Jeans zurücklegen zu müssen, habe sie die Sache eigentlich ganz erfrischend gefunden, teilte sie ihm mit. Immerhin könne sie nun eine launige Geschichte erzählen.

Lange musste Heather nicht warten, bis sie ihrer persönlichen Anthologie eine weitere Story hinzufügen konnte. Weniger als vierundzwanzig Stunden später schloss sie den Reißverschluss ihres Neoprenanzugs im

Wassersportzentrum, wobei sie sich fragte, warum dieser Anzug eine für sie anatomisch überflüssige Ausbuchtung an der unteren Vorderseite besaß.

Der junge griechische Wasserskilehrer gab sich Mühe, seine Erheiterung zu verbergen.

»Ich glaube, du hast zu viele James-Bond-Filme gesehen«, sagte er und deutete auf die deutsche Familie, die denselben Ausflug gebucht hatte und deren Mitglieder alle mit korrekt am Rücken geschlossenen Reißverschlüssen bereitstanden. »Du hast ihn verkehrt herum an.«

Heather lachte über ihren dummen Fehler.

Vom Ufer aus beobachtete sie, wie die sportlichen Deutschen die Kunst meisterten, aufrecht auf zwei Skiern stehend hinter einem Schnellboot herzufahren. Bei ihnen sah das völlig mühelos aus; nach nur zwei Runden in der Bucht wechselten sie samt und sonders auf einen einzigen Ski. Leider entpuppten sich Heathers Versuche als weniger erfolgreich, und nach einer halben Stunde, die sie größtenteils unter Wasser verbrachte, reichte es ihr. Sie musste ins Boot zurück gehievt werden, wobei sich warmes Salzwasser aus Körperöffnungen ergoss, von denen sie bis dahin nicht geahnt hatte, dass sie sich überhaupt mit Flüssigkeit füllen konnten.

Sie hatte all die Dinge ausprobieren wollen, die ihr neunzehnjähriges fittes, furchtloses und abenteuerlustiges Ich möglicherweise gewagt hätte. Doch ihr sechsundsechzigjähriger leckender Körper war mit blauen Flecken übersät. Wenn es sich bei dem dritten Ausflug am folgenden Tag nicht um eine Weinprobe gehandelt hätte, wäre sie versucht gewesen, den Rest der Woche im Bett zu verbringen, den nächsten Flug nach Hause zu buchen und mit eingezogenem Schwanz zu Alan zurückzuschleichen. Aber bei dieser letzten Tour warteten ja lediglich Wein,

ein paar Oliven und ein Plätzchen im Schatten auf sie. Was sollte da schon schiefgehen?

+++

Pat und Jeffrey entdeckten Heather, bevor sie eine Chance hatte zu flüchten.

»Hier rüber, Heather!« Pat hüpfte vor Aufregung auf der rustikalen Holzbank auf und ab. Jeffrey rückte ein wenig, damit Heather zwischen ihnen Platz nehmen konnte.

»Gemütlich«, meinte Jeffrey mit breitem Grinsen. Damit ja keine Zweifel an seiner Nationalität aufkamen, trug er an diesem Tag sein bestes England-Trikot.

»Du hast uns gar nicht gesagt, dass du die Weinprobe allein machst.« Pat tippte auf Heathers Handgelenk.

»Unartiges Mädchen. Wir hätten uns das Taxi teilen können«, rügte Jeffrey Heather und stieß sie mit der Schulter an.

Eigentlich war ja der Gedanke hinter dieser Solo-Griechenlandreise der gewesen, sich nicht für das, was sie tat, rechtfertigen zu müssen.

Etwa ein halbes Dutzend anderer Touristen saß an dem langen Holztisch in einer Ecke des kopfsteingepflasterten Hofes voll alter Winzergerätschaften und Fässer. Zum Glück stand der Tisch im Schatten einer dicht mit Weinlaub bewachsenen Pergola, sodass Heather den Hut absetzen konnte.

»Es muss ungemein befreiend sein, wenn man sich endlich gehen lassen kann«, bemerkte Pat mit einem Blick auf Heathers Kopf. »Jeffrey hat dich beim Frühstück gleich für eine Lesbe gehalten.«

»Von ›Lesbe‹ war nicht die Rede, Pat. Ich hab gesagt, sie macht irgendwas mit Lesen.«

»Nein, ich bin Ärztin.« Es war heraus, bevor Heather sich Gedanken über die möglichen Konsequenzen dieser Eröffnung machen konnte.

Kurz schwiegen Pat und Jeffrey. Bildete Heather sich das nur ein, oder strafften beide die Schultern?

»Fachärztin oder bloß Allgemeinmedizinerin?«, erkundigte sich Pat.

»Allgemeinmedizinerin.« Heather zuckte zusammen. »*Bloß* Allgemeinmedizinerin.«

»Pat musste letztes Jahr zum Facharzt, stimmt's, Liebes? Irgend so eine Frauensache. Sie haben ihr einen Knoten entfernt, der war so groß wie ne Melone.«

»Nicht Melone, sondern Zitrone, Jeffrey.«

Nun geht's los, dachte Heather. Wie zu erwarten, ratterten ihre neuen Freunde sämtliche medizinischen Anekdoten in ihrem Repertoire herunter. Heather wusste, was zu tun war: lächeln und nicken. Darin hatte sie hinlänglich Übung. Es war leicht: einfach lächeln und nicken.

Pats Augenbrauen trafen ob eines erstaunten Stirnrunzelns über ihrer Nase zusammen. »Er wäre fast *gestorben*. Sie haben ihn umgehend ins Krankenhaus gebracht. Der Arzt hat gesagt, noch fünf Minuten, dann wäre er nicht mehr zu retten gewesen.«

Heather gab sich Mühe, angemessen ernst zu wirken. Warum wurden die Leute stets »umgehend« ins Krankenhaus gebracht? Sie bemühte sich, das Thema zu wechseln, und überlegte laut, wann wohl der Wein serviert werden würde.

Jeffrey beendete gerade eine weitere Anekdote. »Mir ist es egal, was in den Zeitungen steht. Ich finde, ihr Ärzte und Krankenschwestern verdient jeden Penny, den ihr kriegt.« Er schüttelte in stummer Bewunderung den Kopf. »Besonders die Schwestern.«

Platten mit griechischem Essen wurden auf den Tisch gestellt – frisches Brot, aufgeschnittene Tomaten, Feta-würfel mit Thymian und eingelegte Zitronen. Heather knurrte der Magen, weil sie am Vortag lediglich Meerwasser geschluckt hatte. Sie versuchte, sich auf die Ausführungen der Winzerin, einer attraktiven Frau um die vierzig, zu konzentrieren, die den Wein vorstellte.

Mit einem Ohr hörte Heather von biologischem Weinbau an den halbgebirgigen Hängen von Kefalonia, der einen Hauch von Zitrus- und Kamillearomen hervorbringe. Mit dem anderen bekam sie mit, wie Pat erklärte, sie trinke Wein nur als Schorle. Das habe etwas mit ihrer Hiatushernie zu tun; sie sprach beide Worte – ganz Cockney – ohne das »H« aus.

Nun wurde eine kleine Menge Wein in alle Gläser geschenkt. Pat erkundigte sich, ob sie ihn mit Limonade auffüllen könne, während Jeffrey den seinen in einem Zug kippte. Zu ihrer Überraschung schmeckte Heather tatsächlich Zitrone und Limone, dazu eine Ahnung von Kräutern. Sie hatte kaum je richtig aufgepasst, wenn Alan die Weine beschrieb, die er servierte. Heather trank, was er auswählte, obwohl sie durchaus wusste, was sie mochte.

Als sie bei den Roten anlangten, war Heather ganz bei der Sache. Sie erfuhr, dass die perfekt an das örtliche Klima angepasste Vostilidi-Traube oft mithilfe von traditionellen Techniken an uralten Weinstöcken gedieh.

»Wo ist nun deine Freundin, wenn ich fragen darf?«, erkundigte sich Pat. Was für eine kalte Dusche auf die sinnlichen Honig-Aprikosen-Aromen, die sich gerade an Heathers Gaumen entfalteten!

»Meine Freundin?«

»Du hast doch gesagt, du bist mit einer Freundin hier.«

Heather gefiel die Art und Weise, wie sie das Wort aussprach, genauso wenig wie der Blick, den sie mit Jeffrey wechselte.

»Sie ist im Zimmer. Ist fast neunzig.«

»Schön, dass ältere Frauen wie du noch reisen können. Hoffentlich bin ich auch so fit, wenn ich erst mal dein Alter habe.«

Heather bedachte Pat, die mit Sicherheit nur wenige Jahre jünger als sie selbst war, mit einem matten Lächeln und bat die Winzerin mit einer Geste, ihr nachzuschenken.

Zum Abschluss wurde ein Dessertwein serviert, gekeltert aus überreifen, in der Sonne getrockneten Trauben, die dort den optimalen Öchslegrad erreichten. Heather wölbte die Hände um ihr Glas, weil sie jeden einzelnen Schluck dieses flüssigen Sonnenscheins genießen wollte.

»Jeffrey.« Pat beugte sich über Heather, wobei sich ein tiefer Blick in den Spalt zwischen ihren ungebändigten Brüsten bot. »Vielleicht kaufe ich eine Flasche von dem hier für unser Weihnachtstrifle. Was meinst du?«

Das Wort »Weihnachten« weckte bei Heather nostalgische Gefühle: ein Kranz an der Haustür von The Elms, mit Stechpalmenzweigen umwundene Treppengeländer, prasselndes Kaminfeuer im Wohnzimmer, funkelnde Lichterketten am Baum. Sie erinnerte sich an ihre kleinen Mädchen in den identischen Pyjamas, wie sie aufgeregt bettelten, wenigstens ein Geschenk aufmachen zu dürfen, und vor Freude kreischten, wenn sie sich breitschlagen ließ.

Wo würde sie Weihnachten dieses Jahr verbringen? Würden die Mädchen bei Alan sein? Heather stellte sie sich an dem Tisch in der gemütlichen Küche vor, während sie selbst Small Talk mit Leuten wie Pat und Jeffrey machte oder, allein in einem Hotelzimmer, mit ihrer

Familie über FaceTime redete. Es wäre leicht, nach zwei Wochen Urlaub braun gebrannt und erholt einfach nach Hause zurückzukehren und ihr altes Leben mit Alan wieder aufzunehmen. Und keine Schande zuzugeben, dass sie sich überschätzt hatte. Sie hätte sich ihren Wunsch erfüllt; man müsste kein Wort mehr über die Sache verlieren. Doch sie war noch nicht bereit heimzureisen. Das wäre sie erst, wenn sie und Alan anfingen, einander zu vermissen.

Kapitel 19

Ein Mann namens Niemand

Da sie fürchtete, dass ihre kurzen Haare ihr nur wenig Schutz bieten würden, beschloss Heather, ihren mittlerweile ziemlich verbeulten Brautmutterhut aufzusetzen und das Beste zu hoffen. Obwohl erst neun Uhr, brannte die Sonne bereits heiß hernieder. Heather hielt sich auf der Promenade im Schatten der Gebäude und Palmen, deren Wedel sie nach wie vor an Karottengrün erinnerten, umrundete den Hauptplatz und erkundete die Gässchen mithilfe eines Taschenplans, der an der Hotelrezeption ausgelegen hatte. Als die Sonne höher stieg und die Schatten schmaler wurden und sich schärfer abzeichneten, sah Heather sich um, wo sie eine Kaffeepause einlegen konnte. Am liebsten auf einem gepolsterten Stuhl. Nach ihrem Reitausflug forderte ihr *Tuber ischiadicum* extreme Vorsicht beim Sitzen, und ihre Hüftadduktoren weigerten sich zu adduzieren, weswegen sie ging, als befände sich Persephone nach wie vor zwischen ihren Beinen.

Keines der Cafés rund um den Platz sprach sie an. Vor den meisten hingen Schilder mit englischer Aufschrift, und ihre Inhaber versuchten aufdringlich, Touristen hineinzulocken. Also spazierte sie am Ufer entlang. Das Wasser war so klar, dass sie erkennen konnte, wie Fische um eine Schildkröte herumhuschten, die laut Aussage der Dame an der Rezeption so etwas wie eine örtliche Berühmtheit war. Nach einer Weile erreichte sie einen auf ihrer Karte vermerkten Jachthafen. Sie hatte alle Zeit der

Welt und musste sich niemandem gegenüber rechtfertigen. Es war ihr sogar gelungen, Pat und Jeffrey an drei Tagen hintereinander zu entgehen, indem sie sich das Frühstück aufs Zimmer bringen ließ. Bei Tee und einem knusprigen Croissant hatte sie Alan angerufen, um ihm mitzuteilen, dass bei ihr alles in Ordnung sei. Von den beiden Nahtoderfahrungen seit ihrer Ankunft hatte sie lieber nichts erwähnt.

Alan war in Eile gewesen; im Hintergrund hatte sie Kevin gehört. Als sie sich verabschieden wollte, hatte Alan ihr das Versprechen abgenommen, ihn am Abend noch einmal anzurufen. Sie könne ihn zu Hause antreffen. Merkwürdig, hatte sie gedacht, es hörte sich fast so an, als wäre das nicht immer der Fall.

Obwohl der Jachthafen nicht gerade dem Monte-Carlo-Setting entsprach, das sie sich vorgestellt hatte, hielt sich ihre Enttäuschung in Grenzen. Statt monströser Ginpaläste sah sie Reihe um Reihe praktisch identischer, am Heck in Richtung offenes Meer vertäuter weißer Boote, die wirkten, als wollten sie jeden Augenblick in See stechen. Ihr Anblick weckte Erinnerungen daran, wie Heather als Kind auf kleinen Holzdingis das Segeln gelernt hatte. Das waren die glücklicheren Momente ihrer ansonsten einsamen, von der Krankheit ihrer Mutter überschatteten Kindheit gewesen.

Heather fand einen freien Tisch in einer kleinen Taverne am Rand des Jachthafens. Der Kellner, ein attraktiver junger Mann mit Filmstarlächeln, brachte ihr eine Tasse Kaffee und ein Glas Wasser. Der Kaffee war ziemlich stark; das Koffein weckte ihren schmerzenden, schlappen Körper. Der zweifelhaften Theorie folgend, dass die doppelte Dosis der wirksamen Droge den doppelten Effekt zeitigen würde, bestellte sie eine zweite Tasse.

»Möchten Sie etwas essen?«, erkundigte sich der Kellner.

Warum nicht? Es war Vormittag, die Stunde, zu der der Kaffee in der Arbeit bereits kalt gewesen wäre und der Keks matschig in der Untertasse gelegen hätte. In ihrem Leben hatte sie zu viele Mahlzeiten ausgelassen, zu viele Tassen kalten Kaffee in die Spüle geschüttet, war zu oft verlorenen Minuten hinterhergehechelt. Es war an der Zeit, einen Gang zurückzuschalten, aufzuwachen und ja: den Duft des Kaffees zu genießen. Sie bat den Kellner, ihr etwas typisch Griechisches zu bringen. Er wirkte erfreut und kehrte mit der, wie er behauptete, besten Baklava der Insel zurück. Der Spezialität seiner Mutter.

»*Efcharistó*«, antwortete sie, entschlossen, nicht wie eine typische Touristin von allen zu erwarten, dass sie Englisch sprachen.

Als Heather in das Gebäckstück biss, blies das klebrige goldene Dreieck zum Angriff auf ihre Geschmacksknospen. Sie erinnerte sich, wie sie mit Esme die Baklava aus dem Dorfladen gegessen hatte. Kein Vergleich zu dem himmlischen Ding hier. So etwas hatte sie noch nie gekostet. Wenn Esme nur bei ihr gewesen wäre und sich mit ihr über den Anblick der Boote und den Geschmack dieses paradiesischen Honigteils hätte freuen können! Doch Esme war im Hotel, verborgen unter einem Stapel Kleidung in Heathers Koffer.

Esmes Nichte hatte lediglich Interesse am Erbe ihrer Tante gezeigt, nicht jedoch an ihren sterblichen Überresten. Der offensichtliche Ort, die Asche beizusetzen, wäre bei Aubrey auf dem Friedhof von St Luke's gewesen. Aber in Netherwood würde die Ewigkeit sehr lang werden. Esme auf die Reise mitzunehmen, war das Mindeste, was Heather tun konnte. Ihre ärztliche Fürsorgepflicht hatte geendet. Nun erwies sie ihrer alten Freundin einen letzten Liebesdienst.

Heather hatte es nicht eilig, ihren Platz in der Taverne zu verlassen, nicht einmal, nachdem sie die letzten süßen Krümel mit dem Finger vom Teller gepickt hatte. Von hier ließ sich das allgemeine Kommen und Gehen wunderbar beobachten: Backgammon spielende alte Männer; braungebrannte junge Leute, die ein Auslandsjahr machten und Geld verdienten, indem sie Charterboote putzten, Vorräte auffüllten und Urlauber in die Geheimnisse der Navigation einwiesen. Was für ein erholsamer Tag nach den bisherigen Aufregungen und Missgeschicken! Fischer flickten Netze auf ihren blau-weißen Booten. Mit ihren buschigen Bärten und flachen schwarzen Kappen wirkten sie wie von einer Castingagentur angeheuert.

Heather nahm Buch und Handy aus der Tasche. Keine neuen Nachrichten oder verpassten Anrufe. Sollte sie erleichtert oder eher enttäuscht sein, dass Alan sich nicht jede Stunde bei ihr meldete? Der Kellner war gerade mit anderen Gästen beschäftigt, sonst hätte sie ihn gebeten, ein Foto von ihr zu machen, das sie den Mädchen schicken konnte. Das erste der »Lebenszeichen«, die sie versprochen hatte, alle paar Tage zu senden, damit sie sich nicht sorgten. Da spielte es keine Rolle, dass ihre Töchter oft wochen-, in Tillys Fall sogar monatelang abtauchten, ohne anzurufen.

Sie hielt das Smartphone auf Kopfhöhe und richtete das Display auf sich. Gütiger Himmel! Sah sie wirklich so aus? Kein Wunder, dass Menschen ihres Alters keine Selfies posteten. Der Hut war lächerlich. Sie nahm ihn ab, zupfte die Haare zurecht und probierte verschiedene Posen aus. Das harte Licht zeigte unerbittlich jede Falte.

Sie versuchte es mit einem Lächeln. Mit einem Schmollmund. Zähne entblößt, Lippen geschlossen. Egal, was sie anstellte, es blieb doch dasselbe Gesicht. Schließlich hatte der Kellner Mitleid mit ihr, kam herüber und erbot sich, ein Foto von ihr zu machen. Als Heather die Aufnahme später mit Brille betrachtete, sah sie sich etwas unscharf im Vordergrund, während sich eine attraktive jüngere Frau hinter ihr scharf gestellt bückte. Egal, dann schickte sie das Bild eben Alan. Der würde es zu würdigen wissen.

Die Bordkarte, die sie während des Fluges als Lesezeichen benutzt hatte, markierte eine Stelle, an der Penelope auf Ithaka der Rückkehr von Odysseus harrte.

Als Heather den Kopf hob, bemerkte sie einen Mann, der lächelnd an ihr vorbeiging. Er mochte ein gesund lebender Siebzigjähriger oder ein Fünfzigjähriger mit interessanter Vergangenheit sein. Für die Beschreibung seines Teints, der seine gewellten grauen Haare fast weiß erscheinen ließ, fiel ihr kein anderes Adjektiv als »dunkel« ein, und die gleichfalls dunklen Brauen beschatteten seine Augen, was ihm in der griechischen Sonne einen evolutionären Vorteil verschaffte. Kurzum: Es gelang ihr nicht, den Blick von ihm zu wenden.

Der Mann rief dem Kellner »Kaliméra« zu. Der rief etwas auf Griechisch zurück, worauf beide lachten. Der Mann trug eine Seilrolle unter einem Arm und hatte in jeder Hand eine Supermarkttüte voller Lebensmittel. Seine langen, lässigen Schritte faszinierten Heather. Früher, bevor jahrzehntelanges Sitzen am Schreibtisch und Sich-übers-Stethoskop-Beugen seine Haltung verdorben hatten, war Alan auch so gegangen. Vielleicht würde die Gartenarbeit es schaffen, ihn wieder aufzurichten. Verärgert darüber, dass sich Alan erneut in ihre Gedanken schlich, wandte Heather sich ihrem Buch zu und versuchte, sich zu konzentrieren. Als sie ein zweites Mal den Blick hob, kam der Mann mit leeren Händen zurück.

»*Kaliméra!*«, rief er. Heather sah sich um. Der Kellner war drinnen beschäftigt. Diesmal meinte der Mann also sie. »Was für ein herrlicher Tag.«

»Ja, das stimmt«, rief sie zurück, ohne nachzudenken. »Der Himmel ist so wunderbar blau.«

Die Schritte des Mannes wurden langsamer. Heathers Puls hingegen beschleunigte sich. Hatte sie das tatsächlich gesagt? Kurz wirkte es so, als wollte er zu ihr kommen. Sie hielt den Atem an, unsicher, wie sich ein Gespräch entwickeln ließe aus der Bemerkung, wie herrlich der Tag oder wie blau der Himmel sei. Zu ihrer Erleichterung ging er weiter. Die Leute hier sind einfach nur freundlich, dachte sie. Die Sonne macht sie freundlich.

Sie widmete sich wieder der Geschichte von Penelope und Odysseus.

Als sie nach einiger Zeit erneut den Blick hob, schritt der Mann mit einer Kiste Wein an ihr vorbei und steuerte auf ein Boot am Ende des Kais zu.

Inzwischen war es Mittag. Da sie den Platz nicht länger besetzt halten wollte, legte sie einen Zehn-Euro-Schein auf den Tisch und winkte dem Kellner zum Abschied zu. Nun brannte die Sonne noch heißer vom Himmel als zuvor, und völlig unerwartet überkam sie Schläfrigkeit. Die Reisevorbereitungen, der überstürzte Aufbruch zum Flughafen, der Flug und ihr unerklärliches Bedürfnis, drei Aktivitäten gleich in die ersten Tage ihres Aufenthalts zu packen, machten sich jetzt bemerkbar. Sie setzte den Hut auf, um zum Ende des Jachthafens zu schlendern, bevor sie zu einer Siesta ins Hotel zurückkehrte.

Bei den Booten im Hafen handelte es sich größtenteils um moderne Jachten und Katamarane, von denen viele den Namen einer Chartergesellschaft trugen. Andere, deren Segel und Cockpits durch strahlend blaue Abdeckungen geschützt waren, wirkten, als würden sie ihren Liegeplatz niemals verlassen. Heather entdeckte auch einige kleine private Jachten, auf denen gutaussehende Crewmitglieder in weißen Shorts und Poloshirts mit aufgedrucktem Bootsnamen die Decks schrubbten und bereits glänzendes Messing polierten. Dies war eine völlig andere Welt als die in Netherwood. Falls Heather geglaubt hatte, Glamour durch schlichte Osmose aufnehmen zu können, wurde sie enttäuscht. Egal, wie nahe sie den schimmernden weißen Schiffsrümpfen und Teakholzdecks kam: Es war, als würde sie von außen in diese fremde Welt hineinschauen. Vielleicht würde sie sich immer nur in einem kleinen englischen Ort zu Hause fühlen, dachte sie.

Am äußersten Ende der Anlegestelle bemerkte Heather ein Boot, das sich von allen anderen unterschied. Der dunkelblaue Holzrumpf mit der roten Zierleiste hob sich deutlich von der Reihe der identischen Kunststoffjachten ab, und die Segel bestanden aus altem Tuch, nicht aus glattem Nylonstoff wie die der Charterboote. Anders als seine Nachbarn war dieses offensichtlich benutzte und geliebte Boot mit dem Bug in Richtung Steg festgemacht, weshalb es sich schwierig gestaltete, einen Blick ins Cockpit zu werfen. Vermutlich legte der Besitzer Wert auf Privatsphäre.

Als Heather näher heranging, um besser sehen zu können, streckte jemand den Kopf aus dem Cockpit. Der Mann mit den auffälligen Augenbrauen. Aus Angst, etwas Falsches zu sagen, wandte Heather sich rasch ab. In diesem Moment ergriff eine Windböe ihren Hut. Natürlich landete er im Wasser – knapp vor dem Heck des Holzbootes.

Noch ehe sie überlegen konnte, was zu tun sei, beugte sich der Mann aus dem Boot und fischte den Hut mit einer langen Stange heraus.

»Ich glaube, der gehört Ihnen.« Er reichte ihr den aufgeweichten Strohhut, von dem die Kunstblume schlaff an ihrem Band herunterhing.

»Danke«, sagte sie und korrigierte sich sofort. »*Efcharistó.*«

»*Parakaló.* Sie sprechen Griechisch?«

»Nein, nein.« Heather lachte.

»Altgriechisch?«

»Wie bitte?«

Er deutete auf die Tasche über ihrer Schulter. »Ich sehe da das großartigste Werk des größten griechischen Dichters.«

»Das ist eine Übersetzung. Obwohl mein Mann behauptet, er habe es in der Schule im Original gelesen. Er meint, das sei so mühsam, als würde man winzige Gräten aus einem Fisch herauspulen.«

Ein Lächeln trat auf sein Gesicht. Dabei kamen Zähne, zu weiß für einen Fischer, zum Vorschein. Vom Dollbord aus deklamierte er, eine Hand auf der Brust:

»*Niemand ist mein Name; denn Niemand nennen mich alle, meine Mutter, mein Vater und alle meine Gesellen.*« Er schien Heathers Verwirrung zu bemerken. Sein Lächeln wurde breiter, und er erklärte: »Offenbar haben Sie die Stelle noch nicht erreicht, an der Odysseus in der Höhle des einäugigen Riesen Polyphem gefangen ist. Um fliehen zu können, macht Odysseus den Zyklopen betrunken, und als der sich nach seinem Namen erkundigt, antwortet er: ›Niemand.‹ Später rammt Odysseus ihm einen glühenden Pfahl ins Auge. Als die anderen Zyklopen Polyphem fragen, wer ihn geblendet hat, ruft er: ›Niemand!‹«

»Danke für den Spoiler«, meinte Heather gespielt entsetzt.

»Sorry.«

»Schon gut. Ich weiß ja, dass irgendwann noch ein Happy End folgt. Es bleibt trotzdem interessant zu sehen, wie sie dorthin gelangen.«

»Ich muss mich für meinen schrägen Humor entschuldigen. Mein Name ist übrigens Dion«, stellte der Mann sich vor und legte die Hand wieder auf die Brust.

»Wie in Celine Dion?« O Gott, was war nur mit ihr los? Das war die Sorte Scherz, die Alan gemacht hätte.

»Wie in Dionysos, der Gott des Weines, des Rausches und der Fruchtbarkeit.« Er verbeugte sich leicht. »Aber alle nennen mich Dennis.«

»Und ich bin Heather. Heather wie ... Heidekraut.«

Ihre Wangen begannen zu kribbeln.

»Nun, Heather-wie-Heidekraut, freut mich, Sie kennenzulernen.«

Kapitel 20

Calluna vulgaris, gemeines Heidekraut

Ein Fuß auf dem hochglanzpolierten Dollbord des Bootes, ein Ellbogen auf dem abgeknickten Knie wie bei einer Skulptur von Rodin, sah Dennis sie an. Nach kurzem Zögern lud er Heather ein, an Bord zu kommen, und streckte ihr, ohne auf Antwort zu warten, die Hand hin.

»Ich möchte mich nicht aufdrängen.« Wie britisch von ihr!

Seine Augenbrauen – wie die von Alan, nur dunkler – verrieten seine Enttäuschung. »Bitte«, sagte er. Das klang eher nach einem Befehl. »Ich kann Ihnen Kaffee anbieten.«

Noch mehr Kaffee. Heathers Blase war bereits zum Bersten voll von den zwei Tassen in der Taverne. Da sie jedoch nirgendwo eine öffentliche Toilette sah, hatte sie sich damit abgefunden, die Oberschenkel zusammenzukneifen, bis sie wieder im Hotel wäre. Sie wägte kurz die Risiken ab. Dennis wirkte nicht wie ein Mädchenhändler, und obwohl einer von Großbritanniens berüchtigtsten Serienmördern Dennis geheißen hatte, konnte dieser hier immerhin Homer zitieren. Heather ergriff seine Hand, kletterte an Bord, duckte sich unter dem Sonnensegel durch und betrat das Cockpit.

»Willkommen an Bord der *Athena*. Wie die Göttin der Weisheit, nicht wie das *Tennis Girl* ohne Slip auf dem Poster.«

Heather musste lachen. Der Mann liebte nicht nur epische Gedichte, sondern besaß tatsächlich einen Sinn für Humor.

Das Boot, eine richtige Schönheit, hatte ein breites, mit einer lackierten Teakzierleiste versehenes Cockpit sowie auf drei Seiten eine Sitzbank. Trotz ihrer unbestreitbaren Attraktivität vermittelte die *Athena* Heather nicht den Eindruck, ein Ausflugsboot zu sein. Dazu befanden sich zu viele Gerätschaften auf ihr – Seilrollen, Benzinkanister, Solarpaneele –, und sie strahlte etwas sehr Funktionales aus.

»Wohnen Sie hier auf dem Boot?«

Er zuckte lächelnd mit den Achseln. »Die kurze Antwort lautet ja, aber das Warum ist eine sehr viel längere Geschichte. Wenden wir uns zuerst dem Kaffee zu. Nehmen Sie doch bitte Platz.« Er deutete auf die gepolsterte, mit Segeltuch überzogene Sitzbank, die Heather überraschend bequem fand. Wie schade, dass Persephone nichts Vergleichbares zu bieten gehabt hatte! Obgleich es Heather gelang, ihr Hinterteil ohne Missgeschick auf die Bank zu senken, war sie nicht in der Lage, sich völlig zu entspannen, weil sie es nach wie vor kaum fassen konnte, dass sie mit einer zum Zerplatzen vollen Blase einfach so bei einem wildfremden Mann an Bord gegangen war. Ihr fiel ein, was Esme gesagt hatte: Sie bedauere nur die Dinge, die sie unterlassen, nicht die, die sie getan habe. Immer angenommen, sie würde lebendig aus dieser Situation herauskommen – die Begegnung würde ausreichend Stoff für eine weitere herrliche Geschichte in ihrer Sammlung liefern.

Dennis schwang sich durch die Luke, ohne die polierte Holzleiter zu berühren. Ein bisschen wirkte er dabei wie ein aus einem Flugzeug springender Fallschirmjäger.

»Das machen Sie nicht zum ersten Mal«, bemerkte

Heather, wie so häufig das Offensichtliche aussprechend. Wenn sie nervös war, vergaß ihr Gehirn, dass sie eine intelligente und gelegentlich sogar wortgewandte erwachsene Frau mit abgeschlossenem Medizinstudium war, und hielt sich vorübergehend für eine Vierzehnjährige, die gerade die Hausbar ihrer Eltern leergetrunken hat.

»Stimmt«, pflichtete er ihr bei. In dem schummrigen Licht unter Deck strahlten seine Zähne noch weißer als zuvor. Wenige Minuten später kehrte er mit einer dampfenden Espressokanne, zwei weißen Tassen nebst Untertassen und einer Zuckerschale zurück.

Der Kaffee war dunkel und stark. Wie die nackten Unterarme von Dennis, die aus den ordentlich hochgekrempelten Ärmeln seines hellblauen Hemds hervorschauten. Wo seine Shorts endeten, erblickte Heather mit seinen behaarten Knien die perfektesten Synovialscharniergelenke, die ihr je bei einem lebenden oder toten Menschen untergekommen waren. Griechische Männer waren im Allgemeinen stark behaart, doch Dennis hatte das ideale Haut-Körperbehaarung-Verhältnis. Es fiel schwer, irgendeinen Makel an ihm zu finden. Wenn Heather jemals eine erotische Fantasie gehabt hätte, wäre ihrer Vorstellungskraft ein groß gewachsener, braungebrannter, attraktiver Fremder genau wie Dennis entsprungen. Aber der hätte natürlich einen anderen Namen gehabt, denn Männer namens Dennis waren nur selten das Objekt lüsterner Gedanken. Das Gleiche galt für die Alans. Ein Thor, ein Bear oder ein Barack wäre da schon etwas ganz anderes gewesen.

Schauen kostet nichts, sagte sie sich. Schauen ja, doch auf keinen Fall berühren. Dennis zu betrachten, kam der Bewunderung eines Kunstwerks im Museum gleich. Er war nicht real, konnte einfach nicht real sein.

Als ihre Töchter klein waren, hatte Heather die Mädchen zu den Mumien ins British Museum mitgenommen. Tilly steckte damals gerade in ihrer ägyptischen Phase. Sie hatten einen Umweg über das alte Hellas gemacht, wo Heather zutiefst beeindruckt gewesen war von der physischen Schönheit und den anatomisch perfekten Proportionen der Figuren auf den Vasen und Amphoren. Auch nur annähernd so makellose athletische Körper hatte sie in Netherwood nie zu Gesicht bekommen. Die alten Griechen, war in ihrem Führer zu lesen gewesen, hatten Wert auf Symmetrie und Ausgewogenheit der menschlichen Form gelegt. Und obwohl Aristoteles den meisten Lehren Platons widersprach, waren sie sich darüber einig, dass Objekte sowohl schön als auch funktional sein sollten.

»Ich will keinen Sex«, bemerkte sie.

Dennis spuckte seinen Kaffee quer übers Cockpit aus. »Wie bitte?«

»Nur damit das klar ist. Ich bin nicht auf der Suche nach einem Gigolo und möchte nicht den falschen Eindruck erwecken.«

Er wischte mit dem Handrücken Kaffee von seinem Kinn und hustete ein paarmal.

»Danke. Wie erfrischend, jemanden aus England so unverblümt reden zu hören.« Er schenkte sich neu ein und erbot sich, ihr ebenfalls nachzufüllen.

»Nein danke, ich muss los.« Heather stand auf; den Kaffee hatte sie nur zur Hälfte getrunken. »Meinen Mann anrufen. Das habe ich ihm versprochen.«

»Er ist nicht mit Ihnen in Griechenland?«

»Nein, in Netherwood. Bei seinem Gemüse.«

»Er ist Farmer?«

»Nicht so ganz.« Heather setzte sich wieder. »Entschuldigung. Das ist alles ein bisschen ungewohnt für mich.«

Sein Lächeln ließ sein Gesicht wie von der Sonne erstrahlen. »Soll das heißen, Sie haben noch nie zuvor Kaffee getrunken?«

Ein Paar ging vorbei, betrachtete die Boote. Vermutlich Holländer, dachte Heather, denn beide waren gut über eins achtzig groß. Sie blieben stehen, um die *Athena* zu bewundern. Dennis winkte ihnen zu und rief: »*Kaliméra!*«, gefolgt von einem »Was für ein herrlicher Tag«.

»Wie wär's, wenn wir noch mal von vorn anfangen?«, schlug Heather vor, nachdem das Paar verschwunden war. Diesmal würde sie versuchen, sich wie ein normaler Mensch zu benehmen.

»Einverstanden, Heather-wie-Heidekraut.« Dennis prostete ihr mit seiner Kaffeetasse zu. »*Jamas!*«

»Cheers.«

»Interpretieren Sie nicht zu viel in die Situation hinein. Wir Griechen sind bekannt für unsere Gastfreundschaft. Diese Sitte lässt sich bis in die Antike zurückverfolgen. Damals bot man Fremden Essen und Trinken, manchmal sogar ein Bad und eine Schlafgelegenheit an.«

Durch die Luke und die offene Tür einer der Kabinen erhaschte Heather einen Blick auf das Fußende eines ordentlich gemachten Betts. Wie gastfreundlich beabsichtigte Dennis zu sein?

Sie gab sich Mühe, das Gespräch locker zu gestalten. »In dem Fall habe ich offenbar das falsche Hotel gewählt. Es hat vier Sterne, aber in meinem Zimmer ist nur eine Dusche«, scherzte sie.

»Welches Hotel?«

»Das Poseidon«, antwortete sie, ohne zu überlegen. Nun wusste er, wo sie wohnte.

»Es ist mehr als Höflichkeit, wissen Sie? Eher eine Verpflichtung, fast wie ein Gesetz. Wir nennen das *filoxenía*.

Im Altgriechischen bezeichnet das Wort *xenos* sowohl einen Fremden als auch einen Gast. Wir heißen Fremde willkommen, egal, aus welchem Land sie stammen, und achten sie.« Er trat mit dem Fuß nach einem lockeren Stück Seil. »Zumindest war es früher so. Heutzutage haben wir weniger zu bieten, und es gibt mehr Leute, die um dieses Wenige konkurrieren. Aber bestimmt wissen Sie aus Ihrem Buch schon alles über die Regeln der Gastfreundschaft.«

Heather sah sich nach ihrer Handtasche um, die unter die Bank gerutscht war. Ihr durchnässter Strohhut trocknete in der Sonne. Nur noch ein paar Minuten, und sie könnte ihn wieder aufsetzen.

»Ich habe mich schon gefragt, warum alle Odysseus und seinen Männern so großzügig bei ihrer Rückkehr nach Hause helfen.«

Die Sonne war ein Stück weitergewandert, und Heathers linker Arm glühte. Als Dennis das bemerkte, bot er ihr einen Platz auf der schattigen Seite des Bootes an.

»Halte ich Sie von irgendetwas ab, das Sie gerade machen wollten?«, erkundigte sich Heather.

Er schüttelte den Kopf. »Nein, ich werde noch ein paar Tage hier sein, weil ich auf Ersatzteile aus Athen warte. Der Motor ist ... kapriziös.« Er zuckte mit den Achseln. »Ich bin nicht in Eile, habe ausreichend Lebensmittel und kenne die Inhaber des Jachthafens gut, weswegen ich nicht so bald aufbrechen muss.«

Heather bemerkte erstaunt, dass sie erleichtert war, und analysierte ihre widersprüchlichen Gedanken. Dennis bot ihr einfach nur traditionelle griechische Gastfreundschaft. Und er flirtete mit ihr. Es war lange her, dass irgendjemand mit ihr geflirtet hatte.

Als Heather seinerzeit in die Praxis eingetreten war,

hatten sie und Alan sich an ihre Abmachung gehalten, so zu tun, als wäre jene Nacht alkoholisierter Leidenschaft niemals passiert. Sie waren stets professionell distanziert geblieben, wenn auch mit einem Schuss erotischer Spannung. Einige Wochen nach Beginn ihrer Arbeitsbeziehung waren sie sich zufällig im Medikamentenzimmer begegnet. Alan hatte eine Warzensalbe angerührt, sie ein Fläschchen mit Penicillin-V-Saft für ein Kleinkind mit Mandelentzündung geschüttelt. Ihre Blicke hatten sich getroffen, und einen kurzen Moment hatte Heather gedacht, er würde sie küssen. Stattdessen hatte er in dem Augenblick nach der Salicylsäure gegriffen, als sie die Hand nach einem Klebeetikett ausstreckte, und sie hatten beide die Arme so abrupt zurückgezogen, als wären sie einander abstoßende Pole zweier Magneten. Danach hatten sie sich bis zu Alans Heiratsantrag nicht mehr berührt.

Mit den Gedanken wieder in der Gegenwart, wartete Heather auf eine Gesprächspause, in der sie sich verabschieden konnte. Diesmal würde sie aufstehen, Dennis noch einmal für den Kaffee danken und zum Hotel zurückgehen. Doch es entstand einfach keine Gesprächspause. Ihre Blase hielt es nicht länger aus. Nachdem sie ihre Verlegenheit überwunden und Dennis gebeten hatte, seine Bordtoilette benutzen zu dürfen, unterhielten sie sich ungezwungen, bis die Sonne die andere Seite erreichte und anfing, auch Heathers rechten Arm zu verbrennen.

»Erzählen Sie mehr.« Dennis bot ihr einen neuen schattigen Platz an. »Warum Griechenland? Warum Kefalonia? Warum allein?«

Warum Griechenland war leicht zu beantworten. Sie hatte dieses Land immer schon besuchen wollen. In ihrer Fantasie war es die perfekte Urlaubsdestination – stets sonnig, wunderschöne Natur und kristallklares Meer.

Dazu köstliches Essen, das nicht automatisch mit Pommes serviert wurde. Dann noch die faszinierende Geschichte und die Tatsache, dass Griechenland als Wiege der abendländischen Kultur galt, als Ursprung von Demokratie und Politik, Philosophie, Literatur und Theater, Wissenschaften, Mathematik und Olympischen Spielen. Viele ihrer Landsleute erachteten diese erstaunliche Region am Mittelmeer eher als Ziel, an dem man sich billig Sonnenbräune und einen Kater holen konnte, doch das fügte sie lieber nicht hinzu.

Die Sache mit Kefalonia war schwieriger zu erklären, ohne völlig unwissend zu klingen. Statt Dennis die Wahrheit zu sagen, dass sie eine x-beliebige Seite eines Reiseprospekts aufgeschlagen und das erste Hotel auf dieser Seite gebucht hatte, meinte sie: »Eine Freundin hat mich kürzlich mit Homer bekannt gemacht. Mich fasziniert die Geschichte von Penelope und Odysseus. Ich wollte einige der Orte darin mit eigenen Augen sehen.« Das war keine komplette Lüge und fühlte sich immer wahrer an, je länger sie sich auf der Insel aufhielt.

Dennis zupfte an seinem Kinn, seine Augen verengten sich. »Und wie finden Sie es nun, da Sie hier sind?«

Sie holte tief Luft, wandte den Blick ab. »Es ist sehr schön.«

Er schloss ein Auge. »Ach. Sagen das die Engländer nicht auch über eine Tasse Tee? Ist Kefalonia, der Ort, an dem ich geboren wurde, also wie eine schöne Tasse englischer Tee?«

Schweiß rann Heathers Rücken hinunter in den praktischen, Flüssigkeit aufsaugenden Bund ihrer knitterfreien Hose.

»Ich bin erst vor ein paar Tagen hier angekommen.«

»Moment. Jetzt brauchen wir erst mal Wein.« Dennis

sprang auf und verschwand ein weiteres Mal durch die Luke. Kurz darauf kehrte er mit einer Flasche und zwei Gläsern zurück. »Ich hoffe, Sie haben Hunger.« Wenig später war der kleine Holztisch im Cockpit mit Brot, einer reifen Feige, Oliven und einer Schale Olivenöl gedeckt.

»Ich denke, dieser Wein wird Ihnen schmecken. Ein *Xinómavro*-Verschnitt.« Dennis bat sie, den Namen nachzusprechen: *ksie-no-mav-ro*. »Die Hauptrebsorte wächst auf den felsigen Hängen des Olymp. Ein Wein für die Götter.«

Allmählich bekam Heather Übung im Analysieren von Weinen. Sie schloss die Augen und erschmeckte jede einzelne Nuance: Kirsche, Himbeere, Fenchel und noch etwas anderes ... vielleicht Tomate?

»Sie sollten sich meinetwegen nicht zu viele Umstände machen«, sagte Heather, meinte insgeheim jedoch das Gegenteil.

»Aber, aber. Schließlich bin ich nach dem Gott des Weines benannt.«

»Und ich nach einem niedrigen Kraut, das in Sümpfen und dem Wind ausgesetzten schottischen Moorlandschaften wächst.«

Er lehnte sich an die Reling und streckte die langen Beine aus. »Wissen Sie, meine Tochter ist Floristin. Sie würde sagen, dass Heidekraut eine kräftige und widerstandsfähige Pflanze ist, weil es sowohl im Schnee als auch in der heißen griechischen Sonne überleben kann. Es hat Wurzeln, die die Erde zusammenhalten und es anderen Pflanzen ermöglichen zu gedeihen.« Dennis bedachte sie mit einem intensiven Blick. »Und das Heidekraut hat keine großen, auffälligen Blüten. Es weiß nicht, wie schön es ist.«

Heather ließ sich ein zweites Glas Wein einschenken.

Warum auch nicht? Als Dennis ein Stück von dem Brot abbrach und es in das Olivenöl tunkte, tat sie es ihm gleich. Es schmeckte himmlisch.

»Daran könnte ich mich gewöhnen«, bemerkte sie.

Eine Gruppe junger Männer in Fußballshirts, Bierflaschen in den Händen und sich abschälende Haut an den Nasen, schlenderte am Boot vorbei.

»Freut mich, das zu hören. Meiner Erfahrung nach kommen zwei Arten von Touristen nach Kefalonia.« Er schaute zu den Burschen hinüber, die nur aus England stammen konnten. »Okay, drei, wenn man Pakete mitrechnet.«

Heather lachte und bedauerte es sofort. »Pauschalreisende. Entschuldigung, ich habe Sie unterbrochen.«

»Die erste Gruppe, das sind die Nicolas-Cage-Fans. Sie fahren auf diese Insel, weil sie den Film *Corellis Mandoline* gesehen haben.«

»Sie haben seinen grässlichen italienischen Akzent gehört und kommen trotzdem?«

Jetzt musste Dennis lachen. »Ja, schwer zu glauben. Ihnen gefällt die Landschaft, aber sie sind enttäuscht, dass die Insel nicht so aussieht wie in dem Film. Ihnen ist nicht klar, dass das Erdbeben von 1953 die meisten alten Gebäude zerstört hat.«

»In dem Prospekt stand nichts von einem Erdbeben.« Heather fragte sich, ob Dennis alt genug war, um es selbst erlebt zu haben.

»Es war ein sehr schweres Erdbeben der Stärke sieben. Etwa vierhundertfünfzig Menschen starben. Sogar ein Truppentransporter im Hafen bekam Schlagseite und wurde beschädigt.«

»Das erklärt, warum der Ort so modern wirkt.«

»Es gibt noch ein paar Überreste der traditionellen venezianischen Architektur, für die diese Region bekannt ist. Leider nicht mehr viele. Wenn Sie weiß getünchte Kirchen und Windmühlen sehen wollen, fahren Sie lieber nach Santorin. Dort wünsche ich Ihnen viel Spaß mit den Menschenmassen.« Er winkte ab, als müsste er das nicht weiter erklären.

»Und die zweite Sorte Touristen?«

»Menschen wie Sie. Homerphile.«

Heather schmunzelte. Esme wäre stolz auf sie.

Sie leerten die Flasche Wein. Der Nachmittag war bereits weit fortgeschritten, als es Heather endlich gelang, sich loszureißen. Sie erbot sich, Gläser und Teller zu spülen, aber davon wollte Dennis nichts wissen. Ihr Hut war fast trocken, jedoch geschrumpft, und so steckte sie ihn in die Umhängetasche.

»Sie haben meine letzte Frage nicht beantwortet«, bemerkte Dennis, als er ihr auf den schwimmenden Ausleger half.

»Wie war die noch mal?«

»Warum Sie allein gekommen sind.«

Er musste sie für ein personifiziertes Klischee halten, wieder so eine Frau mittleren Alters, die ihre *Shirley-Valentine*-Fantasie auslebte, vor ihrem kleinen Leben davonlief in der Hoffnung, unter der Sonne eines fremden Landes eine neue Version ihrer selbst zu entdecken. Aber tat sie nicht gerade genau das? Heather schuldete ihm keine Erklärung. Sie schuldete niemandem eine Erklärung. Außer Alan vielleicht, der jedoch nicht einmal eine gewollt hatte.

»Als ich Sie gefragt habe, ob Sie auf der *Athena* wohnen, sagten Sie, das sei eine lange Geschichte. Die meine ist auch lang.«

»Und ich würde sie gern hören.«

»Vielleicht ein andermal.«

In der Filmversion dessen, was als Nächstes geschah, hätte sie sich entfernt, den Blick nach wie vor auf diesen attraktiven griechischen Gott gerichtet. Doch in der Realität blieb ihr Zeh an einer Klampe hängen, und sie musste mit rudernden Armen ein halbes Dutzend Schritte machen, bis sie ihr Gleichgewicht wiederfand. Dabei entging sie nur knapp dem gleichen Schicksal wie zuvor ihr Hut. Zum Glück war Dennis, als sie sich umdrehte, bereits verschwunden.

Kapitel 21

Keep calm and carry on

Im Hotelzimmer erwartete Esme sie. Heather hätte schwören mögen, dass sie die Urne im Koffer gelassen hatte, doch sie stand erwartungsvoll auf dem Nachtkästchen.

»Was ist?«, herrschte Heather sie an. Falls menschliche Asche in der Lage war, die Arme zu verschränken und missbilligend mit dem Fuß auf den Boden zu tippen, wartete Esme auf eine Erklärung. Sie wollte erfahren, wo Heather sich herumgetrieben hatte.

»Na schön, wenn du's unbedingt wissen möchtest: Ich habe den ganzen Tag mit einem attraktiven Griechen auf seinem Boot verbracht.«

Heathers Wangen glühten vor schlechtem Gewissen, als sie es laut aussprach. Dennis klang plötzlich wie Onassis.

Esme schwieg.

»Er ist ein netter Typ aus der Gegend, das ist alles. Da war nichts Unschickliches.«

Sie schenkte sich, erstaunt über ihren Durst, ein Glas Wasser ein. Dann sank sie aufs Bett und genoss die frühabendliche Brise, die durch die Terrassentür hereinwehte. Offenbar gönnten sich auch die Mopeds eine Siesta, denn auf der Straße blieb es ruhig.

Heather gähnte. Sie machte die Augen zu, aber obwohl müde und schläfrig, konnte sie nicht einschlafen. Ihre Gedanken fuhren Karussell. Als sie sich Esmes Lebensbaumurne zuwandte, wurde ihr schwindelig. Sie konnte sich nicht erinnern, wie sie ins Hotel zurückgelangt war. Der Wein hatte ihr bemerkenswert gut geschmeckt, nach dem dritten Glas sogar noch besser.

»Ich bin im Urlaub«, sagte sie. Da diese Rechtfertigung Esme nicht auszureichen schien, fügte sie hinzu: »Und habe lediglich einen Akt traditioneller griechischer Gastfreundschaft geachtet.«

Heather schlug ihr Buch auf, las ein paar Zeilen und klappte es wieder zu.

»Homer ist schuld. Du hast seine Gesänge selbst gelesen. Er mag blind gewesen sein, aber mit seinen Geschmacksknospen war alles in Ordnung. In praktisch jeder zweiten Zeile ist die Rede vom Wein. Honigsüßer Wein, gewürzter Wein, berauschender, lieblicher, herzerwärmender, *unwiderstehlicher Wein*. Und wie oft vergleicht er das Meer mit dunklem Wein? Ich würde sagen: Bist du in Griechenland, mach's wie die Griechen.«

Als Heather wieder zu der Urne hinüberschaute, stand das Lebensbaummotiv von ihr abgewandt. Was bedeutete, dass Esme eingeschnappt war. Die Missbilligung ihrer Freundin überraschte Heather. Die Zeit mit Dennis auf dem Boot wäre ihrer Ansicht nach genau nach Esmes Geschmack gewesen, wenn sie Gelegenheit dazu gehabt hätte.

»Erklär's mir. Ich kann keine Gedanken lesen«, murmelte Heather. Wie viel einfacher wäre alles dann gewesen! Wie viel leichter auch ihre Ehe, besonders die letzten Wochen.

Sie schien eingeschlafen zu sein, denn als sie aufwachte, wirkte das Licht verändert. Die Sonne war bereits hinter dem Hotel verschwunden; sie hinterließ lediglich einen apricotfarbenen Schein an der Wand ihres Zimmers.

Heathers erster Gedanke war: Ich muss mit Alan sprechen. Nur wenn sie sich zu Hause meldete, konnte sie sich selbst beweisen, dass heute nichts Unrechtes geschehen war. Inzwischen hatte ihre Leber genug Alkohol abgebaut. Heather konnte ihren Mann ohne Probleme anrufen und ein halbwegs vernünftiges Gespräch mit ihm führen, ohne zu lallen.

Der erste Versuch mit der Festnetznummer landete auf dem Anrufbeantworter. Heather stellte sich vor, wie das Telefon in der Diele von The Elms klingelte, wie Stan den Kopf von den Pfoten hob, als wollte er fragen, ob nicht endlich jemand rangehen würde. Sie legte auf, ohne eine Nachricht zu hinterlassen. Damit hätte die Angelegenheit für sie erledigt sein können.

Doch sie wählte die Nummer von Alans Handy. Er meldete sich nach dem zweiten Klingeln.

»Na, wie ist dein Urlaub?«, erkundigte er sich.

Sah er die Sache so? Einfach als schöne vierzehn Tage in der Sonne? Sie hatte versucht, mit ihm zu reden, ihm zu erklären, wie festgefahren sich ihr Leben anfühlte. Offensichtlich hoffte er, dass ein paar Tage am Strand diese Erstarrung lösen würden. Vermutlich verstanden die Mädchen sie besser. Doch die hatten sich stets auf die Seite ihres Vaters geschlagen und Heather empfohlen, alles lockerer zu sehen und nicht so streng mit Alan zu sein. Der einzige Mensch, der sie wirklich verstand, war Esme. Und die war tot.

Heather erzählte Alan vom Reiten und vom Wasserskifahren, und er gab mitfühlende Geräusche von sich, die, das musste sie ihm lassen, aufrichtig klangen. Als sie ihm von der Weinprobe berichtete, machte er eine abfällige Bemerkung, worauf sie ihn daran erinnerte, dass die Griechen schon Jahrhunderte vor den Franzosen Wein gekeltert hatten. Zu ihrer Überraschung lenkte er daraufhin ein und sagte, er habe gute Dinge über griechische Weine gehört und hoffe, sie habe sie genossen.

»Und was treibst du so, Alan?«, fragte Heather.

»Ich habe viel im Garten zu tun.« In den folgenden fünf Minuten beschrieb er ihr seine Tätigkeiten detailliert. Die Karotten machten sich gut, und er meinte, dass auch der Romana-Salat und der Lauch gedeihen würden, obwohl er vom eigentlichen Plan abgewichen war, indem er Radieschen pflanzte, die angeblich halfen, Gurkenkäfer fernzuhalten.

»Wunderbar, Alan. Schön zu hören, dass alles so prima klappt. Wie geht's den Mädchen?«

»Gut. Belinda legt schon, und bei Chantal und Dee sieht's auch vielversprechend aus. Alice macht mir allerdings ein bisschen Sorgen. Ihre Füße sind deutlich größer als die von den anderen Hennen, und gestern habe ich sie dabei erwischt, wie sie Dee besteigen wollte. Ich war durchaus bereit, über ihre sexuellen Präferenzen hinwegzusehen, bis sie mich um fünf mit lautem Krähen geweckt hat. Ich glaube, Alice könnte ein Alistair sein.«

»Aha.« Heather trommelte mit den Fingern auf dem Balkongeländer herum. »Eigentlich hatte ich mich nach Tilly und Sarah erkundigt. Nach unseren Töchtern.«

»Ich weiß«, erwiderte Alan. »Das war mein jämmerlicher Versuch, einen Scherz zu machen.« Er seufzte, klang müde. Sie fragte sich, ob bei ihm alles in Ordnung war. Ob er ihr etwas verschwieg.

»Gibt's irgendwelche Neuigkeiten?« Im Hinblick auf Sarahs potenzielle Schwangerschaft, meinte Heather.

»Nichts Nennenswertes. Hier hat sich nichts verändert.«

Hatte sie wirklich erwartet, dass alles ins Lot kommen würde, sobald sie in den Flieger sprang? Dass sie Alan fehlen und er sein Gemüse im Stich lassen und ihr folgen würde? Seine Tage würden weiter so verlaufen wie immer, völlig unabhängig davon, ob sie sich Sorgen um das Haus machte oder ihrem Traum nachjagte. Die Distanz zwischen ihr und Alan schien so viel weiter zu sein als zweieinhalbtausend Kilometer. Griechenland befand sich in einer anderen Zeitzone, in der sich zwei Stunden anfühlten wie Lichtjahre.

»Du machst es dir also schön?«, fragte Alan.

»Ja, sehr schön, danke.«

Wie bei dieser schönen Tasse englischem Tee.

»Prima. Freut mich, dass es dir gut geht.«

Schweigen. Zuerst dachte Heather, die Leitung sei unterbrochen. Dann hörte sie im Hintergrund eine Amsel.

»Ist alles in Ordnung, Alan?«

»Ja, ja. Bestens.«

»Wie geht's Stan?«

»Gut. War heute Morgen mit ihm Gassi.«

»Wunderbar.«

Etwas anderes fiel Heather nicht ein. Alan und ihrer Familie ging es gut. Auch ohne sie. Schön zu wissen, dass Alan sich nicht zu sehr nach ihr sehnte. Das machte es Heather leichter, ihn ihrerseits nicht zu sehr zu vermissen.

»Tja, dann lasse ich dich mal weiterwursteln«, sagte Heather.

»Danke.«

»Tschüs, Alan.«

»Moment, Heather. Leg noch nicht auf. Ich muss über was Wichtiges mit dir reden. Das beschäftigt mich seit deiner Abreise.«

Endlich würden sie miteinander sprechen.

»Worüber, Alan?«

»Ich habe einfach keine Lösung für das Problem. Das musst du entscheiden.«

»Was soll ich entscheiden?«

»Die Sache mit den Kartoffeln. Ich weiß nicht, welche Sorte ich anpflanzen soll. Würdest du sagen, wir sind eher Püree- oder Ofenkartoffelmenschen?«

Kapitel 22

Sklave der Liebe

Zum Abendessen ging Heather in eine ruhige Taverne am Hauptplatz. Sie entschied sich für Lammbraten vom Spieß und danach köstlichen Olivenölkuchen mit cremigem griechischem Joghurt. Sie genoss es, mit niemandem außer dem Kellner reden zu müssen. Zurück im Hotel, baute sie sich aus den Kissen auf ihrem Bett ein Nest und las bis tief in die Nacht hinein.

Anfangs bereitete es ihr noch Mühe, in die *Odyssee* hineinzufinden, weil Homer die Geschichte so ausdehnte oder zusammenstauchte, dass sie den strengen Regeln der Dichtkunst gehorchte. Nun begriff sie, warum der jugendliche Alan die Lektüre des Werkes mühsam gefunden hatte. Doch nach und nach erwachten die Figuren zum Leben, auf den teefarbenen Seiten entfaltete sich die epische Reise, und Heather vergaß, dass sie ein langes Gedicht las. Ihre Freude an der Lektüre wurde lediglich durch ihre Frustration über den heimwärts mäandernden Odysseus getrübt. Erst spät würde sich erweisen, ob die kluge Penelope irgendeine seiner raffinierten, aber letztlich erbärmlichen Erklärungen schlucken würde, wenn er endlich zu Hause eintraf.

Als Heather schließlich in den frühen Morgenstunden einschlummerte, war Odysseus einer Zauberin namens Circe begegnet, die seine Männer in Schweine verwandelte; er war in die Unterwelt gelangt und von seiner toten Mutter passiv-aggressiv dafür gescholten worden, dass er sie nie besuchte; er hatte sich am Bootsmast festbinden lassen, um den Sirenen zu widerstehen, und war zwischen dem sechsköpfigen menschenfressenden Monster Skylla und dem tödlichen, Schiffe verschlingenden Mahlstrom Charybdis hindurchgesegelt.

Heather erwachte in der Dunkelheit, die Brille auf der Nasenspitze, das aufgeschlagene Taschenbuch noch immer in der Hand. Sie klappte das Buch zu, nahm die Brille ab und legte sie neben die Urne auf dem Nachtkästchen, bevor sie sich zum Schlafen ins Bettzeug kuschelte. Später gab sie Esme die Schuld für die folgenden Träume. In einem trug sie einen gestrickten Badeanzug und spielte mit Dennis auf der *Athena* die berühmte Bootsszene aus dem *Shirley-Valentine*-Film nach. Anders als Pauline Collins hatte die vernünftige Heather darauf bestanden, den Badeanzug anzubehalten, statt nackt ins Meer zu springen. Als Heather dann aus dem Wasser kletterte, hing die vollgesogene Wolle jedoch leider sehr unvorteilhaft an ihr herunter und löste sich zum Vergnügen von Alans Fanklub, der sie von einem in der Nähe gelegenen Boot aus durch Feldstecher beobachtete, vollends auf.

Was für eine Erleichterung aufzuwachen! Eine so große Erleichterung, dass sie beschloss, sich in den Frühstücksraum des Hotels zu wagen. Wo Jeffrey und Pat schon auf der Lauer lagen.

»Da ist sie ja!«, verkündete Pat.

»Wir haben dir einen Platz freigehalten.« Jeffrey klopfte auf den leeren Stuhl zu seiner Rechten. Seine Hand blieb auf der Sitzfläche, während er zusah, wie sie sich näherte.

Es gab kein Entkommen. Unerfindlicherweise herrschte in dem Hotelrestaurant hektische Betriebsamkeit, und der Tisch, an dem Heather tags zuvor gesessen hatte, war heute von einem Mann besetzt, der per Laptop ein Zoom-Meeting abhielt.

»Na, hattest du gestern einen schönen Tag?«, erkundigte sich Pat.

»Wir haben nach dir Ausschau gehalten«, meinte Jeffrey.

»Ich habe mit einem sexy Griechen zu Mittag gegessen«, antwortete Heather.

Kurz herrschte Schweigen. Dann knuffte Pat sie in die Schulter. »Scherzkeks!«

»Fast hätten wir dir's abgekauft.« Jeffrey grinste.

Heather bestellte Tee und drehte eine Runde ums Buffet, bevor sie zum Tisch zurückkehrte. Während sie die Serviette über ihren Schoß breitete, fragte sie: »Und was haben Sie gestern gemacht?«

Die zwei wechselten einen Blick. »Jeffrey hat Wasserskifahren probiert. Er hat gesagt: ›Wenn Heather das kann, schaff ich das auch.‹«

Jeffrey äußerte sich nicht dazu.

»Ach, und wie war's?«

»Eher schmerzhaft.« Er senkte den Blick auf seinen Schritt, wo Heather einen feuchten Fleck in seinen Shorts bemerkte.

»Eisbeutel«, flüsterte Pat. »Ich verfrachte ihn gleich auf einen Liegestuhl und geh shoppen.« Sonderlich enttäuscht klang sie nicht.

»Und was ist mit dir? Geht's deiner Freundin besser?«

»Viel besser«, antwortete Heather. »Heute mache ich einen Ausflug mit ihr.«

»Wo ist sie?« Pat sah sich um.

Heather klopfte auf die Tasche, die über der Armlehne ihres Stuhls hing. »Da drin.«

Am Ende hatte Heather begriffen, weswegen Esme sich seit ihrem Eintreffen im Hotel so verstimmt gab. Es lag nicht daran, dass Heather nach dem Tag mit Dennis ange-

schickert ins Zimmer zurückgekommen war. Esme miss-
billigte nicht Heathers Handlungen, sondern war schlicht
und ergreifend neidisch. Sobald Heather ihr versprochen
hatte, sie in Zukunft überallhin mitzunehmen, herrsch-
ten zwischen ihnen wieder normale Verhältnisse.

Pat und Jeffrey verabschiedeten sich. Jeffrey entfernte
sich mit einem Gang wie John Wayne; eine Hand hielt den
Eisbeutel an Ort und Stelle. Obwohl Heather in ihrer Laufbahn als Ärztin das eine oder andere skrotale Hämatom
gesehen hatte, fiel es ihr schwer, sich vorzustellen, welche
Schmerzen er litt.

+++

An jenem Tag mied Heather den Jachthafen. Sie ging mit
Esme zum Strand, wo sie einen Liegestuhl mieteten, im
Schatten eines gelben Sonnenschirms dösten und den
Geräuschen urlaubender Familien lauschten. Ein Tag
absoluten Nichtstuns wäre genau das gewesen, was der
Arzt verordnete. Doch statt entspannt und erfrischt war
Heather gelangweilt und gereizt. Schließlich war sie doch
nach Griechenland gereist, um Abenteuer zu erleben.
Auch Esme gab sich keinerlei Mühe, ihre Frustration zu
verbergen, und rollte immer wieder aus Heathers Strand-
tasche in den warmen Sand.

Am folgenden Tag, eine Woche nach ihrer Ankunft
in Kefalonia, war Heather erneut am Jachthafen. Ihr
schmeckte der Kaffee in der Taverne, und eine bessere Baklava hatte sie tatsächlich noch nie zuvor gekostet. Der
Tisch, an dem sie beim ersten Mal gesessen hatte, war frei.
Von ihm aus bot sich nun, da mehrere der Charterjachten
in See gestochen waren, der perfekte Blick auf den An-
leger. Heathers Herzschlag begann zu stolpern. Dort lag

auch die *Athena* mit ihrem unverkennbaren dunkelblauen Rumpf und dem Mast aus Holz.

Während sie auf den Kaffee wartete, folgte sie weiter Odysseus, der einige Gesänge zuvor im Land der Phaiaken gestrandet und nackt vor der schönen jungen Prinzessin Nausikaa aus den Büschen gesprungen war und nun das großzügige Angebot von deren Vater annahm, ihm ein neues Schiff samt Seeleuten zur Verfügung zu stellen, mit dem er Ithaka erreichen konnte.

Als Heather irgendwann den Blick hob, stand Dennis lächelnd neben ihrem Tisch.

»*Kaliméra*. Was für ein herrlicher Tag«, begrüßte er sie.

Sie konnte sich ein Schmunzeln nicht verkneifen.

Der Kellner brachte ihren Kaffee, klopfte Dennis auf die Schulter und fragte ihn, ob er auch einen wolle.

Heather lud Dennis ein, sich zu ihr zu setzen.

»Ich weiß nicht so recht, was ich von Odysseus halten soll«, sagte sie und legte ihre Bordkarte als Lesezeichen zwischen die Seiten, bevor sie das Buch zuschlug. »Odysseus hat keinerlei Skrupel, sich vor jungen Mädchen zu entblößen, schläft mit der Nymphe Kalypso *und* der Zauberin Circe. Er lässt einfach nichts aus.«

Das war als lockerer Gesprächseinstieg gedacht gewesen.

Dennis zuckte mit den Achseln, als wollte er sein gesamtes Geschlecht in Schutz nehmen. »Was soll ich sagen? Das Leben zur See ist voller Herausforderungen.«

»Und Versuchungen, nehme ich an.«

»Ein Mädchen in jedem Hafen? Bei mir nicht. Jetzt bin ich geschieden, aber während ich zur See fuhr, war ich verheiratet. Ich habe zwei Kinder, Isabella und Nico.«

Bei zwei Tassen Kaffee – Dennis rückte mit seinem Stuhl immer dichter an sie heran – erzählte er ihr alles über seine Zeit bei der griechischen Marine.

»Ich war Korvettenkapitän. In den letzten Jahren größtenteils in Friedens- oder humanitären Missionen unterwegs. Und das war gut für mich. Ich bin nicht zur Marine gegangen, weil ich in den Krieg ziehen, sondern weil ich reisen wollte und das Meer liebe. Das ist, glaube ich, etwas typisch Griechisches. Ich habe meine Arbeit immer gemocht, abgesehen von den Phasen, in denen ich von Frau und Kindern getrennt war.«

Heather dachte an Alan, wie sie angefangen hatten, getrennte Leben unter demselben Dach zu führen. Konnte Distanz genau das sein, was sie wieder zusammenbrachte? Nur die Zeit würde das zeigen. Nun trank sie erst einmal Kaffee und unterhielt sich mit einem ehemaligen Marineoffizier, der ausgesprochen attraktive Knie sein Eigen nannte, über Homer.

»Ich wollte morgen mit der Fähre hinüber nach Ithaka fahren«, sagte sie.

»Nein, nein! Ich bringe Sie mit meinem Boot hin und gebe Ihnen eine private Führung durch den Palast von Odysseus.«

»Ach. Gibt es den denn noch?«

»Natürlich nur die Ruinen. Er liegt am Fuß des Neriton, gleich über einem kleinen Ort namens Stavros. Man nennt das Ganze die Schule des Homer.«

Warum hatte das Reisebüro nichts von dieser wichtigen Touristenattraktion erwähnt? Die Prospekte zeigten hauptsächlich Fotos von Urlaubern an Stränden oder eiscremefarbene Gebäude um pittoreske Häfen. Vielleicht stimmte das, was er ihr erzählte, nicht, und er wollte sie ausrauben oder sie entführen und Lösegeld von Alan erpressen? Es hätte Heather interessiert, wie viel sie ihrem Mann wert wäre, aber natürlich war dieser Gedanke lächerlich. Dennis war ein freundlicher, großzügiger und vermutlich einsamer Mensch, der ihr gegenüber die uralte Tradition der Gastfreundschaft pflegte. Es wäre gemein anzunehmen, dass seinen Handlungen irgendein verborgenes Motiv zugrunde lag, und ein Irrglaube, sich dabei ein erotisches vorzustellen.

Als er den Blick seiner zobelbraunen Augen auf sie richtete, beschloss Heather, ihre Bedenken beiseitezuschieben. Das wilde Ding in ihr war neugierig.

»Ich möchte Ihnen keine Umstände machen, Dennis.«

»Ich muss ohnehin den Motor der *Athena* testen«, erklärte er, als tue sie ihm einen Gefallen, wenn sie ihn begleite. »Nach Ithaka ist es ziemlich weit. Wir müssten vor dem Frühstück aufbrechen, würden aber am frühen Abend zurück sein. Für das Mittagessen würde selbstverständlich ich sorgen.«

Mit einem attraktiven Griechen nach Ithaka segeln? Das war allemal besser, als mit Alan durch Sainsbury's zu latschen.

Kapitel 23

Lass alle Vorsicht fahren

Hut. Badeanzug. Sonnenschutzmittel. Handtuch. Wanderstiefel. Wasserflasche. In ihrer Jugend hatte Heather das Pfadfindermotto »Allzeit bereit« sehr ernst genommen. An jenen Mittwochabenden hatte sie Fähigkeiten erworben, die sie leider nicht nutzbringend einsetzen konnte, weil sie in einer großstädtischen Wohnsiedlung aufwuchs: wie man ein Lagerfeuer entfachte, im Morsecode einen SOS-Ruf absetzte oder bei einem Schlangenbiss einen Verband anlegte. Aber bei den Pfadfinderinnen hatte sie auch Zuverlässigkeit und Vernunft gelernt. Die Art von Vernunft, die ihre lebenslange Rolle als »Mädchen, das einen guten Einfluss ausübt«, zementierte und in der Schule regelmäßig dazu führte, dass sie neben dem Aufsässigsten in der Klasse saß.

Heute bedeutete dieses »Allzeit bereit«, den Wecker auf sechs Uhr zu stellen und zusätzlich an der Rezeption einen Weckruf für Viertel nach sechs in Auftrag zu geben. Um auf Nummer sicher zu gehen. Dennis hatte klar und deutlich gesagt, dass sie pünktlich aufbrechen müssten, wenn sie innerhalb eines Tages nach Ithaka und wieder zurück wollten. Die beiden Inseln lagen an der schmalsten Stelle vor der Ostküste Kefalonias nur zwei Seemeilen voneinander entfernt, doch Heathers Hotel – und Dennis' Boot – befanden sich an der Westküste.

Esme bestand darauf mitzukommen. Eigentlich hätte Heather keinen Anstandswauwau gebraucht, am allerwenigsten einen, den sie in ihrer Tasche herumschleppen musste, aber sie wäre von Gewissensbissen geplagt worden, wenn ihre Freundin bei dem Spaß nicht dabei sein konnte.

Dennis erwartete sie am Jachthafen. Der laute Dieselmotor der *Athena* lief bereits. Er erinnerte Heather an den meist ungenutzten Land Rover in der Auffahrt von The Elms.

»Wunderbar, Sie sind da«, begrüßte er sie, nahm ihr die Tasche ab und äußerte sich, als sie ihm fast ins Wasser fiel, erstaunt über ihr Gewicht.

Nachdem er das schwere Ding unter der Sitzbank verstaut hatte, streckte er Heather die Hand hin, um sie an Bord zu geleiten. Seine Hände waren voller Sommersprossen und seine Finger ölig von der Arbeit am Motor. Plötzlich kam Heather in den Sinn, wie Alan sich seinerzeit darauf vorbereitet hatte, Rosemary Lawsons Baby auf die Welt zu helfen. Damals hatte sie schon die Art und Weise sexy gefunden, wie er sich die Hände wusch.

Wieder Alan. Wenn sie etwas von diesem Ausflug haben wollte, musste sie ihren Mann aus ihren Gedanken verbannen. Sie würde keine Zeit darauf verschwenden, über die Vergangenheit oder ihre gemeinsame Zukunft nachzugrübeln. Heute würde sie ganz im Hier und Jetzt leben und jeden Moment genießen.

Für Höflichkeit und nette Floskeln war keine Muße. Sobald Heather sich an Bord befand, wurde Dennis aktiv. Er machte die Leinen los, huschte ans Steuer und lenkte die *Athena* gekonnt rückwärts aus ihrem Liegeplatz heraus und an den anderen Booten vorbei, um dann einen Bogen in Richtung der Bojen zu beschreiben, die die Einfahrt zum Jachthafen markierten.

»Kann ich irgendwie helfen?«, erkundigte sich Heather.

Dennis gab ihr mit einer Geste zu verstehen, dass sie das Steuer übernehmen solle.

War das sein Ernst?

»Aber ich habe keine Ahnung, wie das geht.« Sie schüttelte den Kopf.

»Ist ganz leicht. Kommen Sie.«

Sie trat ans Steuer und umfasste es an der Stelle, an der sich seine Finger befunden hatten. Er legte seine Hände auf die ihren und zeigte ihr, wie man ein Boot lenkte. An dieser Geste war nichts Zweideutiges, er leitete sie nur an, wie er es bei einem x-beliebigen Segelnovizen gemacht hätte, doch sie spürte, wie seine Wärme ihre Arme hochstieg und durch ihren Körper bis zu ihren Fußsohlen wanderte.

»Halten Sie sich parallel zum Ufer«, wies er sie an und nahm seine Hände weg. Die *Athena* tuckerte hinaus. Dennis deutete hinüber zur mosaikgeschmückten Promenade, auf der bereits Touristen schlenderten. Mehrere schauten sich nach ihnen um. Bis dahin hatte sich noch nie jemand nach Heather umgedreht. Sie war lange genug unsichtbar gewesen. Jetzt war es ihr egal, wer sie sah. Als sie am Poseidon vorbeikamen, wo Pat und Jeffrey bestimmt das englische Frühstück genossen, winkte sie.

Allmählich begann die *Athena*, auf Heathers Bemühungen zu reagieren. Dies war etwas anderes, als ein Auto zu lenken. Schon bald wurde ihr klar, dass sie Geduld haben und immer mehrere Sekunden vorausdenken musste. Die *Athena* ließ sich nicht drängen.

»Sehr gut«, lobte Dennis sie und ließ sie allein am Steuer zurück.

»Dennis!«, rief sie ihm nach. »Da ist ein großes Kreuzfahrtschiff direkt vor uns!«

Das blau-weiße Schiff beherrschte den kleinen Hafen. Heather sah winzige Gestalten, die auf die Gangway strömten, und das in der Nähe wartende Schleppboot.

»Fahren Sie drum herum«, rief Dennis zurück.

Oje.

Dennis kehrte, einen riesigen weißen Fender in jeder Hand, gerade noch rechtzeitig wieder.

»Richten Sie den Bugspriet an der Landzunge da drüben aus.« Er zeigte auf die Stelle, an der das Land zum offenen Meer hin abfiel, und verschwand mitsamt Fendern durch die Luke nach unten.

Sobald sie an dem Kreuzfahrtschiff vorbei waren und die Wasserstraße breiter wurde, entspannte Heather sich ein wenig. Ihr letzter Aufenthalt auf einem Boot war mindestens fünfzig Jahre her – der aus all den falschen Gründen bemerkenswerte Trip auf der Fähre nach Spanien nicht mitgerechnet, der die Mädchen den Spitznamen »Kotzkomet« gegeben hatten.

Was geschehen würde, wenn sie die Landzunge erreichten, wusste sie nicht, aber da Dennis sich damit zufriedenzugeben schien, Befehle zu erteilen, und sie damit, diese zu befolgen, machte sie sich keine allzu großen Sorgen. Heather hielt den Kurs, als hinge ihr Leben davon ab.

»In den Wind«, bellte Dennis vom Großmast aus, wo er damit beschäftigt war, die Persenning zu lösen.

»Welche Richtung?«, fragte sie, erneut hilflos. Wie viele verschiedene Arten von Wind gab es wohl?

»Orientieren Sie sich an den Telltales.« Er deutete auf die Spitze des Mastes, wo zwei winzige Stoffstreifen im Wind flatterten. Die Segel füllten sich erwartungsvoll in der Brise.

»Du schaffst das«, sprach Heather sich Mut zu. Sie waren auf dem offenen Meer. Was war das Schlimmste, das hier passieren konnte?

Sie drehte das Steuer im Uhrzeigersinn, drehte und drehte, bis sie spürte, dass das Boot die Richtung wechselte. Dennis stolperte, fand schnell das Gleichgewicht wieder. Er brachte die Winsch an, kurbelte und zähmte die peitschenden Segel, bis sie den Wind fingen und das Boot vorantrieben. Seine Oberarmmuskulatur spannte sich beim Kurbeln an. Bizeps, Trizeps, Deltamuskel. Heather stellte sich vor, wie das arterielle Blut durch die Myozyten pulsierte und jedes Muskelkompartiment unter Dennis' sonnengoldener Haut anschwellen ließ. Sie pflichtete Platon und Aristoteles bei, dass Dinge sowohl schön als auch funktional sein sollten. Dennis war beides.

Esmes Urne lugte aus Heathers Tasche hervor. Warum sollte Heather den Anblick nicht auch genießen? Sie war doch eine glücklich verheiratete Frau – nun ja, eine einigermaßen zufriedene verheiratete Frau –, aber immerhin eine Frau.

Als Dennis die Schot dichtholte, schob sich sein Hemd nach oben, sodass Teile seines Oberkörpers zum Vorschein kamen. Heather erkannte eine 85-cm-Taille auf den ersten Blick, und diese hier befand sich genau an der Stelle, an der sie laut Anatomielehrbuch sein sollte. Außerdem war sie sich sicher, dass sein Blutdruck dank all des nativen Olivenöls, das er zu sich nahm, den optimalen Wert von 110/170 haben und sein LDL-Cholesterin bei perfekten 4,0 mmol/l liegen würden.

Da sich vor dem Bugspriet nun nur noch das offene Meer ausbreitete, entspannte sich Heather. Sie war Herrin über das Steuer. Zu einer Zeit, da alles andere in ihrem Leben ihrer Kontrolle zu entgleiten schien, gehorchte dieses herrliche alte Boot ihren Befehlen. Es fiel leicht zu glauben, dass jeder Tag auf dem Ionischen Meer sich so vollkommen gestaltete. So blau. Vom Kobaltblau der

Tiefsee, dem Azurblau des Wassers am Bug der *Athena* und dem Aquamarinblau der seichten Stellen nahe dem Ufer bis zum Wedgwood-Blau des Himmels am Horizont. Sie musste an das von Wolken in fünfzig Grautönen umhüllte Netherwood am Tag ihrer Abreise denken.

Als die Segel sich vollends im Wind blähten, schaltete Dennis den Motor aus und übernahm das Steuer. Das Großsegel der *Athena* straffte sich, und Heather spürte, wie das Boot durch einen Windstoß beschleunigte. Sie schloss die Augen. Die Brise stellte ihre kurzen Haare auf. Wie befreiend es doch war, sich keine Gedanken darüber machen zu müssen, wie sie aussahen, ob sie zerzaust oder verschwitzt waren oder ihr in die Augen fielen. Heather fuhr sich mit den Fingern durch das, was die Friseurin übriggelassen hatte.

»Gut«, sagte Dennis. »Diese Schicht erledige ich. Sie können sich setzen und Pause machen.« Er deutete auf die Sitzbank, die im Schatten des Großsegels lag. Sie nahm sein Angebot an, dankbar, ihren Beinen eine Rast gönnen zu können, und glücklich, eine Weile nur beobachten zu müssen.

Dennis stand kerzengerade da, die nackten Füße fest auf dem hochglanzpolierten Teakdeck. Alles an ihm wirkte präzise, effizient und wachsam. Er war von Kopf bis Fuß Marineoffizier. Völlig anders als der Mann, der am Tag ihrer ersten Begegnung die Weinflasche geöffnet hatte. Er sah aus, als wäre er wieder im Dienst. Seine Aufmerksamkeit und Konzentration verunsicherten Heather ein wenig, aber vielleicht war das gar nicht so schlecht. Denn alle Vorsicht fahren zu lassen und etwas zu tun, das sie später bereuen würde, stand nicht zur Debatte.

Sie wechselten sich am Steuer ab. Bei gleichbleibendem Wind und kaum verändertem Kurs machten sie stete sechs Knoten. Dennis trimmte die Segel wie ein Künstler, der winzige Pinselstriche ausführt und dann einen Schritt zurücktritt, um sein Werk zu bewundern. Eine Vierteldrehung der Winschkurbel hier, eine kleine Anpassung der Ruderausrichtung dort. Dieser Mann war eins mit dem Meer und dem Wind. Sein Können und seine Leidenschaft hatten etwas Elementares.

Doch Heather wusste so gut wie nichts über ihn.

»Wie ich sehe, lieben Sie das Segeln«, bemerkte sie in der Hoffnung, eine Unterhaltung zu beginnen.

»Ja«, antwortete er.

Hätte es sich um ein Patientengespräch gehandelt, wäre sie so nicht weit kommen. Sie startete einen neuen Versuch. »Was genau lieben Sie daran?«

»Die Freiheit. Hier draußen gibt es nur den Wind und das Wasser.«

Heather fiel auf, dass er immer wieder längere Zeit wehmütig zum Horizont blickte. Bisweilen schien er sogar zu vergessen, dass sie bei ihm war, und es sah aus, als wünschte er, allein zu sein.

Der Wind und die Bewegungen des Bootes forderten seine permanente Aufmerksamkeit, weswegen sie zwei oder drei Stunden lang wortlos dahinsegelten.

»Soll ich uns etwas zu trinken machen?«, fragte Heather, eher weil sie sich beschäftigen wollte, als weil sie Durst hatte.

Er beschrieb ihr, wo sich die Kaffeekanne befand. In der winzigen Hauptkabine, in der Dennis seiner Aussage nach wohnte, war alles picobello aufgeräumt. Gut möglich, dass es irgendwo eine Ehefrau gab und sein *Modus Operandi* darin bestand, leichtgläubigen Engländerinnen romantische Märchen zu verkaufen. Bislang hatte Dennis nicht versucht, sie zu verführen oder um Geld anzubetteln, indem er ihr eine traurige Geschichte von einem Freund oder Verwandten in Not erzählte oder behauptete, das Boot benötige dringend eine teure Reparatur, die er sich nicht leisten könne. Größere Sorgen bereitete ihr seine Unaufmerksamkeit, seit sie aufgebrochen waren.

Während sie wartete, dass der Kaffee in der Kanne auf dem Gasherd durchlief, versuchte sie, das Gleichgewicht zu halten, wenn das Boot die Wellen durchkämmte. Sie konnte es sich nicht verkneifen, nach Hinweisen auf die Persönlichkeit des geheimnisvollen Griechen zu suchen, dem sie gerade ihr Leben anvertraute. In der Bugkabine stand ein mit einfachen weißen Baumwolllaken ordentlich gemachtes Bett. Die Kombüse war sauber und wirkte, als hätte sich jeder Gegenstand darin seinen Platz verdient, von der einen Pfanne über die beiden Trinkgläser bis zu dem Block mit Profimessern, jedes davon oft benutzt und gut gepflegt. Nichts war dem Zufall überlassen.

Wenig später tranken sie an Deck schweigend den Kaffee und schauten zu, wie die Segel flatterten und sich bauschten, wenn der Wind in sie hineinfuhr. Irgendwann begann Heather, den Geschwindigkeitsmesser zu beobachten, und jedes Mal, wenn eine Windböe auf das Boot auftraf und sie einen Knoten oder zwei schneller wurden, spürte sie so etwas wie Erregung in sich aufsteigen. Während einer kurzen Flaute, in der die Segel schlaff herunterhingen, fragte Heather Dennis, wie lange ihm das Boot schon gehöre.

»Zehn Jahre«, antwortete er. »Ich habe es gekauft, als ich in den Ruhestand gegangen bin, damit ich beschäftigt bleibe. Es war in erbärmlichem Zustand und hat mich zahllose Stunden und viele Tausend Euro gekostet, es wiederherzurichten.«

»Das ist Ihnen sehr gut gelungen. Man sieht, dass es ein Liebesdienst war.«

Er nahm einen kleinen Schluck Kaffee. »Ältere Boote erfordern Sorgfalt und Achtung. Man muss sanft mit ihnen umgehen, Können und Geduld besitzen und wissen, was man tut. Die neueren sind nicht so kompliziert, haben aber keinen Charakter und keine Geschichte.« Er blickte ihr in die Augen. »Das ist wie bei Frauen. Je älter, desto einzigartiger und meiner Ansicht nach schöner.«

Sollte das der Beginn eines Verführungsversuchs sein? Heather war dankbar für die kühle Brise auf ihrem heißen Gesicht.

»Und desto klüger«, fügte sie mit fester Stimme hinzu.

»Genau. Der *Athena* kann man nichts vormachen.«

Da bemerkte sie etwas hinter ihm. Eine Insel.

Ithaka.

Dennis wies sie an, das Steuer zu übernehmen, während er die Segel reffte. Der Wind war abgeflaut, in der vergangenen halben Stunde hatten sie kaum drei Knoten gemacht. »Das letzte Stück fahren wir mit Motorkraft, sonst schaffen wir es nicht rechtzeitig zurück. Keine Sorge, heute Nachmittag wird der Wind deutlich stärker sein, und wir werden gut vorankommen.«

Beim Lärm des Motors war es schwierig, sich zu unterhalten. Heather stand neben Dennis, während dieser steuerte. Dabei bemerkte sie über dem Dashboard ein kleines Messingschild mit dem Namen des Schiffsbauers und dem Jahr, in dem das Boot konstruiert wurde. Heather und die *Athena* waren gleich alt. Von dem Zeitpunkt an konnte Heather nicht mehr anders, als genau zu beobachten, wie Dennis mit dem Boot umging, wie seine großen Hände über das glänzende Steuer strichen, wie er das Holz streichelte. Es war, als liebkoste er eine Geliebte.

Heather versuchte, sich auf seine Anweisungen zu konzentrieren, als sie sich einer kleinen Bucht am nordwestlichen Zipfel der Insel näherten. Den Anker losmachen, das kleine aufblasbare Dingi einholen, das sie hinter sich hergezogen hatten, und auf Schwimmende in der Nähe achten. Das blaugrüne Wasser war so klar, dass sie bis zum Grund sehen konnte. Laut Tiefenmesser hatten sie nach wie vor zehn Meter unterm Kiel. Fische huschten um das Boot herum. Eine junge Frau im Bikini trieb in sicherem Abstand auf einer pinkfarbenen Luftmatratze vorbei.

Bevor Heather sich's versah, waren der Anker ausgeworfen und der Motor ausgeschaltet. Dennis hielt das Dingi nah am Boot, sodass Heather leicht einsteigen konnte. Die Wanderstiefel in einer Hand, die Tasche über der anderen Schulter und den nach seinem Bad im Jachthafen ein wenig ramponierten Hut auf dem Kopf, kletterte Heather in das Bötchen. Dennis folgte ihr, stieß sich vom sanft gerundeten Heck der *Athena* ab und nahm die Ruder. Jeder Handgriff saß.

»Stellen Sie Ihre Beine zwischen meine«, instruierte er sie und begann zu rudern.

Das Dingi war so klein, dass sich Hautkontakt nicht vermeiden ließ. Heather hatte ihr Leben lang, ohne zu überlegen, die Körper anderer Menschen berührt und ihre intimsten Stellen untersucht. Doch nun spürte sie jeden Millimeter nacktes Bein.

In Dennis' Händen glitten die Ruder mühelos durchs Wasser, und sie legten die kurze Distanz zu der Mole schnell zurück. Heather hätte schwören mögen, dass diese Mole sich bewegte, obwohl sie aus solidem Beton bestand. Falls Dennis das gleiche Gefühl hatte, ließ er es sich nicht anmerken.

Der helle Kiesel- und Sandstrand sah einladend aus,

und Heather hätte sich leicht überreden lassen, in einer der mit Bougainvillea bewachsenen Tavernen entlang der schmalen Bucht genüsslich zu Mittag zu essen und danach zu einem Schläfchen in den warmen Sand zu sinken. Wenn sie wollte, konnte sie das in den endlos langen Wochen, die vor ihr lagen, immer noch tun. Wie Jeffrey erklärt hatte, gab es am Mittelmeer sandigere Strände. Aber hinter keinem davon ragten so geschichtsträchtige Hügel auf. Vielleicht, dachte sie, war dies genau der Ort, von dem aus Odysseus losgesegelt und zu dem er schluss-endlich zurückgekehrt war. Dennis schritt voran und blieb vor einem weiß getünchten Häuschen stehen. Dort unterhielt er sich mit einem alten Mann, der von einem Holzstuhl aus das Treiben beobachtete.

»Eh, Jorgios!«, rief er einem jüngeren Griechen in Dennis' Alter zu, der gerade aus dem Innern des Hauses trat.

Nach einer kurzen Begrüßung und wiederholtem Schulterklopfen setzte Dennis sich auf ein Moped und ließ den Motor ein paar Mal aufheulen.

»Kommen Sie«, forderte er Heather auf. Er rutschte auf dem schmalen Sitz ein wenig nach vorn, um Platz für sie zu machen.

Hinten auf einem Motorrad? Ohne Helm? Doktor Heather war entsetzt. Doch die Auszeit-Heather rief: »Zum Teufel, ja!« Und kletterte darauf. Ihr blieb kaum Zeit, die Arme um Dennis' Taille zu schlingen, Esme in Heathers Tasche sicher zwischen ihnen, als sie schon, Staub aufwirbelnd, losbrausten. Dennis winkte dem alten Mann und Jorgios zum Abschied zu.

Heather hatte noch nie zuvor auf einem Motorrad gesessen und ihren Töchtern vor Jahren das Versprechen abgenommen, niemals auf einem mitzufahren. Notaufnahmeerinnerungen an zerquetschte Gehirne und zersplitterte Knochen hatten sie vorsichtig werden lassen. Trotzdem raste sie gerade, den muskulösen Oberkörper eines praktisch Fremden umklammernd, eine ausländische Straße voll Geröll entlang, legte sich, ohne etwas zu sehen, in Kurven und ließ sich die Haare vom Wind zerzausen.

Die Straße schlängelte sich vom Strand nach oben und mündete nach einer Weile in einen kleinen Dorfplatz. Dennis parkte das Motorrad im Schatten eines großen Baumes, streckte Heather die Hand hin und half ihr herunter. Er war mehr Gentleman als die meisten Engländer. Über ihren Köpfen zwitscherten Spatzen, und ein weißer Schmetterling flatterte um Heathers Kopf herum. Ihr taten die Arme weh vom Festhalten; sie schüttelte sie, um das Taubheitsgefühl loszuwerden.

Dennis ging ihr voran zu einer grauen Büste auf einem Podest aus Stein. »Darf ich vorstellen? Odysseus«, sagte er stolz.

Heather betrachtete das Porträt skeptisch. Niemand wusste, wie Odysseus ausgesehen oder ob es ihn überhaupt jemals gegeben hatte. Ihre einzige Referenzgröße war eine vage Erinnerung an Kirk Douglas in dem Film *Die Fahrten des Odysseus* von 1954. Film und Büste waren gleichermaßen enttäuschend: der Film zu altmodisch und die Skulptur zu modern. Sie zog die Version vor, die ihre Fantasie anhand von Homers Beinamen für ihn erschaffen hatte. Der listenreiche, verschlagene, großherzige Odysseus; der Taktiker und geniale Kriegsherr; der Mann zahlreicher Finten und Wendungen.

Als Dennis ihre laue Reaktion auf das Gesicht des berühmten Helden aus der Bronzezeit bemerkte, führte er sie zu einem Holzverschlag, unter dem sich eine kleine Freiluftausstellung befand, und zeigte auf einen Schaukasten mit einem Modell von Odysseus' Palast. Wie die Büste besaß diese Rekonstruktion wenig Ähnlichkeit mit dem Bild in Heathers Kopf.

»Es gibt auch ein Museum«, erklärte Dennis voller Eifer. »Dort sind einige Artefakte aus einer Grotte in der Nähe ausgestellt, aus der Höhle der Nymphen. Wenn Sie wollen, können wir auf dem Rückweg dort vorbeifahren.«

Heather nickte und fragte sich, wie oft er schon Reiseführer für Touristinnen gespielt hatte.

Auf dem Dorfplatz kamen sie an einer karamellfarbenen Kirche mit terrakottafarbenen Kuppeln vorbei.

»Sankt Sotiris«, erläuterte Dennis. »Im August findet hier ein religiöses Fest statt. Zwei Tage und Nächte lang kommen die Leute von der ganzen Insel zum Essen, Trinken und Tanzen zusammen.«

Das Ähnlichste, was die St Luke's Parish Church von Netherwood in dieser Hinsicht zu bieten hatte, war eine Mitternachtsmesse am Heiligabend, nachdem der Rugbyklub im Four Candles hinausgeworfen war. Heather dachte an die fröhlichen Glöckner und ihren geheimen Vorrat an Sherry und Shortbread im Glockenturm. Wenn sie nicht nach Griechenland gereist wäre, hätte sie sich möglicherweise ihnen angeschlossen.

»Kommen Sie«, sagte Dennis und startete das Motorrad. »Wir fahren noch ein bisschen weiter hinauf und gehen dann zu Fuß zum Palast.«

Als Heather sich erneut an ihm festklammerte, schnupperte sie schamlos an seinem Hemd. Und roch ein Waschmittel, das sie nicht kannte, ein Aftershave mit Moschusduft und eine Ahnung von Schweiß. Es war schon sehr warm, mindestens dreißig Grad, schätzte sie, und die Baumwolle klebte an seinem feuchten Rücken. Erregung lief prickelnd durch ihre Arme und ihren Körper und diesmal bis hinunter zu dem heißen Sattel des Motorrads zwischen ihren Beinen. Als sie über ein Schlagloch in der Straße holperten, breitete sich ein verklärtes Lächeln auf Heathers Gesicht aus.

Kapitel 24

Ruiniert

Sie hielten an einem Schild mit der Aufschrift ARCHÄO-
LOGISCHE FUNDSTÄTTE. »Schule des Homer«. Heather
wunderte sich über die Anführungszeichen und den
unauffälligen Eingang zu einem Ort von so historischer
Bedeutung. Dennis schritt voran, unverzagt die Stufen hinauf und einen unebenen, steinigen Pfad entlang. Gelbe
Schilder mit Pfeilen markierten den Weg. Heathers nagel-
neue Wanderstiefel bestritten ihren ersten Ausflug.

Bei dem Aufstieg war es ziemlich heiß, auch wenn hin
und wieder windzerzauste Olivenbäume Schatten spendeten. Esme wog schwer in Heathers Tasche, aber diese
Exkursion wollte sie mit Sicherheit keinesfalls verpassen.
Heather war dankbar über jede kurze Verschnaufpause,
bei der Dennis ihr die örtliche Flora und Fauna erklärte.
Eine mit Blütenstaub beladene Biene kreiste träge um
einen Busch, während Heather einen Schluck aus ihrer
Wasserflasche nahm. Die einzigen Geräusche, die das
permanente Zirpen der Zikaden übertönten, waren das
Knirschen ihrer Schritte und das gelegentliche Bimmeln
einer Glocke von einer fernen Ziege. Die nach wildem Sal-
bei duftende Luft fühlte sich an wie in einer Sauna. Als
sie die Fundstätte endlich erreichten, zitterten Heather
die Oberschenkel, und ihre Brust brannte. Das Gassige-
hen mit Stan in Netherwood hatte sie nicht auf solche An-
strengungen vorbereitet. Hoffentlich war das Ganze die
Mühe wert, und sie würde nun den realen Hintergrund
der alten Mythen kennenlernen, dachte sie.

Heather wusste nicht so genau, was sie erwartet hatte. Natürlich keinen richtigen Palast. Vielleicht etwas Ähnliches wie Pompeji, sorgfältig ausgegrabene Ruinen, hilfsbereite Fremdenführer und jede Menge Fotomotive. Jedenfalls keine Steinhaufen, die eher an ein dreihundert als an ein dreitausend Jahre altes Gebäude erinnerten. Dafür hektische Aktivitäten von Archäologen, die damit beschäftigt waren, die Geheimnisse des alten Mykene sowie des angeblich früher an dieser Stelle befindlichen Palastes zu enthüllen. Nein, diese Fundstätte lag verlassen da. Heather und Dennis waren offenbar als Einzige töricht genug, sich in dieser Hitze heraufzuwagen.

Allerdings bot sich ein spektakuläres Panorama; von hier oben konnte man drei Buchten sehen, darunter auch die, in der die *Athena* träge Kreise um ihre Ankerkette beschrieb. Die steinige Hügelflanke war mit niedrigen Sträuchern und langem braunem Gras bewachsen, dazwischen die eine oder andere höhere Kiefer oder Zypresse, die sich dem strahlenden Mittagshimmel entgegenreckte. Eine wilde, raue Landschaft, ganz anders als die üppig grünen Erhebungen und bewaldeten Gebiete rund um Netherwood. Ihre Schönheit schien eher in ihrer Geschichte und ihren Mythen zu existieren als in Postkartenmotiven.

»Na, wie finden Sie es?«, fragte Dennis, die Hände in die Hüften gestemmt, jungenhaft begeistert.

»Ein intensiver Ort. Hier spürt man den Hauch der Geschichte. Allzu viel ist natürlich nicht zu sehen, aber mit ein bisschen Fantasie kann ich mir Penelope vorstellen, wie sie sehnsuchtsvoll aufs Meer hinausblickt. Es muss schwer für sie gewesen sein, ihren Sohn praktisch allein aufziehen zu müssen.« Heather strich mit den Fingern über das feine Grün eines Ginsterbuschs.

Dennis' Grinsen verschwand, er senkte den Blick.

»Entschuldigung. Das hätte ich nicht sagen sollen.«

»Es ist die Wahrheit«, erwiderte er. »Die Tätigkeit bei der Marine war nicht sonderlich familienfreundlich. Meine Frau ...«, er schwieg kurz, »... meine Exfrau war eine ausgezeichnete Mutter, und unsere Kinder sind zu freundlichen, fleißigen Menschen herangewachsen, auf die ich sehr stolz bin. Auf mich selbst bin ich weniger stolz.«

»Das muss für Sie beide sehr hart gewesen sein.« Am besten ließ man die Menschen ihre Geschichten auf ihre Art und in ihrer Geschwindigkeit erzählen.

»Das Schlimmste war, dass meine Frau mit der Bitte um Scheidung bis zu meinem Ruhestand gewartet hat. Wahrscheinlich war ihr das Alleinsein mittlerweile so in Fleisch und Blut übergegangen, dass sie sich nicht daran gewöhnen konnte, mich die ganze Zeit um sich zu haben. Nun mussten wir Problemen ins Auge blicken, die wir während unserer gesamten Ehe verdrängt hatten, Dingen, die sich leicht ignorieren ließen, solange ich auf See war.«

»Da sind Sie nicht allein.« Heather berührte tröstend seinen Arm. »Soweit ich gehört habe, steigt die Scheidungsrate bei Paaren über sechzig rapide an, wenn sie in Rente gehen. Für Frauen, die zu Hause geblieben sind und sich um die Kinder gekümmert haben, muss es schwierig sein zu akzeptieren, dass ihr Mann nun plötzlich die ganze Zeit über da ist.«

Er zuckte mit den Achseln. Sie schlenderten durch die Ausgrabungsstätte, schauten in einen nicht mehr genutzten Brunnen, in einen Tunnel und eine verlassene Treppe hinauf. Als Heather mit ihrem Smartphone Fotos machte, achtete sie darauf, dass Dennis auf keinem zu sehen war. Er erbot sich, sie auf einem Mauerstück abzulichten, doch sie lehnte dankend ab. Sie würde sich lieber auf ihre Erinnerung verlassen.

Dennis erzählte ihr, der Staat habe nicht genug Geld für weitere Ausgrabungen. Die Wirtschaftslage in Griechenland sei sehr angespannt, die vorhandenen Mittel würden seiner Ansicht nach völlig zu Recht für die Versorgung der heutigen Bürger verwendet statt dafür, die Mythen der Vorfahren aufzudecken.

»Griechenland nimmt so viele Flüchtlinge und Asylsuchende auf, die mit dem Boot hier ankommen«, bemerkte Heather und reichte Dennis ihre Wasserflasche. »Das ist sicher eine große Last.«

Schlagartig änderte sich Dennis' Stimmung. Er gab ihr die Flasche zurück, ohne etwas getrunken zu haben.

»Wir sollten uns auf den Weg machen«, meinte er kühl. »Zurück nach Argostoli ist es ziemlich weit.«

Er entfernte sich wortlos. Hatte sie etwas Falsches gesagt? Welchen wunden Punkt hatte sie da getroffen?

»Dennis, warten Sie!«, rief sie ihm nach und stolperte über den unebenen Boden, um mit seinen langen Beinen Schritt zu halten. »Warten Sie!«

Die Wasserflasche klapperte in ihrer Tasche, und Esme wog schwerer denn je. Schweiß rann Heathers Hals hinunter in ihren Ausschnitt. Wenigstens ging es jetzt nur noch bergab. Sie hoffte, dass es in dem Museum, von dem Dennis gesprochen hatte, eine Klimaanlage gab, und mühte sich weiter, während der Abstand zu Dennis immer größer wurde.

Später erinnerte sie sich daran, wie sie auf einem losen Stein ausgeglitten war, gefolgt von einer Schmerzexplosion in ihrem Knöchel, als ihr Gewicht ihn unnatürlich verdrehte. Ob sie ein Knacken hörte oder es eher spürte, wusste sie nicht so genau. Als Nächstes nahm sie den braunen Staub wahr, der ihr entgegenwirbelte, und wie ihr Körper auf den Boden krachte. Dann drehte sich ihr Denken nur noch um den Schmerz.

Dennis war blitzschnell bei ihr. Offenbar hatte er sie fallen gehört. Hatte sie aufgeschrien? Keine Ahnung. Heiße Tränen des Zorns über die eigene Dummheit brannten in ihren Augen. Dennis ging in die Hocke und half ihr, den Wanderstiefel auszuziehen, so vorsichtig, als würde er eine Bombe entschärfen. Und es schaute tatsächlich so aus, als wäre etwas unter der Haut detoniert. Ihr Fuß schwoll an; fast konnte sie sehen, wie das Blut aus den ausgefransten Enden der Bänder sickerte. Ihr Knöchel schickte unmissverständliche Signale an ihr Gehirn und forderte sie auf, liegen zu bleiben, sich nicht zu bewegen.

»Alles in Ordnung?«, erkundigte sich Dennis besorgt.

»Ich glaube schon. Verdammtes Sprunggelenk.«

»Sie müssen zum Arzt.«

Heather gelang ein spöttisches Grinsen. »Ich bin Ärztin.«

Er bedachte sie mit einem intensiven Blick. War der ein Zeichen frisch aufkeimender Achtung oder – wahrscheinlicher – der Ungläubigkeit darüber, dass so ein unbeholfenes Ding wie sie Verantwortung tragen konnte für andere Menschen?

Sie tastete die Knochen ab, und als sie feststellte, dass keiner schmerzte, seufzte sie erleichtert auf. »Eine Verstauchung«, diagnostizierte sie. »Höchstwahrscheinlich eine Außenbandzerrung des oberen Sprunggelenks. Gebrochen ist nichts.«

»Sind Sie sicher?«

Sie verzog die Mundwinkel zu einem gequälten Lächeln. »Würde ich es wagen, Ihnen zu erklären, wie man beim Segeln den Kurs berechnet?«

Er hob kapitulierend, auch ein wenig erleichtert die Hände. »Okay, Ihr Fachgebiet.«

Sie blieben eine Weile sitzen und überlegten, was zu tun sei. Bis zur Straße und zum Motorrad war es etwa ein halber Kilometer. Die Idee, das Moped zu holen, verwarfen sie, denn ein Unfall genügte für diesen Tag.

»Schauen Sie, ob Sie stehen können.« Er half ihr auf und hängte ihre Tasche über die Schulter. Da bemerkte Heather das Häuflein fahlgrauer Asche an der Stelle, wo die Tasche – und vermutlich die Urne darin – aufgegangen war. Sie konnte nur hoffen, dass der Rest von Esme in der Tasche blieb und sie ihn später wieder in die Urne füllen konnte. Momentan hatte sie zu starke Schmerzen, um Dennis alles zu erklären. Ein Teil von Esme würde für immer auf diesem Hügel bleiben. Nun, es gab schlechtere Orte.

Schon bald wurde klar, dass Heather nicht in der Lage sein würde, den Pfad weiterzugehen. Sie konnte ihren Fuß kaum belasten, und obendrein war der Boden ziemlich uneben. Heather spürte, wie Tränen sich mit dem Schmutz auf ihren Wangen vermischten. Dumme Tränen. Wie sie wohl aussah? Das war ihre Strafe, ihr Karma. Falls sie bis dahin nicht an den Zorn der rachsüchtigen Götter geglaubt hatte, tat sie es auf jeden Fall jetzt. Sie machten sich über sie lustig. Geschah ihr recht. Sie hatte keine Vorsicht walten lassen, nicht sämtliche möglichen Komplikationen und Konsequenzen bedacht. Das hatte sie nun von ihrem Glauben an Märchen und von ihrer Spontaneität.

Dennis wandte ihr den Rücken zu und stellte sich breitbeinig hin. »Klettern Sie rauf.«

»So ein Quatsch! Sie können mich nicht den ganzen Weg runtertragen.«

»Haben Sie eine bessere Idee?«

Nein.

Huckepack mit ihr kam Dennis nur langsam voran. Er war kein junger Mann mehr, und obwohl sie albernerweise den Bauch einzog, um sich leichter zu machen, fühlte sich der Abstieg mit jedem seiner Schritte noch mühsamer an. Als sie vorschlug, eine Pause einzulegen, nach der sie versuchen würde, die letzte Etappe des Weges selbst zu humpeln, hielt er sie noch fester an den Knien und drückte die zu Fäusten geballten Hände gegen seine Seiten.

»Entspannen Sie sich«, wies er sie an. »Es ist leichter, wenn Sie sich nicht so verkrampfen.«

Obwohl das ihren sämtlichen Instinkten widersprach, lockerte sie ihre Muskeln und ließ sich auf seinen starken Rücken und seine breiten Schultern sinken. *Musculus trapezius. Musculus latissimus dorsi. Musculus rhomboideus major et minor.*

»Schon besser«, konstatierte er.

Schließlich erreichten sie die Straße, wo ein junges Paar, das gerade nach oben wollte, sie fragend ansah. Die beiden lächelten, als deuteten sie das Ganze als romantisch, als einen Ehemann, der seine erschöpfte Angetraute trug.

Heather bot Dennis den letzten kleinen Rest Wasser aus ihrer Flasche an. Er nahm lediglich einen Schluck und bestand darauf, dass sie den Rest trank.

»Tut mir leid«, sagte sie.

»Was?«

»Dass ich mich so dumm anstelle.«

Er deutete auf ihren Knöchel. »Der hat nichts mit Intelligenz zu tun«, meinte er. »Manche Dinge passieren einfach. Eigentlich sollte ich mich entschuldigen. Jetzt haben wir keine Zeit mehr fürs Museum, und wir müssen uns beeilen, damit wir es vor Einbruch der Dunkelheit zurück schaffen.« Er blickte aufs Meer hinaus, wo sich Schaumkronen auf dem Wasser bildeten und der Horizont dunstig wirkte.

Heather schmerzte die Hüfte von dem Sturz, und ihr Rücken begann erneut, sich zu verkrampfen. Sie stieg vorsichtig aufs Motorrad. Dennis lenkte es langsam den Berg hinunter, durch den Ort und zurück zur Mole, wo er Heather in das Dingi verfrachtete, bevor er Jorgios die Maschine zurückbrachte.

»Sind Sie gut mit ihm befreundet?«

»Mit Jorgios? Wir haben beide in Athen studiert.«

Bis dahin war ihr nicht in den Sinn gekommen, dass er eine Universität besucht haben könnte. »Was haben Sie denn studiert?«

»Mathematik.«

Warum überraschte sie das? Er sah genauso wenig nach einem Mathematiker aus wie sie vermutlich nach einer Ärztin. Sie schwieg, damit er sich aufs Rudern konzentrieren konnte. War er wütend auf sie, oder mochte er einfach nicht über seine Vergangenheit reden? Nun verhielt er sich ganz anders als der herzliche, gastfreundliche Mann, den sie tags zuvor kennengelernt hatte. Irgendetwas hatte ihn aus der Fassung gebracht, und zwar noch bevor das mit dem verdammten Knöchel passiert war.

Mit einer komischen Kombination aus Klettern und auf dem Hinterteil Rutschen gelang es Heather, sich irgendwie an Bord der *Athena* zu hangeln. Das Boot, das geduldig in der Bucht vor Anker gelegen hatte, während sie die Ruinen erkundeten, fühlte sich solider an als der lose Boden unter ihren Wanderstiefeln. Dennis bestand darauf, dass sie ihr Bein auf einem Stapel gefalteter Handtücher hochlegte, und füllte eine Plastiktüte mit Eis aus dem Kühlschrank in der Kombüse. Sobald der Motor angelassen und der Anker eingeholt und sicher verstaut waren, verließen sie die Bucht. Innerhalb von Minuten blähte sich das Großsegel im steten Nordwestwind. Kurz darauf verschwand Ithaka aus ihrem Blickfeld, und sie waren auf dem offenen Meer, dicht vor der Nordküste von Kefalonia.

»Ist das ein Marineemblem?« Heather deutete auf ein blau-weißes Wappen, das am oberen Ende der Stufen hinunter zur Kabine angeschraubt war. Da das Boot sich ansonsten eher schmucklos präsentierte, musste es eine Bedeutung besitzen.

»Ja, das ist das Siegel der griechischen Marine. Wenn Sie genauer hinschauen, erkennen Sie einen Anker vor einem christlichen Kreuz. Das symbolisiert den griechisch-orthodoxen Glauben. Dazu ein Dreizack für Poseidon, den Gott des Meeres. Im Trojanischen Krieg stand er den Griechen gegen die Trojaner bei.«

»Aber zu Odysseus war er nicht so nett, oder?«

Dennis lachte. Wie schön, dass die Anspannung allmählich von ihm abfiel! »Nein, nachdem Odysseus seinen Sohn Polyphem geblendet hatte, setzte er alles daran, ihn an der Rückkehr nach Ithaka zu hindern. Stürme, Schiffbrüche. Er wollte Rache.«

»Und was bedeutet die Schrift über dem Siegel? Ist das ein Motto?«

Dennis zeichnete die griechischen Buchstaben mit dem Finger nach. Μέγα τὸ τῆς θαλάσσης κράτος. »Es stammt aus Thukydides' Bericht über Perikles' Rede vor dem Peloponnesischen Krieg und besagt, es sei ›etwas Großes um die Beherrschung des Meeres‹.«

»Perikles? Ist das der mit der berühmten Gefallenenrede?«

»Sie kennen ihn?«

»Ja, könnte man so sagen.«

Sie musste an Alans Rede anlässlich seines Eintritts in den Ruhestand denken, die sie ihm letztlich verwehrt hatte. Man stelle sich vor, Perikles' Gattin hätte ihm den Mund verboten, weil er alle langweile. Beim Gedanken an Alans niedergeschlagene Miene schämte sie sich. Vielleicht war sie zu hart mit ihm ins Gericht gegangen. Sie hatte schon lange vor Beginn seiner Rede aufgehört, ihm zuzuhören. Sie hatten beide aufgehört, einander zuzuhören.

Kapitel 25

Basierend auf einem wahren Mythos

Dennis rief ein Taxi, das Heather zum Hotel zurückbringen sollte. Dem Schulterklopfen und den fröhlichen Scherzen nach zu urteilen war der Fahrer wieder einer von seinen Freunden oder Verwandten. Stavros, besagter Fahrer, um etliches älter als Dennis, sah aus, als hätte er seinen Schnurrbart von einem Pornostar der siebziger Jahre geborgt. Aber er wirkte freundlich und bemühte sich sehr, Heather sicher ans Ziel zu bringen. Außerdem weigerte er sich, Geld anzunehmen. In gebrochenem Englisch erklärte er ihr, jeder Freund von Dennis sei auch sein Freund. Ein weiteres Beispiel griechischer Gastfreundschaft.

Nachdem Heather auf höchst unelegante Weise, gestützt von der Dame an der Rezeption, die Treppe zu ihrem Zimmer hinaufgehumpelt war, plumpste sie aufs Bett. Mit schmerzenden Gliedern, Sonnenbrand und schlechtem Gewissen, dass sie den von Dennis so großzügig für sie geplanten Tag verdorben hatte, schloss sie die Augen und jammerte eine Weile voller Selbstmitleid vor sich hin. Ihr Knöchel war nicht weiter angeschwollen, doch die Haut leuchtete in den herrlichsten Violett- und Lilatönen. Und ihr Bein pulsierte im Takt mit den Schmerzen in ihrem Kopf.

Sie rutschte zur Bettkante und griff nach der Tasche. Eine Entschuldigung für ihre Pflichtvergessenheit murmelnd, schob sie das, was von Esme noch übrig war, zurück in die Urne.

»Nun mach schon«, forderte sie Esme auf. »Bringen wir das Ich-hab's-dir-ja-gesagt hinter uns.«

Esme drückte das, was sie ihr mitteilen wollte, aus, ohne ein einziges Wort von sich zu geben.

»Du hast mich ermutigt«, brummte Heather gereizt. Sie wälzte sich, unfähig, zur Ruhe zu kommen, auf dem Bett herum und zeichnete das Lebensbaummotiv auf der Suche nach Rat mit dem Finger nach.

»Meinst du, ich sollte Alan anrufen und ihm alles erzählen? Ihn dazu bringen, dass er mich im Hubschrauber nach Netherwood zurückholen lässt?«

Was genau sollte sie beichten? Zwischen ihr und Dennis hatte sich nichts Unschickliches zugetragen. Sie hatte sofort klargestellt, dass sie keinen Sex wollte, und enttäuschenderweise hatte er ihre Grenzen respektiert. Es wäre schön gewesen, ihn zu küssen, da sie das in ihrem Leben bislang lediglich mit einem einzigen Mann gemacht hatte. Sie war immer davon ausgegangen, dass Alan gut küsste. Was, wenn das Gegenteil der Fall war? Sie würde es nie erfahren. Es gab keinerlei Belege für ihre Theorie und auch keine Gegenbeweise. Um die Hypothese zu überprüfen, dass ihr Mann tatsächlich gut küsste, würde sie die hochwertigste Form einer klinischen Studie, nämlich die randomisierte kontrollierte, durchführen müssen. Und mit einer Stichprobengröße von eins hatte das keinen Sinn. Sie benötigte eine Kontrollgruppe. Das Problem lag nur darin, dass sie ihr Kontrollsubjekt nach dem heutigen Tag vermutlich nicht mehr wiedersehen würde. Vorausgesetzt, Dennis hatte nach der Schleppaktion den Hügel hinunter nicht bereits einen Herzinfarkt erlitten, würde er in ihr nun höchstwahrscheinlich das traurige Häuflein Elend sehen, das sie ja war, und fürderhin einen weiten Bogen um sie machen. Heather würde erneut unsichtbar werden, und die natürliche Ordnung der Dinge wäre wiederhergestellt.

Es war schon spät, als Heather merkte, dass sie Hunger hatte. Die Zimmerservicezeiten waren längst vorbei. Sie schob sich vorsichtig auf den Boden, robbte zur Minibar und nahm eine Tafel Schokolade und eine Flasche Retsina heraus.

»Rein medizinisch«, erklärte sie Esme. »Ich verschreibe mir selbst ein paar Stunden völligen Vergessens. Damit wäre ein weiterer Punkt auf meiner Löffelliste abgehakt.«

Fast konnte sie Esme sagen hören, laut William Osler habe »ein Arzt, der sich selbst behandelt, einen Narren als Patienten«.

Heather humpelte mit dem Glas zum Bett zurück und checkte ihr Handy, ob Nachrichten hereingekommen waren.

Drei verpasste Anrufe. Einer von Alan, zwei von Sarah.

Eine SMS von Tilly – *Dad hat Neuigkeiten* –, dazu ein Kohl-Emoji und ein lachendes Gesicht.

Heather fragte sich, wie all die Kids und ihre Eltern in Vorhandyzeiten ihr Leben bewältigt hatten. War kontaktierbar, aber nicht erreichbar schlimmer als überhaupt nicht kontaktierbar?

Sie rief zuerst Sarah an, hoffend und betend, dass Alans Neuigkeiten die waren, auf die sie alle warteten. Und die wollte sie zuerst von ihrer Tochter hören.

»Hallo, Mum«, meldete sich Sarah. »Alles in Ordnung?« Warum nicht?

»Mir geht's gut, danke.« Heather hielt die Antworten kurz, damit Sarah nicht merkte, dass sie getrunken hatte. »Ich habe mir Sorgen um dich gemacht.«

In dem Moment spürte Heather, wie sich etwas verschob. Zur Abwechslung sorgte Sarah sich einmal um sie, doch Heather plagte eher das schlechte Gewissen, als dass sie erleichtert gewesen wäre.

»Dad sagt, dein Pferd ist durchgegangen und hat versucht, dich zu ertränken.«

»Im Nachhinein betrachtet war's eigentlich ziemlich lustig«, erwiderte Heather.

»In deinem Alter solltest du vorsichtig sein, Mum.«

Zum Glück hatte Sarah ihre Mutter nicht ohne Helm auf dem Motorrad gesehen, weswegen sie nicht fragen konnte: »Moment mal, wer ist denn dieser Typ?«

»Du musst dir um mich keine Sorgen machen, Liebes, hier kann mir nichts passieren. Wie du mir freundlicherweise erklärt hast, bin ich schon groß und kann selbst auf mich aufpassen.«

»Ich weiß. Du bist eine starke, unabhängige und erschreckend fähige Frau«, meinte Sarah. »Wahrscheinlich sorge ich mich aus diesem Grund so sehr um dich. Deswegen sollst du ja aufpassen.«

Weil Heather nicht verstand, was sie damit sagen wollte, lenkte sie das Gespräch auf Sarah zurück. Ihr ging es gut. Ravi auch. Offenbar ging es ganz England ohne sie gut.

»Versprich mir, dass du Dad anrufst«, bat Sarah sie.

»Ist bei ihm alles in Ordnung?«

Kurzes Schweigen. »Du fehlst ihm, Mum.«

Nicht genug, um herzukommen, dachte Heather. »Mich wundert, dass ihm meine Abwesenheit überhaupt auffällt. Er hat ja das Gemüse und die Hühner und Kevin.«

»Manchmal würde ich euch am liebsten packen und eure Sturschädel zusammenschlagen. Wenn einer von euch was will, gibt keiner nach.«

»Hättest du mich lieber als perfekte, stets gutgelaunte Hausfrau, die sich um das traute Heim und die Kinder kümmert, während der Mann Karriere macht?«

Warum führten sie dieses Gespräch jetzt? Heather hatte immer geglaubt, Sarah stehe auf ihrer Seite und unterstütze ihre Entscheidungen. Doch was, wenn sich da jahrelang angestaute Ressentiments Gehör verschafften? Was, wenn sie, da sie ja praktisch von Mrs Gee aufgezogen worden war, nun die Wut an ihrer Mutter ausließ, weil diese wieder einmal nur ihre egoistischen Bedürfnisse befriedigen wollte?

Sarah stieß einen tiefen Seufzer aus. »Das meine ich nicht. Ich möchte nur sagen, dass ihr zwei perfekt zueinander passt, es aber gleichzeitig keine zwei Menschen gibt, die weniger miteinander verheiratet sein sollten als ihr.«

Sie passten perfekt zueinander. Wie Penelope und Odysseus.

»Du musst dir keine Sorgen machen, Sarah. Deinem Dad und mir geht's gut. Mit unserer Ehe ist alles in Ordnung. Doch momentan wollen wir unterschiedliche Dinge. Sobald das erledigt ist, läuft das Leben wieder wie gehabt.«

Am Ende gelang es Heather, Sarah zu beruhigen. Aber das Gesagte hing in der Luft wie die Abgase des Wagens von der Müllabfuhr, der unter ihrem offenen Fenster stand. *Läuft das Leben wieder wie gehabt.* Sie hatte keine Ahnung, wie alles enden würde. Nur eines wusste sie sicher: dass das Leben mit Alan keinesfalls wieder wie gehabt laufen konnte.

Als sie anrief, ging er sofort ran.

»Hast du meine Sprachnachricht erhalten?«, fragte er.

»Was für eine Nachricht?«

»Die mit dem Spinat.«

»Nein ...«

»Kevin behauptet, ein so großes grünes Blattgemüse

sei ihm noch nie untergekommen. Seiner Ansicht nach könnte der Spinat einen Preis gewinnen.«

»Beim Netherwood-Fest?«

»Nein, bei der Gartenschau in Darlingford.« Er klang so aufgeregt, als hätte sein Spinat beim Kricket einen Hunderterschlag im Oval erzielt. »Und er meint, meine Kürbissetzlinge hätten großes Potenzial. Du solltest sie sehen, Heather. Ich weiß, Eigenlob stinkt, aber sie sind wirklich ziemlich beeindruckend. Sagen wir mal so: In dieser Kürbiskutsche kann Aschenputtel ohne Weiteres zum Ball!«

Heather schenkte sich ein weiteres Glas Retsina ein und humpelte hinaus auf den Balkon. In der Ferne, weit weg von den Lichtern der Promenade, konnte sie ein paar Sterne erkennen. Dieselben Sterne würden über Netherwood funkeln. Heather fragte sich, warum sie und Alan, da sie doch inmitten von Feldern und offenem Land wohnten, niemals so spät draußen gewesen waren, dass sie einfach nur über das spektakuläre Universum staunen hätten können.

»Das ist ja unglaublich.«

»Ja. In unserem Garten ereignet sich gerade ein Wunder, Heather. Kevin meint, wir werden wahrscheinlich viel mehr ernten, als wir jemals essen können. Er schlägt vor, dass wir uns einen Stand auf dem Bauernmarkt teilen und dort das verkaufen, was wir nicht selbst brauchen, doch ich würde lieber Dads Beispiel folgen und mit dem frischen Gemüse so etwas wie eine Tafel für die Hilfsbedürftigen im Ort einrichten. Dad hat immer gesagt, dass diese Erde hier etwas Besonderes ist. Wie schade, dass er nicht sehen kann, wie gut die Pflanzen gedeihen.«

Er klang sehr emotional.

»Alles in Ordnung, Alan?«

»Ja, ich bin nur ein bisschen gerührt. Es ist nicht das

Gleiche, wenn man seine Freude mit niemandem teilen kann.«

»Was ist mit Tilly?«

»Die lässt sich nur selten blicken. Ich sehe sie kaum, bin allein mit Stan.«

»Nun mach mal halblang. Was du erzählst, klingt, als wärst du so beschäftigt, dass du gar keine Zeit hast, mich zu vermissen.« Schweigen. »Fehle ich dir, Alan?«

Sie hörte ihn tief Luft holen. »Natürlich. Das versteht sich doch von selbst.«

»Ja, klar.« Sie seufzte.

»Du fehlst mir«, meinte Alan. »Siehst du, jetzt habe ich es gesagt.«

»Genug, dass du herkommst?«

Er atmete ziemlich laut aus. Heather stellte sich vor, wie er sich mit den Fingern durch die Haare fuhr.

»Fehle ich dir genug, dass du nach Hause kommst?«

Heather leerte den Retsina und verzog das Gesicht über den Geschmack. Immerhin wusste sie nun, wo sie sich in der großen Weltordnung der Dinge einzusortieren hatte. Ein wenig unter den Kürbissen.

Er hatte also nichts begriffen. Betrachtete ihre Reise als netten kleinen Urlaub. Als etwas, das er ihr zugestand, während er sich an die gewichtige Aufgabe machte, den Ort ganz allein vor Skorbut zu erretten. Sie stellte sich vor, wie er im Supermarkt einer Bekannten begegnete und sich darüber beklagte, dass seine Frau sich mit einer Urne voller Asche nach Griechenland abgesetzt hatte. Was mitleidsvolles Kopfschütteln und Kasserollen vor der Haustür zur Folge hätte. Es würde nicht lange dauern, bis die »Wir-wollen-nicht,-dass-du-allein-bist«-Essenseinladungen sich in solche verwandelten, die dazu dienten, »unsere seit Kurzem wieder alleinstehende Freundin June kennenzulernen, deren Mann mit seinem Trichologen durchgebrannt ist«.

»Was hast du heute unternommen?«, erkundigte sich Alan.

»Ich bin zur Insel Ithaka hinübergefahren, um mir die Ruinen von Odysseus' Palast anzusehen.« Wie leicht es ihr fiel, ihm nur die halbe Wahrheit zu sagen, schockierte Heather.

»Höchst unwahrscheinlich«, erwiderte er. Fast konnte sie Alans spöttisches Schnauben hören. »Das Ithaka, auf das Homer sich bezieht, ist nicht real, sondern ein mythischer Ort.«

»Aber ich war dort, Alan. Es ist real.«

Er lachte. »Niemand weiß, wo es ist, oder ob Homer überhaupt jemals existierte. Gelehrte streiten sich schon seit Jahren darüber und behaupten, er bezöge sich auf alle möglichen Gegenden von Korfu bis Sizilien. Jemand hat sogar Dänemark ins Spiel gebracht. Wenn du die geografischen Angaben in der *Odyssee* mit dem heutigen Ithaka vergleichst, wirst du feststellen, dass die Insel, die du heute besucht hast, unmöglich die sein kann, zu der Odysseus zurückgekehrt ist.«

Heather verschlug es die Sprache. Ihre homerische Blase zerplatzte. Obwohl sie nicht leugnen konnte, dass irgendetwas nicht stimmte mit den Ruinen, die sie mit Dennis aufgesucht hatte.

»Ich habe es mit eigenen Augen gesehen, Alan. Überall standen offizielle Schilder.«

»Sei nicht naiv, Heather. Der Staat und die Leute in der Gegend wollen, dass du das glaubst. Sie möchten dir einen Mythos verkaufen. Es ist in ihrem Interesse, Touristen anzulocken.«

Doch bis auf das junge Paar war sie nirgendwo Touristen begegnet. Es wirkte, als wollte das moderne Ithaka seine Geschichte geheim halten, unverdorben und unkommerzialisiert bleiben. Sie sah das als starken Beweggrund, dem unbeweisbaren Mythos Glauben zu schenken. Dass Dennis gut und gern von dem griechischen Helden der Antike höchstpersönlich abstammen konnte. Was *wollte* sie glauben? Die romantische Illusion oder Alans kalte, pragmatische Realität?

Ihnen ging der Gesprächsstoff aus. Alan und Heather behaupteten simultan, sie müssten Schluss machen. Die Frage, was sie beide so spät am Abend noch vorhatten, stellte sich nicht. Wie typisch von Alan, ihr die Freude zu verderben! Wie typisch von ihr, auf ihrer Meinung zu beharren! Wie typisch, dass sie sich niemals erbittert über irgendetwas gefetzt hatten, dass ihre Auseinandersetzungen stets so, unaufgelöst, endeten! Kein Wunder, wenn die Leidenschaft auf der Strecke blieb.

Kapitel 26

Zwischen Baum und Borke

Ihr erster Gedanke war, wie sie so schnell wie möglich einen MRT-Termin bekommen könnte. Nicht von ihrem Knöchel, der über Nacht noch ihre pessimistischsten Prognosen übertroffen hatte, sondern von ihrem Gehirn. Sie litt unter Kopfschmerzen, Übelkeit und Schwindel, so stark, dass sie kaum das Gesicht vom Kissen lösen konnte. Bestimmt die Symptome eines Kleinhirninfarkts oder eines Hirntumors, dachte sie. Dann fiel ihr Blick auf die leere Flasche Retsina auf dem Tisch und das Glas.

Das Frühstück hatte sie verschlafen. Immerhin entging sie so Pat und Jeffrey. Heather fragte sich, ob die Bar des Poseidon schon offen war. Nur das reine Ethanol einer Bloody Mary wäre in der Lage, dem Effekt des Methanols entgegenzuwirken, das ihre Leber gerade in Formaldehyd umwandelte, jenes Konservierungsmittel also, das Fred, den Leichnam, an dem sie und Alan in Studentenzeiten gelernt hatten, vor der Verwesung bewahrte. Ein Anruf bei der örtlichen medizinischen Fakultät, um ihren Körper der Wissenschaft zu vermachen, und das Problem wäre ein für alle Mal gelöst.

Heather hatte nie sonderlich gut mit den Folgen von Alkoholabusus umgehen können. Weswegen sie Alkohol mied. Auch ihren Patienten hatte sie Mäßigung gepredigt, doch die ignorierten ihren Ratschlag im Allgemeinen. Heute hatte sie nun tatsächlich eine Närrin als Patientin.

Ein rascher Blick unter die Bettdecke verriet ihr alles über den Knöchel, was sie wissen musste, noch bevor sie zum Bad zu humpeln versuchte. Vorübergehend wurde sie von dem Schmerz durch die Erinnerung daran abgelenkt, wie Dennis sie den Berg hinuntergetragen hatte. Und an das Gespräch mit Alan, das sie die Beherrschung verlieren und auf den Boden einer Flasche hatte sinken lassen, deren Inhalt wie Terpentin schmeckte.

Nach dem Duschen und einigen Paracetamol fühlte Heather sich geringfügig besser. Immerhin so gut, dass sie den Beschluss fasste, nicht den ganzen Tag im Zimmer zu bleiben und vor Selbstmitleid zu zerfließen. Wenn schon, konnte sie das am Strand machen. Schließlich befand sie sich in Griechenland und nur wenige Minuten entfernt von einigen der pittoreskesten Buchten der Welt. Laut Alans Aussage war die Katerpflege am Strand genau das, worum es bei Auszeiten ging.

Sie schlüpfte in ihren Badeanzug, zog ein lockeres Kleid darüber und nahm Tasche und Hut. Als sie gerade ausprobierte, wie stark sie ihren Knöchel belasten konnte, klopfte es. Ein halbes Dutzend schwerfälliger Hopser, und sie war auf der anderen Seite des Zimmers. Sie stützte sich an der Wand ab und öffnete die Tür.

»Guten Morgen, Mrs Heather«, begrüßte eine junge Frau sie. »Die sind für Sie.«

Die Frau, die ihrer Kleidung nach zu urteilen von der Rezeption kam, hielt ein riesiges Blumenbouquet im Arm, dessen Farben so grell waren, dass sie Heather in den Augen schmerzten: indigoblaue Iris, malvenfarbene Anemonen, magentafarbene Gladiolen und ein Zweig sternförmiger Blümchen im Blau des Morgenhimmels.

»Für mich?«

»Ja, die wurden vor ein paar Minuten von einem Mann unten abgegeben.«

»Von was für einem Mann?«

Die Dame zuckte mit den Achseln. »Von einem Griechen.«

Heather suchte den von Hand gebundenen Strauß nach einer Karte oder Nachricht ab. Sie hätte gern gefragt, wie der Blumenbote aussah. War er einfach nur ein Kurier gewesen oder ein älterer Exmarinetyp mit fantastischen Knien? Doch die Frau hatte sich bereits entfernt. Heather humpelte ins Zimmer zurück und schaute sich nach etwas Vasenähnlichem um. Das einzig geeignete Gefäß – abgesehen von Esmes Urne – war der Wasserkrug. Gut, dann also der Krug.

Sie löste das Band um die Stiele und arrangierte die Blumen mit wachsender Verunsicherung. Wer hatte sie geschickt? Alan als Geste der Zuneigung oder möglicherweise Entschuldigung? Oder Dennis?

Alan war für Großzügigkeit an der Blumenfront nicht gerade bekannt. Blumen waren nicht Teil seines Ausdrucksrepertoires. Lediglich ihre stundenlangen Qualen bei der Geburt der beiden Kinder hatte er damit gewürdigt. Auch der attraktiven Hebamme, die Tilly auf die Welt half, hatte er einen Strauß geschickt, als Entschuldigung für das Geschrei, das Heather bei der Entbindung gemacht habe, erklärte er.

Aber was, wenn diese unerwartete Gabe sein Versuch war, Kontakt mit ihr aufzunehmen? Das konnte sie nur erfahren, wenn sie ihn fragte. Stammten sie jedoch nicht von Alan, hätte er sehr berechtigten Grund zur Sorge, dass ein anderer Mann seiner Frau Blumen schickte. Und was, wenn sie tatsächlich von ihm kamen und sie sich nicht bei ihm bedankte?

»Weißt du eine Lösung?«, fragte Heather Esme.

Das Lebensbaumemblem war auf den Strauß ausgerichtet, als bewunderte es ihn. Esme hatte Blumen immer geliebt und sich nach Aubreys Tod nach besten Kräften um seinen geliebten Garten gekümmert. Heather hatte noch den Geruch des Geißblatts in der Nase, das sich um den Eingang des pittoresken Clark-Cottage, des Postkartenmotivs Nummer eins im Ort, rankte. Und sie hatte die Fluten von Lavendel, Geranien und Hortensien vor Augen, die die Blumenbeete füllten, und konnte das Summen der Bienen dazwischen hören. Am Ende hatte dieser Garten Esme trotz ihrer wackeren Bemühungen überfordert. Sie hatte das Haus verkauft und war nach The Willows gezogen. Die neuen Eigentümer hatten die Beete zubetoniert und parkten nun ihre Autos an der Stelle von Aubreys letztem Atemzug.

Unfähig zu entscheiden, was sie hinsichtlich der Blumen unternehmen sollte, entschied sie sich fürs Nichtstun. Sie fuhr mit dem Taxi die kurze Strecke zum Strand, humpelte über heiße, sandige Kieselsteine und ließ sich auf einen freien Liegestuhl plumpsen. Heather war erleichtert, sich wieder in der Horizontalen zu befinden, und dankbar, dass sich nach wie vor genug Alkohol in ihrem Blut befand, um den Schmerz im Knöchel zu betäuben. Nachdem sie für den Liegestuhl bezahlt hatte, cremte sie sich mit Sonnenschutzmittel Faktor 50 ein und machte es sich mit ihrem Buch bequem. Odysseus war endlich zurück in Ithaka, verkleidet als Bettler, um Penelope auf die Probe zu stellen.

Es dauerte nicht lange, bis Heathers Magen zu knurren begann. Sie schaute sich nach einem Kellner um und erblickte einen jungen Mann, den sie zu sich winkte, um eine Virgin Mary und einen Schinken-Käse-Toast zu bestellen. Erst als er zu lachen anfing, erkannte sie ihn. Er war kein griechischer Kellner im Außendienst, sondern der junge Rucksacktourist aus dem Flugzeug. Der Bursche stellte sich ihr als James vor und amüsierte sich so sehr über die Verwechslung, dass er sich erbot, für sie an die Bar zu gehen. Wenige Minuten später kehrte er mit ihrem Drink zurück und brachte ihr auch noch das gewünschte Sandwich aus dem örtlichen Café. Beide entschuldigten sich dafür, einander nicht gleich erkannt zu haben, und plauderten dann wie alte Freunde. James hatte sich ein Jahr zum Reisen frei genommen, bevor er Jura studieren wollte, dafür monatelang in einem Pub gearbeitet und Geld gespart. Als er Heather fragte, ob ihr der Urlaub gefalle, gestand sie, dass sie das Gleiche mache wie er, sich nämlich eine Auszeit genehmige.

Darüber dachte er kurz nach. »Wie krass«, meinte er schließlich. »Du bist echt krass.«

Sie deutete das als positives Statement.

Wie viel leichter es doch war, Menschen in der Fremde kennenzulernen! Alan hatte sein freies Jahr damit verbracht, Mädchen hinterherzujagen, und wenn sie achtzehn und nicht sechsundsechzig wäre, würde sie Zeit mit James und seinen Freunden verbringen. Sie würden die örtlichen Bars und Klubs unsicher machen, vielleicht eine Weile miteinander unterwegs sein, mit derselben Fähre zur nächsten Insel übersetzen. Tun, wonach ihnen gerade war. Heather erkannte, wie dieses eine Jahr den Geist eines jungen Menschen verändern, seinen Horizont erweitern, ihm neue Ziele vermitteln und in manchen Fällen sogar seine gesamte Zukunft infrage stellen konnte. So ließ sich ohne weiteres glauben, dass die Welt einem tatsächlich zu Füßen lag. Vielleicht war es deshalb einfacher, sich eine Auszeit zu genehmigen, bevor man Verantwortung übernahm. Weil es dann so viel leichter fiel, sein Zuhause zu verlassen.

Nach einer Weile entdeckte James eine attraktive junge

Frau, die allein auf einem Liegestuhl saß, und entschuldigte sich mit der Erklärung, er wolle ein bisschen »mit ihr plaudern«. Heather leerte den Rest ihres scharf gewürzten Tomatensafts, knabberte sich durch die Selleriegarnierung und verschlang den Toast. Auf Ithaka war Odysseus mittlerweile seinem Sohn Telemachos über den Weg gelaufen, den er seit dessen Kleinkindertagen nicht mehr gesehen hatte und mit dem er nun einen Plan zur Massakrierung der Freier von Penelope ausheckte. Das war nicht so ganz das, was passierte, wenn lange Zeit voneinander getrennte Familienmitglieder in Fernsehshows zusammengeführt wurden, aber davon würde Heather sich die Freude an der Geschichte nicht verderben lassen. Schließlich gab es in den besten Familien Spannungen.

Da kam eine Nachricht auf ihrem Handy herein. Die war im grellen Sonnenlicht nur schwer zu lesen. Also hielt Heather ein Handtuch darüber. Die Nachricht stammte von einer ihr unbekannten Nummer, die mit 0030 begann. Eine griechische Telefonnummer.

Wie geht's Ihrem Enkel?

Sie schmunzelte. Dennis' Englisch war ausgezeichnet. Die Autokorrektur jedoch hatte da wohl bei dem Wort ›Gelenk‹ ein paar Buchstaben durcheinandergebracht. Vor dem Ausflug nach Ithaka hatten sie ihre Telefonnummern auf gute altmodische Art auf Papier ausgetauscht für den Fall, dass sich die Pläne änderten und sie einander benachrichtigen müssten. Einem Fremden ihre Nummer zu geben, war ein Risiko gewesen. Aber es wäre ja ganz einfach, die seine zu blockieren, wenn ihr bei der Sache nicht mehr wohl war. Und genauso leicht wäre es, ihn aus ihren Kontakten zu entfernen, bevor sie nach Hause zurückkehrte.

Heather tippte ihre Antwort.

Mein Enkel ist noch nicht geboren.

Die tanzenden Punkte verrieten, dass er seinerseits etwas tippte, dann verschwanden sie. Sie hatte ihn verloren.

Doch ich freue mich, Ihnen mitteilen zu können, dass es meinem Sprunggelenk heute schon viel besser geht!

Eine dreiste Lüge, aber für sie als Engländerin gab es nur eine akzeptable Antwort auf eine Frage nach ihrem Gesundheitszustand. Sollte sie sich wegen der Blumen erkundigen? Er hatte ihr von seiner Tochter, der Floristin, erzählt, doch das bewies nichts. Sie gab ein Blumen-Emoji ein und schrieb »Danke schön«. Ein Danke für die Blumen, wenn sie von ihm stammten, und ein Danke für die Erkundigung nach ihrem Knöchel, wenn nicht. Zufrieden mit dieser geschickten Lösung, wartete sie auf eine Antwort. Nichts.

Wenig später überprüfte sie ihre Nachrichten noch einmal. Nach wie vor nichts. Und auch nichts von Alan. Die Sonne war gewandert und verbrannte ihr nun die Füße. Sie bedeckte sie mit dem Kleid und wandte sich wieder der Passage zu, in der Argos, der treue alte Hund, der so lange auf die Rückkehr seines Herrn gewartet hatte, auf einem Misthaufen lag. Als Odysseus endlich den Palast erreichte, erkannte er ihn, leckte die Hand seines Herrn, wedelte ein letztes Mal mit dem Schwanz und verschied.

Heather schlug das Buch zu, weil sie es nicht ertrug weiterzulesen. Die Vorstellung von Stan mit vom Alter gebeugtem Rücken versetzte ihr einen Stich.

Stan.

Weder sie selbst noch Alan hätte gedacht, dass aus dem niedlichen flauschigen Fellbündel, das sie in einem Pappkarton nach Hause brachten, um die Leere nach dem Auszug der Mädchen zu füllen, eines Tages Netherwoods größter Hund werden würde. Einmal abgesehen von zerkratztem Mobiliar und zerkautem Schuhwerk hatte sie am meisten überrascht, wie das zottelige Tier die allgemeine Stimmung deuten und sogar nach den anstrengendsten Tagen durch ein einfaches Wedeln seines struppigen Schwanzes Trost spenden konnte. Stan war die Sprache, über die sie sich verständigten, wenn sie jenen besonderen Tonfall verwendeten, der ihm zu gefallen schien. Er war der Kitt, der sie verband, ein Gesprächsanlass, wenn sie eigentlich beide zu müde zum Reden waren. Er fehlte Heather. Ein kleiner Teil von ihr fragte sich, ob sie ihren Hund mehr vermisste als ihren Ehemann.

Ping.

Eine neue Nachricht auf dem Handy. Von derselben griechischen Nummer. Dem Kauderwelsch des Google-Übersetzers entnahm sie, dass Dennis sie als Entschädigung für das alles andere als perfekte Ende des gestrigen Tages zum schönsten Ort der Welt einladen wollte.

Sie schickten weitere Nachrichten hin und her. Leider befand sich das Ziel des Ausflugs auf der anderen Seite von Ithaka, mehr als eine Tagesreise weit weg. Dennis erklärte, er müsse ohnehin mit der *Athena* los, weil sein Freund, der Verwalter des Jachthafens, den Liegeplatz benötige. Er beabsichtige, mit dem Boot nach Sami zu segeln, dem Haupthafen an der Ostküste von Kefalonia. Dennis schlug vor, dass sein Taxifahrerfreund Stavros sie am Freitagmorgen von ihrem Hotel abhole. Bis dahin, hoffe er, habe sich die Sache mit ihrem Enkel geklärt. Um den Ausflug innerhalb eines Tages bewältigen zu können, würde Stavros sie zum Hafen von Sami bringen, der mit dem Wagen fünfundvierzig Minuten entfernt lag – dreißig Minuten, wenn Stavros' Frau wütend auf ihn war, fügte er mit einem Emoji, das zusammengebissene Zähne zeigte, hinzu. Was sie von dem Vorschlag halte?

Ein Ausflug zum schönsten Ort der Welt. Wie konnte sie ein solches Angebot ausschlagen?

Das Handy-Display war mit Sonnenmilch verschmiert, und ihre Finger zitterten so sehr, dass Heather nicht genau wusste, was sie als Antwort geschrieben hatte. Dennis reagierte jedenfalls mit einem augenzwinkernden Emoji.

Kapitel 27

Sonne, Sand und Schalentiere

Der anaphylaktische Schock des Jungen während des Fluges, das durchgehende Pferd, das Fast-Ertrinken beim Wasserskifahren und die haarsträubende Fahrt auf dem Motorrad – sie alle verblassten angesichts des Horrortrips nach Sami. Die Sicherheitsgurte in Stavros' Taxi hatten bessere Zeiten gesehen, weswegen Heather froh war, hinten zu sitzen, wo sie mithilfe der vorderen Kopfstütze die Sicherheitsposition einnehmen konnte. Stavros beteuerte in schwer akzentbefrachtetem Englisch, er kenne eine Abkürzung, durch die sich die Fahrzeit um fünf Minuten verringere. Besagte Abkürzung durch ein Feld voller Schweine verringerte dann eher Heathers Lebenszeit um fünf Jahre.

Esme hatte darauf bestanden mitzukommen. Unglücklicherweise rutschte sie vom Rücksitz, als Stavros in einer Kurve einer Ziege auswich. Erneut löste sich der lockere Verschluss der Urne, und Asche landete im Fußraum. Heather wischte zusammen, so viel sie konnte. Nun würde ein Teil von Esme die Ewigkeit auf einem historisch bedeutsamen Hügel über der Ortschaft Stavros verbringen und ein anderer im hinteren Teil des Taxis von einem Fahrer gleichen Namens herumkutschiert werden. Heather hatte den Eindruck, dass ihre Freundin nichts dagegen haben würde, diesem faltigen, aber auf markante Weise attraktiven Griechen Gesellschaft zu leisten. Vorausgesetzt, sie hatte kein Problem mit Schnurrbärten.

Dennis wartete, bekleidet mit blauen Shorts und einem

frisch gebügelten, bis zu den Ellbogen hochgekrempelten weißen Leinenhemd, am Kai. Er sah aus wie einer Werbeanzeige von Ralph Lauren entsprungen. Seine gebräunte, wettergegerbte Haut war der einzige Hinweis auf sein hauptsächlich unter freiem Himmel stattfindendes Leben. Ein oberflächlicher Betrachter hätte ihn vermutlich eher für einen wohlhabenden Wochenendsegler gehalten als für jemanden, der das ganze Jahr über auf einem Boot weilte.

Wieder weigerte sich Stavros, die druckfrischen Euroscheine zu nehmen, die Heather ihm zu geben versuchte, und half ihr auf die provisorische, von Dennis angebrachte Gangway. Heather gab sich Mühe, nicht zu humpeln. Obwohl ihr Knöchel nun wieder einen Teil ihres Körpergewichts tragen konnte, setzte sie sich erleichtert auf die gepolsterte Sitzbank der *Athena*, während Stavros darauf wartete, die Leinen loszumachen.

»Die nehme ich.« Dennis schulterte Heathers Tasche. Obwohl es ihn wahrscheinlich wunderte, dass sie immer so schwer war, fragte er nicht. Zusätzlich zu der Urne, die auch nach den Verlusten bestimmt noch ein paar Kilo wog, hatte Heather eine Flasche Wein und eine Schachtel *loukoumádes* dabei, köstliche frittierte Teigbällchen, garniert mit Honig, Sesam und Trockenfrüchten. Die Frau in dem Laden, in dem sie sie erstand, hatte ihr gesagt, sie seien im alten Griechenland der traditionelle Siegespreis bei Olympischen Spielen gewesen.

Der Motor der *Athena* keuchte und stotterte, als Dennis ihn anließ. Er murmelte aufmunternde Worte auf Griechisch. Als sein sanftes Drängen nichts bewirkte, sah er unter einer Luke nach, betätigte mehrere Schalter und startete einen neuen Versuch. Heather stellte sich vor, wie er als Befehlshaber auf einem Schiff mit den Leuten im

Maschinenraum redete. Hier auf seinem eigenen Boot war er Kapitän, erster Maschinist und Steuermann in Personalunion.

Erst nach einer Weile sprang der Motor knatternd an. Stavros, der trotz der furchteinflößenden Minutenjagd zuvor nun keinerlei Eile mehr zu haben schien, löste umgehend die Leinen und warf sie Dennis zu. Wie beim ersten Mal manövrierte dieser die *Athena* unbeschadet an den anderen Jachten und Fischerbooten im Hafen vorbei. Er schlug Heathers Angebot, das Steuer zu übernehmen, mit der Begründung aus, sie dürfe sich nicht überanstrengen.

»Wir fahren mit Motorkraft bis zum Ende der Wasserstraße, wo wir Segel setzen und versuchen, in der Mitte zwischen den beiden Inseln zu bleiben, Kefalonia Backbord und Ithaka Steuerbord«, erklärte Dennis. »Gegen Mittag wird ein starker katabatischer Wind von zwanzig bis fünfundzwanzig Knoten aufkommen. Schauen Sie.« Er deutete auf eine dichte Wolkendecke über den Bergen, die aussah wie Zuckerguss auf einem Kuchen.

»Dann brauchen wir heute also weniger Segel, stimmt's?«, fragte Heather, die sich an den Kurs in grauer Vorzeit erinnerte.

»Genau«, antwortete er. »Sehr gut. Uns wird es kaum treffen. Die Stelle, zu der wir wollen, ist geschützt und ruhig.«

Heather konnte sich vorstellen, dass die Crew Dennis geliebt hatte, weil er geduldig war und methodisch handelte. Er kannte das Meer und hatte Respekt davor.

Nun überließ er Heather das Steuer und stellte ihr eine Holzkiste hin, auf die sie sich setzen konnte. Am nördlichsten Punkt der Wasserstraße zwischen den beiden Inseln, wo das offene Meer vor ihnen lag und ein steter

Nordwestwind wehte, setzte Dennis das Großsegel. Anfangs bockte die *Athena* und wurde hin und her geworfen, und Heather kostete es Mühe, den Kurs zu halten, doch nun schlug sie ihrerseits sein Angebot aus zu übernehmen.

»Sachte, sachte. Kämpfen Sie nicht gegen den Wind«, riet er ihr. »Die *Athena* ist kein Rallyewagen.«

Und keine alte Klapperkiste von 1958 ohne Servolenkung. Heather lockerte ihre Armmuskulatur. Schon bald war sie in der Lage, mit kleinsten Bewegungen zu steuern und dem Boot selbst die Arbeit zu überlassen.

»Sie sind ein Naturtalent«, lobte Dennis sie mit einem strahlenden Lächeln.

Sie liebte dieses Lächeln, denn es war echt, und sie hatte das Gefühl, dass man es sich verdienen musste. Dennis stützte ein langes Bein auf das Dollbord, mit dem Körper hielt er das Gleichgewicht mittels des Achterstag, das zum Mast hoch führte. Die *Athena* war in ihrem Element; sie durchschnitt die Wasser des Ionischen Meeres mit Anmut und Zielstrebigkeit. Heather erkannte die gebräunten Hände auf dem Steuer kaum als ihre eigenen. Der Wind peitschte das Baumwollkleid um ihre Knie, und nach der drückenden Hitze an Land genoss sie die köstlich kühle Luft auf ihrer Haut.

»Schauen Sie!«, rief Dennis, packte sie an der Schulter und richtete ihren Körper zum Bug aus, wo ein Schwarm Delphine neben ihnen herschwamm.

Heathers Herz schlug jedes Mal schneller, wenn einer der eleganten dunklen Körper aus dem Wasser und wieder hineinglitt. Sie zählte vier oder fünf Delphine, einige ausgewachsen, andere noch Jungtiere, die hochsprangen, unter dem Bug des Bootes hindurch und auf der anderen Seite auftauchten und erneut verschwanden. Sie spielten, begleiteten sie aus Spaß an der Freude. Nun übernahm Dennis das Steuer und drängte Heather, nach vorn zu gehen, um die Delphine besser beobachten zu können. Sie duckte sich unter dem geblähten Großsegel hindurch und kroch auf Händen und Knien übers Deck, bis sie die Tiere fast berühren konnte. Plötzlich traten ihr Tränen der Freude in die Augen. Sie wischte sie mit dem Handrücken weg.

»Ich hole die Kamera.« Heather sah sich nach ihrer Tasche um.

»Nein«, erwiderte Dennis scharf. »Wenden Sie den Blick nicht ab, keine Minute. Freuen Sie sich an ihnen, solange sie da sind. Sie werden bald verschwinden.«

Er hatte recht. Kein Foto konnte dieser realen Erfahrung, die sie als kostbare Erinnerung abspeicherte, das Wasser reichen. Wie sie sich in diesem Moment gefühlt hatte, würde sie niemals vergessen.

»Unglaublich, nicht wahr?«, meinte Dennis grinsend. »Ich kann mich nicht an ihnen sattsehen.«

In diesem Augenblick gab es keinen anderen Ort auf der Welt, an dem sie lieber gewesen wäre. *Wenn dieser Moment nur ewig währen könnte!*, dachte sie.

»Delphine sind höchst intelligente und soziale Tiere«, erklärte Dennis. »Ihr Gehirn ist viel größer, als zur Kontrolle ihrer Körperfunktionen nötig wäre. Delphine jeden Alters tollen gern herum, sei es mit Spielzeug oder miteinander.«

»Wenn wir älter werden, vergessen wir manchmal, wie es ist, Spaß zu haben«, stellte Heather fest.

»Spielen gehört zum Lernen.«

»Und zum Lernen ist es nie zu spät.«

Die Delphine verschwanden genauso schnell, wie sie erschienen waren. Dennis verstummte und wurde nach-

272

denklich. Das erlebte Heather bei ihm nicht zum ersten Mal.

»Wissen Sie, dass ein verletzter Delphin von seinen Artgenossen gerettet wird? Dass sie ihm helfen, an die Wasseroberfläche zu schwimmen, damit er nicht ertrinkt?«

»Das wusste ich nicht«, gab Heather zu.

Danach sprach Dennis kaum noch und konzentrierte sich auf die Telltales oben auf dem Mast. Das gleichmäßige Stampfen und Gieren des Bootes wirkte einschläfernd auf Heather. Sie legte sich im Schatten der Segel auf die Bank und blickte auf den in der Hitze flirrenden Horizont. Und schlief schon fast, als Dennis die Segel der *Athena* reffte und mit Motorkraft in eine geschützte Bucht auf der nordöstlichen Seite der Insel fuhr. Heather, deren Knöchel sich nach der Pause bedeutend besser anfühlte, übernahm erneut das Steuer.

»Da rüber.« Dennis deutete auf drei Türme, die am südlichsten Ende der Bucht aufragten.

Eine Windböe wehte Heathers Kleid hoch und flaute wieder ab. Das Wasser hier war seicht; seine Farbe wechselte nahe beim Ufer, an dem hübsche weiße Häuser mit Ziegeldächern standen, von tiefem Blau zu leuchtendem Grün. Etwa ein Dutzend Boote – Charterjachten und Fischerboote – waren entlang des Kais vertäut. Als sie näherkamen, konnte Heather Menschen erkennen, die unter den Markisen der Tavernen saßen.

Dennis brachte die *Athena* nicht längsseits wie von Heather erwartet, sondern warf den Anker aus, bevor das Wasser zu seicht wurde. Heather fürchtete sich davor, ins Dingi zu klettern. Er hielt sie ja schon für einen ungeschickten Tölpel, und sie wollte sich nicht wieder zur Närrin machen. Die Shorts, die sie bei ihrem letzten Ausflug getragen hatte, starrten nach ihrem Sturz vor Schmutz, und das lange Kleid war das einzig verbliebene saubere Stück in ihrem Rucksack. Ganz *Mamma Mia!*, dachte sie. Und im Nachhinein betrachtet, völlig unpraktisch für eine Bootsfahrt. Sie konnte nur halbwegs unfallfrei in das Dingi gelangen, wenn sie den Rock um die Taille raffte und es vermied, Dennis in die Augen zu blicken. Doch zu ihrer Überraschung holte er nicht das Dingi heran, sondern wählte eine Nummer auf seinem Handy und sagte etwas auf Griechisch.

Nachdem er das Gespräch beendet hatte, meinte er einfach nur: »Wir warten.«

Wenige Minuten später sah Heather, wie sich ein kleines Boot vom Ufer zu ihnen auf den Weg machte. Ein alter Mann saß mit dem Gesicht zu ihnen an den Rudern. Das schaute ziemlich anstrengend aus.

»Warum rudert er rückwärts?«, erkundigte sie sich. Oder war das vorwärts?

Dennis zuckte mit den Achseln, als liege das auf der Hand. »In dem Alter ist es besser, dahin zu schauen, wo man hinwill, statt sich auf das zu konzentrieren, was hinter einem liegt.«

Als der Mann die *Athena* erreichte, warf er Dennis ein Seil zu, und sie unterhielten sich auf Griechisch. Der alte Mann bedachte Heather mit einem wissenden Blick und grinste sie mit einem Mund voller Zähne an, die aussahen, als hätte er Steine gekaut. Er stieß ein raues Lachen aus und reichte Dennis eine Kühlbox aus Styropor, danach eine flache Holzkiste mit Tomaten, einem Bund frischem Basilikum und einem Laib Brot. Heather nickte ihm zum Abschied zu. Der Mann betrachtete sie mit einem letzten, ein wenig anzüglichen Grinsen, als er die Ruder wieder in die Hand nahm.

»Noch ein Freund von Ihnen?«

»Mein Cousin Cosimo. Er hat hier ein Fischerboot.«

»Was hat er über mich gesagt?«, wollte Heather wissen.

Dennis hielt, die Kühlbox in Händen, inne. »Er hat gesagt, er hoffe, wir werden unser Mittagessen genießen.«

Heather vermutete, dass sie nicht die erste Frau war, die Dennis hierherbrachte. Alles wirkte zu eingeübt für ein einziges Mal. Aber wie er ihr bei den Delphinen geraten hatte: Freue dich dran, solange es währt. Statt sich Gedanken zu machen, beschloss sie, sich eine wunderbare geheime Erinnerung zu bewahren, die ihr Herz erwärmen und im hohen Alter ein Lächeln auf ihr Gesicht zaubern würde.

Als der Motor schließlich ansprang, bemerkte Heather eine graue Rauchwolke, die vom Auspuff des Bootes aufstieg. Die Wolke folgte ihnen, während sie mit Motorkraft in Richtung Norden fuhren. Heather sagte nichts, sah aber an Dennis' Gesichtsausdruck, dass sie ihm nicht entgangen war. Sie bewegten sich nicht weit, nur um eine Landspitze herum, und stoppten tief in einer verlassenen Bucht mit smaragdgrünem Wasser. Auf drei Seiten erhoben sich steile Klippen, die ein natürliches Amphitheater formten. Als Dennis zufrieden war mit dem Ankerplatz, verschwand er, wie Heather annahm, nach unten zum Motor. Nach zehn Minuten war er immer noch nicht zurück. Sie musste an den Land Rover denken und welche nostalgischen Gefühle Alan gegenüber diesem Gefährt gehegt hatte, das sich eher als Last denn als Lust erwies.

Heather erbot sich, das Mittagessen zu kochen. Das war das Mindeste, was sie tun konnte, während Dennis sich mit dem Rauch produzierenden Innenleben der *Athena* herumschlug. Als sie die Styroporbox öffnete, machte sie große Augen beim Anblick des spektakulären Angebots von Meeresfrüchten auf dem Eisbett. Tintenfisch, Babycalamari, die größten Garnelen, die sie je zu Gesicht bekommen hatte, ein halbes Dutzend kleine sardinenähnliche Fische, zwei riesige Zitronen und ein frischer Bund Oregano.

War das alles für Dennis und sie? Heather betrachtete das winzige Kochfeld des Gasherds in der Kombüse und fragte sich, wie sie das alles zubereiten sollte.

Da tauchte Dennis aus einer Luke im Boden auf und wischte sich die Hände an einem öligen Lappen ab.

»Probleme?«, erkundigte sich Heather.

Er zuckte mit den Achseln. »Möglich. Der Motor ist noch original.«

Das Boot war über sechzig Jahre alt. Rumpf und Deck mochten tadellos gepflegt sein, und die Segel wurden wahrscheinlich alle paar Jahre erneuert, doch der Motor, also die treibende Kraft, wies bestimmt Abnutzungsspuren auf. Wie bei den Menschen, dachte Heather. Die äußere Erscheinung konnte täuschen. Sie hatte viele Patienten gekannt, die gesund und jugendlich wirkten, aber vor der Zeit starben. Und noch mehr, deren äußere Zeichen des Verfalls nicht dem einwandfreien Zustand ihrer inneren Organe entsprachen, welche dafür sorgten, dass sie ein gesegnetes Alter erreichten.

»Was soll ich damit machen?« Heather deutete auf die offene Box.

»Sie können den Tisch decken.« Er reichte ihr Teller, zwei Gläser, Messer und Gabeln.

Dann trug er die Box zu einem kleinen, an der Reling am äußersten Ende des Boots angebrachten Grill. Die hinter den sorgfältig aufgerollten Seilen und Fendern verborgene Gasflasche war ihr bis dahin nicht aufgefallen. Schon bald war der Grill heiß, und Tintenfisch und Calamari brutzelten in Olivenöl. Sardinen und Garnelen mit gehacktem Knoblauch, Salz und Pfeffer und einem ordentlichen Spritzer Zitronensaft gesellten sich dazu.

Als Dennis in der Hitze des Grills zu schwitzen begann, zog er das Hemd über den Kopf und hängte es über die Reling. Heather versuchte, seinen gebräunten Körper nicht anzusehen und stattdessen an Alan zu denken. An Alans nettes Lächeln, seine freundlichen Augen. An Alans ekligen alten Bademantel, den Geruch der Bücklinge und das kleine Ölrinnsal, das in sein Kinngrübchen lief. Sie bemühte sich, den Blick nicht von Dennis' silbrig grauer Brustbehaarung über seinen Bauch zum Bund der Shorts wandern zu lassen. Und sich nicht vorzustellen, was sich darunter verbarg.

Aber Heather gab sich nicht genug Mühe. Sie dachte an Sex.

In ihrem Gehirn kollidierten die Gedanken. Unerwünschte, unangemessene und unmoralische Gedanken. Was, wenn Dennis ebenfalls an Sex dachte? Warum hätte er sich sonst so angestrengt, das perfekte Verführungsszenario zu kreieren? Verlegen stellte Heather fest, dass sie Sex wollte. Sich nach Sex sehnte. Kein Kricket-Kommentatoren-Gefummel unter John-Lewis-Pyjamas, sondern richtig heißen, schamlosen, lauten Sex, garniert mit Knoblauch, Salz und Pfeffer und einem Spritzer Zitronensaft. Sie hatte sich gefragt, ob griechische Paare Knoblauchgeruch abtörnend fanden. Sollte sie das nun selbst herausfinden?

»Ich bin verheiratet«, platzte es aus ihr heraus. Heather war unfähig, ihre Fantasie zu zügeln.

Er reagierte mit einem schiefen Grinsen. »Gratuliere«, sagte er und fügte hinzu: »Das Mittagessen ist fertig.«

Dennis wendete die Calamari mit einer Spachtel und drückte weiteren Zitronensaft darüber aus. Was für ein köstlicher Geruch! Bis dahin hatte Heather gar nicht gemerkt, wie hungrig sie war. Die Garnelen lagen alle in derselben Richtung aufgereiht wie uniformierte Seeleute, die Haltung annahmen. Er öffnete die Weinflasche und schenkte ein. In diesem Moment erschien Dennis Heather wie das perfekteste Männerexemplar auf dem Planeten. Er war attraktiv, gebildet, charmant und aufmerksam, sie hingegen keine Aphrodite, keine Helena von Troja. Er konnte leicht eine schöne jüngere Frau für sich gewinnen. Warum hatte er sich die Mühe gemacht, sie hierher zu lotsen, an diesen, wie sie zugeben musste, wohl schönsten Ort der Welt?

Vielleicht imitierte er den Frauenhelden Zeus, diesen geilen alten Bock, der Sex mit allem und jedem gehabt hätte, was nicht bei drei auf dem Baum war, auch mit einer Sterblichen aus England mit Kleidergröße 42, pummeligen Oberschenkeln und Winkefleisch, wenn er keine Nymphen und Göttinnen mehr beglücken konnte. Die *Athena* war das einzige Boot in dieser abgeschiedenen kleinen Bucht. Heather wurde bewusst, dass niemand sie hören würde, wenn sie vor Lust oder um Hilfe schrie.

»Heather-wie-Heidekraut?« Dennis runzelte die Stirn. Er hielt einen Teller voll köstlicher Meeresfrüchte, garniert mit Oregano, in der Hand. »Alles okay?«

»Ja, bestens«, antwortete sie, einen von Alans Standardsprüchen zitierend. Nein, sie würde sich diesen vollkommenen Moment nicht durch Schuldgefühle verderben lassen. Schließlich hatte er sein Gemüse ihr vorgezogen. Sie stieß mit Dennis an. »*Jámas!*«

»Gut erinnert.« Dennis sah sie an, während er das Glas an seine Lippen führte.

Wenn ich nur dieses eine Glas trinke, wird nichts Schlimmes passieren, redete Heather sich ein. Ein Glas, und sie wäre noch in der Lage, sich zu beherrschen. In ihrem Berufsleben hatte sie sich in bedeutend gefährlicheren Situationen befunden als hier. Vor Jahren hatte sie keine Sekunde gezögert, mit Diamorphin, pharmazeutischem Heroin, in ihrer Arzttasche allein in abgelegene Gebiete zu fahren. Einmal hatte ein psychotischer Patient in einer psychiatrischen Abteilung sie mit einem Billardqueue angegriffen. Von Kranken war sie betatscht und lüstern angestarrt, angespuckt und bedroht worden. Ein in sie vernarrter Patient hatte sie sogar gestalkt. Er hatte in seinem Wagen vor ihrem Haus campiert und ihr seine unsterbliche Liebe in einer Reihe immer verstörenderer Briefe beteuert. Als er den letzten mit seinem Blut unterschrieb, hatte sie die Polizei eingeschaltet.

Also schön: zwei Gläser. Aber nicht mehr. Diese Idylle durfte sich nicht einfach so auflösen. Obwohl es windstill war, wirkte die duftende Luft nicht drückend. Das Wasser, das am Rumpf der *Athena* leckte, war so klar wie in einer Badewanne. Schwalben mit scherenförmigen Schwänzen schossen über den Felsklippen dahin, wo Zikaden laut im Chor zirpten. Nein, sie würde kein schlechtes Gewissen haben, weil sie diesen Moment genoss. Jeder Mensch hatte ein Anrecht auf einen perfekten Tag.

»Einfach köstlich, Dennis.« Heather löste eine Garnele aus der Schale. Dabei versuchte sie, nicht an das letzte Mal zu denken, das Alan und sie miteinander geschlafen hatten. »Wo haben Sie so zu kochen gelernt?«

»Meinem Vater und seinem Bruder gehörte ein Lokal, in dem meine Mutter kochte. Ich habe viel Zeit in der Küche verbracht und ihr zugeschaut.«

»Ihr Vater war also nicht bei der Marine?«

Dennis schüttelte den Kopf. »Ich glaube, er hat von mir erwartet, dass ich das Restaurant übernehme, aber ich bin zur See gefahren. Er hat mir das nie ins Gesicht gesagt, doch ich glaube, er war enttäuscht. So viele Menschen haben diese Inseln nach dem Erdbeben 1953 verlassen. Nur die alten Leute sind geblieben und natürlich die Touristen.«

»Und jetzt sind Sie wieder da.«

»Nicht lange. Ich werde bald lossegeln.«

»Wohin?«

»Nicht weit, wenn es mir nicht gelingt, den Motor zu reparieren.« Er lachte. »Keine Sorge. Wir haben Wind und Segel, also kann ich Sie vor Einbruch der Dunkelheit sicher zurückbringen«, fügte er hinzu, als könnte er ihre Gedanken lesen.

»Und wohin würden Sie gern fahren?«

Er blickte an ihr vorbei aufs offene Meer. »Wohin der Wind mich trägt. Ich muss nirgendwo sein. Mich erwartet niemand. Ich kann tun und lassen, was ich will.«

»Herrlich«, seufzte sie. Das Wort war heraus, bevor sie es zurückhalten konnte.

»Begleiten Sie mich.« Er setzte sich kerzengerade hin.

»Wie bitte?«

»Sie haben richtig gehört: Kommen Sie mit.«

»Das geht nicht«, erwiderte Heather entgeistert.

»Warum nicht?«

»Ich bin verheiratet.«

Er hielt den Kopf ein wenig schief, als wollte er sagen: »Und trotzdem sind Sie hier.«

Sie legte Messer und Gabel auf den Teller und stand auf. Die vernünftige Heather konnte es nicht erwarten, den Tisch abzuräumen und sich in Normalität und Sicherheit zurückzuflüchten.

»Entschuldigung«, murmelte er. Er wirkte gequält.

»Nein, ich muss mich entschuldigen«, entgegnete Heather. »Tut mir leid, wenn ich Ihnen einen falschen Eindruck vermittelt habe. Ich bin nicht auf eine Urlaubsaffäre aus, ich bin alt genug, es besser zu wissen.«

»Warten Sie, Heather-wie-Heidekraut.« Er erhob sich ebenfalls. »Bitte lassen Sie uns diesen Tag genießen. Sehen Sie mir nach, dass ich gern mehr Zeit mit Ihnen verbringen möchte. Ich bin einsam.« Er legte die Hand auf die Brust.

»Das bezweifle ich.«

»In meinem Alter ist mir die Gesellschaft einer Frau mit schönem Geist lieber als die einer mit schönem Körper.«

»Na, herzlichen Dank.« Heather verschränkte empört die Arme.

Sie gab den Wechseljahren die Schuld. Obwohl sich ihr Gewicht nicht verändert hatte, war ihr Körper abgesackt wie ein altes, nach wie vor funktionales und solides Haus, das kaum noch Ähnlichkeit mit den ursprünglichen Bauplänen besaß.

Dennis beugte sich verlegen über den Holztisch im Cockpit. »Bitte verstehen Sie mich nicht falsch. Sie haben einen sehr schönen Körper, der natürlich Ihrem Mann gehört. Aber gehört ihm auch das?« Er strich ihr über die Stirn und ließ einen Finger über ihre Schläfe gleiten.

Gehörte ihr Geist noch immer ihrem Gatten? War sie Alan nicht schon untreu, indem sie hier saß und sich die nackte Haut dieses Mannes auf ihrem Körper vorstellte?

Dennis' Hand löste sich von ihrer Schläfe. Sofort sehnte ihr Gesicht sich nach der Wärme.

»Kommen Sie«, forderte er sie auf. »Gehen wir schwimmen.«

Ein Gefühl der Erleichterung überkam sie. Er hatte den Bann gebrochen, dem sie so leicht auf ewig hätte verfallen können. Nun war sie wieder in der Lage zu atmen.

»Schwimmen? So kurz nach dem Essen?«, fragte die vernünftige Heather entsetzt und rief sich ins Gedächtnis, dass eine unvermittelte Verlagerung des Blutes von den Muskeln weg in Richtung der Magenarterien durchaus zum Ertrinken führen konnte. In spiegelglattem Wasser. Doch die wilde Heather sagte der vernünftigen, sie solle sich nicht ins Hemd machen.

Dennis führte sie zur Hauptkabine und schloss die Tür, sodass sie ungestört in ihren Badeanzug schlüpfen konnte. Bisher benahm er sich wie ein perfekter Gentleman. Heather wusste nicht so recht, ob sie erleichtert oder enttäuscht sein sollte, als sie Slip und BH in der Strandtasche verstaute. Esme erklärte sie, wenn sie als blinde Passagierin mitkommen wolle, müsse sie sich mit einem Platz neben der Unterwäsche zufriedengeben. Dann schleppte Heather die Tasche wieder hinauf an Deck.

Dennis glitt fast lautlos ins Meer. Heather hinkte, nachdem sie versucht hatte, so viel nackte Haut wie möglich mit ihrem Badeanzug zu bedecken, zur Bootsleiter und kletterte vorsichtig ins Wasser. Es war so warm, dass ihre Haut kaum registrierte, wie sie eintauchte.

»Kommen Sie!«, rief Dennis noch einmal, bereits in Richtung Ufer unterwegs. Seine kräftigen Arme pflügten durchs Wasser. Es wirkte völlig mühelos, wie er die etwa fünfzig Meter zwischen *Athena* und Strand zurücklegte. Als er an Land ging, perlten Tropfen von seiner goldenen Haut. Wie er die Haare nach hinten warf, erinnerte Heather an Stan, wenn er sich nach einem kurzen Bad im Bach schüttelte. Nein, sie durfte nicht an Stan oder Alan denken. Egal, was passierte: Sie musste sich von ihrem alten Leben distanzieren und so tun, als wäre sie eine Schauspielerin in der Geschichte eines anderen Menschen. Nichts von alledem war real. Nichts von alledem wäre wichtig, wenn sie nach Hause zurückkehrte. Falls sie zurückkehrte.

Als sie Grund unter sich spürte, humpelte sie über die glatten Kiesel, um sich zu Dennis in den Schatten eines Olivenbaums zu gesellen. Nach dem anstrengenden Schwimmen dauerte es mehrere Minuten, bis sich ihre Atmung normalisierte. Danach stammten die einzigen Geräusche, die die glückselige Stille durchbrachen, von der Natur, die einfach ihren Geschäften nachging, wie sie es in dieser winzigen Bucht seit Homers Zeiten tat. Wie vergänglich doch ein Menschenleben war! Wie unbedeutend. Und wie schade, wenn man auch nur einen einzigen Moment der kostbaren Zeit auf Erden vergeudete.

Dennis blickte hinaus zur *Athena*, die an der Stelle vor Anker lag, an der die Farbe des Wassers von Aquamarin in Smaragdgrün überging. Seite an Seite auf den glatten Steinen war Heather sich seiner sehr bewusst. Es mutete an, als würden ihre Körper schweigend und ohne Berührung miteinander kommunizieren. In letzter Zeit hatte sie bei Gesprächen mit Alan oft das Gefühl gehabt, dass er ihre Anwesenheit kaum wahrnahm, geschweige denn, ihr zuhörte. Dennis hingegen widmete ihr seine volle Aufmerksamkeit, ohne dass auch nur ein Wort zwischen ihnen gewechselt werden musste. So etwas war eine wahre innere Verbindung. Die Art von Verbindung, die sie früher einmal mit Alan gehabt hatte. Was war geschehen? Würden – könnten – sie diese Verbindung jemals wiederfinden?

Sie suchte an ihrem sonnengebräunten Ringfinger nach dem Symbol für das eheliche Band, von dem sie geglaubt hatte, dass es ewig halten würde. Doch statt eines glatten Goldreifs ertastete sie lediglich einen leicht verengten Streifen.

Kapitel 28

Zwischen Skylla und Charybdis

»Mein Ring!« Ungläubig starrte Heather auf die blasse Hautstelle. »Er ist weg.«

Dennis verstand sofort und inspizierte den Boden um sie herum.

»Beim Mittagessen haben Sie ihn nicht getragen«, meinte er. »Ich dachte, vielleicht ist das ein Zeichen.« Er senkte den Blick, sodass nur noch seine dichten Augenbrauen zu sehen waren. »Jedenfalls habe ich das gehofft.«

Voller Panik tastete Heather noch einmal ihren Finger ab, suchte in den Falten des Badeanzugs und in den feuchten Fußspuren am Strand.

»Ich muss ihn finden.« Sie legte die Hände um den Kopf, als schmerzten diese Worte sie.

»Gehen wir zurück zum Boot. Möglicherweise haben Sie ihn beim Ausziehen abgenommen.«

Wenn sie nicht so beschäftigt damit gewesen wäre, sich die Kleider vom Leib zu reißen, hätte sie sich erinnert.

Das Boot befand sich nur etwa fünfzig Meter vom Ufer entfernt, hätte aber genauso gut in Athen vor Anker liegen können. Das Wasser, das noch Minuten zuvor so klar gewirkt hatte, erschien ihr nun dunkel und kalt. Hoffentlich war der Ring an Bord, denn auf dem Meeresgrund würden sie ihn niemals finden.

Dennis half ihr auf die Schwimmplattform und über den Heckbalken ins Cockpit. Dort leerte Heather ihre Tasche aus und tastete das gesamte Deck ab, während Dennis in der Kabine nachsah. Keine Spur von dem Ring.

Heather seufzte resigniert. Dennis wollte weitersuchen. »Es hat keinen Zweck«, sagte sie. »Er ist weg. Ich muss ihn im Wasser verloren haben. Vergessen wir's.«

»Nein!«, erwiderte Dennis in scharfem Tonfall. »Wir dürfen nicht aufgeben.« Er kletterte durch die Luke nach unten und kehrte mit Maske und Schnorchel zurück. »Vertrauen Sie mir. Wir finden ihn.«

Er schob den Riemen des Plastikschnorchels über den Kopf, rückte die Maske zurecht und steckte das Mundstück zwischen die Zähne. Kurz darauf glitt er ins Wasser. Obwohl Heather sich über den Sicherungsdraht beugte, sah sie ihn erst, als er wieder nach oben kam. Wasser spritzte aus dem Schnorchel wie aus dem Atemloch eines Wals. Dann verschwand er erneut unter der Wasseroberfläche.

Sie schaute zu, wie er unter- und wieder auftauchte. Unter- und wieder auftauchte. Ein ums andere Mal, bis er zu der Plattform schwamm, um eine Pause zu machen.

»Lassen Sie mich mal ran.« Sie streckte die Hand nach Maske und Schnorchel aus.

»In dem Spind in der Hauptkabine ist eine zweite Maske.«

Als sie nach unten kletterte, schlug sie sich den Kopf am niedrigen Türrahmen der Kabine an. Beim Anblick seines ordentlich gemachten Betts hielt sie kurz inne; die Ecken der Überzüge waren so präzise eingeschlagen, dass sie exakte Dreiecke bildeten. Noch eine Stunde zuvor hatte sie sich vorgestellt, nackt zwischen diese kühlen weißen Laken zu schlüpfen. Jetzt konzentrierten sich ihre Gedanken ausschließlich darauf, den Ehering zu finden. Den Ring, den Alan am Altar von St Luke's in Netherwood an den vierten Finger ihrer linken Hand gesteckt hatte, begleitet von ihrem Eheversprechen, künftig anderen Männern als ihm abzuschwören.

Heather war niemals zuvor geschnorchelt. Sie und Alan hatten ihre Urlaube für gewöhnlich in Wales oder Schottland verbracht, Gegenden also, die nicht gerade für ihre spektakulären Korallenriffe bekannt sind. In ihrem letzten Jahr als Medizinstudentin hatte sie gelernt, wie man einen bewusstlosen Patienten intubiert und beatmet. Es erforderte beträchtliches Fingerspitzengefühl, den Endotrachealtubus in die Luftröhre einzuführen, bevor man den Tubus mit einem selbstaufblasenden Beatmungsbeutel verband und Sauerstoff direkt in die Lunge drückte. Trotzdem hatte sie diese Fähigkeit mühelos gemeistert und von den Ausbildern Lob für ihr ruhiges Vorgehen geerntet. Wie schwierig konnte es also sein, ein Mundstück aus Gummi zwischen die eigenen Lippen zu schieben und einfach zu atmen?

Die Antwort lautete: Es war vertrackter, als es aussah. Beim ersten Versuch landete die Maske verkehrt herum auf ihrem Gesicht, weswegen der Schnorchel in die falsche Richtung zeigte. Beim zweiten gelang es ihr immerhin, das Ding richtig aufzusetzen. Allerdings musste sie feststellen, dass Dennis offenbar einen deutlich größeren Kopf hatte als sie selbst, denn als sie ins Wasser sprang, rutschte die Maske herunter und trieb weg. Dennis kam ihr zu Hilfe. Nach dem dritten Anlauf waren Maske und Schnorchel anders als Heather dann einsatzbereit. Eine halbe Lunge voll Wasser aus dem Ionischen Meer lehrte sie, dass Schnorcheln nicht das Gleiche war wie Tauchen mit Sauerstoffflasche und man dabei unter Wasser nicht atmen konnte.

Am Ende hatte Heather den Dreh heraus und schloss sich Dennis bei der Suche nach dem verlorenen Ring an. Doch wenn sie es bis zum sandigen Grund geschafft hatte, sorgte der natürliche Auftrieb jedes Mal dafür, dass sie wie ein Champagnerkorken wieder nach oben schoss. Als

Dennis ihre Probleme bemerkte, nahm er ihre Hand und zog sie hinunter zum Grund, wo sie etliche Sekunden lang suchen konnte, bevor es sie zurück an die Oberfläche trug. Zusammen grasten sie den Meeresboden unter dem Boot fast eine Stunde lang ab.

Dann rasteten sie auf der Schwimmplattform. »Es hat keinen Zweck«, sagte Heather erneut. »Allmählich wird es spät. Wir sollten zurückfahren.« Ihr Knöchel beklagte sich spürbar, doch dieser Schmerz war nichts, verglichen mit dem in ihrem Herzen.

»Sind Sie sicher?« Der ovale Abdruck der Maske zeichnete sich um Dennis' Stirn und Wangen ab, und seine Augen waren rot von Salz und Sonne. Er streckte ihr die Hand hin. Diesmal kletterte Heather ohne Hilfe die Leiter hinauf und stand wenig später tropfend auf dem Deck. Dennis nahm den Schlauch zu einem Süßwassertank von der Seite des Bootes, und damit spritzten sie sich gegenseitig das Salzwasser vom Körper.

Während Heather sich abtrocknete, machte Dennis das Boot startklar. Er zog die Leiter herauf und versuchte, den Motor anzulassen. Die röchelnden Geräusche, die dieser von sich gab, erinnerten Heather an Lolly. Und an zu Hause. Immer noch tropfnass, probierte Dennis es erneut. Und ein weiteres Mal. Auf Griechisch fluchend verschwand er im Motorraum. Als er wieder auftauchte, war die Sonne bereits hinter der Felsklippe auf der westlichen Seite der Bucht verschwunden.

»Es hat keinen Zweck«, sagte nun auch er und strich sich die feuchten Haare aus dem Gesicht. »Der Motor ist kaputt.«

Heather wusste zwar nicht, ob das Wort »kaputt« aus dem Lateinischen oder aus dem Griechischen stammte, aber dem war nichts hinzuzufügen.

»Können wir nicht zurücksegeln? Sie haben gesagt, heute würde noch ein kräftiger Wind aufkommen. Brauchen wir den Motor überhaupt?«

Er erklärte, warum das nicht möglich war. Sie mussten die *Athena* irgendwie aus der geschützten Bucht herauslenken. Wenn er den Anker lichtete, würde die Strömung sie gegen die Felsen treiben, bevor sie den Wind nutzen konnten. Abgesehen davon ergab sich das nicht unerhebliche Problem, dass sie in den Hafen von Sami hineinmanövrieren mussten, was unter Segeln und im Dunkeln nicht gelingen würde.

»Wie hat Odysseus das denn geschafft?«

»Seine Männer sind gerudert. Ihm standen auf jedem seiner Schiffe rund fünfzig olympiatüchtige Ruderer zur Verfügung.«

Alan war früher gerudert; es war es ihm sogar gelungen, einen Platz im Universitätsteam zu ergattern. Heather hatte damals mitbekommen, wie er nach dem Frühtraining auf dem Fluss zu spät in die Vorlesungen schlüpfte. Und beobachtet, wie er, den Kopf auf den verschränkten Armen, auf seinen halb fertigen Notizen einschlief. Trotzdem hatte er ein Prädikatsexamen geschafft und obendrein ein handbemaltes Head-of-the-River-Ruder mit den Namen und dem jeweiligen Gewicht der Crewmitglieder errungen. Dieses Ruder hing, seit sie ihn kannte, in der Diele von The Elms. Doch nicht einmal Alan wäre in der Lage gewesen, sie hier herauszurudern.

»Was machen wir jetzt?« Allmählich begann ihr der Ernst der Lage zu dämmern.

»Ich rufe meinen Cousin Andreas an und bitte ihn, uns ein Ersatzteil zu bringen.«

»Wie schnell kann er zu uns kommen?«

»Erst morgen früh.«

»Wir sitzen also über Nacht fest?«

»Es sei denn, Sie wollen die Klippen hochklettern und zu Fuß zurückgehen.«

Die Situation erforderte ernsthafte Überlegungen. In den spätnachmittäglichen Schatten wirkten diese Klippen noch steiler und gefährlicher als bei ihrer Ankunft. Mit ihrem verstauchten Knöchel konnte sie unmöglich dort hinauf, und bald wäre es dunkel. Hier zu übernachten, bedeutete, hier zu schlafen, und es gab lediglich ein Bett. Konnte sie Dennis vertrauen? Und sich selbst?

»Darf ich Sie etwas fragen?«, erkundigte sich Heather.

»Natürlich.«

»Haben Sie mir Blumen ins Hotel geschickt?«

Seine Augenbrauen näherten sich einander an wie zwei Raupen im Paarungstanz. »Ja. Als Entschuldigung.«

»Wofür?«

»Dafür, dass der Ausflug zu den Ruinen misslungen ist.«

Würde ein Lügner und Betrüger anonym Blumen schicken? Oder sich noch einmal bei ihr melden, nachdem er sie den Hügel hinuntergeschleppt hatte?

»Ich habe das alles nicht geplant«, erklärte Dennis. »Bitte glauben Sie mir das.«

»Das weiß ich.« Heathers Bauchgefühl, ihre »Gestalt«, pflichtete ihr bei.

Als die Dämmerung einen weiteren Teil der Bucht verdunkelte, schwamm Dennis mit einem Seil ans Ufer und band es an einem alten Olivenbaum fest.

»Könnte sein, dass der Wind in der Nacht auffrischt und den Anker wegzieht. Eine Heckleine bietet zusätzliche Sicherheit.«

Heather beäugte die kantigen Felsen am Fuß der Klippen argwöhnisch und malte sich aus, wie das Boot in einem heulenden Sturm zerschellte. Wie Odysseus versuchte, zwischen Skylla und Charybdis hindurchzusegeln. Wie er vor der Entscheidung stand, entweder einige Männer an Skylla zu verlieren oder das gesamte Schiff an Charybdis. Er war nicht der Einzige in einer solch heiklen Situation.

Kapitel 29

Verloren auf hoher See

Nach einem Abendessen bestehend aus einem Rest Brot, aus aufgeschnittenen, mit Olivenöl beträufelten und mit zerrupften Basilikumblättern garnierten Tomaten und einer weiteren Flasche Wein schlüpfte Heather in Unterwäsche in Dennis' Bett. Allein. Dennis bestand darauf, dass sie in der Hauptkabine schlief, und versicherte ihr, er werde es oben an Deck ganz bequem haben. Sie blickte durch die offene Luke hinauf zu den Sternen. So viele davon. So nahe.

Heather lauschte, wie das Wasser am Rumpf des Bootes leckte, und das sanfte Schaukeln gab ihr das Gefühl, in einer Wiege zu liegen. Sie dachte an Alan, der behauptete, sie mopse ihm immer das Oberbett und wickle sich im Lauf der Nacht darin ein. Aber er ergab sich in sein Schicksal und zitterte in den frühen Morgenstunden lieber vor sich hin, statt sie aufzuwecken und es ihr wegzunehmen. Weil er sie liebte.

Und was den Wind anbelangte, der sie gegen die Felsen schmettern könnte: Es ging kaum ein Lüftchen. In der stickigen Kabine war es so warm, dass sie nicht einschlafen konnte. Heather hörte Schritte über sich. Also war Dennis offenbar auch wach. Dann vernahm sie ein Platschen. Zuerst glaubte Heather, er sei ins Wasser gesprungen, um sich abzukühlen. Doch auf das Platschen folgten weitere Schritte und Herumtappen. Was trieb er da oben? Bewegungslos daliegend lauschte sie auf Hinweise. Nichts. Nun herrschte Stille. Als sie fast eingeschlafen wäre, hörte sie etwas, das klang, als würde jemand weinen. Sie setzte sich auf und horchte. Da war es wieder. Ersticktes Schluchzen.

Heather zog sich hastig an, entriegelte die Kabinentür und schlich auf Zehenspitzen hinaus. In der Kombüse blieb sie am Fuß der Stufen stehen, von wo aus sie Dennis im Mondlicht auf dem Heckbalken sitzen sah. Sie stieg weiter hinauf, bis sie einen besseren Blick hatte. Seine nackten Schultern hoben und senkten sich ruckartig beim Weinen, und das Gesicht hatte er in etwas vergraben, das sie nicht erkennen konnte. Neben ihm stand eine leere Weinflasche. Er reagierte nicht, als Heather ganz hinaufkletterte und sich ihm durchs Cockpit näherte.

»Alles in Ordnung, Dennis?«, fragte sie leise.

Er wandte sich dem Klang ihrer Stimme zu. Das Mondlicht erhellte die Tränenspuren auf seinen Wangen. Sie setzte sich neben ihn, wartete schweigend, berührte seine Hand. Er drehte sich weg.

»Was ist los?«

Nun erkannte sie, was er schluchzend gegen die Brust gepresst hielt. Eine orangefarbene Schwimmweste. Klein genug für ein Kind. Was auch immer solchen Schmerz verursachte, musste viel stärker sein als eine Verletzung durch eine Waffe. Die verborgenen Wunden waren die schlimmsten.

Eine gefühlte Ewigkeit kam sie nicht an Dennis heran. Als er sich schließlich ausgeweint hatte, versuchte Heather erneut, seinen Arm zu berühren. Diesmal zuckte er nicht zurück. Sie streichelte seine nackte Haut, bis sie spürte, wie sich seine Muskulatur entspannte.

»Wollen Sie darüber reden?«, fragte Heather.

Er griff nach der Weinflasche und hob sie zum Mund. Als er feststellte, dass sie leer war, schleuderte er sie ins Wasser. Offenbar hatte er in Heathers Ausgabe der *Odys-*

see gelesen, denn die lag mit der Schrift nach unten auf dem Deck neben ihm. Dennis nahm sie in die Hand, hielt die Seite ins silbrige Licht des Mondes und las laut vor:

>»Und verfolgt mich ein Gott im dunkeln Meere, so will ich's dulden; mein Herz im Busen ist längst zum Leiden gehärtet! Denn ich habe schon vieles erlebt, schon vieles erduldet, Schrecken des Meers und des Kriegs ...«

Heather wartete. Sie wollte ihn nicht drängen. Als Ärztin hatte sie manchmal auch Psychologin sein müssen, dann wieder Soziologin oder Geistliche. In unterschiedlichen Funktionen hatte sie allerlei Geschichten gehört. Egal, wie die von Dennis beschaffen war: Sie würde sie nicht schockieren.

»Ich habe etwas gesehen«, hob er an. »Zuerst hielt ich es für einen Ast, doch dann habe ich mit der Taschenlampe hingeleuchtet, und es war das da.« Er hielt die Schwimmweste an den Schulterteilen hoch. »Ich dachte, es ist eine Leiche.«

»Ganz ruhig.« Heather wischte ihm mit dem Daumen eine frische Träne von der Wange. Er schniefte und holte tief Luft. »Es ist nur eine Schwimmweste.«

Er ließ die Stoffriemen durch seine Finger gleiten.

»Ich war Befehlshaber auf einem Patrouillenboot in heimischem Gewässer. Etwa 2006 begann die Küstenwache, immer mehr Boote mit Geflüchteten und Asylsuchenden aufzufinden. Manche der Boote sanken, und sie mussten Menschen aus dem Wasser retten. Sie kamen aus Libyen mit Leuten aus Somalia und später aus Syrien, die dem Krieg entgehen wollten. Griechenland ist für Geflüchtete der Zugang nach Nordeuropa. Wussten Sie, dass es von der Türkei zur Insel Kos, dem nächstgelegenen europäischen Staatsgebiet, nicht einmal zehn Kilometer sind? Die Menschen, hauptsächlich Kurden, stammten aus dem Iran und Irak und auch aus Pakistan, Bangladesch und Sri Lanka. Viele hatten weite Strecken auf sich genommen, um einen sichereren Ort zum Leben zu finden.«

Heather hatte in der Zeitung von der Flüchtlingskrise gelesen und Berichte darüber in den Abendnachrichten gehört. Doch nach einer Weile hatten sich die Medien unweigerlich anderen Themen zugewandt, und die Not Abertausender Geflüchteter war aus den Schlagzeilen verschwunden und zu wenig mehr als einer Fußnote verkümmert. Aber das bedeutete nicht, dass sie nicht weiter existierte.

»So viele Boote kamen«, fuhr Dennis fort, »besonders im Sommer. Die griechische Marine beteiligte sich an den Rettungsaktionen. Ursprünglich war sie ins Leben gerufen worden, um im Krieg zu kämpfen. Kriege zu gewinnen. Und wir waren im Krieg. Diesmal jedoch gegen die Schleuser. Sie verdienen Geld damit, Menschen in Boote zu setzen, die sich kaum über Wasser halten können, und lassen sie auf dem offenen Meer im Stich. Die Leute müssen dann selbst sehen, wie sie zurechtkommen. Den Schleusern ist es egal, ob sie überleben oder nicht. Sie interessiert nur das Geld. Wie Sie heute erlebt haben, kann auf See alles Mögliche schiefgehen. Hunderte sind bei solchen Überfahrten gestorben, Tausende mehr im gesamten Mittelmeer. Diesen Krieg können wir nicht gewinnen.«

»Ich erinnere mich an das Foto von der Leiche des kleinen Syrerjungen, die am Strand angespült wurde.« Heather spürte, wie auch ihr Tränen in die Augen traten. »Der arme Wurm.«

»Nach dem Zwischenfall tauchten einige Tage lang

keine Boote mehr auf, aber dann ging es wieder los. Schlimmer als zuvor. An dem Strand, an dem seine Leiche gefunden worden war, stellten die Anwohner ein Schild auf. In Türkisch hatten sie darauf geschrieben: ›Schande über die Menschheit.‹«

Dennis verstummte kurz und stützte den Kopf in die Hände. Dann erzählte er Heather, ohne den Blick zu heben, von der Nacht, in der er in der Nähe der Insel Lesbos auf Patrouille war und jemand aus seiner Crew etwas im Meer entdeckte. Als sie näherkamen, sahen sie, dass es sich um ein gekentertes Boot handelte, wenig mehr als ein aufblasbares Dingi. Rund herum trieben Menschen, manche mit Schwimmwesten, andere mit dem Gesicht im Wasser. Einige Stunden zuvor hatte ein Sturm gewütet, und das Boot war gekentert. Die Schiffbrüchigen hatten sich wohl an den Rumpf geklammert; viele Kinder waren trotz Schwimmwesten ertrunken. Die wenigen Überlebenden waren zu traumatisiert, um zu sprechen. Dennis versuchte ihr stockend zu erklären, was er gesehen hatte.

»Wir haben versucht, sie zu retten.« Wieder verlor er die Fassung.

»Sie haben Ihr Möglichstes getan«, meinte Heather und streichelte seinen Rücken.

»Ich habe einen Jungen aus dem Wasser geholt. Er war ungefähr so alt wie mein Enkel damals und sah ihm sogar ähnlich. Der Kleine war ertrunken. Er hatte eine Schwimmweste wie diese hier an.«

Als Heather merkte, dass sie ihn mit Worten nicht trösten konnte, nahm sie ihn in die Arme. Er ließ es zu.

»Danach konnte ich nicht mehr schlafen. Jedes Mal, wenn ich die Augen zumachte, hatte ich das Gesicht des Jungen vor mir. Es wurde schlimmer, als wir mehr und mehr Leute retteten und ich so viele tote Kinder sah. Die

Griechen sollen Menschen helfen, Reisenden einen sicheren Hafen und Unterkunft bieten, aber wir konnten sie nur noch in Leichensäcke legen. Auf den Stränden türmen sich die Schwimmwesten und kaputten Boote, und trotzdem kommen sie weiterhin.«

»Sie konnten nicht jeden retten.« Heather legte die Hände um sein Gesicht. »Sie haben Ihre Arbeit gemacht und sich gekümmert, das ist das Entscheidende.«

Heather musste an all die Patienten denken, die sie nicht hatte retten können, an die zu spät gestellten Diagnosen, an die Kollabierten, von denen sie zu weit entfernt war, um zu helfen, und an die Menschen, die das Dasein grundsätzlich nicht fair behandelte. Sie dachte auch an Alan und dass seine erfolglosen Wiederbelebungsversuche bei Esmes Mann Aubrey ihn wahrscheinlich bis zu seinem Tod belasten würden. Doch da waren auch diejenigen, die sie gerettet hatten. Der winzige dunkle Leberfleck, der ihr aufgefallen war, als sie einen Patienten nach einem Sturz untersuchte, und der sich als Melanom entpuppte. Die leicht zu übersehenden Warnsignale bei einem Routine-EKG. Rosemary Lawsons Steißgeburt.

»Als ich bei der Marine aufgehört habe, konnte ich nicht einfach wieder ins zivile Dasein zurückkehren. Alles erschien mir so, wie sagt man ...«, er suchte nach dem richtigen Wort, »... sinnlos. Ich hatte Albträume und wachte auf, weil ich meine Leute auf dem Schiff anbrüllte, sie sollten sich beeilen, helfen, und die Menschen im Wasser, sie sollten schwimmen, schwimmen! Das hat meiner Frau große Angst gemacht. Das Einzige, was half, war Alkohol.«

Wie bei so vielen heimgekehrten Helden. *Zu Hause, aber nicht so richtig zu Hause.*

Wie hart, derjenige zu sein, der nach einem solchen

Trauma mit den Erinnerungen leben, Jahr um Jahr weitermachen muss!

»Haben Sie professionelle Hilfe in Anspruch genommen?«

Er richtete sich auf, reckte die Brust vor. »Nein, ich bin ein Mann, der Nachkomme strahlender Helden. Ein dummer stolzer Grieche.«

»Sie sind nicht der erste dumme stolze Grieche. Warum, glauben Sie, haben Ihre Vorfahren so viel Wein getrunken, wenn sie über die Schlachten sprachen, in denen sie gekämpft und Freunde verloren hatten?«

Im Mondlicht sah sie Dennis schmunzeln.

»Es ist nicht zu spät, Dennis. Sie müssen nur um Hilfe bitten. Doch das bedeutet, sich verletzlich zu machen.«

»Es ist einfacher, allein zu bleiben.«

»Ein Schiff kann man nicht ohne Mannschaft segeln.«

»Das stimmt.« Dennis ließ die Schwimmweste auf das Deck fallen und ergriff Heathers Hände. »Als ich Sie kennengelernt habe, war alles anders. Das habe ich hier gespürt.« Nun presste er die Finger gegen sein Epigastrium. »Ich wusste, dass ich Ihnen vertrauen kann und Sie mich verstehen würden. Bei Ihnen fühlte ich mich sicher. Sie sind Ärztin.«

»Aber nicht *Ihre* Ärztin, Dennis. Ich kann Sie nicht heilen. Das müssen Sie selbst tun, und es funktioniert nur, wenn Sie aufhören, sich aufs Meer zu flüchten.«

Plötzlich küssten sie sich. Warme, sanfte, verbotene Lippen auf den ihren. Er schmeckte salzig, nach Tränen. Wie das Meer.

Wie auf ein geheimes Signal hin lösten sie sich gleichzeitig voneinander. Jetzt wirkte Dennis' Gesicht halbwegs entspannt, auch wenn er nach wie vor nicht zu einem Lächeln imstande war.

»Danke«, meinte er.

Für den Kuss oder fürs Zuhören?

»Danke *dir*«, hätte sie fast gesagt.

Dennis war erst der zweite Mann, den sie in ihrem behüteten Leben je geküsst hatte. Das Kontrollsubjekt in ihrer randomisierten Studie. Es war weder ein sinnlicher noch ein völlig keuscher Kuss gewesen. Diesen Moment der Intimität und inneren Verbindung hatten sie beide gebraucht. Er bedeutete weder alles noch nichts, war einfach ein Kuss. Nicht besser, als Alan zu küssen. Auch nicht schlechter. Einfach nur anders.

Heather sank auf das noch sonnenwarme Deck. Dennis legte sich neben sie, ohne sie zu berühren, jedoch so nahe, dass sie die Wärme seines Körpers spüren konnte.

»Warum hast du mich wirklich hierhergebracht?«, fragte sie.

»In diese Bucht? Ich weiß, es sieht aus, als hätte ich das geplant. Dass der Motor kaputtgeht, meine ich, aber das stimmt nicht. Dies ist ein ganz besonderer Ort für mich. Ich bin als Junge oft mit meinem Vater hergekommen. Hier fühle ich mich am wohlsten. Innerlich ruhig.«

»Warum also hast du mich hierhergebracht?«

»Ich weiß es nicht. Es mag albern klingen, doch ich habe auch deinen Schmerz gesehen und dass du diesen heilenden Ort brauchst.«

»Wieso glaubst du, dass ich Trost und Heilung benötige?« Heather drehte sich auf die Seite, damit sie ihm ins Gesicht sehen konnte.

»Keine Ahnung. Ich spüre es. Mehr kann ich dazu nicht sagen.«

»Du hast mich gefragt, warum ich allein nach Griechenland gereist bin. Ich habe deine Frage nicht beantwortet, weil ich den Grund selbst nicht kannte. Wahrscheinlich wollte ich meinen Mann auf die Probe stellen, und wenn ich ehrlich bin, auch mich selbst. Wir sind an einem Scheideweg angelangt und haben festgestellt, dass wir in unterschiedliche Richtungen wollen. Ich glaube, wir haben beide Angst vor dem Alter. Meine Töchter halten uns schon für alt. Ich denke, wir fürchten, nicht mehr genug Zeit zu haben. Aber in Wahrheit haben wir alle zwei noch mehr als genug Jahre, in denen jeder tun kann, was er möchte. Nur sind wir leider beide stur, keiner will nachgeben.«

»Wie Penelope und Odysseus. Die Grenzen des anderen ausloten, Spielchen spielen, einander nicht völlig vertrauen. Es ist nur natürlich, wenn man versucht, sein Herz vor Schmerz zu bewahren.«

»Niemand mag sich gern verletzlich fühlen.« Trotzdem war sie hier, in der möglicherweise riskantesten und gefährlichsten Situation, in die sie sich je begeben hatte. Warum war sie bereit, sich einem Fremden physisch auszuliefern, wenn sie sich dem Mann, den sie liebte und dem sie vertraute, nicht emotional öffnen wollte? War es normal, zwei konträre Dinge zu ersehnen? Sowohl das eine als auch das andere zu haben, ging nicht, obwohl beides sie gleich glücklich und zufrieden machen würde. Sie konnte nicht Dennis *und* Alan haben. Abenteuer *und* Sicherheit.

Dennis drehte sich auf die Seite. Daraus hätte leicht ein weiterer Kuss oder mehr werden können. Doch stattdessen fragte er: »Liebst du deinen Mann genug, um ihm auf halbem Weg entgegenzugehen? Du musst mir nicht sofort antworten, Heather-wie-Heidekraut. Denk darüber nach.«

Die Hälfte des Weges würde bedeuten, dass sie seine Leidenschaft für nachhaltiges Gärtnern teilte oder immerhin fünfzig Prozent dieser Leidenschaft. Sollte sie seinen Brokkoli lieben, nicht aber seine Bohnen? Von seinen Kürbissen schwärmen, jedoch zurückhaltend auf die Rote Bete reagieren? Das konnte sie, ja. Die eigentliche Frage war allerdings eher, ob Alan in der Lage wäre, sich auf die Hälfte ihrer Leidenschaft für die Entdeckung des antiken Griechenlands einzulassen. Die halbe Strecke zwischen Netherwood und Ithaka wäre irgendwo in den Alpen, vielleicht in Slowenien, und die Hälfte des Zeitraums zwischen dem achten Jahrhundert v. Chr. und heute würde sie ins finsterste Mittelalter versetzen. War für jeden die Hälfte besser als für einen nichts?

Unvermittelt fiel das Mondlicht auf den silbernen Kamm einer einzelnen Welle, die in die Bucht rollte. Das Kielwasser einer längst entschwundenen Fähre, vielleicht auch eine Laune der Natur. Die Welle traf die *Athena* seitlich am Rumpf, worauf das Boot ins Schaukeln geriet. Etwas rutschte übers Deck, und bevor Heather es aufhalten konnte, landete es mit einem Platschen im Wasser.

Dennis sprang auf und griff nach einer Taschenlampe. Ihr Strahl erhellte eine Spur, die ausschaute wie eine Mischung aus Sand, Muscheln und Korallen und hinein ins seidig schwarze Wasser führte. Da sah Heather die recycelte, biologisch abbaubare Pappurne davontreiben.

»O nein!«

»Was ist das?«

»Meine Freundin Esme. Ich habe ihre Asche mitgebracht.« Heather ließ resigniert die Schultern hängen.

»Soll ich sie herausfischen?«

»Nein, nein. Ich habe sowieso nach dem idealen Ort gesucht, ihre Asche zu verstreuen. Offenbar hat sie sich für diesen entschieden. Ich hoffe, es macht dir nichts aus, deine Bucht mit ihr zu teilen. Du wirst dich in ihrer Gesellschaft sehr wohl fühlen, das verspreche ich dir.«

Irgendwo in der Dunkelheit schrie eine Eule.

»Hörst du das?«, fragte Dennis. »Hier habe ich noch nie eine Eule gehört.«

Heather lauschte mit angehaltenem Atem dem schaurigen Ruf des Vogels. Sie schien zu zittern, denn Dennis erkundigte sich, was los sei.

»Ich habe ein bisschen Angst vor Eulen. Wahrscheinlich, weil sie nur in der Nacht unterwegs sind. Als Kind habe ich mich vor der Dunkelheit gefürchtet und zu viele Bücher über Hexen gelesen.«

»Eulen sind meine Lieblingsvögel. Man muss nur diese großen glänzenden Augen sehen, um zu glauben, dass Eulen so etwas wie ein inneres Licht besitzen. Außerdem sind sie höchst intelligent, weswegen man sie von alters her mit Athene, der Göttin der Weisheit, in Verbindung bringt.«

»Esme war meine weise alte Eule. Sie hat mich mit Homer bekannt gemacht und ist gewissermaßen der Grund für meinen Aufenthalt hier. Der Grund, warum wir uns kennengelernt haben.«

Die Eule schrie erneut. Diesmal antwortete ihr eine andere von der gegenüberliegenden Seite der Bucht. Ein Duett. Etwas Schöneres hatte Heather noch nie zuvor gehört.

Es war sinnlos, zurück ins Bett zu gehen. Also spannte Dennis eine Hängematte über das offene Deck, und sie legte sich hinein und las im Licht der Taschenlampe, während er auf der gepolsterten Sitzbank döste.

Stunden später schloss Heather das Buch. Allmählich begannen die Sterne über ihr zu verblassen, und das erste Licht tauchte am Horizont über dem Meer auf. Homers *rosige Frühe*. Ihre alte Freundin und Vertraute würde ihr fehlen, mit der sie Süßigkeiten teilen konnte, während sie über Alans Unzulänglichkeiten meckerte und über die Sinnlosigkeit ihres Daseins klagte. Vielleicht wurde es Zeit, Esmes Rat zu befolgen, bevor es zu spät war. Aufzuhören mit der Jammerei und endlich etwas zu tun. Von nun an würde sie sich Mühe geben, Alan zu verstehen, statt stets anzunehmen, dass alles, was er machte, darauf ausgerichtet war, sie zu ärgern. Sie würde ihm auf halbem Weg entgegenkommen.

Heather fasste einen Beschluss. Morgen, wenn sie ins Hotel zurückkehrte, würde sie Alan anrufen und ihm sagen, dass sie nach Hause kam.

Kapitel 30

Kleine Notlügen

Wie versprochen leistete Dennis' Netzwerk aus Freunden und Cousins Hilfe. Die Ersatzzylinderspule traf per Schnellboot ein, bevor die Sonne ganz aufgegangen war, und so konnte die *Athena* sich auf den Weg zurück zum Hafen machen, wo Stavros bereits mit seinem Taxi wartete.

Heather hatte die Morgendämmerung schon oft erlebt, als junge Ärztin nach einer hektischen Nachtschicht und als Mutter mit einem Neugeborenen. Die Wiederkehr des Tages hatte stets etwas Tröstendes. Das Licht nach der Dunkelheit. Bei der Fahrt zurück zum Hotel beobachtete sie die Menschen, die ihren Alltagsgeschäften nachgingen. Obwohl ihr die schlaflose Nacht nachhing, fühlte sie sich voller Energie. Sie winkte der Dame an der Rezeption zu, als sie an ihr vorbeihumpelte, und dann Pat und Jeffrey im Restaurant. Heather musste sich nicht nach einer hemmungslosen Vergnügungsorgie verschämt hereinschleichen, nein, dies war ein Neuanfang.

Zum Öffnen ihrer Zimmertür benötigte sie mehrere Versuche, denn mit den modernen elektronischen Schlüsselkarten stand sie auf Kriegsfuß. Nach der schwülen Nacht auf dem Boot genoss sie die angenehme Kühle der Klimaanlage. Das Zimmer war ordentlich aufgeräumt, wenn auch nicht genau so, wie sie es verlassen hatte. Heather wusste nicht recht, was anders war. Sie schlüpfte aus dem lockeren Kleid und der Unterwäsche und warf alles aufs Bett. Als ihr Blick im großen Spiegel auf ihren nackten Körper fiel, hielt sie inne.

Ihr Badeanzug hatte ein merkwürdiges Muster auf der Haut hinterlassen. Arme, Brust und Beine waren gebräunt, der Rest leuchtete lilienweiß. Dennis hatte ihr gesagt, sie sei schön. Allein diese Worte zu hören, genügte ihr, um sämtliche Unsicherheiten hinsichtlich ihres alternden Leibes beiseitezuschieben, unter denen sie litt. Sie ließ die Hände über ihre blassen Brüste, ihren Unterleib und ihre Oberschenkel gleiten. Das erste Mal seit vielen Jahren fühlte sie sich wieder schön. Begehrenswert.

»Hallo, Heather.«

Vor Schreck schrie sie laut auf und presste eine Hand auf die Brust, damit ihr Herz nicht heraussprang. Kein Wunder, dass Menschen ihres Alters am Schock starben.

Als sie sich umdrehte, sah sie einen Mann in dem Sessel hinter sich sitzen.

»*Alan!* Was machst du denn hier?« Sekundenschnell brach ein Damm, durch den sich Adrenalin in jede einzelne Zelle ihres Körpers ergoss. Mit zitternden Fingern griff sie nach dem Kleid. Lächerlich. Sie war seit vierzig Jahren mit diesem Mann verheiratet, er hatte die Geburt ihrer Kinder mitverfolgt. Beide Male.

»Ich bin hergeflogen. Das hast du dir doch gewünscht«, antwortete Alan von dem Sessel aus, in dem er wirkte wie ein Bösewicht aus einem James-Bond-Film. Fehlte nur noch die weiße Katze auf seinem Schoß.

»Warum hast du nicht vorher Bescheid gesagt?«

»Ich wollte dich überraschen.«

Das war ihm gelungen. Die erste völlig spontane Handlung in ihrer gesamten Ehe.

»Wie lange hast du vor zu bleiben?«

»Ich bin gerade erst angekommen, und schon möchtest du mich wieder loswerden«, erwiderte Alan. Typisch, hätte er hinzufügen können, doch er tat es nicht.

Irgendwie sah er anders aus. Wenn sie ihm in der Hotellobby begegnet wäre, hätte sie ihn möglicherweise gar nicht erkannt. Er trug eine schicke blaue Chinohose, ein weißes kurzärmeliges Hemd und moderne Segeltuchschuhe. Wenn sie sich nicht sehr täuschte, saß auf seiner Nase eine neue Brille, und er war beim Friseur gewesen. Eine Upgrade-Version ihres Gatten. *Alan Winterbottom 2.0.*

Er stand auf. Heather duckte sich hinter ihr verknittertes Sonnenkleid. Sollten sie sich umarmen, einander küssen? Sie reckte den Kopf vor und drückte ihm kurz einen Kuss auf die Lippen. Statt sie spielerisch zu packen und aufs Bett zu heben, stand er nur steif da, die Hände in den Taschen seiner nagelneuen Hose.

»Lass mich duschen. Dann können wir reden«, meinte Heather. »Mach dir doch eine Tasse Tee. Bin gleich wieder da.«

Sie eilte ins Bad und schloss die Tür hinter sich. Lehnte sich dagegen und schaute zum Luftabzug an der Decke empor, während sie tief durchatmete. Alans Kulturbeutel stand offen auf der Ablage, seine Zahnbürste steckte in dem Becher neben dem Waschbecken. Heather berührte die Borsten. Sie waren feucht.

Mist. Er war also schon lange genug da, um sich die Zähne geputzt zu haben.

Sie duschte und schlang ein Handtuch wie einen Turban um ihre feuchten Haare. Legte sich ein nonchalantes Lächeln zurecht.

Alan saß an dem kleinen Tisch draußen auf dem Balkon.

»Wo warst du die ganze Nacht?« Er hob den Blick nicht. »Ich bin mit dem letzten Flug gestern Abend hier angekommen. Der Dame an der Rezeption habe ich erklärt, dass ich dein Mann bin und dich überraschen möchte. Ich habe mir Sorgen gemacht, Heather. Du bist nicht ans Telefon gegangen. Ich wusste nicht, wo du steckst.«

»Ich bin mit dem Boot nach Ithaka gefahren. Eigentlich hätte es nur ein Tagesausflug sein sollen, aber wir hatten eine Panne und mussten über Nacht bleiben. Der Akku vom Handy war leer. Wir sind heute in aller Frühe zurückgekommen, und von Sami aus habe ich ein Taxi hierher genommen.«

Kein einziges Wort gelogen, und trotzdem war ihr die Wahrheit vermutlich vom Gesicht abzulesen.

Sie setzte sich neben ihn. Er stand auf und ging zurück ins Zimmer. Als sie ihm folgte, ertappte sie ihn dabei, wie er den Blumenstrauß im Wasserkrug betrachtete.

»Von wem sind die?« Er strich mit dem Finger über das Blütenblatt einer pinkfarbenen Lilie, worauf gelber Pollen auf seine Hand regnete.

Sollte sie beichten? Aber was genau? Wie konnte sie erklären, was geschehen war, und es so klingen lassen, als hätte sie ihn nicht betrogen? Dass sich nur durch ihre eigene unabhängige Studie bestätigen ließ, was sie bereits wusste. Dass Alan der einzige Mann war, den sie je lieben würde. Dass zwar ihr Perineum sie vorübergehend mit Dennis in Versuchung geführt, ihr Epigastrium jedoch von Anfang an recht gehabt hatte.

»Von niemandem«, antwortete Heather, die sich daran erinnerte, wie Dennis sich ihr vorgestellt hatte. »*Niemand* hat mir Blumen geschenkt.« Da ihr weitere Erklärungen nötig zu sein schienen, fügte sie hinzu: »Sie sind vom Hotel. Ich bin ausgerutscht und habe mir den Knöchel verstaucht. Eine Dame von der Rezeption hat sie mir heraufgebracht, wahrscheinlich um sicherzustellen, dass ich sie nicht verklage.«

Nicht ganz wahr. Andererseits basierten vermutlich alle Ehen auf kleinen Notlügen.

»Tut mir leid, dass ich bei deiner Ankunft nicht da war und du dir Sorgen gemacht hast. Was soll ich sagen? Auf See passieren solche Dinge. Aber können wir jetzt, da du hier bist, noch einmal von vorn anfangen?«

»Weißt du was?«, erwiderte Alan. »Zieh dich an, dann unterhalten wir uns beim Mittagessen weiter. Als ich heute Morgen nach dir gesucht habe, bin ich über eine schnuckelige kleine Taverne unten am Jachthafen gestolpert. Der Kellner hat mir vorgeschwärmt, sie hätten dort die beste Baklava von ganz Kefalonia.«

»Ich wusste gar nicht, dass du Baklava magst.«

»Freut mich, dass ich dich noch überraschen kann, Heather. Schätze, es wird Zeit, uns neu kennenzulernen, was?«

Sie kramte eine halbwegs saubere, knöchellange weiße Hose von ganz unten in ihrem Rucksack heraus und dazu ein blau-weiß gestreiftes Top, das ihrem kritischen Blick gerade so genügte.

»Wir haben beide Ähnlichkeit mit der griechischen Fahne«, bemerkte Alan. Sie mussten lachen.

Alles kommt wieder ins Lot.

An der Tür sah Alan ihre Hand an. »Du trägst deinen Ehering nicht.«

»Den Ring. Tja, das ist eine seltsame Geschichte. Wenn du sie hörst, wirst du dich amüsieren.«

Sie suchte nach einer weiteren Notlüge.

»Da ist er.« Alan zog ihren Ring aus der Hosentasche, nahm ihre Hand und schob ihn über ihren Finger. »Er war im Bad, neben dem Waschbecken. Sei in Zukunft vorsichtiger, Heather, sonst verlierst du ihn eines Tages noch wirklich.«

Da wusste sie, dass er sie nie nach der Wahrheit fragen würde. Er war Arzt und kannte den alten Medizinerspruch so gut wie sie: *Wenn du kein Fieber feststellen willst, darfst du kein Thermometer benutzen.* Daran war etwas Wahres.

Kapitel 31

Relevanzdeprivationsstörung

Alan führte Heather zu der schnuckeligen Taverne, die er bei seinem Spaziergang entdeckt hatte. Die Taverne, in der Heather in Esmes Buch gelesen hatte und das erste Mal mit Dennis ins Gespräch gekommen war. Die Taverne mit der besten Baklava von Kefalonia.

Während sie an Heathers Lieblingstisch auf den Kaffee warteten, plauderten sie locker über die üblichen Dinge: über die Mädchen, den Hund und die Hühner. Fast war alles wieder beim Alten zwischen ihnen. Fast. Der Wind und mit ihm die Telltales hatten die Richtung gewechselt. Heather musste nur den Kurs ändern.

»Tut mir leid, dass ich mich einfach so abgesetzt habe«, sagte sie. »Du kennst mich ja. Ich bin ungeduldig, und nach der ständigen Hektik im Beruf fällt es nicht leicht, langsamer zu machen. Ich wollte immer schon hierher, das weißt du. Und ich hatte Angst, dass es zu spät sein würde, wenn ich es nicht sofort angehe, dass irgendetwas dazwischenkommen könnte und es wieder nicht klappen würde. Wie damals, als Mum im Sterben lag.«

»Und mir tut es leid, dass ich dich vergrault habe, Heather. Ich kann manchmal ziemlich stur sein.«

»Manchmal?«

Sie lachten.

Eigentlich absurd, das Ganze, dachte Heather. Alan war ein guter Mensch, so beliebt und geachtet wie früher sein Vater. Weder dem Alkohol noch dem Glücksspiel verfallen und auch kein manipulativer Narziss. Er hatte Dinge getan, die er ihrer Ansicht nach lieber nicht gemacht hätte, und Dinge nicht getan, die sie sich von ihm gewünscht hätte. Vermutlich würde er das Gleiche über sie sagen, wenn man ihn fragte.

Entschlossen, einen Neuanfang zu wagen, erkundigte Heather sich nach seinem Garten.

»Es ist auch dein Garten, Heather.«

Alan sah sie nicht an. Er rührte schon so lange in seinem Kaffee herum, dass eine Frau am Nachbartisch missbilligende Geräusche von sich gab und offensichtlich empört über das unaufhörliche Geklapper seines Löffels auf Griechisch vor sich hin murmelte.

»Ich hätte dir den Rücken stärken sollen bei deinem Wunsch nach Autarkie. Aber ich dachte mir, vielleicht ist es bloß eine vorübergehende Phase. Mir war nicht klar, wie wichtig dir das ist. Und offen gestanden habe ich mich, als Kevin auftauchte, ein bisschen wie das fünfte Rad am Wagen gefühlt. Deine Freundschaft mit ihm hat meine Einsamkeit intensiviert. Ich konnte nur noch sehen, dass wir uns in unterschiedliche Richtungen entwickeln.«

»Nichts könnte weniger zutreffen, Heather.« Er riss ein weiteres Zuckertütchen auf und rührte es in seinen Kaffee. Probierte ihn. Verzog das Gesicht. Rührte noch eines hinein. »Ich bin in den letzten Wochen ein bisschen distanziert gewesen, das ist mir klar. Hatte eine Menge im Oberstübchen zu verarbeiten.« Er machte mit dem Löffel eine Rührgeste neben seiner Schläfe.

»Es heißt, der Eintritt in den Ruhestand sei eines der großen Ereignisse im Leben«, sagte Heather. »Ungefähr so stressrelevant wie der Tod eines Partners oder eine Scheidung.«

»Ich muss zugeben, dass ich mich ohne die Praxis ein wenig verloren fühle«, gestand Alan.

»Ich auch.«

»Und ich glaube, ich leide unter einer Relevanzdeprivationsstörung.«

»Das ist nur natürlich nach einer so wichtigen Position in der Gemeinschaft.«

»Ich spreche von unserer Ehe.« Alan blickte sie mit seinen freundlichen Nordseeaugen an. Seine dichten, altersfahlen Wimpern ließen seine Augen groß und strahlend wirken. Von innen erhellt durch diese Weisheit und Ruhe, in die sie sich verliebt hatte. »Du bist so stark und voller Lebenskraft, Heather. So unabhängig. Immer schon. Deshalb habe ich mich in dich verliebt. Aber jetzt scheinst du mich nicht mehr zu brauchen. Ich habe Angst, unwichtig für dich zu sein und dich zu verlieren.«

Wenn das, was er sagte, alles falsch gewesen wäre, hätte sie möglicherweise erwidert, dass er keinen solchen Unsinn reden solle. Vielleicht brauchte sie Alan nicht, doch sie wollte ihn. Und das war ein sehr guter Grund, sich zu bemühen, dass es irgendwie funktionierte.

Heather straffte die Schultern. »Da muss ich Ihnen widersprechen, Dr. Winterbottom. In der neuesten Auflage des *Diagnostic and Statistical Manual of Mental Disorders* findet sich keine Beschreibung einer Relevanzdeprivationsstörung.« Alan schmunzelte über den professoralen Tonfall, dessen sie sich befleißigte. »Aber im Hinblick auf unsere Ehe würde ich gern eine andere Diagnose stellen. Die Symptome weisen darauf hin, dass sie unter einer Anpassungsstörung leidet.«

Alan tippte mit seinem Ich-denke-Finger an sein Kinngrübchen.

»Interessante Theorie, Dr. Winterbottom. Möchten Sie Ihre Hypothese ausführen?«

»Zur Erfüllung der DSM-5-Kriterien für eine Anpassungsstörung muss der Patient die Entwicklung emotionaler oder verhaltensrelevanter Symptome als Reaktion auf einen identifizierbaren Stressor erlebt haben, und zwar innerhalb von drei Monaten nach Auftreten des Stressors.«

Alan rutschte aufgeregt auf dem Stuhl herum. Sie stellte ihn sich als kleinen Jungen vor, der die Antwort bereits kannte, bevor der Lehrer die Frage zu Ende formuliert hatte. »Das Leiden kann sich in folgenden Symptomen manifestieren: Angst oder übermäßige Sorge ...«

»Gereiztheit.«

»Mangelnde Libido.«

»Störungen bei der Ausführung alltäglicher Tätigkeiten.«

Wie leicht es doch war, die Situation zu intellektualisieren! Es half ihnen beiden, professionelle Distanz zu wahren zum Schmerz. Ihrem eigenen Schmerz. So befanden sie sich auf vertrautem Terrain, diskutierten Fallgeschichten, Diagnosen und Behandlungsoptionen. Es war, als hätten ihre Gehirne, nachdem sie eine Weile dem Rauschen zwischen verschiedenen Radiosendern gelauscht hatten, wieder dieselbe Frequenz gefunden.

»Und die gute Nachricht ist ...«

»... dass das Leiden für gewöhnlich innerhalb von sechs Monaten von selbst verschwindet.«

»Nun, Dr. Winterbottom«, fragte Alan, »was würden Sie unserem Patienten bis dahin verordnen?«

»Wie wär's mit ein bisschen Liebe und Zärtlichkeit?«

Heather streichelte sein Kinn. Das zauberte ein Lächeln auf sein Gesicht, das ihn gute zehn Jahre jünger wirken ließ.

Als er von Kefalonias bestem Baklava abbiss, machte er große Augen. »Gütiger Himmel! Ich glaube, ich muss den Fanklub auf dieses Zeug hinweisen. Es ist himmlisch.«

»Wie geht's dem Fanklub?«

»So ziemlich wie erwartet. Sie haben sich anderen Dingen zugewandt«, antwortete Alan traurig. »Der attraktive neue Seniorpartner hat erwähnt, dass er Lemon-Drizzle-Kuchen liebt, und innerhalb von vierundzwanzig Stunden waren sämtliche Zitronen im Sainsbury's von Darlingford ausverkauft. Ich bin ein alter Hut, Heather.«

Sie schob die Hand über den Tisch. Er kam ihr halb entgegen.

»Aber genug von Netherwood«, meinte Alan. »Ich möchte mehr über Ithaka erfahren.«

Heather zuckte zusammen, weil sie fast die Anführungszeichen um das Wort Ithaka hörte.

»Was soll ich sagen? Ithaka ist natürlich eine schöne Insel. Keine Ahnung, was ich mir vorgestellt hatte. Die Realität entspricht nie ganz der Fantasie, oder? In gewisser Hinsicht war alles zu offensichtlich, zu bequem. Die archäologische Fundstätte befand sich genau an der richtigen Stelle. Ja, sie haben tatsächlich einige Fragmente mykenischer Keramik und ein paar Bronzedreifüße in einer nahe gelegenen Höhle entdeckt, doch die Steine hätten von einem x-beliebigen Gebäude der letzten zweitausend Jahre stammen können.«

Alan fuchtelte mit seinem Aha-Finger herum und konnte sich kaum noch zurückhalten. Sie hatte ihn nicht mehr so aufgeregt erlebt seit damals, als er ihr nachwies, dass sie sich im Hinblick auf die Geschwulst an Mrs Maddocks Arm täuschte. Er war wochenlang unerträglich gewesen, nachdem Heather ein Plattenepithelkarzinom diagnostiziert und Mrs Maddock zu einem Chirurgen überwiesen hatte. Schließlich hatte er die Überweisung abgefangen und bei lokaler Betäubung ein vollkommen harmloses Keratoakanthom entfernt.

»Kevin hat eine interessante Theorie über Ithaka.«

»Sag bloß nicht, dass unser Ober-NOGGIN auch ein geheimer Homer-Begeisterter ist.«

»Wie sich herausstellt, ist er kein Laie. Er kann nicht nur Kohl- von Lauchpflanzen unterscheiden, sondern besitzt auch einen Abschluss in Alter Geschichte und Altphilologie.« Alan wartete, bis Heather ein beeindrucktes Gesicht machte, bevor er fortfuhr. »Eines Morgens haben wir uns im Gewächshaus über Pastinaken unterhalten. Ich habe ihm gesagt, ich sei unzufrieden über die Keimungsrate, und als ich erwähnte, dass ich meine wenigen mühevoll gezogenen Setzlinge umpflanzen wolle, meinte er, das sei ein Anfängerfehler, weil Pastinaken Pfahlwurzeln hätten. Danach hat eins zum anderen geführt, und irgendwann haben wir seinen Rhabarberwein getrunken und über Homer geredet.«

»Moment«, unterbrach Heather ihn. »Du hast hausgemachten Wein getrunken?« Sie hielt die Hand vor den Mund, um ihr ungläubiges Lachen zu ersticken.

»Wie gesagt ...«

»Nein, warte, wie war der Rhabarberwein? Ehrlich.«

»Unter uns: widerlich. Man konnte förmlich die gut abgestandenen Pferdeäpfel schmecken. Aber erzähl das um Himmels willen nicht Ravi, sonst krieg ich das bis zum Sankt-Nimmerleins-Tag zu hören.«

Nun lachten sie beide. Und das fühlte sich gut an. Mit Dennis war alles aufregend, irgendwie gefährlich und unbestreitbar mit erotischer Anziehung gewürzt gewesen. Doch er hatte sie nicht zum Lachen gebracht wie Alan.

Da Heather ahnte, dass Alan noch längst nicht fertig war mit seinem Bericht, lenkte sie die Aufmerksamkeit des Kellners auf sich und bestellte mit einer unmissverständlichen Geste zwei weitere Tassen Kaffee. In den folgenden Minuten erläuterte Alan, warum Heather sich täuschte und er natürlich recht hatte.

Er führte Kevins Theorie aus. Laut Aussage eines Buches von einem Amateurforscher, das Kevin gelesen hatte, sei das reale Ithaka eigentlich Kefalonia oder genauer gesagt der westliche Teil der Insel, und der sei einmal ein eigenständiges Eiland gewesen. Vor dreitausend Jahren habe eine schmale Wasserstraße das alte Ithaka vom Rest der Insel getrennt. Diese Wasserstraße, heutzutage als Strabons Kanal bekannt, hatte sich im Lauf der Jahre aufgrund von Erdbeben und Erdrutschen gefüllt.

Heather hörte die Belege, die er im Folgenden anführte, nur noch mit halbem Ohr, aber alles klang logisch und überzeugend. Eben sehr nach Alan.

Plötzlich zerfiel das, was Heather zu verstehen geglaubt hatte, wie ein Puzzle, das auf dem Boden landet. In ihrer Verärgerung verbrühte sie sich die Lippe an dem heißen Kaffee. »Soll das heißen, du bist den weiten Weg hierher nur deswegen gekommen, weil du mir beweisen wolltest, dass du recht hast und ich mich täusche?«

Alan lehnte sich so weit mit seinem Stuhl zurück, dass er fast umkippte. »Nein, ganz im Gegenteil. Ich dachte mir, ich hätte endlich ein Thema gefunden, über das wir uns vernünftig unterhalten könnten. Etwas, das uns beide interessiert.«

»Du hast nie das geringste Interesse an griechischer Mythologie gezeigt. Einmal hast du mir sogar gesagt, nach deinen Schulerfahrungen hättest du dir geschworen, Homer nicht mal mehr mit der Beißzange anzufassen. Du hast etwas von Fischgräten erwähnt.«

Alan hob seinen Siehst-du-da-täuschst-du-dich-Finger. »Ich habe gesagt, seinen Text aus dem griechischen Original zu übersetzen, sei unglaublich mühsam. Wie wenn man winzige Gräten aus einem Fisch pult. Kevin hat mir seine Ausgabe der *Odyssee* geliehen. Ich muss zugeben, dass der Text auf Englisch sehr viel mehr Sinn ergibt. Ich hatte völlig vergessen, was für eine tolle Abenteuergeschichte das ist.«

»Trotzdem begreife ich nach wie vor nicht, warum du hier bist, Alan.«

»Geduld, meine Liebe. Es wird sich alles klären.« Er rutschte auf seinem Stuhl herum wie ein aufgeregter Schuljunge. »Ich habe eine Überraschung für dich.«

Kapitel 32

Eiland der Liebe

Auf Flughäfen wurde Heather immer sentimental. Als sie am Nachmittag das Terminal betrat, spürte sie unerklärlicherweise den Drang zu weinen. Abschiede und Wiedervereinigungen, selbst von völlig Fremden, hatten eine tiefgreifende Wirkung auf sie. In der Ankunftshalle verfolgte Heather mit Alan das Treiben um sie herum.

Sie sah, wie ein gut gekleideter Mann nervös mit einem Strauß Blumen herumtigerte und dann in seinem Eifer, die Frau, auf die er gewartet hatte, zu küssen, mit dem Kopf gegen sie stieß. Er führte sie mit blutender Nase weg, die Blumen zerquetscht auf dem Gepäckwagen unter ihrem riesigen Koffer. Außerdem beobachtete Heather, wie junge Leute aus einer Familie eine ältere Frau willkommen hießen, wie ein älterer Mann eine jüngere Frau in den Arm nahm und zwei Frauen kreischend aufeinander zurannten. Heather konnte nur Vermutungen über ihre Geschichten anstellen. Als ein Mann mit Panamahut und dunkler Sonnenbrille, der ihr irgendwie bekannt vorkam, schnurstracks auf Alan zumarschierte und ihn drückte wie einen lange nicht gesehenen Freund, sorgten sie nun bei anderen Anwesenden für Verwunderung. Heather brauchte einen Moment, bis sie Kevin erkannte, eine erstaunlich ordentliche, präsentable und sauber rasierte Version von Netherwoods Ober-NOGGIN. Was machte er hier in Kefalonia?

Bevor Heather ihrer Verwirrung Ausdruck verleihen konnte, verstärkte Alan diese noch.

»Ist sie da?« Alan schaute über Kevins Schulter.

»Sie kommt«, antwortete Kevin. »Aber du weißt ja, wie sie ist.«

Sie lachten verschwörerisch, was Heather auch nicht weiterhalf. Dann trat eine Frau, die genau wie Tilly aussah, durch die Tür und betrachtete alle Einzelheiten ihrer Umgebung, als wäre sie am Apollon-Tempel, nicht in der Ankunftshalle der internationalen Flüge gelandet.

»Tilly!« Heather lief auf ihre Tochter zu und umarmte sie fest. Sie rechnete es Tilly hoch an, dass sie sich ihr nicht entwand, wie sie es seit ihrer Kindheit immer tat. »Was machst du denn hier?«

Tilly zuckte mit den Achseln, als liege das auf der Hand. Mathematik war nie Heathers Stärke gewesen, und so zählte sie noch immer zwei und zwei zusammen, als sie sah, wie Kevin Tillys Tasche schulterte, bevor er sie an der Hand fasste. Tilly und Kevin waren zusammen? Heather war kaum vierzehn Tage von zu Hause weg – und offenbar gab es schon viele Neuigkeiten.

Wieder im Hotel, wurden Heather und Alan Zeugen, wie Kevin und Tilly eincheckten. In ein Doppelzimmer.

»Mach den Mund wieder zu und lass sie einfach.« Alan schob Heather von der Rezeption weg.

Als auch sie und Alan in ihrem Zimmer waren, meinte Heather: »Du hättest mich vorwarnen können.«

»Ich dachte, es wäre eine schöne Überraschung für dich.«

»Keine Ahnung, ob ich noch recht viel mehr Überraschungen ertrage. Wie lange sind die beiden schon ... ein Paar?«

»Noch nicht lange«, antwortete Alan. »Ich glaube, es ist bei dem Besuch wegen meiner Paprika passiert. Da hat sich herausgestellt, dass Kevin sich nicht nur für mein

Gemüse interessiert. Tilly war in der Küche, als wir auf ein Tässchen Tee ins Haus gegangen sind. Die beiden haben ein Gespräch über Bodenerosion angefangen. Ich bin raus, weil ich pinkeln musste, und als ich zurückkam, saßen sie am Küchentisch und haben einander angehimmelt wie zwei verliebte Teenager. Sie sind völlig vernarrt ineinander.«

»Tilly und vernarrt?«

»Kaum zu glauben, was? Das beweist nur, dass irgendwann jeder Topf seinen Deckel findet.«

»Mir fällt es schwer, das zu verarbeiten. Unsere Tochter hat nie auch nur das geringste Interesse an irgendjemandem, gleich welchen Geschlechts, gezeigt.«

»Sie sind praktisch unzertrennlich. Erstaunlicherweise ist sie ebenfalls so etwas wie ein spät berufener Homer-Fan. Sie behauptet, sie habe schon seit Jahren hierhergewollt.«

Möglicherweise war Homer eine geeignete Schnittmenge für eine Naturwissenschaftlerin wie Tilly und einen Altphilologen wie Kevin. Doch das erklärte nicht, warum sie *jetzt* in Griechenland waren. Und warum Alan da war.

Plötzlich kam Heather ein Gedanke. »Wer passt in deiner Abwesenheit auf Stan auf? Die Gees?«

Alan wurde ernst. Er führte sie zum Bett und sorgte dafür, dass sie sich setzte. »Ich muss dir was über die Gees sagen.«

»Was?«

»Sie sind nicht mehr bei uns.«

Ein erstauntes »Nein!« entschlüpfte Heather.

»Ich dachte, du wolltest das so«, meinte er. »Du hast mir gesagt, ich soll sie loswerden.«

»Ja, aber ich habe nicht damit gerechnet, dass du das

machst. Sie sind wirklich weg? Ich kann's gar nicht fassen.«

Alan versuchte, sie zu trösten, indem er ihre Schulter streichelte. »Am Ende haben sie sich nicht allzu sehr gewehrt. Mrs Gee sagt, sie hätte schon gemerkt, dass wir sie nicht mehr brauchen, aber sie hätte meinem Vater versprochen, bei uns zu bleiben und sich um die Familie zu kümmern. Und versprochen ...«

»... ist versprochen.« Heather schmunzelte. »Also waren sie einverstanden?«

»Eher erleichtert. Mrs Gee meint, sie hätte uns nicht im Stich lassen wollen, doch sie und Mr Gee hätten schon eine ganze Weile darüber geredet, in den Ruhestand zu gehen. Sie ist zweiundachtzig und er vierundachtzig, wusstest du das?«

»Gütiger Himmel, tatsächlich? Dann wird's allmählich Zeit, dass sie die Füße hochlegen.«

»Keine Chance. Sie ziehen nach Devon und wollen dort eine Pension eröffnen.«

Vermutlich hatte die Arbeit bis ins hohe Alter die beiden so rüstig gehalten. Irgendwo hatte Heather gelesen, dass ein Sinn im Leben, ein Grund, jeden Morgen aufzustehen und sich auf etwas zu freuen, Faktoren für Langlebigkeit waren. Sie selbst musste diesen Sinn noch finden, und zwar nicht bei dieser Griechenlandreise, das begann sie zu akzeptieren. Sie war erst der Anfang. Sozusagen ein Reset.

Sie legten sich aufs Bett, Heathers Wange an Alans Schulter, wo sie in der Mulde zwischen seinem Deltamuskel und seinem Musculus pectoralis major ruhte.

»Hoffentlich gönnen die Gees sich einen Urlaub, bevor sie ihr neues Projekt starten«, bemerkte Heather. »Eine Pension zu führen, kann ganz schön harte Arbeit sein.«

»Zerbrich dir darüber mal nicht den Kopf. Zum Abschied habe ich ihnen einen ordentlichen Batzen Geld gegeben, und sie haben ein Last-Minute-Angebot auf einem Kreuzfahrtschiff ergattert. Es läuft alles bestens. Die Kreuzfahrt beginnt in zwei Wochen. Bis dahin hüten sie das Haus, die Hühner und Stan.«

Zwei Wochen. So lange wollte Alan also bleiben.

Kapitel 33

Corellis andere Mandoline

Beim Frühstück am folgenden Morgen konnte Heather den Blick nicht von Tilly und Kevin wenden. Einmal formte Alan sogar übers Buffet hinweg mit den Lippen ein »Starr sie nicht so an«. Sie waren wirklich komplett ineinander vernarrt. Und je besser Heather Kevin kennenlernte, desto klarer wurde ihr, wie perfekt er für ihre Tochter war.

Das Gespräch bei Tisch drehte sich hauptsächlich um ihre Pläne für den Tag. Alan bestand darauf, nicht später als um sechs zurück im Hotel zu sein. Die unterschiedlichsten Aktivitäten wurden vorgeschlagen und verworfen. Einig waren sie sich nur darüber, dass niemand den Tag damit vergeuden wollte, faul am Strand zu liegen. Also entschieden sie sich am Ende für Sightseeing.

Der Hotel-Concierge bestellte ihnen ein Taxi, und sie warteten, mit Sonnenschutzmittel eingecremt, Hüte und Wasserflaschen in den Händen, auf dem Gehsteig. Sie stritten sich noch immer über die Dinge, die sie besichtigen wollten, als das Taxi eintraf.

Nein, das konnte nicht sein. Heather verbarg sich hinter Alan.

Doch.

Hinterm Steuer saß kein Geringerer als Stavros.

Nachdem er sich auf einen Pauschalbetrag für den Tag eingelassen und versprochen hatte, sie bis sechs Uhr zum Poseidon zurückzubringen, beobachtete er ein wenig belustigt, wie seine Fahrgäste die Plätze aushandelten. Am

Ende erhielt Alan als der Langbeinigste von ihnen den Beifahrersitz. Kevin, Tilly und Heather quetschten sich zu dritt auf den Rücksitz, wo sich nach wie vor ein Teil von Esme im Fußraum verbarg.

»Wo wollen Sie hin?«, erkundigte sich Stavros.

»Das überlassen wir Ihnen«, antwortete Alan. »Zeigen Sie uns einfach die schönsten Orte von Kefalonia.«

»*Endáxi*«, sagte Stavros, was Heather als »okay« interpretierte. Dabei grinste er sie im Rückspiegel an, und sein Pornostarschnurrbart zuckte an den Mundwinkeln.

Heather legte den Sicherheitsgurt als Erste an und drängte die anderen, es ihr gleichzutun. Als Stavros in einer Geschwindigkeit losbrauste, die darauf hindeutete, dass er bei seiner Frau wieder in Ungnade gefallen war, folgten sie hastig ihrem Beispiel. Seine Fahrkünste hatten sich nicht verbessert, aber anders als ihre Mitfahrer war Heather immerhin darauf vorbereitet, wie falsch er bei griechischen Coverversionen von ABBAs größten Hits mitsang und wie konsequent er Verkehrszeichen missachtete.

Als Erstes wollten sie an Bord einer Autofähre. Stavros erklärte, dies sei der schnellste Weg nach Paliki, dem westlichen Teil der Insel, wo sich zufälligerweise der theoretische, nun mit dem Festland verbundene Ort des alten Ithaka befinde. Alan stimmte dem unerwarteten Umweg sofort zu, und als die Fähre den Leuchtturm am nördlichen Ende der Halbinsel passierte und die breite Bucht durchquerte, zeigte er Kevin und Tilly die Sehenswürdigkeiten, die angeblich mit Homer in Verbindung standen.

Heather fiel es schwer, so viel Enthusiasmus wie er aufzubringen. Ob das an der Hitze oder den geballten Ereignissen der letzten Tage lag, wusste sie nicht, doch sie ertappte sich dabei, wie sie im Rückspiegel immer wieder den Blick von Stavros suchte, weil er sie an ihre Zeit mit Dennis erinnerte.

In den zwei Tagen seit ihrem Abschied im Hafen von Sami hatte Dennis ihr mehrere Nachrichten geschickt, in denen er fragte, ob bei ihr alles in Ordnung sei. Sie hatte seine Kontaktdaten in ihrem Handy zu »Denise« geändert. Das war der Name einer alten Schulfreundin, die ihr nach wie vor Weihnachtskarten schickte. Falls Alan Verdacht schöpfte, wäre es leicht zu behaupten, sie hätten wieder Verbindung zueinander aufgenommen. Ihr Knöchel allerdings, der anfangs so gewirkt hatte, als würde er sich schnell erholen, war in der Hitze erneut angeschwollen.

Sie erreichten einen Strand an der Nordküste, wo sie nach gefühlten Stunden holpriger Straßen und felsiger Landschaft endlich auf Zeichen moderner Zivilisation stießen. Niemand hatte etwas gegen ein spätes Mittagessen in einer Taverne am Strand einzuwenden; nur Stavros weigerte sich, ihnen Gesellschaft zu leisten. Während seine vier Fahrgäste sich über einen Meze-Teller mit Oliven und warmem Pitabrot, Dolmades, gegrilltem Halloumi und Taramosalata, gefolgt von Souvlaki mit Zitronenkartoffeln und grünen Bohnen, hermachten, rauchte er im Schatten eines alten Olivenbaums eine Zigarette. Alan und Kevin tranken kaltes Mythos-Bier. Tilly, die völlig untypisch für sie alles aufgegessen hatte, ohne die ethischen Hintergründe zu durchleuchten, entschied sich für etwas Kohlensäurehaltiges aus einer Dose. Heather hatte keinen großen Appetit und knabberte lediglich an dem Pitabrot.

Nachdem sie bezahlt hatten, marschierten Alan, Kevin und Tilly den Strand entlang, um eine Stelle zu begutachten, wo Winterstürme einen Teil eines alten Steinwalls freigelegt hatten. Die Bedeutung dieser Mauer ging für

Heather unter in einem Tsunami aus Fachausdrücken von Tilly, denen sowohl Alan als auch Kevin zu folgen vorgaben. Nie zuvor hatte Heather ihre Tochter so leidenschaftlich und souverän über ein Thema sprechen hören. Felsen und Steine waren ihre Welt. Heather hatte sich jahrelang Sorgen darüber gemacht, dass Tilly keinen richtigen Job und keine feste Beziehung aufweisen konnte, dabei war es ihr die ganze Zeit über gut gegangen. Nicht nur gut, sondern sogar sehr gut. Während ihre Eltern den Zenit ihrer beruflichen Laufbahn überschritten hatten, war Dr. Matilda Winterbottom auf dem Weg dorthin.

Alan und Kevin waren so vertieft in Tillys Ausführungen über Bodenradar und den Unterschied zwischen Radiokarbonmethode und Thermolumineszenzdatierung, dass es niemandem auffiel, als Heather am Tisch sitzen blieb und sich einen Gin-Tonic bestellte. Während sie auf den Drink wartete, genoss sie mit geschlossenen Augen den Schatten und stellte sich vor, wieder auf dem Boot zu sein und in der Hängematte in den Schlaf gewiegt zu werden.

»Wie geht's deinem Enkel?«

Sie schlug die Augen auf. Anfangs glaubte sie, geträumt zu haben.

»Dennis?«

»Heather-wie-Heidekraut.« Er schien kein bisschen überrascht darüber, sie zu sehen.

»Was machst du hier?«

Er deutete auf ein Boot weit draußen in der Bucht. Die *Athena*. »Der Wind hat mich hergeweht.«

Stavros winkte ihnen aus der offenen Tür seines Taxis zu, das im Schatten eines großen Olivenbaums geparkt stand.

»Stavros hat dir verraten, dass ich hier bin?« Oder,

wahrscheinlicher: Hatte der listige Taxifahrer das Zusammentreffen organisiert?

»Schon möglich. Das Aussehen der Insel mag sich seit der Antike nicht sehr verändert haben, aber es gibt hier 4G.«

»Ich bin mit meinem Mann und meiner Tochter Tilly da. Und ein Altphilologe namens Kevin, der sich gut mit Pastinaken auskennt, ist auch mit von der Partie.«

»Das weiß ich«, meinte er grinsend.

»Du hast mich gestalkt?«

»Was heißt das?«

»Dass man jemanden verfolgt.«

»Kannst du mir das verdenken? Ich wollte dich wiedersehen, möglicherweise das letzte Mal. Dein Mann ist bei dir. Er hat sein Gemüse für dich im Stich gelassen. Das ist ein Beweis seiner Liebe.«

Heather würde die Erinnerung an die Zeit mit Dennis auf ewig in ihrem Herzen bewahren. Es war egal, ob er sie zu dem wahren Ithaka oder zu einem Ort gebracht hatte, den die Einheimischen zur Legende erhoben. Ein Teil von ihr hätte gern geglaubt, dass der Barde eigentlich eine Frau war, dass Frauen ebenfalls eine Odyssee hinter sich bringen konnten und sie, egal, wie lange ihre Reise währte oder wie viele Abenteuer sie unterwegs bestehen mussten, stets den Weg nach Hause fanden.

»Schön, dich wiederzusehen, Dennis.« Wie gern sie ihn ein letztes Mal geküsst hätte! Doch in der Ferne sah sie bereits drei Gestalten am Strand auf sie zukommen.

»Verzeih mir das Stalking«, bat er. »Ich wollte dir etwas sagen und mich persönlich von dir verabschieden.«

»Das freut mich, Dennis. Auch im Namen von Esme möchte ich dir für deine Freundlichkeit und deine vollkommene griechische Gastfreundschaft danken. Deine *xenía.* Sie hat mir die Augen über mein eigenes Land geöffnet und darüber, wie wir Menschen behandeln, die an unserer Küste landen.«

»Das ist interessant ...« Dennis nickte nachdenklich. »... denn ich bin hergekommen, um dir mitzuteilen, dass ich beschlossen habe, nach Lesbos zu gehen und ehrenamtlich in einem Geflüchtetenlager anzupacken. Die Tochter meines Cousins ist Sozialarbeiterin, spezialisiert auf humanitäre Hilfe. Ich habe mich gestern mit ihr unterhalten. Sie sagt, mit meinem Hintergrund und meiner ... *Reife* wäre ich dort sehr willkommen. Ich könnte viel Gutes tun für die Geflüchteten.«

Den Überlebenden beistehen, statt Schuldgefühle der Toten wegen zu haben.

»Das sind wunderbare Neuigkeiten. Du bist perfekt für diesen Job.«

Und der Job ist perfekt für dich.

Er nahm ihre Hand und drehte den Ring an ihrem Finger.

»Ich hatte ihn im Hotel vergessen. Tut mir leid, dass ich dir so viele Umstände gemacht habe.«

»Also war er nie richtig verloren?«

»Nur vorübergehend.«

Alan, Kevin und Tilly hatten sie mittlerweile fast erreicht, aber im letzten Moment drehten sie zu den Toiletten hinter der Taverne ab.

Heather lächelte. »Dann ist das wohl der Abschied. Wie sage ich das auf Griechisch?«

»Es gibt viele Arten, Adieu zu sagen. Nehmen wir *Is to epanidín.* Das bedeutet, ›bis wir uns wiedersehen‹.«

»*Isch-to-ban-ii-vin?*«

»Ist schon okay so«, meinte Dennis lachend. »Ich wünsche dir viel Glück im Leben, Heather.«

»Das wünsche ich dir auch, Dion«, rief Heather ihm nach, als er sich mit langen Schritten entfernte und die Sonne seine nackten Waden in reines Gold verwandelte.

Kapitel 34

Die zweittollste Rede der Geschichte

Die Fähre für die Rückfahrt hatte Verspätung, und so wies Alan Stavros nach der Versendung einiger kryptischer SMS an, sie an der Taverne, nicht vor dem Hotel abzusetzen.

»Ich bin müde«, beklagte sich Heather. »Warum gehen wir nicht einfach alle früh schlafen und gönnen uns dafür morgen Abend ein schönes Essen im Jachthafen?«

Alan hob seinen Vertrau-mir-ruhig-Finger. Tilly und Kevin stellten seine Entscheidung nicht infrage. Nach einem großzügigen Trinkgeld verabschiedeten sie sich mit einem Winken von Stavros. Heather sah ihn kurz an und formte mit den Lippen ein »Danke«.

Der Kellner brachte sie zu einem Tisch mit herrlichem Blick aufs Meer und nahm das Reserviertschildchen weg. »Der Tisch ist für sechs gedeckt«, sagte Heather zu ihm. »Wir sind nur vier.«

»Setz dich einfach, Mum«, meinte Tilly.

Heather drängte den Kellner, die überflüssigen Gedecke zu entfernen, obwohl auf der Rückseite des Schildchens klar und deutlich ihr Name stand, allerdings »Winnerbottoms« geschrieben.

»Und wo sollen *wir* dann sitzen, Mum?«

Heathers Herz machte einen Sprung, als sie sich umdrehte.

»Wir haben uns gedacht, wir überraschen dich«, erklärte Sarah, und Ravi, der neben ihr stand, grinste.

Bevor Heather Worte und Mund koordinieren konnte,

küsste Ravi sie auf die Wange. »Wow, Heather, du siehst toll aus«, bemerkte er, und es klang, als meinte er es ernst.

»Ist das zu fassen?«, fragte Heather. »Was macht ihr zwei denn hier?« Sie betrachtete die lächelnden Gesichter. »Moment. Was läuft da?«

Trommelwirbel ihres Bauchgefühls.

»Setzen wir uns doch und bestellen erst mal Wein«, schlug Alan vor. Er schien kein bisschen erstaunt zu sein über Sarahs und Ravis Anwesenheit.

Ravi wirkte nervös. »Solange es kein Retsina ist. Ich möchte eigentlich kein Terpentin zu den Meeresfrüchten trinken. Wenn es einen Inhaltsstoff gibt, der sich nicht für Wein eignet, ist es Kiefernharz.«

»Wusstest du, dass die Griechen das nur in die Fässer gaben, damit die Römer ihnen nicht sämtlichen Wein wegtranken?« Wie immer hatte Alan das letzte Wort.

Als der Kellner die Weinkarte brachte, ergriff Heather sie.

»Eine Flasche von dem, bitte«, sagte sie, sobald sie den Wein gefunden hatte, den sie von Dennis kannte. Dann wandte sie sich ihrem Mann und ihrem Schwiegersohn zu. »Wusstet ihr, dass *Xinómavro* eine klassische griechische Rebsorte ist, die in Nord- und Zentralgriechenland, in Makedonien und dem benachbarten Thessalien angebaut wird? Obwohl empfindlich, lohnt sie die Mühe, weil sie einen robusten Wein mit hohem Säuregehalt und Tanninen sowie lang anhaltendem Abgang hervorbringt. Er ist ideal zu Lamm.« Als sie die erstaunten Gesichter der beiden sah, fügte sie hinzu: »Und schaut mal, ob ihr die Tomatennote erschmeckt.«

Selbst wenn sie bereits am folgenden Tag nach Hause fliegen sollte, hätte sich die Reise allein dieses Augenblicks wegen gelohnt.

Die gesamte Familie hielt den Blick schweigend auf die Speisekarte gerichtet.

»Also«, meinte Heather. »Würde mir jetzt bitte jemand erklären, was los ist? Falls ihr hergekommen seid, um mich zurückzuholen, vergeudet ihr eure Zeit. Ihr fehlt mir alle sehr, aber ich entscheide selbst, wann ich nach Hause komme.«

»Wir fehlen dir alle?«, fragte Alan. »Ich auch?«

»Ja, Alan, sogar du.«

Allgemeines Lachen.

»Habe ich das richtig verstanden? Ich fehle dir, doch du möchtest die Reise fortsetzen.« Er tippte an sein Denkerkinn. »Wenn es nur eine Lösung für das Problem gäbe.«

Sarah und Tilly grinsten einander über den Tisch hinweg an.

Allmählich dämmerte es Heather. Dies war die rosige Frühe der Erkenntnis.

»Du würdest tatsächlich mit mir die anderen griechischen Inseln erkunden, Alan?«

»Wieso nur die?«

Verblüfftes Schweigen ihrerseits.

»Aber du hast in deinem Brückenjahr damals schon sämtliche Sehenswürdigkeiten abgeklappert, warst auf allen Inseln und bist jedem Mädchen nachgestiegen. Du hast Griechenland abgehakt. Warum willst du das jetzt noch mal machen?«

»Weil ich es mit *dir* machen möchte. Außerdem will ich nicht mehr in Bahnhöfen oder Jugendherbergen schlafen und mich jeden Tag von Brot und Take-away-Gyros ernähren. Und offen gestanden war ich das letzte Mal fast permanent entweder betrunken oder hatte einen Kater. Es war vertane Zeit. Wie drückt George Bernard Shaw das so schön aus? *Den Jungen ist die Jugendzeit eine Verschwen-*

dung. Wo steht denn geschrieben, dass ein Mensch nur ein Recht auf eine einzige Auszeit im Leben hat?«

»Und was ist mit deinem Gemüse? Deinem vielversprechenden Spinat? Wer kümmert sich in deiner Abwesenheit um deinen potenziell rekordverdächtigen Kürbis?«

Aller Augen richteten sich auf Kevin.

Tilly nahm Kevins Hand. »Wenn du nichts dagegen hast, Mum, würden Kevin und ich gern in The Elms einziehen. Als Paar.«

»Schon? Seid ihr sicher?«

»Ja.«

Sie wirkten tatsächlich wie geschaffen füreinander. Das würde eine interessante und zweifelsohne leicht chaotische Beziehung werden, doch Tilly schien glücklich zu sein. Sie hatte sehr lange gebraucht, um sich auf eine solche stürmische Romanze einzulassen.

»Das ist perfekt«, meinte Alan. »Tilly und Kevin übernehmen von den Gees, wenn die auf Kreuzfahrt gehen, und passen auf Haus, Hund und Garten auf.«

»Wenn ihr zwei dann heimkommt, sind wir fertig mit der Renovierung des Cottage«, erklärte Kevin. »Der Mann meiner Schwester arbeitet auf dem Bau.«

»Moment«, unterbrach Heather ihn. »Was für ein Cottage?«

»Das Fox Cottage«, antwortete Tilly.

»Das winzige reetgedeckte Häuschen gleich neben dem Pub? Das heißt, Edith Russell zieht tatsächlich aus?«

»Sie ist gestorben, Heather.«

»Ach.«

»Stand in der Zeitung«, meinte Alan ein wenig selbstgefällig.

Tilly hakte sich bei Kevin unter. »Wir haben ein Angebot gemacht, und es wurde angenommen.«

»*Wir?*«

»Ja, Kevin und ich. Nicht alle Akademiker sind arm wie die Kirchenmäuse, weißt du?«

»Du wirst so schrecklich schnell erwachsen, Tilly.« Tränen ließen Heathers Blick auf ihre Tochter verschwimmen, die, so schien es, erst gestern noch ihr kleines Mädchen gewesen war.

»Mum, ich bin fünfunddreißig.« Tilly verdrehte die Augen. »Und ich habe ab jetzt eine Dozentenstelle an der Southampton University.«

Nun waren alle erwachsen.

Ravi, der bis dahin geschwiegen hatte, meldete sich zu Wort: »Alan, Heather, wie lange, glaubt ihr, werdet ihr unterwegs sein?«

Sie sahen einander an, dann antwortete Heather: »Keine Ahnung.«

»Hängt davon ab«, meinte Alan.

»Wovon?«

»Wohin der Wind uns trägt.«

»Der Wind?«

»Ja.« Alan brannte darauf, seine Neuigkeit loszuwerden. »Ich habe dir ein Boot gekauft.«

»*Du hast mir ein Boot gekauft?*«, wiederholte Heather. Sie war so schockiert, dass sie nicht wusste, wie sie den Satz betonen sollte. Alan hatte ein Boot gekauft. Für sie. Alan, der nicht segelte. Alan, der ungern Geld ausgab.

Alle warteten mit angehaltenem Atem auf ihre Antwort.

»Warum?«

Kollektives Stirnrunzeln. Das war nicht die erhoffte Reaktion.

»Als Entschuldigung für deinen Wagen. Den hätte ich nicht verkaufen dürfen. Das wollte ich schon lange wiedergutmachen, aber mir war nicht klar, wie. Und dann warst du weg, und es ging nicht mehr.«

Sie versuchte, des Autos wegen weiterhin sauer zu sein, doch ihr Zorn darüber war längst verflogen.

»Vergibst du mir?«

»Möglicherweise.« Ihr eigenes Boot! Ein sehr breites Lächeln trat auf ihr Gesicht.

Alans Erleichterung war deutlich zu sehen. Nun atmeten alle aus und entspannten sich.

»So sind wir nicht von den griechischen Fähren abhängig«, erklärte er. »Außerdem gibt es für uns kaum eine bessere Möglichkeit, die Inseln und das Mittelmeer zu erkunden, als vom Wasser aus.«

Für uns. Die vielversprechendsten Worte, die sie seit Langem hörte.

»Und ...?« Da kam noch mehr, das wusste Heather. Alan hatte sich nicht verändert, so viel stand fest.

»Natürlich habe ich überschlagen, was das alles kostet. Wenn wir die Ausgaben für Flüge, Fährentickets und Hotels berücksichtigen, ist es am Ende deutlich günstiger, ein Boot zu erwerben und damit zu segeln, wohin wir wollen. Und wenn wir es hinterher wieder verkaufen, kommen wir plus minus null raus.«

»Ach, Alan«, seufzte Heather. »Du bist ein alter Geizkragen, doch ich liebe dich trotzdem.«

»Da drüben ist es.« Er deutete stolz auf ein Boot mit blauem Rumpf am äußersten Ende des Kais. »Eine richtige Schönheit. Hat zwar schon ein paar Jahre auf dem Buckel, aber das Innenleben ist tipptopp in Ordnung. Ich konnte mein Glück kaum fassen, dachte, es würde Wochen dauern, ein geeignetes Boot zu finden. Das hier kam erst gestern auf den Markt. Ich habe heute Morgen mit dem Besitzer gesprochen und ihm telefonisch ein Angebot gemacht. Netter Typ. War früher Befehlshaber bei der Marine. Er geht nach Lesbos und möchte das Boot schnell verkaufen. Hat unterm Strich einen guten Preis dafür gekriegt. Das Ganze ist fast zu schön, um wahr zu sein.«

Fast zu schön, um wahr zu sein.

Heather musste sich beherrschen, um nicht in Freudentränen auszubrechen. Sie und Alan und möglicherweise ein kleiner Teil von Esme würden über das Meer segeln, wohin der Wind sie trug.

Sie sah die anderen an. »Ihr wusstet alle Bescheid?«

Sie nickten.

»Wir sind hergekommen, um euch eine gute Reise zu wünschen«, erklärte Tilly. »Und um sicherzustellen, dass ihr zwei euch nicht noch gegenseitig die Köpfe einschlagt, bevor ihr in See stecht.«

Dann geschah etwas Unerwartetes. Tränen kullerten über Tillys Wangen. Bevor Heather ihre Tochter fragen konnte, was los sei, sprang diese auf und warf die Arme um ihre Mutter.

»Du wirst mir fehlen, Mum. Ich weiß, das musst du jetzt machen, aber ich werde dich vermissen. Versprich mir, dich zu melden, damit ich beruhigt bin. Ich möchte Fotos und Briefe und Anrufe aus jedem Hafen. Hast du mich verstanden?«

Heather drückte Tilly an sich und atmete den Geruch von Erdbeeren aus ihren Haaren ein. Es war immer schwieriger, zurückgelassen zu werden als zu einem Abenteuer aufzubrechen, das wusste sie nur zu gut. Bislang war stets sie diejenige gewesen, die zurückgelassen wurde. Doch nun war sie an der Reihe, und die Gelegenheit erschien ihr umso wertvoller, als sie so lange darauf gewartet hatte.

Ravi räusperte sich. »Es gibt einen Grund, warum ich

euch gefragt habe, wie lange ihr weg sein wollt. Sarah und mich würde interessieren, ob ihr bis, sagen wir mal, nächstes Frühjahr wieder in England sein könntet.«

»Warum bis nächstes Frühjahr?«, erkundigte sich Heather verwirrt. »Was geschieht dann?«

Ravi legte breit grinsend die Hände auf Sarahs Unterleib.

»Weil dann wahrscheinlich euer Enkelkind zur Welt kommt«, antwortete Sarah.

Das überraschte Alan genauso sehr wie Heather. Sie würde nie vergessen, wie sich sein Gesichtsausdruck ob dieser Neuigkeit veränderte. Zur Abwechslung hatte er nun einmal etwas, worauf er sich freuen konnte, statt immer nur zurückzublicken.

»Wir wollten es euch persönlich sagen«, meinte Sarah. »Es ist noch früh, aber wir haben ein gutes Gefühl, nicht wahr, Ravi?«

»Ja. Ich weiß nicht, woran es liegt, doch nach all den misslungenen Versuchen und Enttäuschungen ist es diesmal irgendwie anders. Das spüre ich hier.« Er deutete auf seinen Bauch. Genau die Stelle, an der Heathers ›Gestalt‹ saß.

»Das sollten wir feiern.« Heather winkte einem Kellner und zeigte auf die Weinliste. Kurz darauf brachte er einen Eiskühler und eine Flasche griechischen Sekt.

Als der Kellner einschenkte, machte Heather die anderen auf die silbrigen Blasen, die in der goldenen Flüssigkeit tanzten, aufmerksam und bat sie, auf den Geschmack nach Äpfeln, Honig und einem Hauch Bienenwachs zu achten.

Ravi hob die Augenbrauen. Alan saugte die Backen ein.

»Alan, wie wär’s mit einer kleinen Ansprache?«, forderte Heather ihn auf.

»Ich möchte euch nicht langweilen.« Er bedachte sie mit einem vielsagenden Blick.

»Sorry. Vielleicht habe ich deine Zuhörer vor noch nicht allzu langer Zeit um eine der großartigsten Reden in der Geschichte gebracht.«

»Die habe ich nicht mehr im Kopf.«

»Unsinn, du hast wochenlang daran gefeilt.« Heather deutete auf die anderen Gäste der Taverne unter der blau-weißen Markise. »Da hast du dein Publikum. Mach. Trau dich.«

»Na schön.« Zu ihrer Überraschung und der kollektiven Belustigung der improvisierten Zuhörerschaft erhob sich Alan und präsentierte den Rest seiner Rede von der Abschiedsveranstaltung. Obwohl seine Worte im Großen und Ganzen nichts mit dem aktuellen Anlass zu tun hatten, hielt er die Ansprache souverän. Wie ein Elder Statesman.

Er schloss mit: »Wie der große Mann selbst einmal sagte: ›Aber die Wackersten sind mit Sicherheit diejenigen, die den klarsten Blick auf das haben, was vor ihnen liegt, sei es nun Ruhm oder Gefahr, und sich ihm stellen.‹«

Dafür erntete er allgemeinen Applaus, hauptsächlich wohl deshalb, weil seine Rede zu Ende war, dachte Heather.

Perikles wäre stolz auf ihn gewesen.

Alan sprach einen Toast aus.

»Auf Tilly und Kevin, Gratulation zu eurem ersten Heim und willkommen in der Familie, Kevin. Auf Sarah und Ravi, auch euch gratuliere ich. Wir können es gar nicht erwarten, unser erstes Enkelkind kennenzulernen. Und *last but not least* auf meine liebste Gattin Heather und unseren Neuanfang. Auf den Rest unserer goldenen Auszeit.«

Fünf Gläser griechischer Sekt und eines mit Orangen-
saft prosteten einander in der Mitte des Tisches mit einem lauten »*Jámas!*« zu.

Kapitel 35

Sprich mir von Homer

Als sie aufwachte, ruhte ihr Kopf in dieser ganz besonderen Mulde von Alans Schulter. Sie streichelte den leicht schwabbeligen Bauch über seinem 90-Zentimeter-Bund und zeichnete mit dem Finger die Konturen von braunen, ein wenig wächsern wirkenden Sonnenflecken auf seiner Brust nach, die aussahen wie eine Karte der griechischen Inseln. Ein Teil von Griechenland, der auf ewig ihr gehören würde.

Heather stand auf, um die Terrassentür zu öffnen. Die Vorhänge blähten sich wie Segel im Wind. Heute war der Tag, an dem sie in See stechen wollten. Die finanzielle Seite der Dinge war geregelt, nun gehörte die *Athena* offiziell ihr. *Ihnen.* Die Mädchen hatten ihr beim Besorgen des Proviants geholfen, während die Jungs bei einer letzten Flasche griechischem Rotwein Navigationsfragen besprachen.

Sie blickte mit widersprüchlichen Gefühlen aufs glitzernde Meer hinaus. Sarah und Tilly würden ihr fehlen, und natürlich würde sie sich jeden Tag um ihr noch ungeborenes Enkelkind sorgen, aber da war auch die Erregung, ein neues Abenteuer mit Alan zu wagen. Zu ihrer Überraschung hatte sie keine Angst davor, die folgenden Monate auf so engem Raum mit ihm zu verbringen. Irgendwie würde es klappen, das wusste sie. Die See würde ihnen den Raum schenken, den sie brauchten.

Alans Ausgabe der *Odyssee* lag auf seiner offenen Tasche. Es handelte sich um eine andere Übersetzung als die von Esme, und da Heather diese zu Ende gelesen hatte, nahm sie nun Alans Buch und schlüpfte neben ihn. Er war mittlerweile ebenfalls wach und musterte sie.

Alan setzte sich auf, arrangierte die Kissen so, dass sie eine Rückenstütze bildeten, und ließ sich das Buch von ihr geben.

»Wie hast du es beim zweiten Mal Lesen gefunden?«, fragte Heather ihn.

Alan tippte auf sein Kinngrübchen. Heather erwartete eine scharfsinnige Analyse der Themen – Trennungsschmerz und Heimweh, Loyalität und Beharrlichkeit. Doch er sagte nur: »Odysseus kann einem leidtun.«

Heather stützte sich auf einen Ellbogen. »Wieso?«

»Der arme Kerl ist zwanzig Jahre von zu Hause weg, und bei seiner Heimkehr begrüßt ihn nur der Hund.«

Als sie sich Stan auf einem Misthaufen vorstellte, musste sie lachen. Alan schaffte es immer, sie zum Lachen zu bringen. Er war sogar witzig, wenn er ihr auf die Nerven ging.

»Ich finde, Homer wurde missverstanden. Trotz all seiner mutigen und manchmal tolldreisten Abenteuer scheint mir der wahre Held der Geschichte nicht Odysseus zu sein, sondern Penelope. Weil sie ihn ertragen hat.«

Heather küsste seine Schulter.

Alan lächelte nicht. Er sah eher aus, als wäre er den Tränen nahe.

»Was ist denn?«

Er schlug das Buch an einer Stelle auf, die er mit einem alten Schwarzweißfoto eingemerkt hatte. Darauf war er als Kind an der Hand seines Vaters zu sehen, und ein kleinerer Junge saß auf den Schultern des Vaters.

»Das kenne ich noch gar nicht«, bemerkte Heather.

»Ich habe es bei der Suche nach meinem Pass in einem Stapel Unterlagen entdeckt.« Er lehnte es gegen die Lampe auf dem Nachtkästchen.

Allmählich begann sie zu begreifen.

»Hier steht ...« Er überflog die Seite. Dabei hielt er die Brille wie ein Fernglas, bis er die Stelle fand, die er zitieren wollte. »»*Wenige Kinder nur sind gleich den Vätern an Tugend, schlechter als sie die meisten, und nur sehr wenige besser.*««

»Erzähl mir von Ambrose«, forderte Heather ihn auf.

»Es wird Zeit, dass wir über ihn reden, Alan. Einen Abszess muss man aufschneiden, damit der Eiter abfließen kann. Erst dann wirkt das Antibiotikum, das weißt du so gut wie ich.«

Heather hielt ihn, während er ihr schilderte, was sich ereignet hatte, als er zehn Jahre alt war und sein Bruder gerade einmal fünf. Noch bevor die Schnellstraße zwischen Netherwood und Darlingford gebaut worden war. Damals hatte die alte Straße das Flüsschen an einer Furt gequert, wo Alans Vater seine beiden Söhne gern zum Lachen brachte, indem er den Land Rover mit hoher Geschwindigkeit durch den langsam dahinfließenden Bach lenkte. Eines Winters führte dieser nach wochenlangem Regen deutlich mehr Wasser als sonst. Eine Familie aus dem Ort – Patienten von Alans Vater – war in ihrem Morris Minor bei dem Versuch, durch die Furt auf die andere Seite zu gelangen, weggespült worden. Als Alans Vater das untergetauchte Fahrzeug sah, wies er Alan an, bei Ambrose zu bleiben, kletterte aus seinem Wagen und sprang ins Wasser, um die Familie zu retten.

Heather spürte, wie Alans Muskeln sich anspannten, also hielt sie ihn fester.

»Ich hätte bloß auf Ambrose aufpassen müssen«, sagte Alan. »Aber ich wollte Dad helfen und nicht bei meinem kleinen Bruder bleiben, also bin ich aus dem Land Rover raus und ins Wasser gewatet. Mein Vater hat die Eltern und ihre drei Kinder gerettet, indem er ein Fenster des Autos einschlug und sie einen nach dem anderen herauszog. Dabei hat er sich die Arme von oben bis unten zerschnitten. Natürlich wurde er als Held bejubelt. Er hatte ja fünf Menschen vor dem Tod bewahrt.«

Alans Lippen erzählten weiter, doch seine Worte waren kaum zu hören. Heather legte den Kopf an seine Brust und lauschte der restlichen Geschichte an seinem Herzen.

»In der allgemeinen Verwirrung war Ambrose verschwunden. Wahrscheinlich hatte er sich hinten aus dem Land Rover geschlichen, während ich Dad zuschaute. Wir konnten ihn nirgends finden. Seine Leiche wurde am nächsten Tag entdeckt. Sie hatte sich ein Stück weiter flussabwärts zwischen Baumwurzeln verfangen. Der Rechtsmediziner stellte fest, dass er einen epileptischen Anfall erlitten hatte und in kaum knöcheltiefem Wasser ertrunken war.«

»Und du hast dir die Schuld dafür gegeben?«

»Ich war verantwortlich für ihn und hätte auf ihn aufpassen sollen. Ich habe alle im Stich gelassen.«

»Du warst doch selbst noch ein kleiner Junge.«

»Danach hat Dad mir lange Zeit nicht einmal mehr in die Augen schauen können. Er hat seinen Garten vernachlässigt, das Unkraut nicht mehr gejätet. Ich habe mich erboten, ihm zu helfen, aber das wollte er nicht. Es war, als könnte er es nicht ertragen, den Garten mit den Erinnerungen, die daran hingen, zu betreten. Am Ende sind sogar die Hochbeete verrottet. Er hat Tag und Nacht geschuftet, um dem Schmerz zu entfliehen. Eine andere Möglichkeit, damit umzugehen, kannte er offenbar nicht.«

»Wie bist du damit fertiggeworden?«

»Nicht sonderlich gut. In Internaten wird emotionale

Verletzlichkeit nicht gerade gefördert. Mir ist es gelungen, sie tief in mir zu vergraben. In meinem Brückenjahr kam dann alles wieder hoch, und ich habe versucht, Ambrose' Tod mithilfe von Alkohol, Drogen und Sex zu verarbeiten. Aber am Ende dieses Jahres hatte ich mich selbst ziemlich satt. Mein Vater war, wie du dir vorstellen kannst, alles andere als beeindruckt und hat mir ziemlich deutlich gezeigt, wie sehr ich ihn enttäuschte. Also beschloss ich, mich zusammenzureißen und Buße zu tun, indem ich Mediziner wurde. Ich dachte mir, wenn es mir gelänge, ein Arzt wie er zu werden, wäre er wieder stolz auf mich. Und durch meine Ausbildung zum Neurologen machte ich möglicherweise sogar meine Versäumnisse gegenüber Ambrose wieder gut. Ich stand kurz davor, meinen ersten Artikel über den Umgang mit Epilepsie in einer Fachzeitschrift zu veröffentlichen, als Dad starb.«

Sie redeten darüber, bemühten sich, die Ereignisse in einen neuen Kontext zu setzen und sie als tragischen Unfall zu beschreiben. Nach einer Weile entspannte sich Alans Körper. Der Schmerz stand ihm ins altersmüde Gesicht geschrieben, seine Falten wirkten wie eine Reliefkarte seiner geheimsten Emotionen. Obwohl die Erhebungen und Senken darin Heather so vertraut waren, hatte sie nie geahnt, was sich dahinter verbarg. Nun erkannte sie die ersten Hinweise darauf, dass er sich selbst verzieh. Er hatte sich lange bestraft, indem er an seinen Schuldgefühlen festhielt. Egal ob Alkohol wie bei Dennis oder biologischer Gartenbau wie bei Alan – Traumatisierte brauchten Krücken.

»Manche Menschen *sind* besser als ihre Väter, Alan.« Heather liebkoste sein Kinn. »Du warst da, hast als Arzt vielen Menschen geholfen und bist immer noch da. Für deine Familie.«

Helden konnten alle möglichen Formen und Taillen-
weiten haben.

Er schob die Kissen zusammen, bis ihre Nasen sich fast
berührten, und sie legte den Kopf wieder auf seine Brust.

Heather sagte Alan, sie sei stolz auf ihn. So etwas zu
erzählen, erfordere genauso viel Mut, wie in den reißen-
den Bach zu springen und ein Autofenster einzuschlagen.
Endlich ergab für sie alles einen Sinn. Der Kauf des Land
Rover mochte ein sentimentaler Akt gewesen sein, aber
die Gemüsebeete seines Vaters zu reanimieren, hatte dazu
dienen sollen, eine Verbindung zu seinem toten Bruder
herzustellen – was man im Altertum »nostalgia« genannt
hätte. Von griechisch *nóstos*, Heimkehr von einer epischen
Reise, und *álgos*, Schmerz.

»Was hältst du von Homers Ende?«, fragte Alan Heather.

»Keine Ahnung, was ich erwartet hatte. Natürlich keinen Sonnenuntergang à la Hollywood und auch keinen
Sprint zum Flughafen in letzter Minute. Die Geschichte
hat ja eigentlich kein Ende, sie hört eher auf.«

Heather hob den Kopf von Alans Oberkörper, zum Teil
um sein Gesicht zu sehen, zum Teil auch, weil seine drah-
tige Brustbehaarung sie an der Wange zu kratzen begann.
»Meinst du, Penelope und Odysseus waren danach glücklich bis an ihr Lebensende?«

»Vermutlich hatten sie ihre Höhen und Tiefen wie alle
Paare«, antwortete Alan. »Natürlich muss man sich schon
fragen, ob Odysseus es nie bereute, nicht als Sexsklave bei
Kalypso geblieben zu sein, wenn Penelope wegen der Garnelenköpfe im Abfall an ihm herumnörgelte.«

»Und bestimmt hat Penelope sich manchmal gewünscht,
sie hätte sich einen gut gebauten Loverboy aus der Schar
ihrer zahlreichen Freier geschnappt, statt auf den König

von Ithaka zu warten, wenn der gerade das Bedürfnis verspürte, sich wie ein Bettler zu verkleiden.«

»Ich könnte mir vorstellen, dass es nach der langen Trennung eine Weile gedauert hat, bis alles wieder wie früher lief.«

Alan streichelte ihren Hals. »Eine andere Stelle ist mir aufgefallen, die ich mit acht gar nicht bemerkt habe.«

»Und zwar?«

»*Denn nichts ist besser und wünschenswerter auf Erden, als wenn Mann und Weib, in herzlicher Liebe vereinigt, ruhig ihr Haus verwalten ...*«

»Ich genieße es, wenn du mir von Homer sprichst«, hauchte sie.

Da entzündete sich tief in ihrem Innern eine Lunte, die heißes Blut in unbekannte und lange Zeit vernachlässigte Zonen ihres Körpers schickte. Am Ende war es nicht der sexy Grieche, der erneut die Leidenschaft weckte, sondern ein blinder Barde mit seinem zweitausend Jahre alten epischen Gedicht. Heather hatte keinerlei Zweifel mehr, dass eine der großartigsten Geschichten, die die Menschheit kennt, die von der Liebe zwischen Ehemann und Ehefrau ist. Die schönste Lovestory aller Zeiten.

***

Nach dem heißen, schamlosen, lauten Sex ging Alan zum Duschen ins Bad. Als er mit nackter Brust, ein Handtuch um die Taille geschlungen, von Dampf umhüllt, wieder heraustrat, sah er aus wie ein Gladiator in einem Filmtrailer. Diese Illusion verflüchtigte sich jedoch sehr schnell, weil er, nachdem er jedes Ohr mit einem Zipfel des Handtuchs gereinigt hatte, triumphierend das Ergebnis seiner Grabungen betrachtete.

»Jetzt kannst du rein«, verkündete er. »Ich koche dir in der Zwischenzeit einen Tee.«

Der Spiegel war beschlagen von Alans Duschorgie. Zu Hause sagte sie ihm immer, er solle das Fenster aufmachen, wenn er fertig sei. Oder endlich, vermutlich erst am Sankt-Nimmerleins-Tag, den Luftabzug im Bad reparieren. Wie üblich war der Boden pitschnass, und im Waschbecken zeugte der seifige Schaum voll Bartstoppeln neben seinem Rasierapparat von Alans Anwesenheit. Doch statt verärgert zu sein, tröstete der Anblick dieser vertrauten Dinge Heather eher.

Sie wischte einen Teil des Spiegels mit einem Handtuch ab und sah sich an. Ihr Gesicht war gebräunt, ihre Augen wirkten sehr viel blauer als früher. Die Veränderung fiel ihr sogar ohne Brille auf. Sie erkannte die Frau, die ihr da entgegenblickte, kaum wieder. Die Fältchen um ihren Mund zeichneten die Konturen eines Lächelns nach. Selbst die Sorgenfalten auf der Stirn, die sie als unvermeidliche Begleiterscheinung ihres Berufes erachtet hatte, waren glatter, als hätte eine Welle einen Fußabdruck im Sand weggespült.

Heather duschte, rubbelte sich trocken und schlüpfte in den Bademantel »Für sie«, der an der Rückseite der Tür hing. Alan saß bereits draußen auf dem Balkon und studierte die Speisekarte des Zimmerservice.

»Heute könnten wir im Freien frühstücken, dachte ich mir«, meinte er. Ein freches Lächeln spielte um seine Lippen. »Keine Ahnung, warum wir das bisher nie gemacht haben.«

Gerade als Heather ihm spielerisch in die Schulter knuffen wollte, hielt sie inne. Er trug einen weißen Waffelpiqué-Morgenmantel ganz ähnlich dem, in dem sie ihn beim ersten Frühstück des Ruhestands gern gesehen hätte.

»Ist das …?«

»Ja«, antwortete er. »Irgendwie gefällt er mir. Keine Ahnung, warum ich den alten so lange behalten habe.«

Stan reagierte nicht, als sie die Küche betraten. Selbst als Heather den Wasserkessel füllte und aufsetzte, blieben die Augen des alten Hundes fest geschlossen. Im Welpenalter war er schon beim leisesten Geräusch zur Haustür gesaust und über die glatten Schachbrettmusterfliesen in der Diele geschlittert, um jeden Gast zu begrüßen.

Alan ging neben dem Hundekorb in die Hocke. Heather beugte sich über seine Schulter und hielt nach Lebenszeichen Ausschau. Stans ledrige Nase zuckte, als sie den vertrauten Geruch wahrnahm, und er öffnete die trüben, blinden Augen. Ein weiteres Zucken seiner grauen Schnauze, während er Alans Hand inspizierte. Endlich klopfte Stans Schwanz gegen den Weidenkorb.

Der Hund rappelte sich auf, machte einen Buckel und begrüßte seine Menschen mit feucht-fischigen Küssen. Doch schon bald verlor er das Interesse, drehte eine Runde um sein Lager und sank wieder auf Alans alten Bademantel.

»Es ist stets das gleiche Ritual, egal, ob wir fünf Minuten oder ein Jahr weg waren«, konstatierte Heather.

»Immerhin erinnert er sich an uns.«

Und hat auf uns gewartet wie Argos, dachte Heather.

Sie kochte Tee, während Alan ihr Gepäck nach oben trug. Die Wandlung Alans, der vor ein paar Monaten beim Gewicht von Tillys Koffern noch geschnauft hatte wie ein Walross, war bemerkenswert. Wenn er sich damals die Mühe gemacht hätte, seinen Nüchternblutzuckerwert bestimmen zu lassen, wäre der mit ziemlicher Sicherheit im prädiabetischen Bereich gewesen. Nach dem vielen

Segeltrimmen und Deckschrubben war Alan schlanker und fitter als seit Jahren. Nicht ganz der athletische Ruderer, den sie im Medizinstudium kennengelernt hatte, aber eine ziemlich achtbare ältere Version davon. Seine Haut war gebräunt, und er hatte einen graumelierten Bart, der ihm sehr gut stand.

Auch Heather hatte sich in den vergangenen Monaten verändert – allerdings nicht nur körperlich. Sie hatte gelernt, langsamer zu machen, den Dingen ihren Lauf zu lassen. Während der Reise hatte sie sich kein einziges Mal entschuldigt. Nur bei sich selbst.

Am Ende waren sie beide bereit zur Heimkehr gewesen. Der Bootshändler hatte einen Kaufinteressenten für die *Athena* gehabt, und sie freuten sich auf ihre Familie. Alan fieberte darauf, seinen Garten zu sehen, in dem Kevin die ersten Rebstöcke gepflanzt hatte.

»Der Tee ist fertig.« Heather reichte Alan seine Lieblingstasse.

»Aah«, seufzte er nach dem ersten Schluck. »Eine schöne Tasse Tee – das hat mir gefehlt.«

Heather ließ den Finger über den Aufdruck »Lebe deine Träume« auf ihrem Becher gleiten. Noch ein Jahr zuvor hätte sie einen weiten Bogen um einen Wohnwagen gemacht, und nun hatten Alan und sie ihre Auszeit letztlich in einem schwimmenden Wohnwagen verbracht.

Inmitten des Chaos auf dem Küchentisch lehnte an einer Vase mit frischen Blumen aus dem Garten eine Karte von Tilly und Kevin, auf der sie sie zu Hause willkommen hießen. Nach Beendigung der Renovierungsarbeiten waren sie in Fox Cottage eingezogen. Tilly hatte die halbe Welt auf der Suche nach dem bereist, was sie sich wünschte, und war kaum eineinhalb Kilometer von ihrem Ausgangspunkt entfernt fündig geworden.

Beim Rundgang durchs Haus und die vertrauten Räume staunte Heather, wie wenig sich verändert hatte. Ihre Möbel und anderen Habseligkeiten waren mehr oder weniger so, wie sie sie verlassen hatten. Wie viele Sachen in ihrem Zuhause herumstanden und -lagen, dachte sie, als sie es mit neuen Augen betrachtete. Auf dem Boot waren Alan und sie mit erstaunlich wenig ausgekommen. Sie hatten nicht viel mehr gehabt als die Kleidung aus ihren Koffern und die Lebensmittel, die sie in jedem Hafen frisch kauften. Unterwegs hatten sie einige Souvenirs erstanden – eine bestickte Tischdecke in Dubrovnik, eine Keramikschale in Palermo und ein kleines handbemaltes Tablett in Rimini. Und von all den Dingen in ihrem Zuhause hatte ihnen nichts gefehlt. Alan hatte keine einzige Zeitung gelesen.

Während Kevin sich vorbildlich um Gemüsebeete und Gewächshaus gekümmert hatte, wirkte das Haus vernachlässigt. Die Glyzinie hatte sich so viel Raum erobert, dass es Heather nicht überrascht hätte, Dornröschen in einem der Schlafzimmer zu entdecken, und das Erkerfenster musste dringend geputzt werden. Der Spiegel, den Alan schon längst hatte aufhängen wollen, lehnte nach wie vor an der Wand, und der Luftabzug im Bad funktionierte immer noch nicht. Vom Esstisch war unter dem angesammelten Unrat wie üblich nichts zu sehen.

Der Unterschied lag darin, dass nichts davon Heather mehr störte. Die To-do-Liste war wie ein altmodischer Handtuchrollenspender: endlos. Aber irgendwie fand sich immer ein trockenes Fleckchen für die Hände.

Die Gees hatten Alan und Heather eine Postkarte von jedem Landgang ihrer Kreuzfahrt geschickt. Als großer Nicolas-Cage-Fan hatte Mrs Gee die Thementour zu *Corellis Mandoline* durch Kefalonia besonders genossen, doch eine Nachricht, die Tage später eintraf, zeugte auch von Begeisterung über einen Ausflug zu Orten, wo *Die Durrells auf Korfu* gefilmt worden waren.

Am meisten freute Heather, dass sämtliche Karten an »Alan und Heather« adressiert und mit »Norman und Kaye« unterschrieben waren. Nach all den Jahren redeten sie sich nun endlich mit dem Vornamen an.

Heather legte die Postkarten auf einen Stapel ungeöffneter Briefe und medizinischer Fachzeitschriften, die sie durchsehen mussten. Tilly hatte sich um alles gekümmert, was dringend wirkte, und sie selbst hatten in jedem Hafen E-Mails beantwortet. Sie waren überrascht gewesen, wie wenige Dinge letztlich sofort erledigt werden mussten. Heather war versucht, das ganze Zeug einfach in den Papierkorb zu werfen. Da fiel ihr Blick auf ein Wort auf einer medizinischen Fachzeitschrift.

Geflüchteter.

Sie riss die Plastikhülle auf und blätterte die Zeitschrift durch, bis sie den zugehörigen Artikel fand, der einen Gedanken in ihr keimen ließ.

Ehrenamtliche Ärzte als Mentoren für geflüchtete und sich um Asyl bewerbende Mediziner gesucht.

Sie las weiter. Ein Kribbeln, Rumoren, Flattern breitete sich in ihrem Epigastrium aus. Heather schob eine Kiste mit alten medizinischen Lehrbüchern beiseite und sank, die Zeitschrift gegen die Brust gepresst, aufs Sofa – und dachte an Dennis. Anfangs war es ihr noch schwergefallen, auf seinem Boot zu leben, ohne sich an ihre wenigen gemeinsamen Tage zu erinnern. Sie bereute keine einzige Sekunde mit ihm. Wie die weise Esme einmal gesagt hatte: Das Gras mochte auf der anderen Seite des Zauns grüner wirken, aber wenn man seinen eigenen Rasen pflegt und wässert, kann er genauso grün werden.

Im Lauf der Wochen waren ihre Gedanken an Dennis im Kielwasser des Bootes verschwunden. Allerdings würde sie niemals sein tränenüberströmtes Gesicht vergessen, als er ihr die Geschichte von dem Jungen erzählte, den er aus dem Wasser gefischt hatte, und von den Schiffbrüchigen, die er retten konnte. Heather fragte sich, ob sich ein Arzt in jenem Unglücksboot befunden hatte. Sie stellte sich die Menschen vor, die die Reise auf anderen Wegen überlebt hatten und dann in Lagern zusammengepfercht voller Angst, traumatisiert und mit der Aussicht auf Jahre der Unsicherheit darauf warteten, dass ihr Fall bearbeitet wurde.

Was, wenn es ihr gelänge, auch nur einem Arzt, der einem grässlichen Schicksal entkommen war, beim Neuanfang in einem Land, das sie liebte, zu helfen, in einem Job, den sie ebenfalls liebte? In ihrem Beruf hatte sie immer nur einer begrenzten Anzahl von Menschen beigestanden. Was, wenn der Mediziner, dem sie half, vielen anderen beistehen konnte?

Dieser Gedanke traf sie mit aller Wucht. Heather ging die Post durch, bis sie einen an sie adressierten Umschlag mit dem Logo des General Medical Council fand. Sie riss ihn auf und überflog den Brief darin nach Daten und Informationen. Vor ihrer Griechenlandreise hatte sie vergessen, ihre Registrierung abzumelden, und so war die Jahresgebühr automatisch abgebucht worden. Was bedeutete, dass sie nach wie vor offiziell als Ärztin praktizieren durfte. Und wichtiger: Sie konnte als Mentorin für andere Mediziner arbeiten. Alan hingegen hatte an die Kündigung gedacht, bevor er sich zu ihr gesellte, das verriet ihr ein Blick in die Kontoauszüge.

Es war nur fair, dass sie ihm ihre Pläne mitteilte. Während ihrer Zeit auf dem Boot hatten sie ausführlich darüber geredet, wie anders die Dinge sich nach ihrer Heimkehr gestalten würden. Heather hatte sich bereit erklärt, die Hühner zu füttern, die Eier einzusammeln und im Ort eine Tafel für frisches Obst und Gemüse einzurichten. Im Gegenzug hatte Alan versprochen, sie bei allen ihren künftigen Projekten zu unterstützen.

Sie fand ihn in der Küche, wo er auf eBay nach gebrauchten Brotbackautomaten suchte. Dabei hatten sie noch nicht einmal ihre Koffer ausgepackt.

»Die Maschine amortisiert sich in weniger als sechs Monaten, wenn wir pro Woche zwei Laibe Brot damit backen.«

Heather wollte ihm nicht die Freude verderben, indem sie ihn darauf hinwies, dass so viele kaum gebrauchte Brotbackgeräte wohl deshalb angeboten wurden, weil der Reiz des Neuen für gewöhnlich schon lange vor der Amortisierung verflog.

»Wo sind denn die ganzen Zeitungen, Alan?«, erkundigte sie sich, denn sie wollte einen Stapel Briefe dazulegen. Vielleicht konnte sie ihn so animieren, sie endlich zu entsorgen.

»Die habe ich alle in die Papiertonne geworfen.«

»Echt jetzt?«

Er lehnte sich, die Hände hinter dem Kopf verschränkt, auf dem Stuhl zurück. »Ich bin zu dem Schluss gekommen, dass das Leben zu kurz ist, um alte Nachrichten zu lesen, Heather. Außerdem hat mir nicht gefallen, in welche Richtung sich die Welt entwickelt.«

Sie küsste ihn auf die Stirn. Seine Haare rochen nicht mehr nach Meer und Salz. Er roch wieder nach Alan. Nach daheim.

»Ich möchte mit dir über etwas reden«, erklärte sie. »Es gibt da ein Projekt, bei dem ich mich gern engagieren würde. Das ist die perfekte Tätigkeit für mich. Teilzeit, ich wäre also nicht zu gestresst oder überfordert, und uns bliebe genug Zeit, Dinge miteinander zu unternehmen.«

Da klingelte das Telefon in der Diele, bevor sie ihm mehr erzählen konnte. Wie merkwürdig, dieses Geräusch wieder zu hören.

»Ich geh ran«, sagte Heather.

Ihr Bauchgefühl meldete sich. Und das von Alan.

»Nein, ich!« In seiner Eile, schneller ans Telefon zu kommen als sie, warf er seinen Stuhl um.

Sie erreichten den Apparat gleichzeitig.

Alan hob den Hörer ab. Heather versuchte, ihn ihm abzunehmen. Er hielt ihn in die Höhe, sodass sie ihn nicht erreichen konnte.

»Stell laut, Alan.«

»Hallo?«, fragten sie unisono.

»Heather, Alan. Ich bin's, Ravi«, sagte eine nervöse Stimme am anderen Ende. »Ich rufe vom Krankenhaus aus an. Es ging alles so schnell; ich bin nicht früher dazu gekommen, mich bei euch zu melden.« Tiefes Luftholen. »Gratuliere. Ihr habt einen Enkel.«

Nach der ersten Freude folgten die Fragen. »Wie geht's Sarah? War eine Epiduralanästhesie nötig? Was ist mit dem Kleinen? Wie sieht sein Apgar-Score aus? Hat er schon eine Vitamin-K-Gabe gekriegt?«

»Beiden geht's den Umständen entsprechend gut.«

»Können wir mit ihr reden?«

Gedämpfte Geräusche, dann Sarahs erschöpfte, aber auch euphorische Stimme.

»Gratulation, Liebes«, sagten Alan und Heather erneut unisono. »Wir freuen uns so für dich.«

»Er ist zum Anbeißen. Ihr werdet ihn lieben. Und wenn

dir das recht ist, Dad, würden wir ihn gern Ambrose nennen.«

Das Leben würde nie wieder so sein wie früher. Sie waren gerade rechtzeitig von einer Reise zurückgekehrt, um sich auf eine neue zu begeben. Eine ganze Weile würden sie nirgendwohin fahren. Trotzdem hätte Heather nicht glücklicher sein können. Sie hatte ihr Abenteuer erlebt und sich selbst die Richtigkeit dessen bewiesen, was Esme ihr gesagt hatte, als Tilly nach Neuseeland gezogen war und Heather gefürchtet hatte, dass sie nicht mehr wiederkommen würde: dass man sein Zuhause verlassen musste, damit es einem fehlte.

Zuallererst ein herzliches Dankeschön an das gesamte Team von Hachette Australia, das sämtliche Erwartungen übertrifft. Meiner Verlegerin Rebecca Saunders danke für den Weitblick und die Leidenschaft bei diesem Buch. Ihr Instinkt hat sie wie immer nicht getrogen. Danke auch an Holly Jeffery und Kirstin Corcoran in Australien und an Olivia Barber und Amy Batley von Hodder & Stoughton in Großbritannien. Christa Moffitt von Christabella Designs: Danke für ein weiteres wunderbares Cover.

Es ist immer ein großes Privileg, mit fähigen Lektorinnen zusammenzuarbeiten, die nicht nur genau, sondern auch kreativ sind. Danke an Karen Ward und Deonie Fiford für ihre klugen und scharfsinnigen Vorschläge.

Zu wissen, dass ich mich bei meinen Agenten von Curtis Brown in guten Händen befand, hat mir viel kreativen Freiraum verschafft. Danke Tara Wynne in Sydney und Lucy Morris in London.

Den weisen und witzigen Frauen von The Ink Well, nämlich Pamela Cook, Penelope Janu, Rae Cairns, Laura Boon, Terri Green, Michelle Barraclough und Angella Whitton: Danke für die Zuneigung, das Lachen und die nie enden wollende Unterstützung. Ich bin nach wie vor der Meinung, dass unsere Chats auf WhatsApp sofort zum Bestseller avancieren würden. Außerdem möchte ich mich bei den anderen fabelhaften Frauen der Autorinnen-Community für ihre Großzügigkeit nicht nur mir gegenüber, sondern bei der gegenseitigen Ermutigung in der Arbeit bedanken. Ein besonderes Dankeschön an meine Kollegin Claudine Tinellis und ihren Mann Steven dafür, dass sie die griechischen Passagen in diesem Buch geprüft haben. *Efcharistó!* Den Namen Kaye Gee habe ich der Autorin Poppy Gee zu verdanken, die sich im Rahmen einer Benefizveranstaltung für das Northern Beaches Readers Festival erbot, »einer Figur einen Namen zu geben«.

Folgenden Freunden danke ich dafür, dass sie mich teilhaben ließen an Erinnerungen aus ihrem Medizinstudium oder mir bei Herstellernamen von Regenmänteln und anderen Fragen behilflich waren: Katharine Hartington, Newton Astbury, Nikki Jackson, Gareth Turner, Will und Kate McConnell, Lucy Guest und Fiona Hoar. Elly Brimacombe, danke dafür, dass sie mir so viele Fragen über Geflüchtetenlager beantwortet hat.

Meinen Eltern John und Diane Spain habe ich es zu verdanken, dass ich einen vollständigen Entwurf dieses Buches in der wunderbaren Abgeschiedenheit des Snowdonia National Park in Wales schreiben konnte. Danke auch an Newton für die Nutzung eines weiteren perfekten Schreiborts mit Blick auf die pittoreske Küste von Northumbria.

Dieser Roman hätte das fiktionale Dorf Netherwood möglicherweise nie verlassen, wenn ich nicht von meiner Tochter auf die Werke von Homer aufmerksam gemacht worden wäre. Charlotte, danke für den hervorragenden Crashkurs in griechischer Mythologie. Und John, mein lieber Mann und nautischer Faktenfuchs: Ich werde jenen ersten Segelurlaub im Ionischen Meer vor sechsundzwanzig Jahren nie vergessen. Danke dafür, dass du sowohl der Wind in meinen Segeln als auch das Ruder bist, das mich auf Kurs hält. Und nein, John – du bist nicht Alan. Danke auch an William, meinen nicht so kleinen Abenteurer: Unsere Mutter-Sohn-Chats über weite Entfernungen sind mir immer eine willkommene Unterbrechung beim Schreiben.

Bei den Recherchen zu diesem Roman habe ich viel mehr gelesen, als eigentlich nötig war, sowohl Romane als auch Sachbücher, alte wie neue. Zwei Werke haben mich besonders beeinflusst. Die Ithaka-Geschichte wurde inspiriert von einem Homer-begeisterten Laien, der sich mithilfe eines Geologen und eines Professors für Griechisch und Latein daranmachte, das Rätsel um die wahre Lage des alten Ithaka zu lösen. *Odysseus Unbound: The Search for Homer's Ithaca* von Robert Bittlestone, James Diggle und John Underhill erschien 2005 bei Cambridge University Press. *In Search of Homeric Ithaca* von Jonathan Brown, 2020 erschienen bei Parrot Press, lieferte mir weitere Informationen zu dem Thema.

Außerdem möchte ich darauf hinweisen, dass Alans Klagen, seine schulische Beschäftigung mit der *Odyssee* habe sich angefühlt, als »pule man winzige Gräten aus einem Fisch«, Adam Nicolsons ausgezeichnetem Werk *The Mighty Dead: Why Homer Matters*, erschienen 2014 bei William Collins Books, entlehnt sind.

Zwei starke Frauen, das »gefährlichste Buch des Jahrhunderts« und eine Liebe im Paris der zwanziger Jahre.

Eine Buchhandlung mitten in Paris. Für die junge Amerikanerin Sylvia Beach ist ein Traum in Erfüllung gegangen. Dass sie mit »Shakespeare & Company« in die Geschichte der Weltliteratur eingehen wird, ahnt sie bei der Eröffnung 1919 nicht. Schon bald wird »Shakespeare & Company« zum literarischen Treffpunkt in Paris: Hemingway, Gide, Valéry und Gertrude Stein gehen hier ein und aus – und nicht zuletzt James Joyce. Als nach Abdruck einzelner Episoden die vollständige Publikation seines umstrittenen Romans *Ulysses* verboten wird, ist es die unerschrockene Sylvia Beach, die ihn gegen alle Widerstände veröffentlicht – und damit ihre ganze Existenz aufs Spiel setzt.
Doch in der gleichgesinnten französischen Buchhändlerin Adrienne Monnier findet Sylvia Beach nicht nur eine wagemutige Mitstreiterin, sondern auch die Liebe ihres Lebens.

»Eine Liebeserklärung an alle Buchhandlungen, Bibliotheken und die leidenschaftlichen und entschlossenen Frauen, die sie führen.« *New York Journal of Books*

Kerri Maher, Die Buchhändlerin von Paris. Roman. Aus dem amerikanischen Englisch von Claudia Feldmann. insel taschenbuch 4933. 391 Seiten. Auch als eBook erhältlich

NF 573/1/2.23

Der Nr.-1-Bestseller aus Irland!

Ihre Ehe ist perfekt, ihr attraktiver Ehemann trägt sie auf Händen, sie hat immer betont, wie glücklich sie ist: Als Imogen plötzlich verschwindet, sind alle, die sie kennen, schockiert. Hinter der wohl-geordneten Fassade einer glücklichen Beziehung ist offenbar nichts, wie es scheint. Imogen weiß, dass sie einen Neuanfang wagen muss, um wieder die Frau zu sein, die sie einmal war, und sie hofft, im Süden Frankreichs, in dem kleinen Ort am Meer, in dem sie ihre Kindheit verbracht hat, zur Ruhe zu kommen. Aber die Vergangen-heit ist ihr auf den Fersen – ihr Mann versucht mit aller Macht, sie zurückzuholen ...

Sheila O'Flanagan erzählt eine mitreißende Geschichte von Liebe und Verlust, von Träumen und Freundschaft und nimmt uns mit auf eine Reise ins Ungewisse, von Dublin über Paris bis an die französische Atlantikküste.

Sheila O'Flanagan, Helle Nächte am Meer. Roman. Aus dem Englischen von Susann Urban. insel taschenbuch 4641. 484 Seiten.

»Ein kluger, feinfühliger und
warmherziger Roman, der zeigt,
welche Magie im Lesen liegt.«
Carsten Henn

So begann die Geschichte von Takako …

Die 25-jährige Takako hat einen Job, eine Wohnung in Tokio
und einen festen Freund. Als dieser ihr eines Abends freudig
eröffnet, er werde heiraten – und zwar eine andere –, fällt sie aus
allen Wolken. Vor Kummer verkriecht sie sich und kündigt
ihren Job. Als ihr Onkel ihr anbietet, eine Zeitlang in seinem
Antiquariat im berühmten »Bücherviertel« Tokios, Jinbocho,
auszuhelfen und dort auch unterzukommen, findet sie das zwar
zunächst alles andere als reizvoll, willigt aber ein. Doch in dem
kleinen Zimmer über dem Laden, inmitten von Büchern, entdeckt sie ihre Leidenschaft fürs Lesen – und schöpft allmählich
wieder neue Kraft.

Satoshi Yagisawa, Die Tage in der Buchhandlung Morisaki.
Roman. Aus dem Japanischen von Ute Enders. insel taschenbuch
5037. 189 Seiten. Auch als eBook erhältlich.

NF 623/1/8.24

Vom Waisenkind zur Ikone des 20. Jahrhunderts

Paris 1984: Vier Tage bis zur Präsentation der neuen Kollektion! Die Vorbereitungen im Hause Chanel laufen auf Hochtouren. Unter Anleitung von Madame Martine arbeiten die Schneiderinnen rund um die Uhr. Martine war bereits zu Lebzeiten Coco Chanels hier – und Zeugin von Cocos Inspiration, ihres Genies, auch ihrer Boshaftigkeit.

Als Halbwaise im Kloster aufgewachsen schlug sich Coco als Sängerin und als Bademeisterin durch, führte als Geliebte eines reichen Herrenreiters ein Leben des Müßiggangs, bis sie zu ihrer eigentlichen Berufung fand. Mit ihren Entwürfen revolutionierte sie die Modewelt – sie wird zur gefeierten Designerin und zur erfolgreichen Unternehmerin ...

Sie liebte viele Männer, doch ihr Apartment im Hotel Ritz bewohnte sie allein. Von einem deutschen Offizier ließ sie sich anwerben, für die Nazis zu spionieren, dafür wurde sie nach dem Krieg von den Franzosen geächtet und verurteilt. Mithilfe Winston Churchills wurde sie rehabilitiert – und ihr gelang ein großartiges Comeback in die Fashionwelt.

Und der Mythos lebt über ihren Tod hinaus – bis heute.

Maxine Wildner, Coco Chanel. Die Königin von Paris. Roman. insel taschenbuch 4983. ca. 269 Seiten. Auch als eBook erhältlich